BASTEI
LÜBBE
TASCHENBUCH

Weitere Titel der Autorin:

Pfefferkuchenhaus
Nur der Mann im Mond schaut zu
Und raus bist du

Titel in der Regel auch als Hörbuch und E-Book erhältlich

Über die Autorin:

Carin Gerhardsen, geb. 1962, ist in Katrineholm aufgewachsen und lebt nun in Stockholm. Sie hat Mathematik an der Universität in Uppsala studiert und war viele Jahre in der IT-Branche tätig. 2009 veröffentlichte sie ihren ersten Kriminalroman: *PFEFFERKUCHENHAUS*, den ersten Teil der sogenannten Hammerby-Serie. Sie ist mittlerweile eine der erfolgreichsten Krimiautorinnen Schwedens. *FALSCH GESPIELT*, der vierte in sich abgeschlossene Teil der Serie, stand wochenlang auf Platz 1 der schwedischen Bestsellerliste.

Carin Gerhardsen

FALSCH GESPIELT

Kriminalroman

Aus dem Schwedischen von
Thorsten Alms

BASTEI LÜBBE TASCHENBUCH
Band 16 866

1. Auflage: November 2013

Dieser Titel ist auch als E-Book erschienen

Vollständige Taschenbuchausgabe

Deutsche Erstausgabe

Titel der schwedischen Originalausgabe: »Helgonet«
Originalverlag: Norstedts, Stockholm
Published by arrangement with Nordin Agency, Sweden

Textredaktion: Hanna Granz, Witten
Titelillustration: © Sabine Dunst, Guter Punkt unter Verwendung eines Motives von shutterstock/Charlie Hutton
Umschlaggestaltung: Guter Punkt, München
Satz: Urban SatzKonzept, Düsseldorf
Gesetzt aus der Garamond
Druck und Verarbeitung: GGP Media GmbH, Pößneck
Printed in Germany
ISBN 978-3-404-16866-8

Ich taste mich durch diesen dunklen Raum,
ich spüre die scharfe Kante der Klippe an meinen Fingern,
ich kratze meine hochgestreckten Hände
an den vereisten Wolkenfetzen blutig.

Ach, meine Nägel reiße ich von den Fingern,
meine Hände schürfe ich eitrig, wund
an Felsen und an dunklem Wald,
am schwarzen Eisen des Himmels
und an der kalten Erde?

Angst, Angst ist mein Erbteil,
die Wunde meiner Kehle,
mein Herzensschrei in die Welt.

Pär Lagerkvist

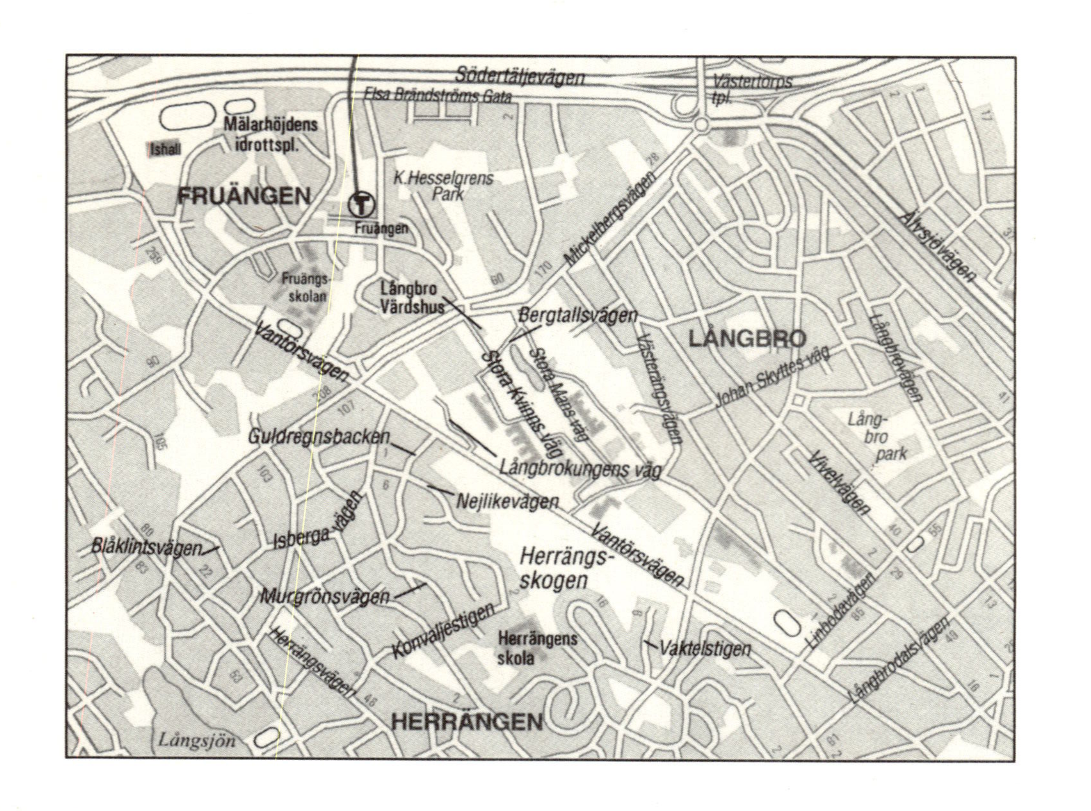
Södertäljevägen
Elsa Brändströms Gata
Västertorps tpl.
Mälarhöjdens idrottspl.
Ishall
FRUÄNGEN
K.Hesselgrens Park
Fruängen
Fruängsskolan
Långbro Värdshus
Micketbergsvägen
Älvsjövägen
Bergtallsvägen
LÅNGBRO
Långbrovägen
Västerängsvägen
Johan Skyttes väg
Stora Mans väg
Stora Kvinns väg
Vantörsvägen
Långbro park
Guldregnsbacken
Långbrokungens väg
Nejlikevägen
Vivelvägen
Isberga-vägen
Blåklintsvägen
Herrängsskogen
Murgrönsvägen
Konvaljestigen
Herrängens skola
Vaktelstigen
Linbodavägen
Långbrodalsvägen
Herrängsvägen
HERRÄNGEN
Långsjön

August 2009, in der Nacht von Samstag auf Sonntag

Tief sog er die satten Düfte der Nacht durch die Nase ein. Es war vollkommen windstill. Der Mond, der vor einer Weile noch groß und golden direkt über den Baumwipfeln geschwebt hatte, war jetzt im Verschwinden begriffen. Zwischen den Bäumen stand ein Reh und betrachtete ihn mit gespanntem Nacken und aufgerichteten Ohren. Eine Ricke, dachte er. Das war der korrekte Name für ein weibliches Reh, eine Ricke. An ihrer Seite konnte er ein Kitz ausmachen, das unbekümmert im Unterholz nach etwas Essbarem suchte, ohne ihn auch nur im Geringsten zu beachten.

Gott ist gut, dachte er. Heute Nacht hält Gott seine schützende Hand über uns.

Er stand allein unter den Sternen, allein auf dem Wanderweg im Waldgebiet Herrängsskogen. Seine Gedanken lösten einander ab, glitten durch sein Bewusstsein, ohne dort Wurzeln zu schlagen. Die Jugendlichen – was taten sie an einem so warmen und klaren Abend wie diesem? Er war noch keinem betrunkenen Teenager begegnet, seit er von zu Hause aufgebrochen war. Vielleicht hatten diese Wochen ohne jegliche Verpflichtungen ihren Tribut gefordert. Vielleicht hatten sie genug von dem unverbindlichen Miteinander und der ganzen Freiheit und bereiteten sich darauf vor, in ihre Käfige zurückzukehren. Und die Obdachlosen, was mochten die gerade tun? Sammelten sie ihre Kräfte vor einem weiteren unbarmherzigen Winter? Die Voraussetzungen dafür waren in diesem Sommer zweifellos ideal gewesen. Was die Fußballmädchen taten, dessen war er sich ziemlich sicher: Sie schliefen, bereiteten sich auf das morgige Punktspiel vor. Die Fortschritte, die sie in den vergangenen Wochen gemacht hatten, und die Einstellung, die die Mannschaft am Donnerstag im Training gezeigt hatte, überzeugten ihn davon, dass es nur ein Ergebnis geben konnte: Sie würden gewinnen. Und es wäre mehr als verdient. All die Stunden, die er selbst und die Mädchen auf dem Rasen geopfert hatten, waren nicht ohne Resultate geblieben.

Welch ein Sommer. Welch ein Abend. Mit den Pokerkameraden im Långbro Värdshus war es hoch hergegangen. Hering in allen Formen, weltklasse Grillgerichte, ordentlich zu trinken und beste Laune bei allen Beteiligten. Auch bei Janne Siem, der den Kürzesten gezogen hatte, als es ans Bezahlen ging. Aber wer sich ins Spiel begibt, der ... Es war nun einmal so, dass die Pokerkasse jedes Jahr verfeiert wurde, und wer am meisten verloren hatte, stand natürlich für den größten Anteil gerade. Dieses Jahr hatte es Siem erwischt, der Fortuna nicht auf seiner Seite gehabt hatte, aber er ließ sich dadurch den Spaß nicht verderben. Auch Staffan Jenner war besser gelaunt als gewöhnlich. Er lebte richtig auf, wenn er zur Pokerrunde stieß, und konnte die Schattenseiten des Lebens für ein paar Stunden vergessen. Der arme Staffan, er sollte wirklich aus diesem Haus ausziehen, das ganze Elend hinter sich lassen und noch einmal von vorne anfangen. Wie Lennart es nach seiner Scheidung getan hatte. Nachdem seine Frau ihn verlassen hatte, war Lennart Wiklund gleich wieder aufgestanden und weitergegangen, immer positiv eingestellt und ein großer Gewinn für gesellschaftliche Ereignisse wie dieses.

Er zog das Handy aus der Hosentasche, fuhr geübt mit dem Zeigefinger über das Display und wollte das Telefon gerade wieder zurückstecken, als er aus dem Augenwinkel eine Bewegung wahrnahm. Das Reh schien zu einem Entschluss gekommen zu sein. Ohne Vorwarnung verschwand es mit einem eleganten Sprung zwischen den Bäumen und wurde sofort von der Dunkelheit verschluckt. Das Kitz konnte er nicht mehr sehen, aber vermutlich hatte es denselben Weg eingeschlagen. Der Augustmond war spurlos verschwunden. Er atmete tief ein, und seine Lungen füllten sich mit feuchter Spätsommerluft.

Gott ist gut, stellte er erneut fest. Heute Nacht ist Gott uns gnädig.

Ein überwältigendes Gefühl des Glücks und der Dankbarkeit überkam ihn, während er einsam unter den Sternen durch den Herrängsskogen ging.

Der erste Schuss traf ihn in den Rücken, und der zweite, nachdem er gefallen war, mit großer Präzision in den Nacken.

Möglicherweise war Sven-Gunnar Erlandssons Gott nicht so empfänglich für erhabene Stimmungen. Er schien blind zuzuschlagen, ohne den Gedanken Beachtung zu schenken, die zur selben Zeit und ganz in der Nähe alles andere als rein und erhaben klangen.

»Er weiß Bescheid, ich bin sicher, dass er Bescheid weiß. Jahrelang hat er gewusst, was ich getan habe, und trotzdem hat er mich unter seine Fittiche genommen ...«

»Nichts kann mich aufhalten. Ich will, ich wage. Ruhig bleiben, ich bin schon so nahe ...«

»Und immer mit einem Lächeln auf den Lippen. Als ob es nie geschehen wäre. Zuerst eine Ohrfeige, dann eine Umarmung. Und damit soll alles vergessen sein. Aber das ist es nicht, kann es gar nicht ...«

»... keine Ehre im Leib, immer diese miesen Tricks. Ganz gleich, ob es um die Aufstellung ging, um Urteile oder ums Pokerspiel. Und immer mit diesem scheinheiligen Lächeln ...«

»Ich werde ihn töten, ich wage es, ich werde töten. Ihr werdet schon sehen, ich kann es tun. Ich werde es tun ...«

»Zwei Mal, zwei verfluchte Male ist es passiert, und er tut so, als wäre nichts gewesen. Obwohl er weiß, dass ich weiß, dass er weiß ...«

»Er schreibt die Regeln nach seinen Bedürfnissen um, dieser verdammte Heuchler …«

»Man steckt fest wie in einer Zwickmühle, muss sich von diesem Joch befreien …«

»Wenn er verschwände, würde der Druck von meiner Stirn weichen und ich könnte mein eigenes Leben leben …«

»Und wir sitzen hier herum wie lallende Idioten, wie Marionetten, und nicken alles ab …«

»Ich kann, ich wage, tief einatmen. Einen Schuss in den Nacken wird er bekommen, hübsch und sauber …«

Sonntagmorgen

Kriminalkommissar Conny Sjöberg hatte den Sommer voll ausgekostet: lange Arbeitstage, an denen er das Sommerhaus fertiggebaut hatte, und helle Nächte, in denen er viel zu viel gegessen und getrunken hatte. Was einander leider nicht vollständig aufgehoben hatte, denn der aufmerksame Beobachter konnte feststellen, dass sein Körper nicht mehr ganz so jugendlich wirkte. Familie Sjöberg war am Freitag in die Stadt zurück gezogen, damit sich die Kinder wieder an normale Schlafenszeiten gewöhnen konnten, bevor am Montag der sanfte Start in den Kindergarten und die Ferienbetreuung folgte. Den Samstag hatten sie unter geradezu chaotischen Verhältnissen im Vergnügungspark Gröna Lund verbracht: zwei Erwachsene mit fünf Kindern, die in fünf verschiedene Richtungen zogen. Aber das Schöne daran war, dass sie endlich überhaupt solche Dinge gemeinsam machen konnten, dass alle Kinder alt genug waren, um sich stimulierenderen Aktivitäten widmen zu können, als auf allen vieren über den Boden zu krabbeln oder Rollenspiele zu spielen. Die Zwillinge hatten sich über den Sommer prächtig entwickelt. Und sie hatten sich beruhigt. All das, in Verbindung mit der Sommeridylle, die in Bergslagen allmählich Gestalt annahm, flößte ihm Ruhe ein und ein Gefühl der Befreiung. Jetzt war die Zeit endgültig vorbei, in der Mittagsschläfchen, Kinderwagen, Schnuller, Brei und Kindergeschrei das Dasein bestimmten.

Und trotzdem wurde er an diesem verdammten Sonntagmorgen um halb sechs aus dem Schlaf gerissen. Dieses Mal allerdings vom Telefon.

*

Jens Sandéns Urlaub war schon seit einer Woche vorbei, und er war bereits wieder im Alltagstrott angekommen. Nach dem Schlaganfall, den er 2007 erlitten hatte, hatte sich der mittlerweile dreiundfünfzigjährige Kriminalinspektor, ganz anders als alle erwartet hatten, mächtig zusammengerissen und nicht weniger als zweiundzwanzig Kilo abgenommen. Er aß gesund, unternahm vor dem Frühstück oft lange Spaziergänge und spielte jeden Freitagmorgen Tennis mit seinem besten Freund Conny Sjöberg. Im Großen und Ganzen fühlte er sich gut in Form, und die Tatsache, dass seine geistig leicht behinderte Tochter ihr Leben inzwischen wieder im Griff hatte, trug das ihre dazu bei. Auch sie war schon an ihren Arbeitsplatz zurückgekehrt – hinter den Empfangsschalter der Polizeiwache – und hatte sich nach den Sommerferien schnell wieder zurechtgefunden.

An diesem Morgen war Sandén von alleine um fünf nach fünf aufgewacht, hatte sich mithilfe dieses neuen Dings aus dem Designerladen ein Ei in der Mikrowelle gekocht und war jetzt im Begriff, sich Stiefel und Regenjacke überzuziehen, um sich auf seinen morgendlichen Spaziergang zu begeben. Diese Pläne wurden allerdings über den Haufen geworfen, als das Telefon klingelte und er gebeten wurde, sich in den Wagen zu setzen und nach Herrängsskogen hinauszufahren. Naja, dachte er, dort würde er die Regensachen wohl auch gut gebrauchen können.

*

Es regnete in Strömen. Nach einem herrlichen Sommerabend waren in den frühen Morgenstunden Wolkenfelder über die Ostsee herangezogen und entleerten sich nun über Schwedens Osten. Und das nur, um uns Kriminaltechnikern eines auszuwischen, dachte Gabriella Hansson, als sie ihren Wagen durch den Schlamm am fünften Fairway des Nacka Golfclubs zog. Und das nur, um uns Golfspielern eines auszuwischen, dachte Hedvig Gerdin, als sie nach einem misslungenen Schlag mit dem Fünfereisen den Ball herunterfallen und im Schlick steckenbleiben sah, schätzungsweise zwanzig Meter vor dem Grün. Sie unternahm einen halbherzigen Versuch, den rutschigen Griff an einem klatschnassen Handtuch trockenzuwischen, und stopfte den Schläger in die Tasche zurück, bevor sie das nicht gerade bescheidene Stück Rasen zurückholte, das sie mit dem Ball zusammen auf den Weg geschickt hatte. Mit dem Handrücken wischte sich Hedvig – seit gut einem Jahr meist nur noch Gäddan, Hecht, genannt – den Schlamm ab, der ihr bei dem halb missglückten Schlag ins Gesicht gespritzt war.

Sie war fünfundfünfzig Jahre alt und erst kürzlich, nach mehr als dreißig Jahren, die sie vom Polizeidienst beurlaubt war, als Inspektorin bei der Polizeiwache in Hammarby in den aktiven Dienst zurückgekehrt. Ihr Mann hatte bis zu seinem Tod vor ein paar Jahren als UN-Mitarbeiter bei der WHO in Genf gearbeitet, während sie sich in ihrem Haus in Soral um die Familie gekümmert hatte. In der Zeit, die ihr das Hausfrauendasein nebenbei ließ, hatte sie sich weitergebildet, ihre theoretischen polizeilichen Kenntnisse auf dem Laufenden gehalten und sich außerdem ein schwedisches juristisches Examen mitsamt Doktortitel zugelegt. Und die eine oder andere freie Stunde hatte sie auch auf dem Golfplatz verbracht, was in einem Handicap resultierte, das sich zwischen sechs und acht bewegte.

Mit ihrem sechsten Schlag gelang es Hansson, den Ball auf das Grün zu bekommen, er landete jedoch weit hinter der Flagge, die am vorderen Rand platziert war. Gerdin legte den Ball mit einem eleganten Chip einen halben Meter vor das Loch und versenkte ihn zum Par, obwohl das Handy ihrer Mitspielerin genau zu ihrem Putt zu klingeln begann.

»Hansson ... Okay ... Soll ich Gäddan mitbringen? Wir sind auf dem Golfplatz ... Es könnte eine Weile dauern, wir sind so weit vom Parkplatz entfernt, wie man überhaupt kommen kann ... Fünfundvierzig Minuten. Höchstens eine Stunde ... Ich gebe den Technikern Bescheid, dass sie so schnell wie möglich ein Untersuchungszelt aufstellen. Und sieh zu, dass sie nicht zu viel am Tatort herumtrampeln, bitte.«

»Ausgespielt?«, fragte Gerdin.

Hansson nickte.

»Für uns und für einen Pokerspieler in Älvsjö. Ich putte jedenfalls noch zu Ende«, sagte sie und versenkte ohne nennenswerte Begeisterung einen fast sensationellen Zwanzigmeterputt zum Doppelbogey.

*

Wie ein kleiner Ausschlag, ein leichtes Ekzem; meistens denkt man nicht daran, aber manchmal juckt es zum Verrücktwerden. So ungefähr pflegte die einunddreißigjährige Polizeiassistentin Petra Westman ihre Gefühlslage während schlafloser Stunden zusammenzufassen. Mittlerweile waren fast drei Jahre seit dem Abend vergangen, an dem sie in der Clarion Bar unter Drogen gesetzt, zu einem Haus in Mälarhöjden transportiert und dort von zwei Männern vergewaltigt worden war. Der eine, Oberarzt Peder Fryhk, saß jetzt in Norrtälje hinter Gittern, und das würde hoffentlich noch ein paar Jahre so bleiben. Mithilfe von Staatsanwalt Hadar Rosén hatte sie das Kunststück fertiggebracht, Fryhk für mehrere Vergewaltigungen verurteilen zu lassen, ohne selbst während der Verhandlung in Erscheinung treten zu müssen. Sehr vieles sprach allerdings dafür, dass sie nicht so inkognito war, wie sie gehofft hatte, denn Bildaufnahmen der Vergewaltigung waren gelegentlich in alles andere als angenehmen Zusammenhängen aufgetaucht.

Polizeidirektor Roland Brandt hatte mit einem dieser Bilder ein eindeutiges Angebot von ihrer eigenen E-Mail-Adresse aus zugeschickt bekommen. Er hatte es ernst genommen und versucht, sie ins Bett zu bekommen. Als ihm dies nicht gelang, hatte sie von ihm prompt die Kündigung zugeschickt bekommen. Erst ein geistesgegenwärtiger Sjöberg konnte dieses Schicksal in letzter Sekunde abwenden. Später war eine Filmsequenz von Hamads E-Mail-Adresse aus verschickt worden, und wie viele Leute die gesehen haben mochten, das wusste der Teufel. Und als ob das alles noch nicht genug gewesen wäre, wäre sie beinahe in die Falle getappt und hätte mit Hamad gebrochen, obwohl er einer derjenigen war, die ihr am nächsten standen.

Und dies alles war mit sicherer Hand von dem anderen Mann, wie sie ihn nannte, gesteuert worden. Dem Mann, der die Kamera gehalten hatte. Dem Mann, der schmerzhafte Penetrationen von wehrlosen Frauenkörpern heranzoomte, um dann selbst zu vergewaltigen, wenn die Kamera abgeschaltet war. Dem Mann, der so lichtscheu war, dass die anderen missbrauchten Frauen wahrscheinlich noch nicht einmal von seiner Existenz wussten. Dem Mann, der vielleicht sogar in der Polizeiwache an der Östgötagatan 100 arbeitete und sich damit fast jeden Tag in ihrer unmittelbaren Nähe aufhielt. Denn wie hätte er sonst an ihre Passierkarte und an ihren und Hamads Computer herankommen können? Nein, dass sich der andere Mann im Gebäude befunden haben musste, stand außer Zweifel, aber wer war er? Petra Westman hatte absolut keine Ahnung.

Und das nagte an ihr. Die eigentliche Vergewaltigung, die sie kaum bewusst erlebt hatte, und die physischen und psychischen Nachwirkungen hatte sie zu einem Teil verdrängen können. Aber die Tatsache, dass der andere Mann lebte und sich mitten unter ihnen befand, ließ es ihr kalt den Rücken hinunterlaufen. Er hatte sie seit über einem Jahr nicht mehr behelligt, also war es wohl das Beste, den Ärger herunterzuschlucken und einfach weiterzugehen. Aber manchmal juckte es. Zum Verrücktwerden.

Deshalb machte es ihr nicht so viel aus, als an ihrem letzten Urlaubstag um kurz nach halb sechs am Morgen das Telefon klingelte.

*

Das war doch nicht möglich. Das konnte doch nicht wahr sein, dass so früh am Sonntagmorgen das Telefon klingelte, und dazu noch im Urlaub. Er war den ganzen Sommer lang niemals vor neun Uhr aufgestanden, und dass der Regen gegen das Fenster prasselte, machte es auch nicht gerade leichter. Er warf einen Blick zu Mercury hinüber, aber der schlief unbeirrt weiter, obwohl es schon mindestens drei Mal geklingelt hatte. Sein sechsjähriger Sohn hatte wie üblich die Decke weggestrampelt, die meist schon auf dem Boden landete, bevor er überhaupt einschlief.

Odd Andersson war achtunddreißig Jahre alt und war im vergangenen Oktober von der Stockholmer Citywache zur Hammarbypolizei gewechselt. Mit unnachahmlichem Timing war er in dem blauen, ovalen Besprechungsraum erschienen, nachdem er nur ein paar Tage zuvor unter den Augen von anderthalb Millionen Fernsehzuschauern ganz knapp aus einer Mottoshow von *Idol 2008* ausgeschieden war. Wie bei einem ansehnlichen Teil der schwedischen Bevölkerung hatte sich der alte Rock 'n' Roller auch in den Herzen von Conny Sjöberg und seinen Mitarbeitern bald einen Platz erobert. Nachdem er eine Weile unter dem Namen Idol-Odd firmierte, hatte Jens Sandén irgendwann genug davon und den Namen Loddan ins Spiel gebracht. Die Lodde, sagte er, ist ein hässlicher Fisch mit großem

Maul, der in großen Schwärmen durchs Meer zieht, aber nicht besonders lecker ist. Deshalb meinte er, dass er gut zu Idol-Odd passen würde, der damit auch Gäddan im Aquarium – dem großen Glasgebäude an der Östgötagatan 100 – Gesellschaft leisten könne. Und konsequenterweise dauerte es dann auch nicht mehr lange, bis man den kleinen Mercury bei der Hammarbypolizei auf den Namen Mörten – Rotauge – getauft hatte.

Bevor das Telefon noch ein weiteres Mal läuten konnte, nahm er den Hörer ab.

»Okay ... Ja, so ist es vielleicht am Besten ... Dann werde ich den Jungen eben mitnehmen, er wohnt bei mir ... Ach, dann muss er eben im Auto sitzen und Däumchen drehen, kein Problem ...«

*

Während der schlaftrunkene Polizeiassistent Jamal Hamad sich höchst widerwillig der Morgentoilette widmete, beschäftigte sich sein Gehirn weiter damit, die Eindrücke des vergangenen Tages zu verarbeiten. Den Samstagabend hatte er ausgerechnet auf dem Pride-Festival verbracht. Nicht weil ihn die Veranstaltung besonders amüsierte, er fand, dass zu viel Gewicht auf das Sexuelle, das Extreme gelegt wurde. Seriöse Programmpunkte über Toleranz und sexuelle Selbstbestimmung in allen Ehren, aber jetzt im Ernst – Dildokegeln? Würden solche Beiträge das Verständnis für Fragen der Homo-, Bi- und Transsexualität fördern? Er befürchtete, dass es sich eher andersherum verhielt. Nun hatte er allerdings weder aus Spaß noch aus politischer Überzeugung teilgenommen, sondern aus höchst persönlichen Gründen.

Im Tantolunden und in unmittelbarer Nähe eines Wohnwagens, wo man, wenn man bereit war, dreißig Minuten zu warten, herausfinden konnte, ob man mit Chlamydia oder HIV infiziert war, hatte eine Podiumsdiskussion stattgefunden. Dort unterhielten sich ein Repräsentant des Lesben- und Schwulenverbands, ein Vertreter des Rechtsmedizinischen Instituts, ein Kriminologe von der Universität Stockholm, Politiker verschiedener Parteien sowie einige Polizisten über Gleichstellung, sexuelle Gleichberechtigung und Hasskriminalität.

Die Eröffnungsrede hielt der stellvertretende Polizeidirektor der Hammarbypolizei, Gunnar Malmberg. Der Vergewaltiger Gunnar Malmberg. Dass niemand anderer als er der andere Mann war, wusste allein Hamad.

Was Malmberg während der zehn Minuten sagte, die er das Wort hatte, ließ Hamad zusammenzucken: »Glaubwürdigkeit hat ein großes Gewicht, ganz besonders in einer Organisation wie der Polizei. Um unserem Bemühen um Gleichstellung Glaubwürdigkeit zu verleihen, müssen wir jetzt handeln und nicht nur reden.« »Empathie. Wir alle tragen die Verantwortung dafür, dass die Machtordnung der Geschlechter erhalten bleibt. Männer sollten sich in die Situation der Frauen hineinversetzen. Wenn Männer dies wie selbstverständlich täten, bräuchten wir uns um Gleichstellung nicht zu bemühen.« »Alle Erfahrung sagt uns, dass die Gleichstellung eine ungeheure Kraft gegen die Gewalt entfaltet. Es gibt keine schlechten Menschen – es ist das Schweigen der guten Menschen, mit dem ich mich so schwertue.«

Pfui, Teufel. Hamad schauderte es, als er die Tür hinter sich schloss, um zum Tatort nach Älvsjö hinauszufahren.

*

Man hatte ein Zelt über dem Körper aufgespannt. Der tote Mann bot ein trauriges Bild, wie er in einer Art stabiler Seitenlage ruhte. Seine Kleidung war vollkommen durchnässt, und der Regen hatte den Asphaltweg, auf dem er lag, effektiv von jedem Blut gereinigt. Die klaffenden Löcher an Hals und Nacken zeugten jedoch davon, dass es sehr viel Blut gewesen sein musste. Außerdem deutete alles darauf hin, dass er zusätzlich noch einen Schuss in den Rücken bekommen hatte.

Er war ordentlich gekleidet mit Slippern aus Veloursleder, beigen Hosen, hellblauem Hemd und marineblauem Jackett. Eine elegante Uhr schaute unter der Manschette hervor, und am Ringfinger der linken Hand steckte ein Goldring. Man hatte bereits zu Beginn die Taschen des Mannes geleert, um so viel wie möglich vor dem Regen zu retten. In der Innentasche des Jacketts hatte noch die Brieftasche gesteckt, die sowohl Kreditkarten als auch Bargeld enthielt, was gegen einen Raubmord sprach. Laut Führerschein handelte es sich bei dem Opfer um den zweiundfünfzig Jahre alten Sven-Gunnar Erlandsson.

Sjöberg, Hamad, Westman und Andersson standen vor dem Untersuchungszelt und schauten hinein, um sich ein Bild vom Tatort zu machen. Zwei Techniker arbeiteten unter der Plane. Es schien ein hoffnungsloses Unterfangen, noch irgendwelche Spuren des Mörders aus den Wasserpfützen auf dem Asphalt herauswaschen zu wollen.

»Es war ein schöner Abend gestern. Weiß irgendjemand, wann der Regen angefangen hat?«, fragte Sjöberg.

»Ich bin um zwölf ins Bett gegangen, da war es noch schön«, antwortete Andersson.

»Als ich um viertel vor eins nach Hause kam, hatte es sich schon ein bisschen zugezogen«, sagte Hamad.

»Als ich um viertel nach vier aufgestanden bin, hat es schon gegossen und seitdem auch nicht wieder aufgehört«, berichtete Hedvig Gerdin, die plötzlich mit Bella Hansson, Sandén und dem Rechtsmediziner Kaj Zetterström im Schlepptau aufgetaucht war.

»Sehr gut, dann bist du also schuld, Gäddan«, sagte Sandén. »Schön, euch alle wiederzusehen. Hattet ihr einen schönen Urlaub?«

»Mhm, zumindest bis jetzt«, antwortete Sjöberg. »Danke, dass ihr euch alle bereitgefunden habt.«

Er trat einen Schritt zur Seite, um Hansson und Zetterström ins Zelt zu lassen.

»Ich dachte, es wäre das Beste, wenn alle von Anfang an dabei sind, dann brauchen wir am Montag nicht alles noch einmal durchzukauen. Ihr könnt die Überstunden natürlich bei Gelegenheit wieder abbummeln, ich hoffe, das ist okay für euch. Wenn ihr euch vielleicht dort drinnen umschaut«, fuhr Sjöberg an Sandén und Gerdin gerichtet fort, »dann werden wir anderen uns mal die Umgebung ansehen. Ich werde ein paar Worte mit den Polizisten wechseln, die zuerst vor Ort waren.«

Am Absperrband weiter unten auf dem Weg standen zwei uniformierte Polizisten, ein Mann und eine Frau, die aussahen, als würden sie auf bessere Zeiten warten. Einer von ihnen schaute in den Himmel, aber der versprach keinen Wetterumschwung in naher Zukunft, sondern blieb unverändert grau.

»Wer hat den Körper gefunden?«, fragte Sjöberg.

»Eine Joggerin«, antwortete die Polizistin. »Ein junges Mädchen, das hier in der Nähe wohnt. Wir haben sie nach Hause geschickt.«

»Hat sie etwas gesehen oder gehört?«

»Nichts. Es war so gegen fünf Uhr.«

»Hat sie ihn berührt?«

»Sie hat nach dem Puls gesucht, aber es war ziemlich offensichtlich, dass er schon tot war, sodass sie keine Wiederbelebungsversuche unternommen hat. Außerdem hat sie das Opfer gekannt.«

»Sie hat ihn gekannt? Woher?«

»Anscheinend war er ihr Fußballtrainer«, erklärte der andere Polizist. »Sie war ganz schön mitgenommen. Sie hatten wohl heute auch noch ein Spiel.«

»Oh, verdammt. Wie alt ist sie denn?«

»Dreizehn. Josefin Siem heißt sie. Du bekommst ihre Daten.«

Irgendwo unter dem Regenponcho zog er einen Notizblock hervor, riss eine Seite heraus und gab sie Sjöberg, der sich mit einem Nicken bedankte und zum Untersuchungszelt zurückkehrte, wo die anderen sich ihm anschlossen.

»Gruselig«, bemerkte Sandén und schüttelte den Kopf. »Er sieht aus wie ein ganz normaler Durchschnittsschwede.«

»Er soll Fußballtrainer sein«, sagte Sjöberg. »Sagt jedenfalls das Mädchen, das ihn gefunden hat.«

»Wir haben Kreditkarten und auch Bargeld in seiner Brieftasche gefunden«, sagte Gerdin. »Über tausend Kronen. Er scheint also nicht ausgeraubt worden zu sein.«

»Auf der anderen Seite hatte er kein Handy dabei, und das dürfte im Jahr 2009 ziemlich ungewöhnlich sein«, meinte Sandén.

Sjöberg blieb skeptisch.

»Handyräuber sind normalerweise junge Männer, die schlimmstenfalls mit einem Messer angreifen. Ich halte es für ziemlich ungewöhnlich, dass eine Bande von Teenagern jemandem in den Schädel schießt, um an sein Handy zu kommen. Ist euch sonst noch etwas aufgefallen?«

Hansson schaute aus der Zeltöffnung heraus.

»Ich nehme an, dass ihr wissen wollt, was wir bei ihm gefunden haben. Über die Brieftasche wisst ihr Bescheid. Sportliche Armbanduhr der Marke Seiko. Goldring ohne Inschrift, wahrscheinlich ein Ehering, weil er am linken Ringfinger saß. Und dann steckten vier Spielkarten in der Brusttasche seines Jacketts.«

»Asse?«, wollte Westman wissen.

»Tja, eine der Karten war ein Ass, aber nicht alle.«

»Vielleicht ein Falschspieler?«, überlegte Hamad. »Nach einer schönen, alten Tradition schießt man Falschspielern in den Kopf.«

»Was ist denn mit Teer und Federn passiert?«, seufzte Sandén.

Auch Zetterström steckte seinen Kopf aus dem Zelt.

»Ihm wurde nicht in den Kopf geschossen, sondern in den Nacken. Aus kurzer Entfernung und mit einer großkalibrigen Waffe, schätze ich. Die Kugel ging quer durch den Hals, ihr werdet sie also irgendwo hier in der Ecke finden. Wahrscheinlich wurde ihm zuerst aus fünf bis zehn Metern Entfernung in den Rücken geschossen. Dabei dürfte er nach vorne gefallen sein, worauf der Mörder näher an ihn herantrat und eine weitere Kugel in seinen Nacken abfeuerte. Von dem ersten Schuss habe ich kein Austrittsloch gefunden, wahrscheinlich hat die Kugel das Rückgrat getroffen und die Richtung geändert, sodass sie irgendwo im Körper steckengeblieben ist. Wenn ich mit der Obduktion begonnen habe, gibt es Genaueres.«

Der Rechtsmediziner zog sich ins Zelt zurück, und Hansson nahm den Faden wieder auf.

»Dann haben wir in derselben Tasche wie die Spielkarten noch einen handgeschriebenen Zettel gefunden. Aber der ist so aufgeweicht, dass man den Text nicht entziffern kann. Es könnten sowohl Ziffern als auch Buchstaben sein, aber es ist sehr verschwommen.«

»Eine Telefonnummer vielleicht? Oder eine Adresse?«, schlug Andersson vor.

»Gut möglich. Ich werde tun, was ich kann, um den Zettel lesbar zu machen. Das war alles.«

»Danke«, sagte Sjöberg. »Ich werde herausfinden, wo er wohnt, ob er Angehörige hat und ob er vermisst gemeldet worden ist.«

Er warf einen Blick auf seine Armbanduhr.

»Es ist noch vor sieben, es ist also durchaus möglich, dass ihn noch niemand vermisst. Nach seinem Ring zu urteilen, wird er wohl Angehörige haben. Wir kehren zu den Autos zurück.«

Als Nächstes wählte er die Nummer von Lundin, von dem er wusste, dass er gerade Diensthabender in der Wache war, weil er ihn vor nicht allzu langer Zeit angerufen und geweckt hatte. Von ihm erfuhr er, dass Sven-Gunnar Erlandsson nicht als vermisst gemeldet worden war, dass er im Vaktelstigen 16 in Herrängen wohnte und dass dort auch seine Ehefrau, Adrianti, gemeldet war.

*

»Adrianti?«, sagte Gerdin, als sie und Sjöberg sich darauf vorbereiteten, bei Familie Erlandsson zu läuten. »Was ist denn das für ein merkwürdiger Name?«

Sie befanden sich in einer freundlichen Eigenheimsiedlung mit üppigen Gärten, direkt neben einem Waldgebiet, das die Bewohner effektiv von zwei ganz in der Nähe verlaufenden, dicht befahrenen Verkehrsadern abschirmte. Es war derselbe Wald, in dem Sven-Gunnar Erlandsson gefunden worden war, nur ein paar hundert Meter weiter. Das Haus war in einem grünen, fast olivfarbenen Ton gestrichen. Im Unterschied zu den umliegenden Häusern war es nach oben erweitert worden und glich einer Kaufmannsvilla im Kleinformat.

Der Himmel war ein wenig aufgeklart, und was vom Regenwetter noch übrig war, das tropfte auf sie herunter, während sie an dem Audi in der asphaltierten Hofeinfahrt vorbei zum Eingang gingen. Sjöberg drückte auf den Knopf, und ein angenehmes Klingelsignal pflanzte sich durch die Wände fort und bis zu ihnen nach draußen. Es dauerte nur wenige Sekunden, bis eine Frau mittleren Alters in Morgenmantel und Lammfellpantoffeln die Tür öffnete. Sie starrte sie mit einem gehetzten Ausdruck an, ohne etwas zu sagen. Sjöberg hatte den Polizeiausweis bereitgehalten und streckte ihn ihr entgegen.

»Ich heiße Conny Sjöberg und arbeite als Kommissar bei der Hammarbypolizei. Das ist Kriminalinspektor Hedvig Gerdin.«

»Ist etwas passiert?«, fragte die Frau besorgt. »Geht es um Svempa?«

Sjöberg hatte sofort den starken Akzent bemerkt und nahm aufgrund ihres Aussehens an, dass sie wahrscheinlich aus dem südostasiatischen Raum stammte. Das schwarze Haar war hastig zu einem Pferdeschwanz zusammengebunden, der sich bereits wieder aufzulösen drohte. Mit krampfhaft vor der Brust verschränkten Armen und hochgezogenen Schultern vermittelte sie den Eindruck, als sei sie gerade erst aus dem Bett gestiegen. Und als wäre ihr Erwachen nicht das beste gewesen.

»Sind Sie Adrianti? Sven-Gunnar Erlandssons Frau?«, fragte Sjöberg und versuchte einen Gesichtsausdruck aufzusetzen, der möglichst wenig von ihrem Auftrag verriet.

Sie nickte.

»Wir würden gerne hereinkommen und uns mit Ihnen unterhalten. Wäre das möglich?«

Sie nickte ein weiteres Mal und trat einen Schritt zurück, um sie hereinzulassen. Sie befanden sich jetzt in einer kleinen Diele mit Holzpaneelen an den Wänden und einem Flickenteppich auf dem Boden. Auf der Türmatte entledigten sie sich ihrer schlammigen Stiefel und folgten ihr ins Haus. Nachdem sie die Treppe ins Obergeschoss passiert hatten und einen kurzen Blick in ein gemütliches Wohnzimmer mit vollen Bücherregalen und einem alten Klavier werfen konnten, gelangten sie in eine große Küche, die an einem weiß gestrichenen Holztisch im Bauernstil Platz für zehn Personen bot. Auch hier war der

Boden mit Flickenteppichen bedeckt. Der anheimelnde Duft nach Curry erinnerte Sjöberg daran, dass er noch nicht gefrühstückt hatte. Mit zitternden Händen zog die Frau einen Stuhl unter dem Tisch hervor und setzte sich. Die beiden Polizisten nahmen ihr gegenüber Platz, und Sjöberg wollte gerade das Wort ergreifen, als sie ihm zuvorkam.

»Er ist gestern Abend nicht nach Hause gekommen. Ich bin gegen Mitternacht zu Bett gegangen, und da war Svempa noch nicht da. Und als ich eben aufgewacht bin, war er immer noch nicht zu Hause. Was ist denn passiert?«

Sie faltete die Hände vor dem Mund und presste die Finger so fest aneinander, dass die Knöchel weiß hervortraten.

»Er ist vor ein paar Stunden tot aufgefunden worden«, kam Sjöberg direkt zur Sache. »Ganz in der Nähe. Auf dem Spazierweg hier im Wald. Es tut mir furchtbar leid.«

Sie starrte ihn verstört an, unfähig, auch nur ein Wort zu erwidern. Er gab ihr Zeit, die schreckliche Nachricht zu verarbeiten. Da knarrten die Treppenstufen, und kurz darauf tauchte eine junge Frau in der Türöffnung auf, barfuß und im Pyjama. Sie schien um die zwanzig zu sein und ließ ihren Blick verwundert von Sjöberg zu Gerdin wandern, bevor er dem ihrer Mutter begegnete. Oder war es vielleicht ihre Stiefmutter? Die blauen Augen und die blonden Haare sprachen dafür. Ein Hauch von Besorgnis streifte ihr Gesicht, als sie mit einem Blick auf die Digitaluhr im Mikrowellenherd feststellte, dass es tatsächlich so früh war, wie sie gedacht hatte.

»Ist etwas passiert?«, fragte sie mit dem halbherzigen Versuch eines Lächelns. »Ist etwas mit Papa? Adri?«

Die Anrede überzeugte Sjöberg davon, dass er mit seiner Vermutung richtig gelegen hatte. Die Stiefmutter bekam kein einziges Wort heraus, sodass Sjöberg sich gezwungen sah, an ihrer Stelle zu antworten.

»Sven-Gunnar Erlandsson, ist das ihr Vater?«

Sie nickte.

»Es tut mir leid, aber er ist vorhin tot aufgefunden worden.«

Gerdin erhob sich, legte einen Arm um das Mädchen, das leise zu weinen begann, und setzte sie sanft auf einen Stuhl.

»Was ist passiert?«, fragte sie matt, während ihr die Tränen die Wangen hinunterliefen.

»Er ist erschossen worden«, antwortete Sjöberg. »Eine Joggerin hat ihn gegen fünf Uhr auf dem Waldweg hier in der Nähe gefunden. Wissen Sie, wo er gewesen ist?«

»Im Långbro Värdshus«, antwortete Adrianti Erlandsson mit brüchiger Stimme.

Sie räusperte sich und fuhr fort.

»Die Pokerrunde verfeiert einmal im Jahr ihre Kasse. Sie essen und trinken, bis das Geld alle ist. In der Regel wird es ziemlich spät, also war ich nicht beunruhigt darüber, dass er noch nicht zu Hause war, als ich ins Bett ging.«

Jetzt begannen auch bei ihr die Tränen zu fließen.

»Ach, Kleine«, sage sie und zog das Mädchen zu sich heran. »Meine liebe, kleine Ida.«

Sie saßen ruhig und gefasst beisammen und spendeten einander Wärme und Trost. Sjöberg fand, dass die Szene von einer tiefen Würde geprägt war. Stille Trauer und Liebe.

»Gibt es noch mehr Kinder?«, fragte er.

»Ja. Ich muss Anna und Rasmus anrufen.«

»Wir werden Sie nicht mit Unmengen von Fragen quälen. Aber um weiterarbeiten zu können, brauchen wir jetzt sofort einige wichtige Informationen. Den Rest können wir bei einem späteren Besuch klären. Wir benötigen die Namen und die Adressen oder Telefonnummern aller Leute, die gestern Abend dabei waren. Können Sie uns damit helfen?«

Adrianti Erlandsson küsste das Mädchen auf die Stirn, sammelte ihre Gedanken und wandte sich Sjöberg zu.

»Staffan«, sagte sie. »Staffan Jenner, Svempas bester Freund.

Er wohnt nicht weit von hier. Im Blåklintsvägen. Lennart Wiklund. Er wohnt jetzt drüben im Långbrokungens Väg. Und dann noch Janne Siem, der in Långbro wohnt.«

Sjöberg zuckte zusammen.

»Siem?«, wiederholte er. »Hat der vielleicht eine Tochter namens Josefin?«

Sie schaute ihn erstaunt an.

»Ja, sie spielt in der Mannschaft, die Svempa trainiert. Warum?«

»Sie hat ihn gefunden. Beim Joggen.«

Ida schaute mit verschleierten Augen zu ihm hoch und warf dann ihrer Stiefmutter einen schwer zu deutenden Blick zu. Die Stiefmutter sah jetzt noch betroffener aus.

»Armes Kind«, sagte sie und schüttelte den Kopf. »Ich ... weiß nicht, was ich sagen soll ... Ich werde nachsehen, ob ich ihre Nummer im Handy gespeichert habe.«

Sie erhob sich mit einem tiefen Seufzen und verließ die Küche.

»Ida, wissen Sie, ob Ihr Vater sein Handy gestern zu Hause gelassen hat?«, nutzte Gerdin die Gelegenheit zu einer Frage an die Tochter.

»Nein, das würde er niemals tun«, antwortete das Mädchen und wischte sich mit der Hand unter der Nase. »Er hatte sein Telefon immer dabei.«

»Was hatte er für ein Modell?«

»Ein iPhone mit sechzehn Gigabyte, in einer roten Hülle. Wurde er ausgeraubt?«

Gerdin warf Sjöberg einen fragenden Blick zu, überließ ihm die Entscheidung, welche ihrer Erkenntnisse sie preisgeben würden.

»Vielleicht«, antwortete er. »Wir haben kein Handy gefunden. Seine Brieftasche war dagegen noch da. Wo hat Ihr Vater gearbeitet?«

»Bei der SEB. Im Kungsträdgården.«
»Wissen Sie, ob er Feinde hatte?«
»Feinde?«
Ida Erlandsson wirkte aufrichtig überrascht.
»Das kann ich mir nicht vorstellen. Alle lieben Papa. Haben ihn geliebt«, korrigierte sie sich.
Adrianti kehrte mit einem Handy in der Hand zurück. Sie hatte offensichtlich auch die Frage gehört.
»Svempa hatte keine Feinde«, sagte sie. »Ich habe noch nie jemanden ein schlechtes Wort über ihn sagen hören. Großzügig, hilfsbereit, beliebt auf der Arbeit, ein Familienmensch. Er hat den Obdachlosen geholfen und war seit vielen Jahren Fußballtrainer. Ehrenamtlich.«
Neue Tränen schossen ihr in die Augen, während sie sprach, sodass sie sich unterbrach und sich mit den Händen vor den Augen wieder an den Tisch setzte. Sjöberg fand es pietätlos, jetzt noch weitere Fragen zu stellen, also sahen die beiden Polizisten zu, dass sie die letzten Informationen noch bekamen, und verabschiedeten sich.

Sonntagvormittag

Gegen neun, nachdem alle etwas gegessen hatten, versammelten sich die beteiligten Kräfte im blauen, ovalen Besprechungsraum auf der Polizeiwache. Sjöberg hatte Hansson noch erreicht, als sie sich auf der Rückfahrt vom Tatort befand, aber sie meinte, dass sie nichts mehr gefunden hätten, was mehr Licht auf den Fall werfen könnte. Deshalb verzichtete sie darauf, an der Besprechung teilzunehmen, und widmete sich stattdessen der Analyse ihrer Funde im Labor. Staatsanwalt Hadar Rosén war eigens für dieses Treffen von seinem Sommerhaus in Roslagen in die Stadt gefahren, hatte es anscheinend aber nicht für notwendig angesehen, die Freizeitkleidung durch einen Anzug zu ersetzen. Eine Einstellung, die er mit allen anderen, die an dem Tisch saßen, zu teilen schien, wenngleich er der Einzige war, der normalerweise auch im Alltag einen Anzug zu tragen pflegte.

Sjöberg eröffnete die Besprechung mit einer kurzen Wiedergabe der bekannten Fakten zu diesem Mordfall, vor allem, um den Staatsanwalt auf den aktuellen Stand zu bringen. Zusätzlich fasste er den kurzen Besuch bei der Witwe und der Tochter zusammen.

»Es gibt natürlich noch vieles mehr, worüber wir mit ihnen sprechen wollen, aber wir lassen sie heute noch in Ruhe und nehmen erst morgen wieder Kontakt zu ihnen auf.«

»Welchen Beruf hat Erlandsson ausgeübt?«, wollte Rosén wissen.

»Den Angaben der Tochter nach arbeitete er als Bankangestellter bei der SEB.«

»Wurde er im Herrängsskogen ermordet, oder fand die Tat woanders statt?«

»Laut Bella wurde Sven-Gunnar Erlandsson dort erschossen, wo er auch gefunden wurde«, antwortete Sjöberg. »Der Regen hat sehr viel Blut fortgespült, aber unter dem Körper war noch genug übrig, um daraus schließen zu können, dass er dort umgebracht worden ist. Das meiste deutet, wie gesagt, darauf hin, dass er zunächst mit einem Schuss in den Rücken verletzt worden ist und die Tat kurz darauf mit einem Schuss in den Nacken abgeschlossen wurde.«

»Eine regelrechte Hinrichtung«, stellte Gerdin fest.

»Ausgeführt von einem feigen Hund, der seinem Opfer nicht in die Augen schauen wollte«, bemerkte Sandén.

»Ich glaube immer noch, dass es um Falschspiel ging«, meinte Hamad. »Warum hätten sonst diese Spielkarten in seiner Tasche stecken sollen? Es wäre etwas anderes, wenn wir ein ganzes Kartenspiel gefunden hätten. Und ein Schuss in den Kopf ist tatsächlich das, was die Tradition hier vorschreibt, auch wenn man vielleicht das Gefühl hat, dass es zu einer anderen Zeit und zu einem anderen Ort gehört.«

»Nun ist er allerdings in den Nacken geschossen worden, und nicht in den Kopf«, warf Andersson ein.

»Das ist doch Haarspalterei … Im Prinzip ist es doch dasselbe«, meinte Hamad.

»Wir wissen gar nicht, um welche Summen es ging«, sagte Sjöberg. »Aber wenn ich es richtig verstanden habe, dann hat diese Truppe gestern Abend die *gesamte* Pokerkasse im Långbro Värdshus verfeiert. Selbst wenn es entgegen unserer Annahme nur eine Person gewesen sein sollte, die für die Rechnung geradestehen musste, kann ich mir kaum vorstellen, dass es dabei um so große Summen ging, dass man dafür einen Mord begehen würde. Drei Gänge und edle Weine, dazu vielleicht noch Champagner und Cognac, für insgesamt vier Personen.

Ich sage mal zehntausend Kronen, und das ist eher ein bisschen hoch gegriffen. Aber das kann man ja ganz einfach herausfinden.«

»Da bin ich ganz Connys Meinung«, sagte Westman. »Zehntausend sind viel zu wenig, um dafür den Schädel weggeblasen zu bekommen.«

»Den Nacken ...«, versuchte Andersson erneut einzuwerfen.

»Nicht, wenn der Mann ein System daraus gemacht hat«, argumentierte Hamad hartnäckig weiter. »Vielleicht hat er seit Jahren schon geschummelt, und am Ende ist bei irgendjemandem das Maß einfach voll gewesen.«

»Dann würde es sich um Rache handeln«, fuhr Westman fort. »Und in dem Fall hätte der Schuss in die Stirn gehen müssen. Was wäre denn das für eine Rache, wenn das Opfer gar nicht mitbekommt, worum es eigentlich geht? Außerdem ist es aus meiner Sicht der falsche Zeitpunkt für einen Racheakt, wenn die Rechnung bereits bezahlt ist.«

»Mir geht dieses fehlende Handy einfach nicht aus dem Kopf«, sagte Sandén. »Habt ihr überprüft, ob er es zu Hause gelassen hat?«

»Das hat er nicht«, antwortete Sjöberg. »Seine Tochter sagt, er hätte es immer dabei.«

»Dann können wir also festhalten, dass der Mörder ihm auf jeden Fall das Handy abgenommen hat«, sagte Sandén. »Was war es für ein Modell?«

»Ein iPhone«, sagte Sjöberg. »Mit roter Hülle.«

»Sechzehn Gigabyte«, präzisierte Gerdin.

»So eins kostet auf jeden Fall fünf- bis sechstausend Kronen. Aber niemand von euch glaubt, dass es sich um einen Handyräuber handelt?«

Allgemeines Kopfschütteln. Sandén zuckte mit den Schultern, war selbst anscheinend auch nicht besonders überzeugt.

»Weil die Brieftasche noch da war, können wir einen Raubmord, glaube ich, ausschließen«, sagte Andersson. »Dass ihm zuerst in den Rücken geschossen wurde, spricht aus meiner Sicht dafür, dass wir es mit einem feigen Hund zu tun haben, genau wie Jens schon gesagt hat. Vielleicht sogar mit einem Anfänger. Aber auf jeden Fall mit einer Person, die es auf niemand anderen als Erlandsson abgesehen hatte. Und wer weiß – vielleicht tatsächlich nur, um an das Handy heranzukommen. Vielleicht enthielt es wichtige Informationen. Die es wert waren, dafür zu töten.«

»Interessanter Gedanke«, sagte Sjöberg. »Vielleicht hatte er es auch in der Hand gehalten, und der Mörder konnte nicht widerstehen. Wir gehen jetzt folgendermaßen vor: Du, Loddan, und Jens, ihr befragt Jan Siem und seine Tochter. Ich brauche wohl nicht extra zu betonen, dass ihr mit dem Mädchen besonders rücksichtsvoll umgehen solltet. Petra und Jamal kümmern sich um die anderen beiden Pokerkameraden, Lennart Wiklund und Staffan Jenner. Gäddan, du bleibst hier und recherchierst. Melderegister, Kriminalregister, allgemeines Fahndungsregister, internes Fahndungsregister und so weiter, für alle beteiligten Personen. Ich selbst werde Kontakt zum Långbro Värdshus aufnehmen und anschließend versuchen, seine Arbeitskollegen zu erreichen, falls das an einem Sonntag überhaupt möglich ist.«

»Bist du dir absolut sicher?«, fragte Gerdin kryptisch.

Alle Blicke richteten sich auf sie. Gerdin war ein schräger Vogel, aus dem man nicht so richtig klug wurde. Wahrscheinlich, weil sie sich nicht entscheiden konnte, ob sie ein junges Mädchen oder eine Dame im besten Alter sein wollte. Sjöberg hatte sich tatsächlich bei dem Gedanken ertappt, dass sie vielleicht nur deshalb ein Problem mit ihr hatten, weil sie sie in keine Schublade stecken konnten, was für eine gewisse Irritation sorgte. Außer bei Sandén, ausgerechnet, der fand, dass sie

»ein wunderbarer Typ« sei, wie er es ausdrückte. Und bei Hansson natürlich, die jede Menge Zeit mit ihr auf der Golfbahn verbrachte, wo Gerdin offensichtlich eine Göttin war.

»Ich bin mir bei gar nichts sicher«, entgegnete Sjöberg trocken. »Was meinst du denn?«

»Bist du sicher, dass man Josefin Siem mit Samthandschuhen anfassen sollte? Warum nicht mit harter Hand?«

Ein paar Sekunden lang sagte niemand etwas, aber ein breites Grinsen zog sich über Sandéns Gesicht.

»Sie ist doch noch ein halbes Kind«, sagte Sjöberg skeptisch. »Was könnte man deiner Meinung nach damit erreichen?«

»Ich halte es einfach für einen seltsamen Zufall, dass ausgerechnet sie als Erste am Tatort aufgetaucht ist. Ich jedenfalls würde gar nicht ausschließen wollen, dass sie möglicherweise den Mord begangen hat.«

»Eine Dreizehnjährige …?«

»Die sind heutzutage schon ziemlich weit für ihr Alter. Eine andere Möglichkeit wäre, dass ihr Vater Erlandsson umgebracht hat und die kleine Josefin ihm in irgendeiner Weise dabei behilflich war. Sie könnte zum Beispiel die Waffe zum Verschwinden gebracht haben. Sie ist Fußballspielerin, hat bestimmt eine Mordskondition und könnte durchaus bis nach Fittja und wieder zurück gelaufen sein.«

Sjöberg nickte nachdenklich, er war gezwungen, ihr in diesem Punkt recht zu geben. Das Szenario schien zwar weit hergeholt, war aber durchaus möglich. Die Waffe war nicht gefunden worden, obwohl man ein ziemlich großes Gebiet rund um den Tatort durchkämmt hatte.

»Naja, es war ja nur ein Gedanke. Haltet einfach die Augen offen, Jungs«, bemerkte sie abschließend und feuerte ein Lächeln auf Andersson und Sandén ab.

Im selben Augenblick wurde die Tür aufgerissen, und Gunnar Malmberg trat ein. Wie üblich tadellos gekleidet, in diesem

Fall in Jeans und Pikeehemd, mit einer kleidsamen Sonnenbräune und einer Frisur, die dem morgendlichen Unwetter ganz eindeutig nicht ausgesetzt worden war.

»Du lieber Himmel«, rief Sandén aus. »Ist heute nicht Sonntag?«

»Und dazu auch noch Urlaub?«, warf Gerdin ein, die sich wie Sandén keine allzu großen Gedanken um ihre Stellung in der Hierarchie machte, sondern mit dem stellvertretenden Polizeidirektor redete, als wäre er ein x-beliebiger Kollege.

»Ich musste mich über das Wochenende durch ein paar Aktenberge durcharbeiten«, antwortete Malmberg reserviert und wechselte sofort das Thema. »Ich habe von Lundin gehört, dass ihr diesen Älvsjömord bearbeitet, stimmt das? Hieß der Mann Erlandsson?«

»Das stimmt«, bestätigte Sjöberg.

»Ich habe gerade eben einen seltsamen Anruf bekommen.«

Er warf einen Blick auf die Uhr, die jetzt zwanzig Minuten vor zehn anzeigte.

»Vor ungefähr fünf Minuten. Er habe mich angerufen, weil ich der Polizeichef sei, so hat er es ausgedrückt, und er hat erzählt, dass er Informationen zu diesem Mord hätte. Ich wusste noch gar nichts darüber, machte mich aber gleich bereit, Notizen zu machen. Leider sagte er nichts weiter, als dass wir den Mörder niemals finden würden, und dann hat er aufgelegt.«

»Das ist ja ein Ding«, sagte Sjöberg. »Und es war ein Mann, da bist du dir sicher?«

»Absolut. Ziemlich jung, würde ich sagen.«

»Sprach er einen bestimmten Dialekt?«

»Darauf habe ich nicht geachtet.«

»Alter?«

»Keine Ahnung, im Hintergrund war es ziemlich laut.«

»Stimmenverzerrer?«, schlug Gerdin vor, ohne dass jemand so recht zu sagen wusste, ob sie es ernst meinte oder scherzte.

»Tja, das wäre natürlich möglich«, antwortete Malmberg, der die Frage jedenfalls ernst nahm. »Das ist heutzutage schwer festzustellen, oder?«

»Könntest du das Gespräch vielleicht so gut es geht im Wortlaut wiedergeben?«, bat Sjöberg.

»Natürlich«, sagte Malmberg und zog einen handgeschriebenen Zettel aus der Hosentasche. »Ich habe es so aufgeschrieben, wie ich mich daran erinnerte. Kleine Fehler kann ich allerdings nicht ausschließen: ›Du bist also der richtige Polizeichef, oder?‹ – ›Ja, so könnte man das sagen. Stellvertretender Polizeidirektor ist die korrekte Bezeichnung.‹ – ›Ich habe interessante Informationen, die den Fall Erlandsson betreffen.‹ – ›Okay, schießen Sie los.‹ – ›Dann kann ich euch erzählen, dass der, der geschossen hat, den findet ihr nie. Ihr verdammten Loser.‹ Das war alles.«

»Tja, jedenfalls bereut er es nicht, das wissen wir jetzt«, stellte Sandén fest.

»Fragwürdige Grammatik«, mäkelte Gerdin, ohne dass ihr jemand besondere Aufmerksamkeit schenkte.

»Hast du das Gespräch auf dem Handy entgegengenommen oder über die Zentrale?«, wollte Hamad wissen, der alles genau notierte, was Malmberg berichtete.

»Es war das Handy, der Anruf kam aber über die Zentrale. Für einen Außenstehenden ist das die einzige Möglichkeit, telefonisch mit mir in Kontakt zu kommen. Meine Handynummer ist natürlich geheim, aber ich leite alle Anrufe auf mein Handy um.«

»Du hattest Hintergrundlärm erwähnt«, sagte Rosén. »Kannst du beschreiben, um welche Art von Lärm es sich gehandelt hat?«

»Stimmen? Motorengeräusche? Musik?«, schlug Sjöberg vor.

»Verkehrslärm, würde ich sagen. Es ging so schnell, ich konnte kaum reagieren, bis alles vorbei war.«

»Ich kann mich darum kümmern«, sagte Hamad. »Ich mache bei der Telia ein bisschen Dampf, damit wir erfahren, von welcher Nummer der Anruf stammte und von wo er kam. Ich kann auch die Verbindungslisten für Erlandssons Telefon beantragen, wenn ich schon einmal dabei bin.«

Sjöberg begann seine Papiere einzusammeln.

»Gut, Jamal«, sagte er. »Wir werden ja sehen, wie schnell sie an einem Sonntag in der Ferienzeit arbeiten können. Und danke für die Informationen, Gunnar. Ich glaube, wir sind jetzt fertig. Die nächste Besprechung findet morgen früh um neun statt.«

*

Sandén und Andersson lasen Mercury bei Lundin auf, wo er saß und ein Bild malte, nachdem es ihm angeblich gelungen war, dem Diensthabenden zwei Gitarrenakkorde beizubringen. Anschließend machten sie sich in Anderssons Auto auf den Weg zu Familie Siem im Vivelvägen in Långbro, während der Sechsjährige auf dem Rücksitz mit voller Kraft die Gitarre bearbeitete. Eine Weile später ließen sie ihn dort zurück, nur um von Frau Siem zu erfahren, dass weder Josefin noch deren Vater zu Hause seien, da sie trotz allem beschlossen hätten, nach Södertälje zu fahren, um das dort angesetzte Auswärtsspiel zu bestreiten.

»War das Mädchen nach diesem Erlebnis denn wirklich in der Lage, Fußball zu spielen?«, fragte Sandén mit einer gewissen Skepsis.

»Wir haben uns gedacht, dass es gut für sie ist, rauszukommen und Leute zu treffen«, antwortete die Frau. »An andere Sachen zu denken.«

Sie war zwischen vierzig und fünfundvierzig Jahre alt und sah gut aus, auch wenn sie für einen Sonntagvormittag zu Hause ein bisschen zu sehr geschminkt war, fand Sandén.

»Aber wenn ich es richtig verstanden habe, dann war Sven-Gunnar Erlandsson doch ihr Trainer. Wie sind sie denn damit umgegangen?«

»Janne ist eingesprungen. Er trainiert eine andere Mannschaft, kennt aber alle Mädchen, sodass es für ihn kein Problem ist«, antwortete sie unbekümmert.

»Aber wenn der Trainer ermordet worden ist ... Sagt man in so einer Situation nicht das Spiel ab?«, bemerkte Andersson. »Gibt die Punkte kampflos ab? Die Mädchen müssen doch alle unheimlich schockiert sein, die können sich doch gar nicht aufs Fußballspielen konzentrieren?«

»Wir haben uns gedacht«, sagte sie ein weiteres Mal, »dass sie noch nichts davon erfahren sollten. Es ist ja noch nichts an die Öffentlichkeit gekommen, und ...«

»Und ...?«

Sie musste sich sichtlich zusammenreißen.

»... es war ein wichtiges Spiel.«

Sandén biss sich auf die Zunge, um seinen Gedanken nicht freien Lauf zu lassen.

»Und es ist ja wohl kaum unsere Aufgabe, sie darüber zu unterrichten«, stellte sie fest.

Sandén musste ihr im Grunde genommen recht geben, aber fasziniert davon, wie sie mit der Situation umging, fragte er weiter.

»Wer sollte das denn tun?«

Sie zuckte mit den Schultern.

»Der Verein. Die Polizei. Die Eltern.«

»Hatten Sie etwas gegen Sven-Gunnar Erlandsson?«, wagte Andersson sie geradeheraus zu fragen, und ihr Gesicht nahm plötzlich einen ganz anderen Ausdruck an.

»Ganz und gar nicht«, antwortete sie mit einem traurigen Lächeln, das durchaus echt sein konnte. »Im Gegenteil. Er war ein fantastischer Mensch. Wir werden ihn sehr vermissen.«

»In welcher Hinsicht war er denn – fantastisch?«, wollte Sandén wissen.

Sie dachte einen Augenblick nach, bevor sie antwortete, verlagerte ihr Körpergewicht auf das andere Bein und schien irgendwo oben zwischen den Wolken nach einem Fingerzeig zu suchen.

»Gut.«

Kunstpause.

»Er hatte ein gutes Herz. Er war hilfsbereit, rücksichtsvoll. Er steckte unendlich viel Zeit in die Mädchen und den Fußball. Ein wunderbarer Vater. Ja, so ist er ja auch zum Fußball gekommen. Und dazu noch die ganze wohltätige Arbeit.«

»Wohltätig?«

»Ja, er hat sich sehr um die Obdachlosen gekümmert. Wir werden ihn vermissen«, wiederholte sie, und Sandén fragte sich, ob man ihre Augen mittlerweile nicht fast schon als glänzend bezeichnen könnte.

»Hatten Sie privat miteinander zu tun?«, fragte Andersson.

Sie schüttelte den Kopf.

»Nicht als Familien, aber Janne und Svempa haben sich oft gesehen. Einmal durch den Fußball, und zum anderen haben sie ja auch Poker miteinander gespielt.«

»Und das haben sie gestern auch gemacht?«

»Nein, gestern haben sie nur das Geld verfeiert, das sie zusammengespielt hatten. Ja, wie genau das funktioniert, weiß ich auch nicht. Aber gestern waren sie jedenfalls im Långbro Värdshus und haben gegessen.«

»Haben Sie irgendeine Ahnung, wie lange sie dort waren?«, fuhr Andersson fort, ohne zu sagen, worauf er eigentlich hinauswollte.

»Soviel ich weiß, sind sie geblieben, bis das Restaurant schloss. Janne war etwa um halb eins zu Hause, würde ich schätzen.«

»Dann haben Sie erst einmal vielen Dank«, beendete Sandén das Gespräch. »Wir werden uns wieder bei Ihnen melden.«

»Was für ein verdammter Roboter«, fasste Andersson das Gespräch auf dem Rückweg zum Auto zusammen, nachdem sie die Tür geschlossen hatte.

Sandén konnte ihm nur zustimmen.

»Entweder hat sie nicht alle Tassen im Schrank oder sie ist tatsächlich diese bourgeoise Eiskönigin, die sie gerade gegeben hat.«

»Mit einem guten Schuss Scheinheiligkeit«, ergänzte Andersson. »Gerade so nach Bedarf. Eine Eislaufmutter im Chanelkostüm.«

»Hatte sie das?«, rief Sandén verblüfft. »Ein Chanelkostüm?«

»Was weiß denn ich? Glaubst du ernsthaft, ich würde so etwas erkennen? Zumindest habe ich deutlich erkannt, dass sie überhaupt etwas anhatte.«

Sie mussten beide lachen. Ein herrliches, dreckiges Lachen.

*

Direkt nach der Besprechung setzte sich Hamad mit der Telia in Verbindung und beauftragte sie, ihm so schnell wie möglich mitzuteilen, welche Teilnehmer zwischen 9.30 Uhr und 9.40 Uhr die Zentrale der Polizeiwache angerufen hatten. Sicherheitshalber erbat er dasselbe für Malmbergs Durchwahl und seine Handynummer. Darüber hinaus erteilte er ihnen den nicht ganz so dringenden Auftrag, eine Liste der Anrufe zusammenzustellen, die Sven-Gunnar Erlandsson auf seinem Handy getätigt oder entgegengenommen hatte. Anschließend machte er sich mit Westman auf den Weg zum Blåklintsvägen in Herrängen.

Staffan Jenner war eine schräge Figur. Obwohl er erst fünfundfünfzig Jahre alt war, wirkte er gebeugt, grau und ausgezehrt. Seine Hosen schienen allein wegen des Gürtels nicht herunterzurutschen. Hamad musste spontan an Krebs denken, und auch während der Befragung hatte er erhebliche Probleme, diesen Gedanken zur Seite zu drängen. Aber Jenner begegnete ihnen von Anfang an freundlich, bot ihnen einen Platz auf der Couch im Wohnzimmer an, bevor er überhaupt nach ihrem Anliegen fragte. Er hatte eine angenehme Stimme und aus seinen intensiv blauen Augen sprach mehr als alles andere die Neugierde.

»Wir würden gerne wissen, was Sie gestern Abend getan haben«, begann Westman die Befragung, während Hamad den Notizblock zückte.

»Ich habe im Långbro Värdshus mit ein paar guten Freunden gegessen«, antwortete er freimütig.

»Wann waren Sie zu Hause?«

»So um halb eins.«

»Wie sind Sie nach Hause gekommen?«

»Ich bin zu Fuß gegangen, es war eine fantastische Sommernacht.«

Er lächelte, als er die Antwort gab, ein kaum wahrnehmbares Lächeln, das alles mögliche bedeuten konnte, zum Beispiel auch, dass er meinte, was er gesagt hatte.

»Zu der Zeit hat es also nicht geregnet?«

»Nein, der Regen kam wohl erst, als ich schon eingeschlafen war. Es gab fast keine Wolken. Wir unterhielten uns noch darüber, wie groß der Mond aussah, als er kurz über den Baumwipfeln stand.«

»Wir?«

»Ja, zuerst haben mich noch ein paar Freunde begleitet, mit denen ich den Abend verbracht hatte.«

Immer noch keine Fragen. Warum interessierte ihn nicht, was sie von ihm wollten?

»War Sven-Gunnar Erlandsson möglicherweise einer von ihnen?«

»Ja, genau«, bestätigte er mit einem Nicken.

Westman schmiedete das Eisen, solange es heiß war.

»Welchen Weg haben Sie genommen?«

Er antwortete unmittelbar, brauchte offensichtlich nicht erst darüber nachzudenken.

»Wir sind erst den Bergtallsvägen und dann den Stora Kvinns Väg entlanggegangen, bis wir an der Ecke den Fußweg hinunter zum Vantörsvägen genommen haben, wo wir uns von Svempa verabschiedeten. Er hat den Vantörsvägen überquert und ist durch den Wald gegangen. Da gibt es einen Fußweg, der direkt zu ihm nach Hause führt. Lennart und ich sind weiter zum Långbrokungens Väg gegangen, wo er wohnt. Ich bin dann ein kurzes Stück in den Guldregnsbacken hinein, nach rechts in den Nejlikevägen abgebogen, dann nach links in den Isbergavägen und weiter bis hierher in den Blåklintsvägen.«

War das einstudiert? Oder war der Mann einfach besonders schnell im Kopf? Hamad schrieb, dass die Feder qualmte.

»Diesen Weg sind Sie schon öfter gegangen«, bemerkte Westman mit einem trockenen Lachen.

»Tja, ich weiß nicht, ob es wirklich so oft war. Aber ich kenne mich hier in der Gegend aus und weiß, wie die Straßen heißen. Ich wohne schon seit vielen Jahren hier.«

Immer noch derselbe freundliche Tonfall.

»Warum stellen Sie diese ganzen Fragen?«

Da war es.

»Weil heute am frühen Morgen Sven-Gunnar Erlandsson in diesem Wald, den Sie gerade genannt haben, tot aufgefunden worden ist«, sagte Petra mit einem forschenden Blick. »Ermordet. Hingerichtet mit einem Schuss in den Nacken.«

Staffan Jenner erstarrte in seinem Sessel, schnappte nach Luft. Dann runzelte er die Stirn. Die beiden Polizisten beobachteten seine Reaktionen, wogen sie, analysierten sie. Er ließ die Luft aus den Lungen, sein Blick wanderte unruhig von einem Polizisten zum anderen. Dann beugte er sich über den Couchtisch und verbarg sein Gesicht in den Händen, während er immer wieder den Kopf schüttelte. Hamad und Westman schauten einander wortlos an. Die Sekunden tickten. Schließlich ließ er die Hände auf den Tisch fallen und sank mit einem Seufzen in den Sessel zurück.

»Ich bin ... am Boden zerstört«, brachte er heraus.

War er das wirklich? Versuchte er sich einzureden, dass er es war? Oder wollte er sie glauben machen, dass er es war?

»Sven-Gunnar ... Warum nenne ich ihn so? Svempa, mein bester Freund ... Was soll denn jetzt werden? Vielleicht ist es jetzt ja an der Zeit, hier wegzuziehen ... All die Erinnerungen ... Arme Adri, was wird jetzt aus ihr? Und die Kinder – was mögen sie nur denken?«

Hamad warf Westman einen Blick zu, aber sie nahm sich nicht die Zeit, ihn zu erwidern, sie war voll auf Jenner konzentriert. Seine Worte schienen gar nicht an sie gerichtet. Gedankenbruchstücke schienen zusammenhanglos aus seinem Mund zu purzeln. Hamad wollte verstehen, wollte sich nicht mit leeren Halbsätzen begnügen. Deshalb nahm er den Dialog wieder auf.

»Erlandsson war also Ihr bester Freund?«, fragte er. »Beruhte das auf Gegenseitigkeit?«

Jenner musterte ihn mit einem unerwartet klaren Blick.

»Für mich ist das natürlich schwer zu beantworten, aber ich glaube, ja. Ich bin davon überzeugt. Wurde er ausgeraubt?«

»Das wissen wir nicht«, antwortete Hamad wahrheitsgemäß. »Haben sich auch Ihre Familien öfter getroffen?«

»Ja, damals jedenfalls.«

»Damals? Wann war das?«

Überall in dem gemütlichen Wohnzimmer standen und hingen eingerahmte Fotografien von Kindern verschiedensten Alters, sodass es keine allzu gewagte Vermutung war, dass Jenner eine Familie hatte.

»Die Kinder sind schon lange aus dem Haus. Sie sind siebenundzwanzig und fünfundzwanzig Jahre alt.«

»Und Ihre Frau?«

»Ich bin Witwer. Und habe nicht wieder geheiratet«, fügte er hinzu. »Aber um Ihre Frage zu beantworten: Die Kinder kamen sehr gut miteinander aus, sie sind ja ungefähr im gleichen Alter. Ja, außer Ida natürlich, Svempas Jüngste, aber sie ist den Großen auch immer fröhlich hinterhergelaufen. Wir haben uns also tatsächlich sehr häufig gesehen.«

Jenner schien sich ein wenig erholt zu haben, antwortete klar und vernünftig, selbst wenn seine ganze Erscheinung eine gewisse Müdigkeit ausstrahlte. Was nur verständlich war, wie Hamad sich eingestehen musste. Aber irgendetwas stimmte an diesem Mann nicht, er konnte nur den Finger nicht darauflegen. Verheimlichte Jenner ihnen etwas?

»Hatte Erlandsson Feinde?«, wollte Westman wissen.

Jenner schüttelte den Kopf.

»Das würde mich sehr überraschen. Er war überall sehr beliebt. Auf der Arbeit – ich habe ein paar seiner Kollegen kennengelernt –, im Verein, in der Nachbarschaft. Ich kann mir nicht vorstellen, dass irgendjemand etwas Schlechtes über ihn sagen könnte.«

»Und in der Pokerrunde?«, warf Hamad ein. »Da gab es auch keine Unstimmigkeiten?«

»Überhaupt nicht. Herrgott, es ist doch nur ein Spiel.«

»Bei dem es um eine Menge Geld geht.«

Jenner betrachtete ihn mit misstrauisch gerunzelter Stirn.

»Da übertreiben Sie aber ein bisschen. Wir sind vier Personen, die sich einmal im Monat treffen und ein paar Stunden spielen. Hauptsächlich, weil wir uns gerne sehen. Niemand gewinnt Geld, sondern alles, was jemand an dem Abend erspielt, fließt in die gemeinsame Kasse. Da geht es schlimmstenfalls um tausend Kronen. Oder bestenfalls«, fügte er hinzu. »Kommt drauf an, wie man es betrachtet.«

»Sie sagen, dass dabei niemand Geld gewinnt«, bemerkte Westman. »Aber diese tausend Kronen, von denen hier die Rede ist, muss doch trotzdem irgendjemand verloren haben?«

»Natürlich, aber dabei geht es meistens um zwei oder drei Personen. Das sind ja, wie gesagt, keine großen Summen, um die wir da spielen.«

»Wie viel Geld haben Sie dann letztlich gestern Abend verfeiert?«, wollte Hamad wissen.

Jenner schüttelte den Kopf und seufzte.

»Wenn ich mich recht erinnere, waren es etwa siebeneinhalbtausend. Ich kann Ihnen versichern, dass niemand ...«

»Und wer musste für den Spaß bezahlen?«, unterbrach ihn Hamad.

Staffan Jenner seufzte noch einmal, antwortete aber, ohne zu murren.

»Dieses Mal hatte Janne den größten Anteil. Aber letztes Jahr ...«

»Und wer hat am wenigsten bezahlt?«

Für ein paar Sekunden blieb es still.

»Svempa«, antwortete Jenner nach kurzem Zögern und schaute auf seine Hände hinunter.

»Hat er vielleicht geschummelt?«, schlug Westman vor.

In Staffan Jenners trauriges Gesicht verirrte sich plötzlich ein Lächeln.

»Ganz bestimmt nicht. Das lag einfach nicht in seiner Natur. Svempa war die personifizierte Ehrlichkeit. Außerdem war er sehr gläubig.«

»Er war kirchlich aktiv?«

»Nein, aber christlich aktiv, wenn man es so ausdrücken möchte.«

»Was meinen Sie damit?«

Staffan Jenner breitete seine Arme in einer Geste aus, die ihn selbst fast wie einen freikirchlichen Prediger erscheinen ließ.

»Er hatte ein großes Herz. Er half den Menschen in seiner Umgebung. Er war immer da, wenn man ihn brauchte. Für seine Familie, seine Freunde und, soweit ich weiß, auch für den Fußballverein. Er hat Essen und Kleidung an die Obdachlosen verteilt. Er hat sie unterstützt und ermutigt. Man könnte wohl sagen, dass er in allem, was er tat, nach der Goldenen Regel lebte. Und nach allen anderen Geboten natürlich auch«, fügte er hinzu und verstummte.

Irgendetwas ließ Hamad stutzig werden. Was genau es war, konnte er jetzt noch nicht ausmachen. Die Goldene Regel war zwar keines von Gottes Geboten, aber das war es nicht, was ihn störte. Irgendetwas an dieser Beziehung wirkte nicht gesund, die Art, wie er von ihm sprach, klang falsch. Er beschrieb seinen Freund wie einen Giganten – machte er sich selbst dabei kleiner? Betrachtete er alles nur schwarzweiß? Oder lag es daran, wie er plötzlich aufgehört hatte zu sprechen? Scham? Schuld? Leichen im Keller? Bei ihm selbst oder bei Erlandsson?

»Besitzen Sie zufällig eine Schusswaffe?«, wollte Westman wissen.

Staffan Jenner ließ seine Hände zurück auf die Knie fallen, schaute ihr gerade in die Augen und antwortete mit einem Lächeln, das alles andere als Freude ausstrahlte:

»Nein, eine Waffe besitze ich wirklich nicht. Ich bin gegen Gewalt.«

Dem letzten Satz verlieh er einen ganz unerwarteten Nachdruck, und Hamad hätte darauf wetten können, dass Jenner kurz davor stand, in Tränen auszubrechen. Aber die Feuchtigkeit, die für den Bruchteil einer Sekunde in Staffan Jenners Augen zu erkennen gewesen war, zog sich sofort wieder zurück, ohne dass er seine Blicke von Westman abwendete. Sie musterte ihn schweigend, bevor sie die letzte Frage stellte.

»Fällt Ihnen jemand aus Sven-Gunnar Erlandssons Umgebung ein, der das nicht ist? Lennart Wiklund? Janne Siem? Adrianti?«

Aus seinen eisblauen Augen sprach nichts als hundertprozentige Überzeugung, als er antwortete.

»Absolut niemand. Dahinter kann nur ein Wahnsinniger stecken.«

Westman sah weniger überzeugt aus.

»Das soll fürs Erste reichen«, sagte sie und stand auf. »Es tut uns leid, was passiert ist, und wir werden wahrscheinlich wieder von uns hören lassen.«

Sonntagnachmittag

Das Spiel war in vollem Gange, als sie den Sportplatz in Södertälje erreichten, und Sandén konnte sofort feststellen, dass die Entwicklung seit seiner Jugend weitergegangen war. Zu seiner Zeit konnten Mädchen nicht mit einem Ball umgehen, weder mit den Füßen noch mit irgendeinem anderen Körperteil. Das war einfach so. Aber diese Mädchen hier würden in jede Pausenhofmannschaft gewählt werden, und das freute ihn. Was vermutlich an solchen begeisterten Menschen wie Erlandsson lag. Oder Gunnar Malmberg, musste er sich widerwillig eingestehen. Nicht, weil er grundsätzlich etwas gegen den stellvertretenden Polizeidirektor hatte, der sich so sehr in der Gleichstellungsfrage engagierte, sondern weil die Tatsache, dass es sich um den stellvertretenden Polizeidirektor handelte, für sich allein schon ausreichte, um ihn zu einer Nervensäge zu machen.

An der gegenüberliegenden Seitenauslinie standen zwei Bänke, auf denen die Auswechselspielerinnen und Offiziellen saßen. Sandén und Andersson gingen um den Platz herum, während Mercury mit einem Fußball an den Füßen um sie herumtanzte. Sandén hatte einen Mann im blauen Trainingsanzug ins Auge gefasst, der an der Seitenlinie stand und mit lauter Stimme Anweisungen auf das Spielfeld rief.

»Jan Siem – sind Sie das?«

»Stimmt. Sie sind von der Polizei, oder?«

Sandén nickte und machte Anstalten, seine Brieftasche zu zücken.

»Könnten Sie vielleicht noch zehn Minuten warten, bis das Spiel vorbei ist?«

»Wenn es nur ein paar Minuten sind, dann ist es kein Problem. Wir würden auch gern mit Ihrer Tochter sprechen.«

»Klar, das kriegen wir hin«, antwortete Siem und begann wieder, laut seine Befehle hinauszurufen. »Sofia, Hintermann?«

Wenig später war das Spiel vorbei, und während sich die übrigen Spielerinnen und Eltern auf den Weg zu den Umkleidekabinen machten, gesellten sich Siem und seine Tochter zu den beiden Polizisten.

»Und, wie lief das Spiel, Josefin?«, fragte Sandén, nachdem sie einander etwas ausführlicher begrüßt hatten.

»Ging so«, antwortete das Mädchen, das nach dem anstrengenden Spiel noch nicht ganz wieder zu Atem gekommen war.

»Habt ihr nicht gewonnen?«

»Doch, aber ich habe nicht gut gespielt.«

»Kein Wunder, nach dem, was dir heute passiert ist. Du konntest dich wahrscheinlich nicht so richtig konzentrieren, oder?«

»Mhm.«

Sie trank ein paar Schlucke aus einer Wasserflasche. Mit ihren hohen Wangenknochen war sie ausgesprochen hübsch; sie war braungebrannt wie ihr Vater und hatte die gleichen blauen Augen und sein dichtes, dunkles Haar, das sie zu einem Pferdeschwanz zusammengebunden hatte.

»Kannst du uns schildern, was heute Morgen passiert ist? Ich weiß, dass du es schon den Polizisten erzählt hast, die als Erste vor Ort waren, aber wir möchten es gerne noch einmal von dir hören.«

Sie schaute zu ihrem Vater hinüber, der zustimmend nickte.

»So um halb fünf bin ich nach draußen zum Joggen. Zum Aufwärmen, könnte man vielleicht sagen, vor dem Spiel.«

»Welche Strecke bist du gelaufen?«

»Erst bin ich zum Älvsjöskogen und ein bisschen am See

entlang gelaufen, danach durch die Siedlung bis zur Schule. Also, die Grundschule von Herrängen. Und dann noch ein Stückchen durch den Wald, bis ... ja, bis ich Svempa gesehen habe.«

»Und was hast du dann gemacht?«

»Zuerst habe ich seinen Namen gerufen. Ich dachte, vielleicht ist er ja betrunken, weil ...«

»Weil?«, hakte Sandén nach.

»Ja, ich wusste ja, dass sie gefeiert hatten. Papa war ja auch dabei.«

Sie schaute schuldbewusst zu ihrem Vater hinüber, der sich zu einem Kommentar genötigt sah.

»Ja, auf so einem Niveau hat sich das natürlich nicht abgespielt, aber das konnte Josefin nicht wissen. Ich meine, dass er tot sein könnte, ist ja nicht das Erste, was einem ...«

»Okay«, fuhr Sandén fort. »Er hat also nicht geantwortet. Was hast du daraufhin gemacht?«

»Ich habe das Blut gesehen und ein bisschen an ihm gerüttelt.«

»So etwa?«, fragte Andersson und griff mit beiden Händen um Sandéns Oberarm.

Sie nickte.

»Und dann habe ich zu Hause angerufen. Aber dort hat sich niemand gemeldet.«

»Ich hatte mein Handy abgeschaltet«, erklärte Siem. »Wollte nicht zu früh geweckt werden, weil ... weil es ja ziemlich spät geworden war.«

»Und deine Mutter?«

»Sie schaltet nachts immer das Handy aus.«

»Haben Sie keinen Festnetzanschluss?«, fragte Andersson.

»Nein«, bestätigte Siem. »Das Festnetz hat seine Rolle ja ausgespielt und ...«

Er unterbrach sich mitten im Satz.

»... es kostet nur eine Menge Geld?«, ergänzte Andersson.

»Genau. Wir hatten keine Ahnung, dass Josefin so früh schon joggen wollte. Dann hätten wir die Handys natürlich angelassen.«

»Und du hast von deinem eigenen Handy aus angerufen?«, fuhr Sandén mit der Befragung des Mädchens fort.

»Ja.«

»Wir werden das überprüfen müssen.«

Er hatte sich jetzt an Andersson gewandt, achtete aber weiter auf die Reaktionen des Mädchens. Sie warf ihrem Vater einen ängstlichen Blick zu, den man allerdings unterschiedlich deuten konnte. Zum Beispiel als Zeichen von Besorgnis darüber, dass man als Handydieb entlarvt werden könnte. Oder als eine natürliche Reaktion, wenn die eigene Glaubwürdigkeit plötzlich in Frage gestellt wird.

»Was hast du anschließend getan?«, fragte Sandén weiter.

»Ich habe den Notruf gewählt. Sie haben gesagt, dass ich mich nicht wegbewegen soll. Aber ... ich bin dann ein paar Schritte zurückgegangen.«

»Hast du jemanden in der Nähe gesehen? Im Wald oder zwischen den Häusern?«

»Nein. Es war ganz schlechtes Wetter.«

»Es muss eine sehr unangenehme Situation für dich gewesen sein?«

Sie nickte, flackerte nicht mit den Augen.

»Und trotzdem fährst du kurz darauf mit zu einem Auswärtsspiel?«

»Papa meinte, dass ...«

»Ich war der Auffassung, dass es besser für Josefin wäre, wenn sie an etwas anderes denken könnte«, fiel ihr Siem ins Wort. »Es war ein wichtiges Spiel, auf das sie sich gefreut hatte. Und das Leben ist ja nicht vorbei, weil ...«

Er biss sich auf die Zunge und seufzte resigniert. Sandén

ignorierte die Einmischung des Vaters und konzentrierte sich weiter auf die Tochter.

»Welches Verhältnis hattest du zu Sven-Gunnar Erlandsson? Standet ihr euch nahe?«

»Er war ... ja ...«

Erneut führte sie die Flasche zum Mund und trank ein paar gierige Schlucke. Sandén ließ sie nicht aus den Augen, wollte nicht die kleinste Veränderung in ihrer Miene verpassen.

»Er war unser Trainer. Ich fand ihn gut. Alle mochten ihn. Er war auch sehr nett. Und sehr hilfsbereit.«

»Wobei hat er denn geholfen?«

»Er hat uns gefahren. Er hat uns trainiert, als der alte Trainer aufgehört hat. Und dann hat er auch Obdachlosen geholfen und so was.«

Ihm wurde bewusst, dass sie wahrscheinlich nur all das runterbetete, was sie bei den Erwachsenen aufgeschnappt hatte. Wie konnte man herausfinden, was sie wirklich dachte? Und die anderen Mädchen in der Mannschaft?

»War er hart zu euch? Streng? Oder war alles mehr ein Spiel?«

»Wir mussten hart trainieren. Aber das ist ja auch der Sinn der Sache. Dank ihm haben wir endlich gewonnen. Aber er hat auch viel Quatsch mit uns gemacht. Er war eigentlich ein ziemlich witziger Typ.«

Das Letzte sagte sie mit einem Lächeln, was in Sandéns Notizbuch ihre Gefühle für Erlandsson zusammenfassen durfte.

»Jetzt möchten wir noch ein bisschen allein mit deinem Vater sprechen. Könntest du dir vorstellen, diesem Zwerg dahinten so lange das Fußballspielen beizubringen?«

»Klar«, antwortete Josefin Siem, wandte sich Andersson zu und änderte plötzlich ihr ganzes Wesen. »Könnte ich ein Autogramm haben?«, fragte sie mit einem beinahe koketten

Lächeln, aus dem der Ernst, der ihr Auftreten bislang geprägt hatte, spurlos verschwunden war.

Jetzt war sie wieder die unbekümmerte Dreizehnjährige, die sie vielleicht auch gestern noch gewesen war. Ihr Vater sah aus wie ein großes Fragezeichen, als er stumm beobachtete, wie ein lächelnder Odd Andersson kommentarlos seinen Namen auf ein leeres Blatt in seinem Notizblock kritzelte, es herausriss und dem Mädchen in die Hand drückte, worauf sie fröhlich zurück auf das Spielfeld lief.

»Was war das jetzt?«, wagte er nachzufragen.

»Nichts Ernstes«, antwortete Sandén und verpasste seinem Kollegen einen mitfühlenden Klaps auf die Schulter. »Andersson hat eine Vergangenheit in der Musikbranche. Jetzt wollen wir aber noch etwas mehr über den gestrigen Abend erfahren.«

Jan Siem atmete tief durch und tat, wie ihm geheißen.

»Die Pokerrunde hat ihre Kasse mit einem Essen im Långbro Värdshus verfeiert. Wir haben mit Schnaps und eingelegtem Hering angefangen und danach vom Grill gegessen und Rotwein getrunken. Anschließend gab es eine Nachspeise mit Kaffee und Cognac. Wir sind geblieben, bis sie gegen Mitternacht geschlossen haben, standen noch eine Weile draußen zusammen und haben geredet, bis sich alle auf den Heimweg machten. Ich bin alleine gegangen, die anderen drei sind in die andere Richtung aufgebrochen. Ich schätze, dass ich so um halb eins zu Hause war.«

»Wie hoch war die Rechnung?«, wollte Andersson wissen.

»Ungefähr 7478 Kronen.«

»Das haben Sie sich aber genau gemerkt.«

»Es war im Grunde mein Geld.«

»Soll das heißen, dass Sie ein schlechterer Pokerspieler sind als die anderen?«, warf Sandén mit dem Versuch ein, Siem ein wenig aus der Reserve zu locken.

»Nein, das heißt, dass ich im vergangenen Jahr nicht so viel Glück hatte. Im Jahr davor hat es ganz anders ausgesehen.«

»Aha, wie ist es denn damals ausgegangen?«, fragte Andersson.

»Ich musste so gut wie nichts bezahlen. Staffan und Lennart haben sich wohl die Rechnung geteilt.«

»Sieh da. Also musste Erlandsson damals auch nichts berappen.«

»Genau.«

»Gibt es da etwas, das Sie uns sagen wollen?«, hakte Andersson nach. »Wenn es so ist, dann sollte es am besten jetzt gleich passieren.«

»Sven-Gunnar Erlandsson wurde bekanntermaßen in den Kopf geschossen«, ergänzte Sandén. »Eine altbewährte Methode.«

Dieses Mal entschied Andersson, die etwas missdeutende Beschreibung nicht zu verbessern. Aber Siem hatte nichts hinzuzufügen.

»Ich antworte ausschließlich auf Ihre Fragen. Ohne versteckte Andeutungen, falls es das ist, was Sie meinen«, sagte er nur.

»Sie haben also bis Mitternacht Schnaps, Wein und Cognac getrunken, und dann haben Sie sich um –«

Sandén warf einen Blick auf die Uhr. Es war kurz vor eins.

»... acht? – ins Auto gesetzt. Wären Sie bei einer Alkoholkontrolle durchgekommen?«

Siem seufzte, verschränkte die Arme vor der Brust und sah aus wie die Karikatur eines schwedischen Fußballtrainers in stürmischem Wetter.

»Wir sind um halb neun gefahren. Außerdem habe ich nicht viel getrunken. Gerade weil ich heute Morgen mit dem Auto fahren wollte. Ich hatte schon vorher geplant, dass ich Josefin zum Fußball bringen würde.«

»Dann könnte man also sagen, dass die anderen Ihr Geld vertrunken haben?«

Jan Siem sah finster aus, aber inwieweit ihn die Fragen aus dem Gleichgewicht brachten, war schwer zu beurteilen. Er biss die Zähne zusammen, sodass die Konturen seines Unterkiefers deutlich im Gegenlicht hervortraten. Sandén musste an eine Comicfigur denken. Ein erster Liebhaber aus der *Bravo*.

»Wie gesagt, ich habe mich auch daran beteiligt. Ich habe es nur nicht in mich hineingeschüttet.«

»Und Erlandsson?«, fiel Andersson ein. »Hätte er nicht auch Auto fahren müssen?«

»Nein, er wollte mit mir fahren.«

»Wie war die Stimmung gestern Abend?«

»Sehr gut. Wie immer.«

»Worüber haben Sie sich unterhalten?«

Siem breitete die Arme aus.

»Ja, worüber redet man? Über alles zwischen Himmel und Erde. Nicht so viel über Fußball, wenn Staffan dabei ist. Er ist nicht im Verein aktiv.«

Die Arme waren an ihre Ausgangsposition zurückgekehrt, verschränkten sich vor der Brust.

»Ach, ist er nicht? Wie haben Sie sich denn alle kennengelernt?«

»Man könnte wohl sagen, dass Svempa der Mittelpunkt ist … war. Lennart und ich haben ihn über den Verein kennengelernt. Staffan war schon vorher Svempas Freund gewesen. Sie haben sich wohl auf so einem Fahrradfest getroffen.«

Andersson schaute verständnislos, aber Sandén, der selbst Hausbesitzer war, wusste, worum es ging.

»Man radelt durch die Siedlung und lädt einander zum Essen ein, um das Nachbarschaftsgefühl zu stärken. Aber Sie sind alle gut miteinander ausgekommen?«

»Absolut.«

»Beschreiben Sie uns die anderen Spieler«, bat Andersson. »In kurzen Worten.«

Siem trat ein wenig auf der Stelle.

»Lennart ist ein netter Typ, fröhlich und positiv. Er arbeitet bei der Post und ist auch im Verein aktiv. Er selbst spielt in der B-Mannschaft und trainiert eine der Jungenmannschaften, in der auch sein Sohn spielt. Früher hat er diese Mannschaft hier trainiert, aber Svempa hat sie vor gut einem Jahr übernommen.«

»Aha, wie ist es dazu gekommen?«, fragte Andersson.

»Das weiß ich nicht. Sie haben das unter sich ausgemacht. Aber alle scheinen zufrieden zu sein, und für die Mädchen läuft es im Augenblick ja fantastisch, also war es für alle Beteiligten sicherlich das Beste.«

»Okay, gibt es noch mehr zu Lennart Wiklund?«

»Er hat sich vor ein paar Jahren scheiden lassen. Seine Frau wollte wohl nicht mehr. Warum, weiß ich nicht, aber er hat eine gewisse Anziehungskraft, die bei den Frauen gut anzukommen scheint, um es mal so zu sagen.«

»Das war vielleicht das Problem«, warf Sandén ein, aber Siem ließ sich nicht aus dem Konzept bringen.

»Staffan ist in fast jeder Beziehung das Gegenteil. Er ist ein angenehmer, aber ziemlich schweigsamer Zeitgenosse, ein bisschen schwermütig. Er soll ganz anders gewesen sein, bevor seine Frau sich das Leben genommen hat.«

Sandén und Andersson warfen einander einen Blick zu; das waren neue Informationen.

»Wann war das?«, wollte Sandén wissen.

»Vor sechs, sieben Jahren vielleicht. Ich kannte ihn damals noch nicht. Sie hat wohl ein ganzes Glas Tabletten geschluckt, und Staffan soll es unheimlich schwer getroffen haben. Was man verstehen kann. Er spricht nie darüber, und man will ja auch nicht danach fragen.«

»Und dann haben wir noch Erlandsson«, sagte Sandén.

»Svempa war derjenige, um den sich alles drehte.«

»In der Pokerrunde, meinen Sie?«

»Ja, dort auch. Aber er war einer dieser Menschen, die viel Raum für sich beanspruchen, die gehört und gesehen werden. Wo auch immer er sich engagiert hat, hat er sich voll reingehängt. In der Familie, im Verein, im Freundeskreis. Er brannte auch für seine Arbeit mit den Kindern und Jugendlichen. Und dann hat er sich noch für die Obdachlosen eingesetzt. Wie genau seine Wohltätigkeitsarbeit dort aussah, weiß ich allerdings nicht.«

»Hatte er irgendwelche Feinde?«, fragte Andersson.

»Das kann ich mir nicht vorstellen. Er war Gottes Geschenk an die Menschheit. So in der Art.«

*

Das Projekt, Erlandssons Arbeitskollegen von der SEB an einem Sonntag erreichen zu wollen, wurde von Sjöberg als viel zu zeitraubend begraben. Es konnte auch bis zum Montag warten. Stattdessen setzte er sich in seinen Wagen und fuhr zum Långbro Värdshus hinaus. Zwei der Beschäftigten, die er dort antraf, hatten auch am vorhergehenden Abend gearbeitet und konnten mit folgenden Informationen aufwarten: Die Runde habe eine ganze Menge gegessen und getrunken, sie sei manchmal etwas lauter gewesen, aber nicht so, dass sich jemand daran hätte stören können. Die Stimmung sei herzlich gewesen. Erlandsson sei derjenige gewesen, der am meisten geredet habe, und er habe auch die Rechnung bezahlt. Genauer gesagt, glatt achttausend Kronen mit seiner eigenen Kreditkarte. Als sie um Mitternacht geschlossen hätten, wären sie nur ungern, aber nicht widerwillig gegangen, als Letzte aller Gäste. Anschließend hätten sie noch etwa eine Viertelstunde draußen vor dem Restaurant gestanden und sich unterhalten, bevor sie fortgegangen seien. Wer in welche Richtung gegangen sei, darauf habe das Personal nicht geachtet. Sie hätten nicht beobachtet, dass Erlandsson – oder irgendein anderer aus der Gruppe – im Laufe des Abends mit einem der anderen Gäste Kontakt gehabt hätte. Auch habe keiner von ihnen einen auffällig angetrunkenen Eindruck gemacht.

Zurück in der Polizeiwache ging Sjöberg auf dem Weg zur Kaffeeküche an Gäddans Raum vorbei, ohne sich bei ihr bemerkbar zu machen. Warum, darüber war er sich nicht so ganz im Klaren; ihm war vieles in seiner Einstellung gegenüber Hedvig Gerdin ein Rätsel. Ihn irritierte vieles an ihr. Zum Beispiel, dass sie eine Frisur hatte wie eine alte Tante und sich kleidete wie ein Teenager – an einem Tag. Um am nächsten Tag einen Plisseerock mit Schleifenbluse zu tragen. Oder ein quergestreiftes Marimekkokleid im Siebzigerjahrestil. Soweit Sjöberg es beurteilen konnte, hatte die Frau überhaupt keinen Geschmack. Als ob das etwas zu bedeuten hätte. Gerade für ihn, der sich immer etwas darauf eingebildet hatte, dass er Menschen nicht nach ihrem Äußeren beurteilte. Aber ihr ganzes Wesen war so ... unvorhersehbar. Es war schwer zu beurteilen, ob sie etwas ernst meinte oder gerade scherzte. Auf der einen Seite war sie gern bereit, alles mögliche durch den Kakao zu ziehen und konnte eine geradezu unverschämte Klappe riskieren. Auf der anderen Seite war sie in der Lage – und Sjöberg verstand ihren Ansatz dabei als äußerst seriös – Zusammenhänge und Ereignisse aus mehr oder weniger absurden Perspektiven zu erkennen. Und dann war da noch diese verdammte Dauerwelle ... Es passte einfach nicht zusammen.

Wo auch immer die Ursachen dafür lagen, er spürte dieses irrationale Gefühl der Abneigung in seinem Inneren. Gerdin hatte nichts falsch gemacht, sie war eine gute Polizistin, trotz ihrer Unerfahrenheit. Theoretisch betrachtet war sie eigentlich überqualifiziert, aber sie setzte sich nie aufs hohe Ross oder beklagte sich darüber. Sie erledigte die Aufgaben, die ihr zugeteilt wurden, und noch mehr dazu. Und Sandén liebte sie förmlich. Was Sjöberg erst recht wurmte, was er aber um keinen Preis zeigen wollte.

»Conny?«, hörte er sie aus ihrem Büro rufen.

Selbstverständlich wollte er ohnehin zu ihr kommen, er wollte sich nur erst etwas zu trinken holen. Aber folgsam machte er auf dem Absatz kehrt und trat in ihr Büro, das sie mit Grünpflanzen auf den Fensterbänken eingerichtet hatte und in dem Fotografien von Kindern verschiedensten Alters auf dem Tisch und in den Regalen standen. Es duftete frisch und sauber und ein bisschen nach Parfum.

»Gäddan«, sagte er und ging zu ihrem Schreibtisch.

Sie winkte ihn mit einer Hand zu sich, ohne den Blick vom Bildschirm zu nehmen.

»Komm her, ich zeig dir was.«

Während er um den Schreibtisch herumging und sich hinter ihr aufstellte, drehte sie den Lautsprecher auf und startete einen Film, den sie offensichtlich auf der Homepage des Fernsehsenders TV4 gefunden hatte. Man sah eine Waldlichtung in voller Winterpracht, auf die zwischen den Bäumen heraus ein Mann trat, der einen Stapel Pizzakartons auf den Armen trug. Er folgte einem schmalen Weg und gelangte bald auf eine kleine, freie Fläche, auf der einige Wohnwagen abgestellt waren. Er schaute in die Kamera und begann zu sprechen.

»Es hat damit angefangen, dass ich auf einer Dienstreise in Kalkutta war. Man stieß dort überall auf Bettler und schwerkranke Menschen, und besonders betroffen hatte mich ein kleines Mädchen von vielleicht fünf Jahren gemacht, das einen riesigen Tumor an der Augenbraue hatte, so riesig, dass er das halbe Gesicht bedeckte und sie an einem normalen Leben hinderte.«

»Das ist Sven-Gunnar Erlandsson«, flüsterte Gerdin.

»Mit einem einfachen Eingriff hätte ihr Leben bestimmt ein ganz anderes werden können, aber jetzt saß sie eben an einer Straßenecke und bettelte. Ich wurde von einem Gefühl der Ohnmacht ergriffen, von Hoffnungslosigkeit, und ich wusste nicht, was ich tun sollte. Ihr helfen? Sie in ein Krankenhaus mitnehmen und dort operieren lassen? Aber sie war nicht die Einzige. Ich sah hunderte von Kindern, die genauso viel Hilfe brauchten wie sie. Und Frauen. Kleine, dürre, unterernährte Menschen, deren Existenz davon abhing, dass ihnen der eine oder andere Passant eine Münze zusteckte. Natürlich gab es auch Männer in solchen Notlagen, aber Frauen und Kinder sind ja besonders ausgeliefert. Damals konnte ich nicht mehr tun, als ihnen ein bisschen Kleingeld zuzuwerfen, aber nach diesem Erlebnis begann ich nachzudenken. Was kann ich tun, um zu helfen? Um das Leben für jemanden zu ändern, und wenn es nur ein einziger Mensch ist? Als ich wieder zu Hause war, beschloss ich, mich für die Obdachlosen einzusetzen. Sie leben direkt neben uns, aber oft genug wollen wir sie nicht sehen. Also besuche ich hin und wieder ein paar von ihnen, unterhalte mich ein bisschen mit ihnen, zeige ihnen, dass ihr Schicksal mir nicht egal ist. Das ist nicht viel, aber ich glaube, sie wissen es zu schätzen.«

»Und Essen haben Sie auch dabei, wie ich sehe«, sagte jemand, der nicht im Bild zu sehen war. Sjöberg nahm an, dass es sich um die Reporterin handelte.

»Ich bringe immer ein paar Pizzen mit oder eine Kiste mit Lebensmitteln. Man möchte ja nicht mit leeren Händen zu Besuch kommen«, sagte Erlandsson mit einem Lachen.

»Was für ein Clown«, bemerkte Gerdin mit einem Kopfschütteln.

Sjöberg warf ihr einen fragenden Blick zu, aber sie war schon wieder in den Film vertieft. Erlandsson klopfte an die Tür des Wohnwagens und ging hinein.

»Schönen guten Tag allerseits«, rief er. »Haben Sie Hunger?«

Das Filmteam schien sich ebenfalls mit in den Wohnwagen zu drängen, denn es folgte eine Sequenz, in der alle einander begrüßten und die Pizzen ausgepackt wurden. Abgesehen von Erlandsson und dem Filmteam befanden sich vier Personen in dem Wohnwagen, zwei Männer, eine Frau und ein junges Mädchen mit einer Perle in der Nase, das nur wenige Sekunden zu sehen war, bevor es anscheinend aus dem Wohnwagen verschwand. Die Reporterin stellte ein paar Fragen, während sie aßen, aber Erlandsson war nicht im Bild und kam erst am Schluss des vierminütigen Beitrags wieder zu Wort.

»Mittlerweile scheinen Sie ja fast einer von ihnen zu sein«, sagte die Reporterin halb im Scherz. »Worüber unterhalten Sie sich, wenn Sie zu Besuch sind?«

»Über alles zwischen Himmel und Erde«, antwortete Erlandsson ernst. »Was passiert ist und was passieren wird. Alltägliche Sorgen. Respekt. Das Ausgeliefertsein. Besonders von Frauen. Auch hier. Ich finde es wichtig, dass sich unter den Obdachlosen keine sozialen Hierarchien bilden. In solchen Strukturen landen Frauen in der Regel ganz unten.«

Erlandsson verschwand aus dem Bild, und die Kamera fing stattdessen den Rest der Gesellschaft ein. Alle drei nickten zustimmend. Der Beitrag war zu Ende.

»Was sagst du jetzt?«, fragte Gerdin zufrieden und stellte den Bildschirm aus.

»Fantastisch. Wie hast du den Film gefunden?«

»Er ist aufgetaucht, als ich gegoogelt habe. Ganz schön pathetisch, oder?«

»Ich verstehe nicht, was du meinst«, gab Sjöberg aufrichtig zu. »Wie kann denn Wohltätigkeit pathetisch sein?«

»Wenn man es nur um seiner selbst willen macht«, war Gerdins schlichte Antwort.

»Aber woran willst du das erkennen? Dass er es nur um seiner selbst willen macht?«

»Siehst du das nicht? Wie selbstgerecht er mit seinen verdammten Pizzakartons durch den Wald anmarschiert kommt? Und anfängt, über sein Engagement zu reden, als ob er selbst hier die Hauptperson wäre.«

»Das war hier vielleicht auch die Absicht? Um andere Menschen zu vergleichbarem sozialen Engagement zu ermuntern. Nein, das sehe ich anders als du. Ich fand, dass er einen ausgesprochen vernünftigen Eindruck machte.«

»Respekt – my ass«, fuhr Gerdin fort, ohne auf Sjöbergs Einwurf einzugehen. »Das ist so ein Typ, der Obdachlose zum Frühstück isst. Und was er über soziale Hierarchien sagt – ich fresse meinen Hut, wenn er nicht jedes Mal ganz oben auf der Treppe steht, egal in welcher sozialen Hierarchie er sich gerade bewegt.«

Sjöberg warf einen unfreiwilligen Blick auf den nicht existierenden Hut, an dessen Stelle sich im Augenblick ein dunkelblondes Vogelnest mit einem Einschlag von Grau befand.

»Da möchte ich nicht widersprechen«, grummelte Sjöberg. »In der Beziehung hast du sicher recht, aber dass das Ganze nur ein Spiel für die Galerie war, halte ich für übertrieben. Wer rennt schon ständig mit einem Stapel Pizzen zu den Obdachlosen, nur um sich gut in Szene zu setzen?«

»Wir wissen ja nicht, wie oft er da war. Vielleicht war es das zweite und letzte Mal?«

»Naja, das kann man ja leicht herausfinden. Ich schlage jedenfalls vor, dass wir unvoreingenommen arbeiten und ihn nicht verurteilen, bevor wir mehr darüber wissen. Okay?«

»Ich arbeite immer unvoreingenommen«, stellte Gerdin fest. »Und aus genau diesem Grunde bringe ich diese Gesichtspunkte zur Sprache. Nun denn. Mit dem Melderegister werde ich mich erst morgen befassen, aber ich habe eine interessante

Information über einen anderen aus dieser Pokerrunde gefunden. Im Allgemeinen Fahndungsregister.«

Das Allgemeine Fahndungsregister war eine der internen Datenbanken der Polizei, wo man in den Aufzeichnungen und Notizen zu früheren Kriminalfällen nach Namen suchen konnte. Eine Person, die gleichzeitig dort und in einer aktuellen Ermittlung auftauchte, gab damit Anlass für erhöhte Aufmerksamkeit.

»Das ist ja ein Ding«, sagte Sjöberg. »Wer denn?«

»Staffan Jenner«, antwortete Gerdin. »Eine richtig schlimme Geschichte.«

*

Lennart Wiklund wohnte nur einen Steinwurf vom Långbro Värdshus entfernt, in einer Wohnung im zweiten Stock eines Mietshauses im Långbrokungens Väg. Er öffnete ihnen die Tür in Unterhosen und brauchte sich nicht für das zu schämen, was zu sehen war. Er war ein stattlicher Kerl mit gut ausgebildeten Muskelpartien an den Beinen und am Oberkörper. Die blonden Haare waren jungenhaft geschnitten, jetzt allerdings in alle Richtungen zerzaust, was in Westmans Augen genug über seine Persönlichkeit verriet. Er sah schlaftrunken aus, wurde aber schnell munter, als er erfuhr, wer sie waren, und ließ sie bereitwillig in seine Wohnung.

»Ist es gestern spät geworden?«, fragte Westman, während sie sich auf den Küchenstuhl setzte, den er ihr angeboten hatte.

Hamad zog sich ebenfalls einen Stuhl heran, während Wiklund mitten in der Küche stehen blieb und keine Anstalten machte, sich zu setzen.

»Ja … Nein, ich glaube nicht. Richtig spät ist es wohl nicht gewesen. Warum …?«

»Wann sind Sie nach Hause gekommen?«

Er wirkte etwas unschlüssig und schaute von einem Polizisten zum anderen.

»Schwer zu sagen ... Um zwölf? Eins? Zwei vielleicht? Äh, ich weiß eigentlich gar nicht. Worum geht es denn?«

»Können Sie sich erinnern, *wie* sie nach Hause gekommen sind?«

Er zögerte einen Augenblick und schüttelte dann den Kopf.

»Verdammt, wann hätte ich mir denn darüber Gedanken machen sollen. Ich habe noch geschlafen, als Sie geklingelt haben ...«

»Dann sind gestern wohl ein paar Schnäpse zusammengekommen?«

Er lachte. Kein verschämtes Lachen, sondern eher so, als hätte er gerade eine lustige Entdeckung gemacht.

»Ja, das kann wohl sein. Aber ich verstehe nicht ...«

»Haben Sie überhaupt irgendwelche Erinnerungen an den gestrigen Abend?«

»Also, jetzt mal ehrlich ...«

Er sah nicht nur aus wie ein Jungspund, sondern er redete auch so. Westman und Hamad schauten ihn erwartungsvoll an. Er atmete tief ein und entschied sich nun doch dafür, sich zu setzen.

»Ich war mit drei Freunden in dem Gasthaus hier um die Ecke«, sagte er und zog mit seiner kräftigen Hand einen freien Stuhl unter dem Tisch hervor. »Wir haben gegessen und getrunken und geredet, bis es Zeit war, zu gehen. Dann haben wir uns vor dem Gasthaus von Janne Siem verabschiedet und sind nach Hause gegangen.«

Irgendwo in der Wohnung war laufendes Wasser zu hören.

»Wie spät es genau war, daran kann ich mich nicht erinnern, aber vielleicht können wir es von der Dame unter der Dusche erfahren.«

»Ihre Frau?«, fragte Hamad. »Freundin?«

»Eine Bekannte, wenn man es so ausdrücken kann. Worum geht es eigentlich?«

»Sven-Gunnar Erlandsson ist heute Morgen dort hinten im Wald tot aufgefunden worden«, erklärte Hamad und deutete in Richtung des Fensters. »Siem, Jenner und Sie sind die Letzten, die ihn lebend gesehen haben.«

»Tot?«, fragte Wiklund überrascht.

»Ermordet. Alles deutet darauf hin, dass er erschossen wurde, kurz nachdem sich Ihre Wege getrennt hatten.«

»Das ist ja schrecklich. Lotta?«, rief er in Richtung der Badezimmergeräusche, ohne eine Antwort zu bekommen.

»Besitzen Sie eine Schusswaffe?«, fragte Hamad.

Lennart Wiklunds Leichtigkeit war wie weggeblasen. Er machte mit einem Mal einen viel nachdenklicheren Eindruck und schien jedes Wort abzuwägen, bevor er antwortete. Dadurch wurde es sehr schwierig, zu entscheiden, ob er die Wahrheit sagte oder nicht.

»Nein. Ich habe auch noch nie geschossen.«

»Wie war der Abend?«, fragte Westman.

»Nett. Kein Streit. Also, falls Sie sich fragen sollten, meine ich. Also, sonst streiten wir uns normalerweise auch nicht ...«

»Wer hat die Rechnung bezahlt?«

»Svempa. Also, Erlandsson. Wir haben die Pokerkasse verfeiert, und er hat die Kasse verwaltet.«

»Und Sie? Hatten Sie auch dazu beigetragen?«

»In diesem Jahr nicht so viel, glaube ich. Ein paar hundert Kronen vielleicht. Janne Siem hatte wohl den größten Teil zu tragen.«

»Irgendwelche Ungereimtheiten?«, fragte Hamad.

»In welcher Hinsicht?«

»Dass jemand falsch gespielt hat?«

Ein unsicheres Lächeln huschte über Wiklunds Gesicht.

»Nein, wir spielen nur zum Spaß. Keine größeren Summen.«

»Wie groß war die Kasse?«

»Siebeneinhalbtausend ungefähr. Von vier Spielern in einem Jahr. Keine größeren Summen«, wiederholte er.

»Haben Sie sich auch außerhalb des Pokertischs getroffen?«, wollte Westman wissen.

»Staffan und Svempa haben sich öfter gesehen. Sie waren eng befreundet. Janne, Svempa und ich kannten uns über den Fußball. Meine Tochter spielt in derselben Mannschaft wie Jannes, aber sonst, privat sozusagen, haben wir uns nicht gesehen.«

»Sie haben also Kinder. Geschieden?«

»Ja. Deswegen wohne ich auch hier im Getto der Geschiedenen.«

»Und die ›Dame in der Dusche‹?«

»Eine Bekannte, wie ich schon sagte. Lotta?«, rief er noch einmal.

Und dieses Mal tauchte tatsächlich eine barfüßige Schönheit in einem viel zu großen Morgenrock in der Küchentür auf und schaute sie verwundert an. Sie sah etwa zwanzig Jahre jünger aus als Lennart Wiklund.

»Weißt du, wie spät es war, als ich heute Nacht nach Hause gekommen bin? Es ist wichtig.«

»Ich habe wirklich keine Ahnung. Aber ich glaube, es war halb zwei, als wir das Licht ausgemacht haben.«

»Es war also ungefähr viertel nach eins, als er nach Hause kam?«, mischte sich Westman ein. »Oder war es vielleicht viertel nach zwölf? Irgendeine Ahnung werden Sie doch haben?«

»Ich habe schon geschlafen«, antwortete die Frau treuherzig. »Wir haben dann noch ein bisschen geknepert, aber ich weiß nicht, wie lange.«

Westman spürte, wie Hamad Blickkontakt mit ihr aufnehmen wollte, aber sie riss sich zusammen und wiederholte nur ganz trocken das Wort, das die Frau verwendet hatte.

»Geknepert. Aha. Es war also alles wie immer?«

»Nichts Seltsames.«

»Gut. Mehr wollten wir gar nicht wissen, Sie können jetzt wieder gehen.«

Westman war beunruhigend kurz davor, ihr noch zu empfehlen, auf die Tanzfläche zurückzuwackeln, von der sie gekommen war, aber sie hielt sich im letzten Moment zurück. Mit einem Achselzucken verließ die junge Frau die Küche.

»Fällt Ihnen jemand ein, der Erlandsson nach dem Leben getrachtet haben könnte?«, wollte Hamad von Wiklund wissen.

Er dachte einen Augenblick nach, bevor er antwortete.

»Nein, da gab es niemanden, glaube ich. Er war ziemlich dominant und beanspruchte viel Raum für sich. Wir haben zwar unsere Auseinandersetzungen gehabt, aber er war im Grunde ein verdammt aufrechter und angenehmer Zeitgenosse. Hat nicht ständig irgendeinen Unsinn rumerzählt. Auch wenn er alles über alle wusste.«

Eine erstaunlich einsichtige Analyse, die man aus dieser Richtung am wenigsten erwartet hätte.

Montagvormittag

Um neun Uhr am Montagmorgen waren alle außer Gabriella Hansson wieder in dem blauen, ovalen Besprechungsraum versammelt, um die Ereignisse des vergangenen Tages zusammenzufassen. Gerdin stellte fest, dass sogar Gunnar Malmberg ihnen die Ehre gab, mit größter Wahrscheinlichkeit deshalb, weil er sich wichtig fühlte, denn schließlich hatte er den Anruf des mutmaßlichen Mörders entgegengenommen. Sjöberg hatte kaum die Besprechung eröffnet, als die Frage bereits aufkam.

»Ich habe die Telia darauf angesetzt«, berichtete Hamad, »aber gestern war Sonntag, und die Ferienzeit ist noch nicht vorbei. Es besteht das Risiko, dass Anfragen, die normalerweise innerhalb von vierundzwanzig Stunden beantwortet sind, zurzeit etwas länger dauern können. Aber sie wissen, dass es höchste Priorität hat, und ich werde direkt nach der Besprechung noch einmal anrufen und Druck machen.«

»Dann hören wir uns erst einmal an, was gestern bei den Befragungen herausgekommen ist«, fuhr Sjöberg fort. »Lasst uns mit Familie Siem beginnen. Was gibt es da Interessantes zu berichten?«

Andersson und Sandén fassten ihre Eindrücke zusammen, und Westman und Hamad erzählten von ihren Besuchen bei Lennart Wiklund und Staffan Jenner. Anschließend verließ Malmberg, der offensichtlich Wichtigeres zu tun hatte, die Runde. Was Gerdin freute, da die wirklich interessanten Neuigkeiten bislang noch nicht zur Sprache gekommen waren.

»Sämtliche Beteiligten scheinen ja der Ansicht zu sein, dass

Sven-Gunnar Erlandsson sich stark für Wohltätigkeitsbelange eingesetzt hat«, sagte Sjöberg. »Gäddan hat einen Fernsehbeitrag für TV4 gefunden, der diese Aussagen unterstützt. Wir schauen ihn uns an«, sagte er und startete den Film auf dem Rechner, an den das Smartboard angeschlossen war, mit dem man das Besprechungszimmer unlängst ausgerüstet hatte.

Vier Minuten später war Westman die Erste, die den Beitrag kommentierte.

»Und so ist wieder ein guter Mensch in die ewigen Jagdgründe eingegangen«, seufzte sie.

Sandén und Andersson stimmten ihr bei, und auch Rosén nickte mitfühlend. Gerdin bemerkte, dass Sjöberg sie einen Moment beobachtete. Nicht triumphierend, das wäre nicht sein Stil; eher neugierig, um zu sehen, ob sie sich von ihren Kollegen beeindrucken ließ. Was nicht der Fall war. Allerdings hatte sie nicht vor, ihre Einschätzung kundzutun.

»Er kann so gut sein, wie er will«, sagte Hamad. »Ich glaube trotzdem, dass er beim Pokern falsch gespielt hat. Alle Anzeichen sprechen dafür. Die Pokerkameraden hatten einen gemeinsamen Abend verbracht, er hatte Spielkarten in der Tasche, und ihm wurde in den Hinterkopf geschossen. Ja, Loddan, ich weiß, dass es der Nacken war, aber der Unterschied ist nur marginal.«

»Er hat nicht falsch gespielt«, wies Westman seine Vermutung zurück. »Alle sagen, dass er unerhört großzügig war, er teilte nachweislich Essen an Obdachlose aus und war außerdem, laut Staffan Jenner, tief religiös. Wie passt das denn zu einem falschen Ass im Ärmel?«

»Da bin ich ganz Petras Meinung«, sagte Sjöberg. »Außerdem habe ich weitere Informationen, die diese Vermutung stützen. Sowohl Jenner als auch Wiklund sagen, dass die Rechnung im Långbro Värdshus siebeneinhalbtausend Kronen betrug, das Personal dagegen versichert, dass die Feier mit achttausend

Kronen zu Buche schlug. Erlandsson hatte die Pokerkasse verwaltet und bezahlt. Er hat also fünfhundert Kronen aus eigener Tasche draufgelegt, ohne dass jemand davon wusste. So etwas nenne ich wahre Großzügigkeit: dass man etwas nicht nur tut, um gut dazustehen.«

Bei seinen letzten Worten hatte er sich Gerdin zugewandt, die auch jetzt verzichtete, darauf einzugehen. Aber Hamad gab sich noch nicht geschlagen.

»Seine Großzügigkeit in allen Ehren, aber darum geht es beim Schummeln nicht. Ich zweifle nicht einen Augenblick daran, dass er ein reines Wunder an Freigebigkeit war – wenn es um Geld ging. Aber beim Schummeln geht es doch darum, dass man gewinnt, dass man der Beste ist. Der Herr im Ring. Das sind zwei ganz verschiedene Dinge.«

Gerdin stimmte ihm im Stillen hundertprozentig zu.

»Von wo ist dieses ganze Pokergerede eigentlich gekommen?«, fragte sie stattdessen, zur allgemeinen Verwunderung. »Ursprünglich, meine ich.«

Sjöberg betrachtete sie mit einem fast mitleidigen Blick.

»Es ist die ganze Zeit bekannt gewesen, dass die *Poker*runde die *Poker*kasse verfeiert hat«, klärte Hamad sie auf.

»Das ist nicht die ganze Zeit bekannt gewesen. Es kam heraus, als Conny und ich die Witwe besuchten. Aber schon als Bella und ich zum Tatort gerufen wurden, hieß es, dass man einen toten Pokerspieler gefunden habe. Ich frage mich nur, woher das kam.«

»Vielleicht, weil Spielkarten in seiner Brusttasche steckten?«, sagte Hamad mit kaum verhohlener Ironie in der Stimme. »Klanghart und grifffest.«

Diesem »klanghart und grifffest« würde sie auf den Grund gehen. Bisher wussten sie über diese Karten lediglich, dass eine davon ein Ass war. Ein klanghartes und grifffestes Ass? Vielleicht. Aber das konnte man ja unmöglich wissen, bevor man den Rest des Blatts gesehen hatte. Sie beschloss, fürs Erste nicht weiter darauf herumzureiten.

»Vier Stück«, sagte sie stattdessen. »Beim Pokern hat man fünf Karten auf der Hand.«

»Jetzt verlassen wir dieses Thema«, wurde sie von Sjöberg unterbrochen. »Es gibt da etwas viel Interessanteres, über das wir reden müssen. Lass hören, Gäddan.«

»Okay. Vor acht Jahren, das heißt im Sommer 2001, hatte Staffan Jenners Familie ein russisches Sommerkind zu Gast. Könnt ihr mit dem Begriff Sommerkind etwas anfangen?«

»Vage«, antwortete Sandén. »Du darfst es ruhig noch einmal erklären.«

»Es handelt sich um einen Austausch zwischen russischen Kinderheimen und einem schwedischen gemeinnützigen Verein, der sich dafür einsetzt, dass die Heimkinder einen Sommer in Schweden verbringen können. Manchmal auch die Weihnachtszeit. Man möchte damit erreichen, dass sie ein Gefühl dafür bekommen, wie es ist, in einer Familie zu leben, und darüber hinaus sollen sie sich natürlich erholen und den schwedischen Sommer genießen. Und den Wohlstand. Das Konzept funktioniert prächtig, und die Familien erhalten den Kontakt zu den Kindern oft auch dann noch aufrecht, wenn sie das Heim schon verlassen haben. Hin und wieder ist es sogar vorgekommen, dass Familien ihre Sommerkinder adoptiert haben.«

»So was nenne ich wirklich großzügig«, sagte Hamad.

»Jetzt warte erst einmal ab. Dieses Mädchen war elf Jahre alt und hieß Larissa Sotnikova. Am Ende der Sommerferien, eine Woche, bevor sie nach Hause fahren sollte, war sie plötzlich verschwunden. Spurlos. Es gab einen riesigen Polizeieinsatz, alles wurde durchkämmt, und die ganze Nachbarschaft half mit. Aber man hat sie nie gefunden. Staffan Jenner stand natürlich mehrere Monate lang im Fokus der Ermittlungen, aber man konnte ihm nie nachweisen, dass er irgendetwas mit ihrem Verschwinden zu tun hatte. Er beharrte darauf, dass das Mädchen noch am Leben sei, dass sie abgehauen wäre und sich irgendwo im Land verstecken würde. Sie sei nämlich nicht besonders scharf darauf gewesen, wieder nach Hause zu fahren. Das sei auch in den vorhergehenden Jahren schon so gewesen. Was vermutlich stimmte. Oder schlimmstenfalls, dass sie abgehauen sei, und dann wäre ihr etwas zugestoßen. Wie auch immer, Jenner leugnete hartnäckig, dass er irgendetwas damit zu tun hatte. Aber die Polizei glaubte ihm nicht. Und seine Frau ebenso wenig, darf man vermuten. Schließlich hat sie sich ein Jahr später das Leben genommen. Aber Staffan Jenners Theorie, wie alles abgelaufen sein könnte, war ja trotz allem nicht ohne Hand und Fuß. Es kommt nicht selten vor, dass Flüchtlingskinder sich freiwillig aus dem Staub machen. Sie war zwar kein Flüchtlingskind, sondern ein Sommerkind, aber trotzdem. Und wer kümmert sich schon darum? Es ist ja nur ein Kind von irgendwo anders. Das keine Lücke hinterlässt, das niemand vermisst.«

»Sieh mal an«, fasste Andersson zusammen, was alle dachten.

»Er war schon ein bisschen zwielichtig, dieser Jenner«, sagte Hamad. »Saß da und murmelte vor sich hin.«

»Eine schräge Type«, bestätigte Westman.

»Und ich hatte die ganze Zeit das Gefühl, dass er uns etwas vorenthalten wollte«, fuhr Hamad fort.

»Wahrscheinlich das hier«, stellte Sjöberg fest. »Was auch nicht besonders überraschend ist, ganz egal, ob es mit unserem Fall zu tun hat oder nicht.«

»Vielleicht hat Erlandsson herausgefunden, was er getan hat, und gedroht, ihn auffliegen zu lassen«, schlug Sandén vor.

»Durchaus denkbar. Aber ihr solltet nicht vergessen, dass bislang keine Leiche gefunden wurde. Es ist ja noch nicht einmal sicher, dass sie tot ist«, wandte Gerdin ein.

»Ich schlage trotzdem vor, dass Petra und Jamal weiter diese

Spur verfolgen«, sagte Sjöberg. »Gäddan und ich werden noch einmal mit der Familie Erlandsson sprechen, aber zuerst besuche ich die SEB-Hauptverwaltung am Kungsträdgården. Das erledige ich allein, dann kannst du dich unterdessen um das Melderegister und das Kriminalregister kümmern. Und auf diese Menschen in dem Wohnwagen wird man natürlich auch neugierig. Loddan und Sandén, ihr findet heraus, wer sie sind und was sie so zu sagen haben.«

Andersson hatte keine Einwände.

»Süßes Ding, das da am Anfang zu sehen war. Ich kümmere mich um die Mädels, du übernimmst die zahnlosen Alten«, lachte er und gab Sandén einen kräftigen Klaps auf den Rücken.

Die Besprechung war beendet.

*

Sjöberg saß in einem verglasten Konferenzraum im dritten Stock der SEB-Hauptverwaltung an der Kungsträdgårdsgatan. Ihm gegenüber saß eine von Sven-Gunnar Erlandssons Arbeitskolleginnen, die ihm als Kristina Wintherfalck angekündigt worden war. Sie sah allerdings nicht einmal halb so blasiert aus, wie der Name vermuten ließ, und er musste sich selbst – er wusste nicht, zum wievielten Mal – daran erinnern, dass die allermeisten Menschen keinen Einfluss darauf hatten, wie sie hießen. Wie zum Beispiel er selbst. Sie war um die fünfundvierzig Jahre alt, braungebrannt und hatte lange blonde Haare, die sie zu einem einfachen Pferdeschwanz zusammengebunden hatte. Ihren schwarzen Blazer hatte sie über ihren Stuhl gehängt und lehnte sich jetzt mit übereinandergeschlagenen Beinen in einem knielangen, schwarzen Rock und einer weißen Bluse zurück. In der Hand hielt sie einen Stapel Papiere, mit dem sie mechanisch vor ihrem Gesicht wedelte. Es war sehr warm in dem Glaskäfig, und man konnte kein Fenster öffnen.

Kristina Wintherfalck und Erlandsson hatten Seite an Seite in dem großen Tradingsaal gearbeitet und ihre Tage damit verbracht, Optionen, Termingeschäfte, Wechsel und alles mögliche andere zu kaufen und zu verkaufen, von dem Sjöberg kaum verstand, worum es dabei ging. Mitte der Neunzigerjahre hatten sie dasselbe auch schon in Singapur getan, was Wintherfalck zu einer Person machte, deren Befragung in diesem Zusammenhang besonders interessant zu werden versprach.

»In Ordnung. Der Mann war absolut in Ordnung«, beantwortete sie Sjöbergs Frage, wie sie Erlandsson als Person einschätzte. »Er war immer da, wenn man Hilfe brauchte. War immer bereit, für einen einzuspringen, wenn man krank war oder dringend freinehmen musste. Behandelte alle gleich, das heißt mit Respekt. Hier kann manchmal eine ziemlich machohafte Stimmung herrschen, aber er war überhaupt nicht so.«

»Ich habe den Eindruck gewonnen, dass er eine sehr dominante Person gewesen sein muss. Würden Sie dem zustimmen?«

»Ja, sicher. Allerdings auf eine positive Weise. Er hatte keine Angst davor, seine Meinung zu sagen. Aber wir waren uns im Großen und Ganzen immer einig, sodass es mich nicht im Geringsten gestört hat.«

»Und die anderen?«

»Er war nicht besonders streitlustig, also war es auch für sie kein Problem. Er sagte eher, was alle anderen – oder die meisten anderen – auch dachten.«

»Und die Chefs hatten auch kein Problem damit?«

»Ganz und gar nicht. Svempa war sehr diplomatisch und wusste, wie man sich ihnen gegenüber ausdrücken musste.«

»Er hatte also keine direkten Feinde?«

»Nein, das kann ich mir nur sehr schwer vorstellen«, antwortete sie mit einem traurigen Lächeln. »Er war überall sehr beliebt.«

»Und in Singapur«, fragte Sjöberg, »wie war es dort? Ist dort etwas Besonders passiert?«

Mit drei Fingern strich sie eine Haarsträhne zurück, die aus dem Pferdeschwanz gerutscht war, und dachte ein paar Sekunden nach, bevor sie antwortete.

»Alles war besonders in Singapur, irgendwie aber auch nichts. Wir haben dort genauso gearbeitet wie hier, mit denselben Sachen. Aber das Leben drumherum war natürlich vollkommen anders. Für Svempa war wahrscheinlich das Wichtigste, dass er seine neue Frau dort kennengelernt hat.«

»Können Sie mir ein bisschen davon erzählen?«

»Haben Sie noch nicht mit ihr darüber gesprochen?«

»Doch, aber ich möchte gern Ihre Version hören.«

Was halb gelogen war. Er hatte zwar mit Adrianti Erlandsson gesprochen, aber nicht darüber. Es war die falsche Situation für ein solches Thema gewesen, aber im Laufe des Tages würde er es nachholen.

»Er war gerade erst Witwer geworden, als er sich für den Job in Singapur bewarb. Seine Frau ist ungefähr zu der Zeit an Brustkrebs gestorben, als ich zusammen mit einer Arbeitskollegin nach Singapur gegangen bin. Er hat sich davon wohl inspirieren lassen und gedacht, dass ihm und den Kindern ein Ortswechsel guttun würde. Und ich glaube, dass er damit recht hatte, denn die ganze Familie schien sich dort wohlzufühlen. Die Kinder lernten außerdem fließend Englisch. Wie auch immer – die Golfspieler unter uns fuhren hin und wieder nach Indonesien hinüber, mit dem Boot dauerte es weniger als eine Stunde. Svempa spielte kein Golf, aber er ist trotzdem ein paar Mal mitgefahren, um es auszuprobieren. Auf einer dieser Reisen begegnete er Adri – ich glaube sogar, dass sie ihm als Caddie zugeteilt worden war. Ja, so ist das gelaufen. Schließlich ist er jedes Wochenende hinübergefahren, mit Kind und Kegel, und dann haben sie geheiratet und sind zurück nach Schweden gezogen.«

»Und was haben Sie und Ihre Kollegen darüber gedacht?«, wollte Sjöberg wissen.

»Wir haben uns für ihn gefreut. Es war genau das, was er und die Kinder brauchten. Und für Adri war es auch gut. Sie haben es nicht so einfach dort drüben. Schinden sich kaputt für die reichen Singapurer, die zu ihnen kommen und den dicken Mann markieren. Irgendwie typisch Svempa, nicht nur sich selbst zu helfen, sondern auch jemand anderem. Es war eine Win-win-Situation. Ganz eindeutig.«

Sjöberg fielen keine weiteren Fragen ein, also ließ er das Gespräch damit enden. Das Wort »Win-win-Situation« würde ihm während der ganzen Ermittlungen noch im Kopf herumspuken. Wer hatte eigentlich was gewonnen? Am Ende standen sie doch alle als Verlierer da.

*

Nachdem sie eine Weile mit der Verwaltung von TV4 debattiert hatten, kamen sie schließlich mit der Reporterin in Kontakt, die den Beitrag über den Wohnwagenstellplatz der Obdachlosen gedreht hatte. Sie war sehr hilfsbereit gewesen und hatte ihnen die Namen derer gegeben, die sie kannte, und ihnen den Weg zu der Waldlichtung in Huddinge beschrieben, auf der sich Andersson und Sandén jetzt befanden.

Der Platz war kaum wiederzuerkennen. Was in den Fernsehbildern wie ein struppiges Dickicht aus nackten, bedrohlichen Bäumen ausgesehen hatte, grau, still und abweisend, erschien ihnen jetzt als moosbewachsener Zauberwald wie aus einem Märchen. Feuchte schwedische Sommerdüfte schlugen ihnen entgegen, als sie aus dem Auto stiegen, und es war nicht schwer zu verstehen, warum man sich diesen Ort für seinen schäbigen Wohnwagenpark ausgesucht hatte.

Überall waren Leute in Bewegung; jemand hängte Wäsche

auf einer Leine auf, die zwischen einem Wohnwagen und einem Baum aufgespannt war, ein anderer versuchte ein Metallrohr durchzusägen. Eine Frau saß in einem Campingstuhl und rauchte, und ein paar Männer streunten herum, die anscheinend nichts Konkretes zu tun hatten. Die Blicke, die den beiden Polizisten begegneten, waren neugierig, nicht misstrauisch, aber niemand sagte etwas.

Der Wohnwagen, der sie am meisten interessierte, stand noch am selben Ort wie in der Reportage, und die Tür war geöffnet. Sandén klopfte vorsichtig neben dem Eingang an die Wand.

»Ja?«, ließ sich eine Frauenstimme aus dem Inneren vernehmen.

»Darf man reinkommen?«, fragte er und steckte den Kopf in die Öffnung. »Wir würden Ihnen gerne ein paar Fragen stellen.«

»Sind Sie vom Sozialamt?«

»Nein, von der Polizei.«

»Aha. Ja, kommen Sie rein. Wir haben uns nichts vorzuwerfen.«

»Davon bin ich überzeugt«, antwortete Sandén mit einem Lachen, während er mit Andersson im Schlepptau in den Wagen kletterte.

Die Frau, die etwa fünfzig Jahre alt sein mochte, war dieselbe wie in dem Fernsehbeitrag. Sie sah frisch gewaschen aus, saß mit nassen Haaren am Tisch und trank Tee. Sie trug ein übergroßes schwarzes T-Shirt, und unter dem Tisch schauten zwei nackte Beine aus einer abgeschnittenen Jeans heraus. Es roch nach Shampoo und Zigarettenrauch.

»Jens Sandén, Hammarbypolizei. Das ist Odd Andersson. Sie sind Gunilla Mäkinen?«

Sie antwortete mit einem Nicken.

»Wir suchen auch Svante Boberg und Roger Lindström.«

»Und alle anderen, die Sven-Gunnar Erlandsson kennen«, ergänzte Andersson.

»Das sind wohl nur wir drei. Es wissen zwar alle, wer er ist, aber besuchen tut er nur uns. Svante sitzt im Bau, wegen Diebstahls. Drei Monate, er kommt Anfang Oktober raus.«

»Und Lindström?«

»Roger? Hier ist jemand, der mit dir sprechen möchte.«

Andersson zuckte zusammen. Er hatte keinen Gedanken daran verschwendet, dass sich eine weitere Person in dem kleinen Wohnwagen aufhalten könnte, und von der Schlafnische war bislang kein Lebenszeichen zu hören oder zu sehen gewesen.

»Er ist noch nicht aufgestanden«, erklärte die Frau mit einem Lächeln, das leider eine Zahnreihe entblößte, die sich ziemlich negativ auf ihren Gesamteindruck auswirkte.

Jetzt begann sich drüben im Bett etwas zu bewegen, und ein grunzendes Geräusch ließ sich vernehmen.

»Möchten Sie einen Tee?«, fragte die Frau.

Andersson wollte spontan ablehnen, doch als Sandén das Angebot annahm, kam er nach kurzer Überlegung zu dem Schluss, dass man gekochtes Wasser wohl ebenso gut in einem klapprigen Wohnwagen trinken konnte wie an jedem anderen Ort.

»Danke, gerne auch eine Tasse Tee für mich«, antwortete er und schaute sich um.

Der Wohnwagen war zwar schon ziemlich mitgenommen und anscheinend auch kein besonders modernes Modell, aber er machte einen sauberen und aufgeräumten Eindruck. Schließlich war er ein Zuhause, Menschen lebten hier ihr Leben. Nach bestem Vermögen.

Einige Minuten später saßen sie zu viert am Tisch und tranken Tee. Roger Lindström war ein paar Jahre jünger als Gunilla Mäkinen, aber nicht so gut erhalten. Auch in seinem Mund offenbarte sich die eine oder andere Zahnlücke, und sein Gesicht war von Falten und Narben durchzogen. Dass er einen langjährigen multiplen Substanzmissbrauch hinter sich hatte, war keine besonders gewagte Einschätzung. Immerhin hatte er sich eine Jogginghose übergezogen, aber sein nackter Oberkörper stellte zwei billige und schlampig ausgeführte Tattoos zur Schau.

»Entschuldigen Sie bitte, dass wir Sie so plötzlich aus dem Schlaf geholt haben«, sagte Sandén. »Wir haben schlechte Neuigkeiten und müssen uns ein wenig mit Ihnen unterhalten.«

Angst schlich sich in Gunilla Mäkinens Blick, und sie zog die Schultern hoch, als wollte sie sich vor etwas schützen. Roger Lindström verteilte weiter feingeschnittenen Tabak auf einem Zigarettenpapier, ohne zu ihnen aufzuschauen.

»Sven-Gunnar Erlandsson ist verstorben«, kam Sandén direkt zur Sache. »Er ist gestern Morgen in einem Waldgebiet nicht weit von hier tot aufgefunden worden. Alles deutet darauf hin, dass er im Laufe der vorhergehenden Nacht erschossen wurde.«

»Und was hat das mit uns zu tun?«, wollte Lindström wissen, der sich weiter auf seine werdende Zigarette konzentrierte. »Sind wir irgendwie verdächtig?«

»Besitzen Sie eine Schusswaffe?«, konterte Andersson. »Oder hätten Sie ein Motiv?«

Der Mann warf ihm einen hastigen Blick zu, bevor er mit zittrigen Fingern begann, den Tabak in das Papier einzurollen.

»Weder noch«, antwortete er.

»Warum sollten wir uns Svempas Tod wünschen?«, fragte die Frau. »Wir mögen ihn doch. Oder, Roger?«

»Ja klar, verdammt. Ein bisschen zu viel Gesülze vielleicht. Aber er hat sich gekümmert. Hat Essen mitgebracht und andere Sachen.«

»Hat sich Zeit genommen«, ergänzte die Frau. »Hat sich hingesetzt und mit uns geredet.«

»Wie oft ist er gekommen?«, fragte Sandén.

»Einmal im Monat vielleicht. Seit einem guten Jahr.«

»Allein? Oder hatte er einen Sozialarbeiter dabei?«

»Nein, er ist auf eigene Initiative gekommen. Einmal hatte er einen Freund dabei. Das ist schon eine Weile her, letzten Winter, glaube ich. Der fand das alles anscheinend nicht so amüsant. Ich kann mich nicht erinnern, wie er hieß.«

»Hat Erlandsson immer nur Sie besucht? Nicht die Nachbarn?«

Sie schüttelte den Kopf.

»Man konnte ja kaum von ihm verlangen, dass er das ganze Lager versorgt. Dass er uns geholfen hat, war schon mehr als genug.«

»Und wen meinen Sie mit ›uns‹?«

»Das haben Sie doch schon gesagt. Roger, Svante und ich. Manchmal sind wir auch zu viert, aber wir drei wohnen hier schon seit fast zehn Jahren zusammen.«

»Sind Sie beide ein Paar?«, wagte Andersson zu fragen. »Oder Sie und Svante vielleicht?«

»Oder Svante und Roger«, schlug Sandén vor.

»Ha, ha. Nein, aber wir halten trotzdem zusammen«, antwortete Lindström und befeuchtete den Rand des Papiers mit der Zunge und ließ den Finger über die nun fertiggestellte Zigarette gleiten.

»Und diese vierte Person, wer ist das?«, fragte Andersson.

»Es gibt nicht *eine* vierte Person. Manchmal lassen wir hier jemanden schlafen, der ein Dach über dem Kopf braucht.«

»Kennt einer von denen Erlandsson?«

Lindström steckte sich die Zigarette in den Mund und zündete sie an. Dann schüttelte er den Kopf.

»Das wäre wohl zu viel gesagt. Er hat mit allen ein paar

Worte gewechselt, denen er begegnet ist. Aber richtig lange Gespräche hatte er nur mit uns hier im Wagen.«

»Und dieses Mädchen in der Fernsehreportage?«, sagte Andersson. »Jung. Hübsch.«

»Ich weiß nicht. In dem Film waren doch nur wir zu sehen.«

»Sie ist ganz kurz durchs Bild gehuscht. Ich dachte, dass sie vielleicht auch hier wohnt.«

»Könnte das Rebecka gewesen sein?«, fragte Gunilla Mäkinen. »Sie hat im Winter eine Weile hier gewohnt, nur ein paar Wochen. War von Zuhause abgehauen. Sie war gerade erst fünfzehn. Ich hab sie im Einkaufszentrum Skärholmen aufgelesen. Stimmt, Svempa hat auch viel mit ihr gesprochen, hat versucht, sie auf bessere Gedanken zu bringen. Er fand, dass sie wieder nach Hause ziehen sollte.«

»Und das hat sie dann auch getan?«

»Ich glaube, ja. Jedenfalls habe ich nichts anderes gehört.«

Roger Lindström nickte zustimmend.

»Wie können wir sie erreichen?«, wollte Andersson wissen. »Kennen Sie ihren Nachnamen?«

Gunilla Mäkinen zuckte mit den Schultern und schaute zu Lindström hinüber, der in eine Coladose aschte. Er hatte auffällig zittrige Hände.

»Irgendwas auf -son. Johansson, Larsson. Nein, ich weiß nicht. Aber ich glaube, dass sie aus Norsborg war. Reizendes Mädchen.«

»Sie haben gesagt, dass von Erlandsson ein bisschen zu viel Gesülze kam«, sagte Sandén an Lindström gewandt. »Was haben Sie damit gemeint?«

»Ph, das nehme ich zurück. Im Grunde war er ein klasse Typ. Ich meinte damit, dass er manchmal ein wenig oberlehrerhaft werden konnte. Superseriös.«

»Können Sie mir das noch genauer erklären?«

Lindström zog ein paarmal an der Zigarette, überlegte. Ein

disharmonischer Ton, dachte Andersson. War es vielleicht so, dass der Engelschor nicht hundertprozentig einstimmig sang? Siem hatte Erlandsson über den grünen Klee gelobt – mit einem einzigen falschen Akkord. Verbitterung? Und sei es auch nur eine Unze davon. Missgunst? Ja, wahrscheinlich. Hamad hatte von Macht gesprochen. Er hatte Erlandsson mit dem Ausdruck »Herr im Ring« bezeichnet. War es vielleicht nur die andere Seite derselben Medaille? Hatte Erlandsson die soziale Machtstellung, die ihm alle zugebilligt hatten, dazu genutzt, um Gutes zu tun? Das heißt, auf die bestmögliche Weise. Andersson hatte das Gefühl, dass auch Gäddan Erlandssons viel besungener Großzügigkeit nur wenig Vertrauen schenkte, aber sie war schließlich grundsätzlich immer anderer Meinung. Für sie war es eine Ehrensache, gegen den Strom zu schwimmen. Möglicherweise verhielt es sich tatsächlich so, dass sie sich mehr als alle anderen dem kritischen Denken verschrieben hatte und dass ihn genau das so störte. Und die anderen. Da war sie wieder. Die Missgunst.

»Also, wir sitzen hier in unserem Wohnwagen«, sagte Roger Lindström. »Und wir kämpfen gegen Wind und Wetter, gegen die Einsamkeit, um unsere Versorgung und unsere Gesundheit. Ja, oft sogar um unsere Existenzberechtigung. Ein paar von uns haben dazu noch Drogenprobleme. Da kann man sich schon vorstellen, dass die Gleichstellung nicht ganz oben auf der Tagesordnung steht.«

Andersson konnte nur den Mund zu einer Erwiderung öffnen, als Lindström seinen Gedanken schon weiterspann.

»Aber da bewegt man sich auf dünnem Eis, denn schließlich ist es ja so, dass wir alle gemeinsam in dieser Scheiße sitzen. Gunilla und Svante und ich zum Beispiel. Und sie muss weiß Gott nicht unsere Dienstbotin spielen und sich für alles Mögliche zur Verfügung stellen, nur weil sie eine Frau ist. Es ist schon schlimm genug, wie es ist. Also Svempa hat verdammt recht.«

»Aber …?«, sagte Andersson.

»Aber wir wissen das schon alles. Das ist schließlich unser Leben. Oder, Gunilla?«

Sie stimmte ihm eifrig zu.

»Da muss man also nicht jedes verdammte Mal dieselbe Predigt runterleiern. Klar, eine gute Botschaft kann man nicht oft genug wiederholen, aber manchmal bekam man das Gefühl, dass Svempa so eine alte Schallplatte mit Sprung ist. Wissen Sie, wo der Arm immer wieder zurückhüpft und die ganze Zeit dasselbe Stück gespielt wird.«

Eine Metapher, die sich Andersson problemlos zu eigen machen konnte.

*

Gerdin hatte die Füße auf den Schreibtisch gelegt und die Tastatur auf ihre Beine, obwohl sie wusste, dass diese Arbeitshaltung in jeder Hinsicht ungesund war. Früher oder später würde sie Rückenprobleme bekommen – falls sie die nicht schon längst hatte. Wenn sie eine Weile so dagesessen hatte, bekam sie unweigerlich Schmerzen im Steißbein, was verglichen mit dem Genuss, den ihr die halbliegende Haltung verschaffte, allerdings vernachlässigbar erschien. Gelegentliche Besucher reagierten stets etwas befremdet, wenn sie sie so erblickten; irgendwie schienen sie es unwürdig oder sogar unanständig zu finden. Aber das scherte sie noch weniger als die ergonomischen Aspekte. Sie war sich durchaus bewusst, dass sie für viele ein schwieriges Puzzle darstellte, in dem die Teile nicht richtig zusammenzupassen schienen. Aber so war sie nun einmal. Und sie hatte nicht vor, sich zu ändern, musste nicht von allen geliebt werden. Hedvig Gerdin gratulierte allen, die sie mochten, und mit den anderen hatte sie Mitleid.

Zum Beispiel mit Sjöberg, den sie aus verschiedenen Gründen sehr schätzte. Mit Herzenswärme führte er diese bunte Truppe von Polizisten auf eine diskrete und einfühlsame Art. Diskret insofern, als er sie alle dazu brachte, nach seiner Pfeife zu tanzen, ohne dass er dafür allzu energisch werden musste. Einfühlsam, weil er ihre Stärken nutzte, während er gleichzeitig auf ihre Schwächen Rücksicht nahm. Er scheute nicht davor zurück, Aufgaben zu delegieren; Sjöberg hörte aufmerksam zu und war immer offen für neue Ideen oder Blickwinkel. Was im Grunde gar nicht mit der Art und Weise übereinstimmen wollte, wie er in der letzten Zeit auf ihre eigenen Ideen reagiert hatte. Aber letztendlich hatte er einfach nur eine andere Meinung, was ja auch sein gutes Recht war.

Dass Erlandsson ein Ekelpaket war, davon war Gerdin felsenfest überzeugt, sie konnte einen Scharlatan schon von Weitem erkennen. Nachdem sie den größten Teil ihres Lebens mit einem verheiratet gewesen war und darüber hinaus in einer Welt gelebt hatte, die mehrheitlich von derartigen Charakteren bevölkert gewesen war, hatte sie ein feines Sensorium für künstliche Fassaden entwickelt.

Aber Sven-Gunnar Erlandsson erwies sich zumindest als nicht vorbestraft. Ebenso wenig wie seine Frau und die beiden Kinder. Auch die Familien Siem, Jenner und Wiklund hatten sich nie etwas zu Schulden kommen lassen oder auch nur einen Bußgeldbescheid bekommen. Die ganze Bande hatte eine weiße Weste. Auf dem Papier.

Eine Auskunft aus dem Melderegister allerdings sorgte dafür, dass sie die Füße vom Tisch nahm und den Rücken durchstreckte.

*

Unmittelbar nach der Besprechung rief Hamad seinen Ansprechpartner bei der Telia an und machte Druck, dass sie die

Informationen zu den am Sonntagmorgen eingegangen Anrufen bei der Polizeiwache, Malmbergs Handy und seiner Durchwahl, so schnell wie möglich beschaffen sollten. Bei der Telia waren sie tatsächlich unterbemannt, aber er konnte ihnen das Versprechen abringen, die Liste bis zum Ende des Arbeitstags zu erstellen und abzuliefern. Anschließend ließ er sich die Logdateien der Telefonzentrale der Polizeiwache ausdrucken, bevor er sich zusammen mit Westman wieder nach Älvsjö hinausbegab, um ein zweites Gespräch mit Staffan Jenner zu führen.

Jenner selbst hatte vorgeschlagen, dass sie sich erneut bei ihm zu Hause treffen könnten, und Hamad hatte nichts dagegen einzuwenden, an einem sonnigen Vormittag wie diesem die Stadt in Richtung der schattig-grünen Vororte zu verlassen. Beim nächsten Mal wäre es allerdings an der Zeit, ihn auf die Wache zu bestellen. Das obrigkeitliche Ambiente konnte interessante Auswirkungen auf solche Gespräche haben.

»Lassen Sie Ihren Gedanken mal freien Lauf, Herr Jenner. Was, glauben Sie, ist der Grund dafür, dass Sven-Gunnar Erlandsson hingerichtet wurde?«, fragte Westman in einem Ton, den Hamad wiedererkannte.

Er ahnte, was als Nächstes kommen würde, und es begann in seinem Bauch zu kribbeln. Westman eröffnete die Befragung mit einem Schockmoment. Sie saßen, wie auch beim letzten Mal, in der Sitzgruppe im Wohnzimmer, und Jenner betrachtete sie verblüfft mit seinen fast unwirklich blauen Augen. Gerade als er den Mund öffnete, um ihr zu antworten, schlug sie zu.

»Geld? Rache? Liebe? Oder Larissa Sotnikova?«

Jenner gefror zu Eis. Hamad konnte beobachten, wie er mit offenem Mund erstarrte. Und Westman saß entspannt in ihrem Sessel und studierte ihn mit teilnahmsloser Miene. Sie wartete ab. Kein Wort würde fallen, bevor er die Frage beantwortet hatte. Man konnte eine Stecknadel fallen hören.

»Ich kann mir kaum vorstellen, dass jemand ein Motiv haben könnte, Svempa zu ermorden«, antwortete Jenner schließlich.

Glasklar. Ausdruckslos.

»Und dass Lara mit der Sache zu tun hat, halte ich für äußerst unwahrscheinlich.«

Westman ließ ihn nicht aus den Augen; wollte, dass er weitersprach, sich verhedderte, aus dem Gleichgewicht kam.

»Was sie betrifft, hat mir die Polizei schon so viele Fragen gestellt, dass ich nichts mehr hinzuzufügen habe. Falls Sie sich wundern, dass ich beim letzten Mal nichts von ihrem Verschwinden erwähnt habe. Aber machen Sie nur. Wenn Sie sich schon in den Kopf gesetzt haben, dass es in diesem Zusammenhang eine Rolle spielt.«

Er wappnete sich. Ganz plötzlich konnte er seine Gefühle beherrschen. Die Situation war nicht neu für ihn, er hatte sie früher schon erlebt. Anders als den Mord an Sven-Gunnar Erlandsson, ganz gleich, ob er ihn begangen hatte oder nicht. Für Hamad war die Gelegenheit vorbei. Er sah ein, dass sie von jetzt an mit aggressiven Fragen nur noch auf Granit beißen würden.

»Lara – so nennen Sie Larissa?«, fragte er.

»Ja, so haben wir alle sie genannt. So, wie sie auch zu Hause genannt wurde.«

»Was, glauben Sie, ist mit ihr passiert?«

»Ich möchte da nichts glauben. Ich hoffe, dass es ihr gut geht. Dass sie bei jemandem gelandet ist, der es gut mit ihr meint.«

»Sie glauben also, dass sie abgehauen ist, um in Schweden bleiben zu können?«

»Nein, das hoffe ich. Was ich glaube, ist, dass sie nicht mehr am Leben ist.«

Hamad zog die Augenbrauen hoch.

»Warum glauben Sie das?«

Jenner antwortete, ohne seinem Blick auszuweichen.

»Weil es wohl das Wahrscheinlichste ist. Und weil ich ihre Gegenwart nicht mehr spüre.«

Er wischte sich die Handflächen an der Hose ab. Ein Zeichen, immerhin, dass er sich nicht wohl in seiner Haut fühlte.

»Sie wissen also nicht sicher, dass sie tot ist?«

Jenner antwortete nicht, warf ihr nur einen müden Blick zu.

»Sie sind sich bewusst, dass damit in den vergangenen Jahren in Ihrem allernächsten Umkreis drei Menschen ums Leben gekommen wären?«, fuhr Westman fort. »Finden Sie das nicht auffällig?«

Er seufzte.

»Ich nehme an, dass es sich bei der dritten Person um Marie handelt? Sie hat sich das Leben genommen, nachdem Sie das letzte Mal hier Ihrer Arbeit nachgegangen sind.«

»Das tut mir aufrichtig leid. Aber könnten Sie mir das bitte genauer erklären?«

Zum ersten Mal schaute er weg, ließ seinen Blick aus dem Fenster wandern. Aber er antwortete auf dieselbe Weise wie bisher. Ruhig, sachlich und mit einer gewissen Resignation.

»Nachdem Lara verschwunden war, wurde die ganze Familie einem ungeheuren Druck ausgesetzt. Zuerst durch die Trauer und die Verzweiflung darüber, dass wir sie vielleicht für immer verloren hatten. Dann durch die wiederholten Verhöre und Unterstellungen seitens der Polizei. Und am Ende auch durch die abwartende Haltung in unserem Umfeld. Unausgesprochene Verdächtigungen. Die Gerüchteküche. Der ganze Klatsch und Tratsch.«

»Für immer verloren?«, fragte Hamad nach. »Hatten Sie das Gefühl, als würden Sie sie besitzen?«

Jenner betrachtete ihn mit einer Spur Mitleid im Blick. Oder war es vielleicht Nachsicht.

»Man kann einen anderen Menschen nicht besitzen«, antwortete er. »Aber wir waren Laras Eltern, wenn sie hier war. Und wir waren dabei, sie zu adoptieren.«

»Sie wollten sie adoptieren?«

»Ja. Und unsere Gefühle für sie waren dabei, sich dieser Situation anzupassen. Wir haben Lara geliebt. Ihr Verschwinden hat uns von innen aufgefressen, aber Marie hat es am härtesten getroffen. Gut ein Jahr, nachdem wir Lara verloren hatten, gab sie auf. Um aufrichtig zu sein, glaube ich fast, dass sie die Vorwürfe gegen mich härter getroffen haben als der Verlust von Lara. Denn mit der Trauer lernt man zu leben, aber nicht mit der Scham.«

»Es war also nicht so, dass Marie Sie verdächtigt hätte?«, legte Westman nach, aber Jenner nahm die Frage mit Fassung, während seine Blicke sich noch immer irgendwo draußen vor dem Fenster verloren.

»Das Gerede hat sie nicht unbeeindruckt gelassen. Aber sie kannte mich. Sie wusste, dass ich zu so etwas nicht in der Lage war, und ...«

»Wozu genau?«, unterbrach ihn Hamad.

Jenner kehrte in die Gegenwart zurück, schaute ihm in die Augen, während er antwortete.

»Zu einem Verbrechen.«

Er ließ sich nicht aus der Ruhe bringen. Nicht dieses Mal.

»Und es gab auch andere, die genauso von meiner Unschuld überzeugt waren. Alle, die mich gut kannten. Svempa, zum Beispiel. Er ist die ganze Zeit für mich da gewesen. Also, warum sollte ich seinen Tod gewollt haben?«

»Vielleicht, weil er seine Meinung geändert hatte«, antwortete Hamad.

Die Worte blieben in der Luft hängen. In dem Raum mit all den Fotografien. Niemand sagte etwas. Für eine Weile war es vollkommen still, keine Stimmen, keine Hintergrundgeräusche.

Es musste ein einsames Leben sein, wenn man Staffan Jenner war, dachte Hamad. Witwer, die Kinder aus dem Haus. Eingerahmt von Trauer und Betrübnis. Der letzte Bewohner eines Hauses voller Erinnerungen. War es das, was ihn hier hielt? War es nicht genau das, was sich Staffan Jenner selbst während seines kleinen Zusammenbruchs während ihres ersten Gesprächs gefragt hatte? Schließlich brach Westman das Schweigen.

»Dann darf man wohl davon ausgehen, dass Sie nun auch zu Adrianti halten werden?«

Es war nur der Hauch einer Veränderung. Eine kleine Unsicherheit, die durch seine Augen huschte, ein leichtes Zittern in der Stimme, als er antwortete.

»Selbstverständlich. Selbstverständlich werde ich das tun.«

Hamad wurde von einem plötzlichen Impuls ergriffen, sofort die Hundestaffel anzufordern. Vielleicht konnte Staffan Jenner das Haus gar nicht verlassen? Vielleicht würde der Verkauf der Immobilie ein so großes Risiko für ihn darstellen, dass es unvorstellbar war?

Montagnachmittag

Erneut saßen Sjöberg und Gerdin in der gemütlichen Küche der Familie Erlandsson. Dieses Mal hatten neben Adrianti und Ida auch die ausgeflogenen Kinder an dem großen runden Tisch Platz genommen. Rasmus war fünfundzwanzig Jahre alt und studierte Jura an der Universität in Uppsala. Anna war zwei Jahre jünger und studierte Medizin, ebenfalls in Uppsala. Sie waren bereits am Vortag eingetroffen, und die Familie hatte Zeit gehabt, das Ereignis gemeinsam zu verarbeiten. Obwohl die Küche relativ voll war, lag eine Stille über der Versammlung, die Sjöberg am ehesten an die Karfreitage seiner Kindheit erinnerte.

»Gestern, nachdem Sie gegangen waren, habe ich eine SMS bekommen«, sagte Adrianti. »Von Svempa. Er hat sie um fünf vor halb eins in der Nacht abgeschickt.«

»Fünf vor halb eins?«, wiederholte Sjöberg. »Was wollte er?«

»Nur Bescheid sagen, dass er auf dem Heimweg war. Da, schauen Sie selbst.«

Sie schob das Handy mit der eingeblendeten Nachricht zu ihm hinüber. »Bald zu Hause. Kuss S.« Datiert Sonntag, 00.24 Uhr. Er drehte das Telefon so, dass auch Gerdin, die neben ihm saß, den Text lesen konnte.

»Aber Sie hatten Ihr Handy nicht eingeschaltet?«, fragte Sjöberg.

»Doch, aber es war entladen, als ich aufgestanden bin. Der Akku muss leergelaufen sein, während ich schlief. Als ich am Morgen aufwachte und Svempa nicht da war, habe ich es aufgeladen. Das war kurz bevor Sie kamen. Die SMS habe ich erst entdeckt, nachdem Sie wieder gegangen waren.«

Das hätten wir gerne sofort gewusst, dachte Sjöberg, verzichtete aber darauf, die junge Witwe zu kritisieren. Erlandsson war demzufolge kurz vor halb eins noch am Leben gewesen. Wenn tatsächlich er selbst diese Mitteilung verschickt hatte. Als er gerade fragen wollte, übernahm Gerdin das Kommando.

»Ist Ihr Handy nachts normalerweise eingeschaltet?«, fragte sie in einem überraschend resoluten Tonfall.

Worauf wollte sie hinaus? Adrianti schaute unsicher von einem zum anderen.

»Oder war an diesem Abend die Situation eine besondere?«

»Ich lasse es immer eingeschaltet.«

»Falls etwas passiert?«

»Ja.«

»Gab es Grund zu der Annahme, dass etwas passieren könnte?«

Raffiniert.

»Nein«, antwortete Adrianti mit einem erleichterten Lächeln. »So habe ich es nicht gemeint. Ich habe es an für den Fall, dass Svempa anruft.«

Aber Gäddan ließ nicht locker. Schnappte zu wie ein Barrakuda.

»Müssen Sie das Gespräch dann beantworten? Selbst wenn Sie schon schlafen?«

Unnötig, jetzt war es genug. Adriantis Lächeln verschwand genauso schnell, wie es gekommen war. Anna sah angespannt aus. Rasmus und Ida beklemmt. Sie hatten Mitleid mit ihrer Stiefmutter. Es wäre besser gewesen, sie rücksichtsvoll zu behandeln.

»Nein, natürlich nicht. Aber vielleicht hätte ich antworten wollen.«

»Sind Sie sicher, dass es Ihr Mann war, der diese SMS geschrieben hat?«, fragte Sjöberg freundlich. »Wie Sie sicherlich verstehen, muss ich diese Frage stellen, weil wir sein Handy nicht gefunden haben.«

»Da bin ich mir sicher«, antwortete Adrianti. »Er hat immer so geschrieben.«

Ein paar Sekunden Schweigen, Zeit zum Nachdenken. Und dann wieder Gäddan, jetzt mit dem unerwarteten Versuch, die Stimmung wieder aufzuhellen.

»Sehr hübsch haben Sie es hier. Was für ein Fingerspitzengefühl Sie haben, Adrianti. Ich liebe diese Kombination aus klassisch ländlichem Stil und moderner Einrichtung. Und alles hat seinen Platz, das ist sehr schwierig hinzubekommen.«

Sjöberg sah sich die Küche mit neuen Augen an. Gerdin hatte recht; wenn man es aufmerksam betrachtete, erkannte man, wie durchdacht alles war. Alte Schranktüren mit aparten Griffen und ein alter Holzofen. Das Ganze kombiniert mit einer Keramikkochplatte von Gaggenau und einer eingebauten Kaffeemaschine. Nur wenige lose Utensilien, die anscheinend nach dem Zufallsprinzip auf den Regalen verteilt standen. Polierte Kaffeetassen und alte Mehl- und Salzdosen von Rörstrand. Modernes Porzellan und Designergläser in rustikalen, weiß gebeizten Vitrinen. Alles pedantisch geordnet, was Sjöberg in jeder Hinsicht ansprechend fand.

»Aber das fordert seinen Mann«, fuhr Gerdin fort. »Es ist unheimlich schwierig, wenn es wie aus einem Guss aussehen soll. Ich bin beeindruckt.«

Adrianti begann zu strahlen, und die Kinder atmeten auf.

»Danke«, sagte sie. »Schön, dass Ihnen das aufgefallen ist. Da steckt tatsächlich eine Menge Arbeit dahinter.«

Faszinierend zu hören, wie Gerdin sich über Inneneinrichtungen austauschte. Absolut sattelfest noch dazu. Bei ihrem Kleidungsstil hätte man glauben können, dass sie für so etwas überhaupt kein Gespür hatte.

»Arbeiten Sie zu Hause?«, fragte sie.

Hübsche Umschreibung. Aber Sjöberg hatte keine Ahnung, worauf sie eigentlich hinauswollte. Gerdin blieb ihm ein Rätsel.

»Ich bin Hausfrau«, antwortete Adrianti ohne Umschweife. »Für jemanden wie mich gibt es keine Arbeit in Schweden. Und dann noch mit all den Kindern ... Ja, Sie wissen schon. So war es für uns das Beste.«

»Schön, wenn man jemanden hat, der nach der Schule zu Hause auf einen wartet?«, mischte sich Sjöberg ein, zum einen, damit sich auch die Kinder an dem Gespräch beteiligen konnten, zum anderen, weil er selbst die Kontrolle zurückgewinnen wollte, nachdem er sich in der Zuschauerrolle wiedergefunden hatte.

»Ja, es standen immer Butterbrote und ein Glas Milch auf dem Tisch«, erwiderte Rasmus mit einem Lächeln und legte einen Arm um die Schulter seiner Stiefmutter.

Sie lehnte ihren Kopf an seinen, und es sah tatsächlich so aus, als würde diese Familie fest zusammenhalten.

»Erzählen Sie uns, wie Sie sich kennengelernt haben«, bat Sjöberg. »Sie haben damals in Indonesien gelebt, oder?«

»Ja, auf einer Insel namens Batam. Sie liegt ganz in der Nähe von Singapur, wo Svempa mit den Kindern gewohnt hat. Die Singapurer kamen häufig zum Golfspielen nach Batam, und ich hatte einen Job bei einem der Golfclubs. Einmal habe ich als Caddie für Svempa gearbeitet, und am nächsten Wochenende ist er wiedergekommen.«

Adrianti Erlandsson strahlte über das ganze Gesicht. Sogar die Kinder ließen sich von der rührenden Geschichte anstecken, die auch ihr Leben verändert hatte.

»Caddie«, sagte Gerdin, ebenfalls mit einem Lächeln. »Dann sind Sie bestimmt eine echte Kanone auf der Bahn?«

»Eine Kanone? Nein, das glaube ich nicht«, antwortete Adrianti bescheiden.

»Was ist ihr Handicap?«

»Ich habe danach nie wieder Golf gespielt. Das ist jetzt dreizehn Jahre her. Damals hatte ich zwei, drei irgendwas.«

Sjöberg hatte keine Ahnung, ob das jetzt gut oder schlecht war, aber es irritierte ihn, dass Gerdin das Gespräch auf ein Nebengleis gelenkt hatte.

»Warum haben Sie hier in Schweden nicht wieder damit angefangen?«, fuhr sie fort. »Hier in der Ecke gibt es doch viele schöne Golfbahnen.«

Jetzt hatte sie wieder diese entschlossene Furche zwischen den Augen. Sie war aufrichtig interessiert, die Frage war nur, warum? Sjöberg erklärte es sich schließlich damit, dass sie ein Golfnerd war. Wie alle anderen Golfer auch.

»Ach, für so etwas hatte ich keine Zeit«, antwortete Adrianti. »Mit der Familie und allem, was dazugehörte. Von den anderen hat auch niemand gespielt. Hier hat immer der Fußball an erster Stelle gestanden, oder, Kinder?«

Sie nickten zustimmend.

»Ja, Fußball von morgens bis abends«, sagte Ida. »Wir haben alle gespielt. Und Adri hat uns angefeuert und die Trikots gewaschen.«

Adrianti lachte.

»Okay«, sagte Sjöberg, der allmählich die Geduld verlor. »Sie haben also ... Svempas Schläger getragen, und dann?«

»Dann kam er wieder und wieder und wollte immer nur mich als Caddie haben. Sonst spielte er nicht. Er hat sich in mich verliebt. Und ich habe mich in ihn verliebt. Also haben wir geheiratet und sind nach Schweden gezogen.«

»Und Sie sind schwedische Staatsbürgerin seit ...?«

»Seit 2000.«

»Haben Sie Ihre indonesische Staatsbürgerschaft behalten?«

»Ja, man darf ja zwei haben.«

»Das ist sicher richtig ...«, konnte Sjöberg noch sagen, bevor er erneut von Gerdin unterbrochen wurde.

»Und die Kinder. Wie war es mit ihnen? Kamen Sie gut miteinander zurecht?«

Sjöberg sah es. Es dauerte nur den Bruchteil einer Sekunde, und er verstand nicht, was er dort sah, aber er hatte es gesehen. Ein Schatten war über Adriantis Gesicht gehuscht, und sie ließ sich mit der Antwort einen Augenblick zu lange Zeit. Er schaute zu Gerdin hinüber. Sie hatte es auch bemerkt, so viel konnte er sehen, denn sie hatte eine ungeheure Schärfe im Blick und sie war komplett darauf eingestellt, genau diese Reaktion zu entschlüsseln. Sjöberg liebte diese Momente, er lebte für sie. Aber gerade jetzt fühlte er sich vollkommen abgehängt.

»Sie fanden es super«, antwortete Adrianti, jetzt ohne irgendeine Spur von … was auch immer es gewesen sein mochte. »Sie haben einander von Anfang an geliebt. Nicht wahr, Kleine?«

Sie streichelte dem älteren Mädchen über die Wange, die Frage war offenbar besonders an sie gerichtet. Anna nickte mit einem traurigen Ausdruck in den Augen, eine Trauer, die sich irgendwie von der aktuellen zu unterscheiden schien. Aber Ida widersprach.

»Sag nicht so etwas, Adri. Dewi ist genauso auch meine Schwester. Und die von Rasmus.«

Sie sagte es sanft und freundlich. Liebevoll. Für Sjöberg war es ganz offensichtlich, dass es keine Anklage war, sondern nur eine Bitte. Die Stimmung in der Küche war plötzlich umgeschlagen. Das Gefühl des Verlusts war die ganze Zeit schon da gewesen, aber jetzt war es … schmerzhafter? Und gleichzeitig scheuer? Eine Trauer, die keinen Namen trug. Im Unterschied zum Tod.

»Dewi Kusamasari«, sagte Gerdin. »Gibt es einen besonderen Grund dafür, dass Sie Ihre Tochter bislang nicht erwähnt haben?

»Sie ist nicht in Schweden«, antwortete Adrianti. »Sie ist auf

Reisen. Außerdem spreche ich schon die ganze Zeit über die Kinder. Und sie gehört dazu.«

»Erzählen Sie von Dewi«, forderte Gerdin sie auf.

Adrianti dachte nach, wusste vielleicht nicht, wo sie anfangen sollte. Aber als Ida den Mund öffnete, gab es kein Halten mehr.

»Dewi ist großartig. Als wir sie zum ersten Mal trafen, war sie für uns das süßeste Kind, das wir je gesehen hatten. Für mich auch, obwohl ich drei Jahre jünger bin. Sie war fröhlich und positiv, ausgelassen, abenteuerlustig und tüchtig in jeder Beziehung. Dewi war damals gerade zehn Jahre alt und konnte kein einziges Wort Schwedisch, aber schon nach einem Monat konnte sie verstehen, worüber wir sprachen. Sie konnte noch nicht so viel, als wir hierherkamen, denn in Indonesien haben sie nicht so gute Schulen. Also haben sie sie in eine Klasse mit Kindern gesetzt, die ein Jahr jünger waren als sie. Schon im nächsten Jahr war sie so gut, dass sie eine Klasse überspringen konnte und in Annas Jahrgang kam. Sie schloss das Gymnasium mit einer glatten Eins ab. Bestnoten in allen Fächern. Dewi hatte noch nie Fußball gespielt, aber sie lernte es sofort. Und wurde mit ihrem ganz eigenen Stil natürlich zur besten Spielerin der Mannschaft. Sie war eine Künstlerin am Ball. Und sie war die beste Freundin, die man sich vorstellen kann. Man konnte immer zu ihr kommen, wenn man traurig war. Sie hat sich nie mit jemandem gestritten, hat immer vermittelt, wenn wir anderen uns gezankt haben. Ich sehne mich nach Dewi, ich möchte, dass sie nach Hause kommt.«

Ida begann zu weinen, und auch Adrianti sah aus, als könnte sie jeden Augenblick in Tränen ausbrechen.

»Ja, warum ist sie denn nicht hier?«, wollte Sjöberg wissen, der sich nach dieser kalten Dusche wieder gefangen hatte und ins Spiel zurückkehren wollte.

»Sie ist länger weg«, antwortete Adrianti leise und schaute

auf ihre Hände hinunter, die einander beinahe wütend kneteten. »Weltreise. Und Svempa wird davon auch nicht wieder lebendig«, fügte sie mit erstickter Stimme hinzu.

»Wo ist sie? Wann ist sie losgefahren?«

»Ich weiß nicht, wo sie im Augenblick ist. Sie ist schon überall gewesen. Seit vier Jahren ist sie unterwegs.«

»Seit vier Jahren?«, rief Sjöberg. »Sie haben sie seit vier Jahren nicht mehr gesehen? Anna?«

Anna schüttelte den gesenkten Kopf.

»Warum so lange?«

»Sie ist abenteuerlustig«, antwortete Anna. »Wie Ida schon gesagt hat. Sie hatte keine Probleme damit, hierherzuziehen. Da war es wohl auch nicht schwierig, von hier weiterzuziehen.«

»Meinen Sie damit, dass sie keine Wurzeln hat?«

»Ganz im Gegenteil. Dewi kann überall Wurzeln schlagen.«

Sjöberg konnte es nicht auf einen Nenner bringen. Eine starke Familie, in der es so viel Liebe und Fürsorge gab – was war da passiert?

»Aber Sie halten Kontakt?«, fragte Gerdin.

»Wir schreiben uns E-Mails«, antwortete Adrianti.

»Anscheinend nicht besonders oft, wenn Sie nicht wissen, wo sie sich gerade aufhält?«

»Oft genug, um zu wissen, dass es ihr gut geht.«

»Wie standen Svempa und Dewi zueinander?«, fragte Sjöberg und ließ seinen Blick über die Runde wandern.

Es war Rasmus, der antwortete.

»Gut. Sehr gut. Wie Ida schon gesagt hat, wir haben sie alle vom ersten Augenblick an geliebt. Papa hat sie als sein eigenes Kind betrachtet.«

Es gab keinen Grund, diese Aussage anzuzweifeln, zumal die übrigen Familienmitglieder derselben Ansicht zu sein schienen.

»Aber er hat sie nie adoptiert?«

Die Frage war an Adrianti gerichtet, aber Anna kam ihr zuvor.

»Sie wollte die Hoffnung nicht aufgeben, eines Tages ihren richtigen Vater kennenzulernen.«

Alle Blicke richteten sich jetzt auf Adrianti, die sich wand.

»Ein Singapurchinese.«

»Ein Singapurchinese?«, wiederholte Sjöberg verständnislos.

»Ein Chinese aus Singapur«, antwortete Rasmus anstelle seiner Stiefmutter. »Das heißt ein Singapurer, der weder Inder, Malaie oder irgendetwas anderes ist, sondern Chinese. In dem Begriff liegt keine Wertung, es ist nur eine Verdeutlichung.«

»Okay. Aber er ist noch am Leben?«

»Das weiß ich nicht«, antwortete Adrianti. »Wir haben acht Jahre lang zusammengelebt. An den Wochenenden. Unter der Woche wohnte er in Singapur. Aber dann wollte er nicht mehr, und wir haben ihn nie wieder gesehen.«

»Sie waren also nicht verheiratet?«

»Nein.«

»Aber er hat die Vaterschaft anerkannt?«, fragte Sjöberg in einem unbeholfenen Versuch, die Puzzleteile zusammenzufügen.

»Ja, natürlich. Vor mir und vor Dewi und vor dem ganzen Dorf. Schließlich haben wir zusammen in einem Haus gewohnt, das er gekauft hatte. Aber nicht offiziell. Es gibt keine Papiere.«

»Warum nicht?«

Adrianti antwortete mit einem Schulterzucken. Sjöberg war vermutlich ein Idiot. Indonesien und Schweden waren nicht dasselbe, so viel hatte er zumindest begriffen. Er gab auf.

»Als wir das letzte Mal hier waren, haben wir uns über ein Motiv unterhalten. Ist Ihnen jemand eingefallen, der einen Grund haben könnte, Sven-Gunnar Erlandsson nach dem Leben zu trachten?«

Nichts als Kopfschütteln.

»Papa war unheimlich beliebt«, antwortete Rasmus, »und eher auf Harmonie bedacht. Er war eine Führungspersönlichkeit, aber nicht auf Kosten anderer. Er hat die Leute hinter sich versammelt.«

»Dann möchte ich Ihre Einschätzungen hinsichtlich der Männer hören, mit denen er am Samstagabend zusammen war«, sagte Sjöberg. »Wir beginnen mit Siem. Was gibt es über ihn zu erzählen?«

Die Befragten sahen einander an und zuckten mit den Achseln.

»Die Kinder kennen Janne Siem nicht besonders gut«, antwortete Adrianti. »Ich eigentlich auch nicht. Svempa hat Janne für einen anständigen Menschen gehalten. Aber ein bisschen … vom Stamme Nimm? Sagt man das so?«

Sjöberg lächelte, und sogar Gerdin zog ein bisschen die Mundwinkel hoch.

»Ja, schon«, antwortete Sjöberg. »Knauserig. Übertrieben sparsam. Jemand, der sehr auf seinen eigenen Vorteil bedacht ist. Wissen Sie, was er damit meinte, als er Siem so bezeichnet hat?«

»Wenn sie Poker spielten, lag es immer an den falschen Regeln, wenn Janne verlor. Wenn er gewann, war das nie ein Problem. War da beim Fußball nicht auch so etwas, Ida?«

»Ja«, bestätigte das Mädchen. »Ich habe in derselben Mannschaft gespielt wie seine älteste Tochter. Sie saß meistens auf der Bank, und Papa war unser Trainer. Anscheinend hat Janne mal angedeutet, dass eigentlich ich draußen sitzen sollte, dass Papa mich bevorzugen würde, weil ich seine Tochter sei.«

»Aber so war es nicht?«

»So war es ganz bestimmt nicht«, sprang Rasmus seiner Schwester bei.

Loyalität? Oder eine Aussage, die der Realität entsprach?

»Und die Dreizehnjährige?«, warf Gerdin ein. »Josefin Siem?«

Ida sah unsicher aus, suchte in den Augen ihres Bruders nach Unterstützung. Rasmus nickte.

»Bei den wenigen Malen, die ich sie gesehen habe, hat sie keinen besonders angenehmen Eindruck gemacht. Zickig. Vorlaut. Ich mag eigentlich niemanden aus dieser Familie. Aber Papa hat sie immer verteidigt. Papa hat alle Menschen gemocht. Er meinte, dass wir alle unsere Fehler und Schwächen hätten.«

»Und Lennart Wiklund?«, fragte Sjöberg weiter. »Wie ist der so?«

Die Runde schien sich allmählich in einen Kaffeeklatsch zu verwandeln, aber sie mussten diese Fragen stellen. Wie konnten sie sonst das Zusammenspiel zwischen Sven-Gunnar Erlandsson und den Menschen verstehen, mit denen er seine letzten Stunden verbracht hatte? Irgendwo mussten sie ja beginnen, denn irgendwo hatte schon lange etwas geschwelt, das stark genug war, um einen ernsthaften Brand auszulösen.

»Er ist nett«, antwortete Adrianti. »Unterhaltsam. Redet viel.«

»Unsinn?«, schlug Gerdin vor.

Adrianti musste lachen. Eine Strähne ihres schwarzen, glänzenden Haars fiel ihr ins Gesicht, und sie strich sie hinter das Ohr zurück.

»Ja, Unsinn reden kann er gut. Oder meinen Sie, dass er Unsinn über andere Leute erzählt? Das tut er nicht. Das ist nicht sein Stil.«

»Genau das hat er auch über Svempa gesagt«, rief sich Gerdin von der Morgenbesprechung in der Polizeiwache in Erinnerung. »Dass er nicht jede Menge Unsinn über andere Leute verbreitet hätte.«

Adrianti nickte.

»Das stimmt. Svempa hat so etwas gehasst. Er sagte, dass in jedem etwas Gutes steckte.«

»Aber dass sie auch ihre Auseinandersetzungen gehabt hätten«, fuhr Gerdin fort. »Was, glauben Sie, hat Wiklund damit gemeint?«

»Keine Ahnung. Ich habe nichts von einem Streit zwischen ihnen gehört. Svempa fand, dass Lennart ein prima Typ sei, mit dem man etwas anfangen konnte.«

Gerdin ließ nicht locker.

»Aber irgendetwas muss er doch gemeint haben. Könnte es mit dem Pokern zu tun haben? Oder mit dem Fußball?«

Die Kinder wussten dazu nichts zu sagen und schauten gespannt auf ihre Stiefmutter, die in ihrem Gedächtnis kramte.

»Das Einzige, was mir einfällt, war Svempas Entscheidung, dass Lennart nicht mehr die Mannschaft seiner Tochter Alexandra trainieren sollte, sondern die von William, seinem Sohn. Aber das war keine große Sache.«

»Hat Svempa das gesagt?«

Adrianti nickte. Gerdins Augen wurden hellwach.

»Aber vielleicht war es für Lennart Wiklund eine große Sache. Warum wurde er versetzt?«

»Weil ein paar der Mädchen gesagt hatten, dass er sie angeguckt habe. Oder angemacht, könnte man vielleicht sagen.«

»Aber Svempa hat das zurückgewiesen?«

»Nein, er hat sich darum gekümmert. So, dass alle zufrieden waren.«

»Außer Wiklund anscheinend.«

Sjöberg betrachtete Gerdin mit einer gewissen Faszination. Er stellte sich die arme Adrianti Erlandsson als eine Zitrone in ihren Händen vor. Die zusammengepresst wurde, bis auch der letzte Tropfen draußen war.

»Er hat doch einen guten Deal bekommen. Die Mädchen und ihre Eltern waren zufrieden, und Lennart durfte stattdessen eine andere Mannschaft trainieren. Svempa war diplomatisch.«

»Man könnte auch sagen, dass die Sache totgeschwiegen wurde?«

»Es gab nichts totzuschweigen. Svempa sagte, dass die Mädchen Lennart nur ein bisschen auf die Palme bringen wollten. Dass gar nichts dahintersteckte. Er hat die Mannschaft selbst übernommen und dafür gesorgt, dass es kein dummes Gerede gab.«

»Aha, diese Mannschaft ist das also. In der auch Josefin Siem spielt. War sie möglicherweise eine von denen, die sich beschwert hatten?«

Adrianti schaute verschämt auf ihre Hände hinunter und drückte den Daumen hart in die andere Handfläche.

»Ja, das war sie«, antwortete sie leise. »Aber Svempa wollte nicht, dass es herauskam. Wegen Lennart. Und Alexandra.«

»Was für ein Schlamassel«, stellte Gerdin mit einem Lächeln fest, das gleichzeitig bitter und triumphierend wirkte.

»Darf ich etwas sagen?«, meldete sich Ida. »Ich habe vorher noch nie von dieser Sache gehört, aber aus dem Bauch heraus würde ich sagen, dass Papa recht hatte. Dass Lennart unschuldig war. Ich kenne zwar Josefin Siem nicht besonders gut, aber viele Mädchen finden Lennart ziemlich attraktiv. Zum Beispiel ihre größeren Schwestern, die ständig sabbernd hinter ihm herliefen und sich vor ihm zum Affen machten. Vermutlich hatte er diesen Mädchen nicht das Interesse entgegengebracht, das sie haben wollten, und dann haben sie einfach diese Geschichte zusammengelogen. So stelle ich mir das jedenfalls vor.«

Sjöberg fand es an der Zeit, das Thema zu wechseln.

»Und dann haben wir noch Staffan Jenner. Soweit ich verstanden habe, kennen Sie alle ihn gut.«

Die Kinder schauten unbeteiligt. Adrianti holte tief Luft. Vielleicht spürte sie, was auf sie zukam.

»Ein naher Freund der Familie, oder?«

Die Kinder nickten. Adrianti schluckte.

»Irgendwelche spontanen Kommentare?«

»Ich glaube ...«, begann Adrianti.

Sie sah bleich und hohläugig aus, vielleicht gingen sie zu weit, wenn sie ihr zu allem anderen auch zumuteten, sich mit diesem Unglück auseinanderzusetzen. Aber das Thema musste zur Sprache gebracht werden, und es hatte keinen Sinn, es noch weiter aufzuschieben.

»Ich glaube, ich kann jetzt keine weiteren Fragen mehr beantworten. Können wir es auf später verschieben?«

Rasmus und Anna sahen einander an, Ida schaute verbissen.

»Tut mir leid«, sagte Sjöberg sanft, »aber wir müssen diese Fragen stellen, damit wir weiterkommen. Je früher, desto besser.«

Wieder einmal war es Ida, die über das sprechen wollte, vor dem alle anderen Familienmitglieder zurückscheuten.

»Ich weiß, worauf Sie hinauswollen«, sagte sie bitter. »Lara – oder? Sie war ein Jahr jünger als ich. Wir haben immer zusammen gespielt. Ich kannte sie besser als jeder andere. Aus der Sicht eines Kindes natürlich. Sie liebte die Familie Jenner. Sie liebte Staffan. Und sie liebten Lara. Staffan ist ein durch und durch guter Mensch. Nett, sanft, verständnisvoll, pädagogisch und voller Liebe. Es liegt außerhalb jeder Vorstellungskraft, dass Staffan ihr etwas Böses angetan haben könnte. Begreifen Sie das? Es ist undenkbar.«

»Was glauben Sie denn, Ida?«, fragte Sjöberg. »Was ist damals passiert?«

»Ich glaube, dass sie abgehauen ist, weil sie nicht wieder nach Hause fahren wollte. Und dass sie einem Unglück zum Opfer gefallen ist. Oder einem Verrückten.«

»Ich stimme vollkommen mit ihr überein«, sagte Rasmus. »Staffan hatte nichts mit der Sache zu tun. Können wir jetzt wieder über etwas anderes reden?«

Sjöberg gab nach. Die Umstände, unter denen das russische Sommerkind verschwunden war, konnten sie selbst erforschen. Jetzt wussten sie zumindest, wie die Familie Erlandsson dazu stand.

»Okay«, seufzte Sjöberg. »Aber abgesehen davon möchten wir trotzdem wissen, wie die Beziehung zwischen ihren beiden Familien war und ist. Soviel ich verstanden habe, stehen sie einander sehr nahe. Adrianti?«

Adrianti sah immer noch wie im Schockzustand aus. Rasmus antwortete an ihrer Stelle.

»Wir waren alle gut miteinander befreundet. Anna, Dewi und ich haben viel mit ihren Kindern gespielt. Ida war ein bisschen zu klein, deshalb hat sie sich so über Lara gefreut. Staffans Frau und Adri sind sehr gut miteinander ausgekommen. Marie war eine unschätzbare Hilfe, als Adri ganz neu im Land war, hat ihr sozusagen in den Sattel geholfen. So war es doch, oder?«

Adrianti nickte, aber ihre Blicke verrieten, dass ihre Gedanken ganz woanders waren. Tränen traten in ihre Augen. Sie hatten die Grenze dessen erreicht, was sie ihr im Augenblick zumuten konnten. Es war an der Zeit, die Familie Erlandsson in Ruhe zu lassen.

»Und Papa war unglaublich stark, als ... das passierte«, fuhr Rasmus fort. »Stand immer bedingungslos an Staffans Seite. Die beiden vertrauten einander blind und waren sich in ihren Einstellungen sehr nahe. Zwischen die beiden passte kein Blatt, wenn es das ist, wonach Sie suchen. Staffan Jenner hat Papa nicht ermordet.«

Das Letzte sagte er mit sehr viel Nachdruck. Adrianti Erlandsson zog an ihrem kleinen Finger, bis es knackte. Die Tränen begannen zu kullern. Die Grenze war überschritten.

Man konnte es jedoch auch so auslegen, dass sie nicht ganz so überzeugt war wie Rasmus.

*

Sven-Gunnar Erlandssons Leben war ein Mosaik aus Menschen und Ereignissen. Im Augenblick durchforsteten sie die zentralen Teile seines alltäglichen Daseins mit Ausgangspunkt in der Gegenwart. Aber er war zweiundfünfzig Jahre alt, als er starb, und hatte sich über lange Zeit in weiten Kreisen und über große Entfernungen hinweg bewegt. Obwohl eine Menge interessanter Informationen zusammengekommen war, gab es eigentlich nichts, was ihnen sagte, dass sich der Mörder unter denjenigen befand, die sie befragt oder von denen sie auch nur gehört hatten. Selbst wenn Hamad selbst der Ansicht war, dass ein verschwundenes russisches Mädchen und ein Selbstmord ausreichten, um etwas tiefer im Hinterhof der Familie Jenner zu graben. In doppelter Bedeutung. Auf der anderen Seite war er noch lange nicht bereit, die Pokerspur einfach aufzugeben. Die Karten in der Tasche, die Tatsache, dass es in gewissem Sinne ein Pokerabend war, und die tödlichen Schüsse in den Hinterkopf sprachen eine deutliche Sprache. Es wäre unseriös gewesen, diese Umstände zu missachten, selbst wenn es sich durchaus um Verschleierungsversuche handeln konnte. Aber in diesem Fall hätte sich jemand die Mühe gemacht, den Mord in einen Zusammenhang mit dem Pokerspiel zu bringen, und auch das wäre ja tatsächlich ein nützlicher Hinweis.

Dass Lennart Wiklund Erlandsson erschossen hatte, glaubte er keinen Augenblick. Der Kerl war ein alternder Partylöwe mit einer offensichtlichen Vorliebe für junge Mädchen, aber dass er ein Mörder war, konnte Hamad sich nicht vorstellen. Auf Gerdins Idee, dass Josefin Siem in den Mord verwickelt sein könnte, gab er auch nicht viel. Jan Siem konnte vielleicht damit zu tun haben, aber dass er seine dreizehnjährige Tochter dem schrecklichen Erlebnis aussetzen würde, die Leiche zu finden, erschien ihm unwahrscheinlich. Es hätte ein Versehen sein können, aber selbst dann wäre es ein außergewöhnlicher Zufall gewesen, und an Zufälle glaubte er nicht besonders.

Die Familie? Sicher. Statistisch betrachtet war es das Wahrscheinlichste. Er selbst hatte sie nicht getroffen, aber soweit er gehört hatte, gab es noch keine Hinweise, die in diese Richtung deuteten. Und Sjöbergs Interesse für diese Obdachlosengeschichte würde bald ganz von selbst dahinsterben. Der Beitrag über die Obdachlosen war nicht unwichtig, wenn sie sich ein Bild von der Person Erlandsson machen wollten, aber seinen Mörder würden sie in diesem Wohnwagenpark nicht finden.

Wie auch immer, der Telefonanruf bei Malmberg am Sonntagmorgen war der konkreteste Anhaltspunkt, den sie hatten. Zwar war auch hier nicht auszuschließen, dass einer der Aasgeier, die ständig den Polizeifunk abhörten, plötzlich auf die Idee gekommen war, sich wichtig zu machen. Oder dass ihnen irgendeine andere Person, die, aus welchen Gründen auch immer, früh über das Geschehene informiert war, einen Streich gespielt hatte. Aber es konnte auch der Mörder persönlich gewesen sein. Oder jemand, der einen Grund hatte, die Aufmerksamkeit in eine falsche Richtung zu lenken. Deshalb war es unter allen Umständen von größtem Interesse, so schnell wie möglich herauszufinden, was es mit diesem Anruf auf sich hatte.

Im Laufe des Nachmittags war Hamad die Logdateien der Telefonanlage der Hammarbywache für die Zeit durchgegangen, in der Malmberg den Anruf entgegengenommen hatte, plus/minus fünfzehn Minuten. Die Telefonanlage führte auch alle Verbindungen auf, die direkt – also nicht über die Telefonzentrale – zu den festen Telefonen gingen, die auf jedem Schreibtisch im Polizeigebäude standen. Alle eingegangenen Gespräche, die nicht von einer unterdrückten Nummer kamen, hatte er zu den jeweiligen Teilnehmern zurückverfolgt und anschließend Kontakt zu den Kollegen aufgenommen, die die Anrufe entgegengenommen hatten.

Keines dieser Gespräche war an Malmberg adressiert gewesen, und außerdem ging es bei ihnen um ganz andere Dinge als um den Mord an Sven-Gunnar Erlandsson. Seltsamerweise war auch keines der Gespräche, die von einer unterdrückten Nummer ausgegangen waren, auf Malmbergs Festnetztelefon gelandet. Weder direkt noch handvermittelt über die Zentrale.

Als es auf sechs Uhr zuging und er immer noch nicht klüger geworden war, beschloss er Feierabend zu machen. Da tauchten plötzlich die Listen der Telia in seiner Inbox auf.

Nur wenige Gespräche waren in dem betreffenden Zeitraum von einer unterdrückten Nummer eingegangen. Die Teilnehmer, die sich hinter diesen Anrufen verbargen, hatten jetzt einen Namen und eine Adresse bekommen. Hamad nahm sofort Kontakt zu den Polizisten auf, die die Anrufe entgegengenommen hatten, und keiner von ihnen hatte Probleme, sie zuzuordnen. Sie waren durchgehend privater Natur gewesen.

Zwei Gespräche waren in dem aktuellen Zeitraum auf Gunnar Malmbergs Mobiltelefon eingegangen. Eines von ihnen war dreizehn Minuten zu früh und stammte von seinem eigenen Privatanschluss. Das andere war um 9.36 Uhr eingegangen. Von einer Prepaid-Karte.

Dienstagvormittag

Am Dienstagvormittag schaute Bella Hansson in der Polizeiwache vorbei, und Sjöberg rief alle zu einer informellen Besprechung in sein Büro. Es wurde zwar eng, aber er rechnete damit, dass es alle anging, was Hansson zu erzählen hatte.

»Die Waffe, nach der wir suchen, ist eine Glock 38«, begann sie. »Leider, muss ich sagen, denn die sind nicht besonders schwer zu bekommen. In kriminellen Kreisen kommen sie ziemlich häufig vor, und wenn man die richtigen Kontakte hat, ist es keine große Sache.«

»Und wenn man die nicht hat?«, fragte Andersson, der sich an ein Bücherregal gelehnt hatte. »Wie macht man es dann? In unseren Ermittlungen sind wir jedenfalls noch auf keine Berufskriminellen gestoßen.«

»Im Internet gibt es jede Menge obskure Seiten«, antwortete Hansson, die auf einem der Besucherstühle vor Sjöbergs Schreibtisch Platz genommen hatte. »Und es ist uns nicht gelungen, diese Waffe mit einem anderen Verbrechen in Verbindung zu bringen.«

»Du meinst also, dass wir den Mörder nicht mithilfe der Waffe überführen können?«

»Jedenfalls glaube ich, dass es schwer werden könnte. Um nicht zu sagen hoffnungslos«, fügte sie hinzu und wechselte das Thema. »Laut Kaj hat sich die Theorie bestätigt, dass dem Opfer zuerst aus einer Entfernung von etwa fünf Metern in den Rücken geschossen wurde, bevor ihm aus kurzem Abstand in den Nacken geschossen wurde, als er schon am Boden lag. Der zweite Schuss hat unmittelbar zum Tod geführt.«

»Wir sprechen also über eine Hinrichtung«, stellte Sandén fest. »Erlandsson sollte sterben. Dass ihm anschließend das Handy weggenommen wurde, macht es nicht zu einem Raub. In erster Linie bleibt es ein Mord.«

»Um 0.24 Uhr schickte er eine SMS an seine Frau«, sagte Sjöberg. »Möglicherweise hatte er das Handy in der Hand, als er erschossen wurde, und der Mörder hat die Gelegenheit beim Schopfe ergriffen und es eingesteckt. Es ist ja immerhin ein iPhone. Teuer und begehrt.«

»Es könnte auch sein, dass er ermordet wurde, weil jemand unbedingt dieses Handy haben wollte«, schlug Andersson erneut vor. »Aus einem anderen Grund als dem, dass es fünftausend Kronen kostet. Das klingt vielleicht weit hergeholt, aber man sollte die Möglichkeit trotzdem in Betracht ziehen.«

Sjöberg nickte nachdenklich.

»Apropos Telefone, Jamal – was gibt es Neues von der Telia? Hast du schon die Listen bekommen?«

»Die von Erlandsson habe ich noch nicht. Aber das Gespräch, das Malmberg am Sonntagmorgen um 9.36 Uhr entgegengenommen hatte, ist als Anruf von einer Prepaid-Karte bestätigt worden.«

»Also ist das auch eine Sackgasse?«

»Im Prinzip, ja.«

»Sendemast?«

»Kommt nach.«

Gerdin wechselte das Thema.

»Diese Spielkarten, Bella, waren es wirklich nur vier?«, fragte sie. »Nicht etwa doch fünf?«

»Nein, es waren vier«, bestätigte Hansson.

»Wie bist du dann auf das Pokern gekommen? Du hast schon auf dem Golfplatz von einem Pokerspieler gesprochen, direkt nachdem du den Anruf bekommen hattest.«

Hansson dachte ein paar Sekunden nach, bevor sie antwortete.

»Ich glaube, Lundin war Wachhabender an dem Tag. Er muss das mit dem Pokern erwähnt haben.«

»Aber davon hätte er doch vernünftigerweise keine Ahnung haben können«, fuhr Gerdin hartnäckig fort. »Dass Erlandsson Pokerspieler war. Sie hätten genauso gut Bridge gespielt haben können. Oder Mau-Mau. Was waren das übrigens für Karten?«

Hansson öffnete eine Plastikmappe, die vor ihr auf dem Tisch lag, und zog einen Stapel Fotografien heraus. Unter ihnen fand sie eine, auf der die vier Karten abgebildet waren.

»Es waren Pik Acht, Kreuz Ass, Pik Ass und Kreuz Acht«, antwortete sie.

»Zwei Paare also«, verkündete Hamad. »Das erklärt die Sache.«

Gerdin sah nicht allzu überzeugt aus.

»Habt ihr Fingerabdrücke auf den Karten gefunden?«

»Nein, es gab keine.«

»Hätte es welche geben können? Ich meine, im Hinblick auf den Regen?«

»Absolut«, antwortete Hansson. »Wenn jemand sie mit bloßen Fingern angefasst hätte, dann hätten wir Abdrücke gefunden. Was ausschließt, dass Erlandsson selbst sie dorthin gesteckt hatte. Falls ich einmal Polizist spielen darf. Denn Handschuhe wird er wohl kaum getragen haben.«

»Dann wollte der Mörder damit vielleicht eine Botschaft hinterlassen«, dachte Gerdin laut. »Aber was sind das dort für Schmierereien?«, fragte sie und deutete auf ein paar bläuliche Flecken auf einem der Asse.

»Darauf wollte ich gerade kommen«, antwortete Hansson. »Wie ihr euch vielleicht erinnert, hatte ich ja schon erwähnt, dass wir neben den Spielkarten auch einen Zettel in Erlandssons Tasche gefunden haben. Mit einem handschriftlichen Text, der durch die Einwirkung des Regens stark auseinandergeflossen ist. Er ist mit einem handelsüblichen Kugelschreiber geschrieben worden, und diese Tinte verträgt Feuchtigkeit nur sehr schlecht. Die Flecken auf dem Ass rühren also von diesem Zettel her. Aber die Spielkarten haben eine glatte Oberfläche und haben deshalb die Tinte nicht in sich aufgesogen, sondern sie sind tatsächlich nur verschmiert, wie du ganz richtig bemerkt hast, Gäddan. Ich habe allerdings entdeckt, dass das Innenfutter der Brusttasche, in der wir die Sachen gefunden haben, einen Teil der Farbe aufgesaugt hatte. Mithilfe der Tinte im Futter, der Tinte auf dem Zettel und der Abdrücke der Kugelschreiberspitze auf dem Papier ist es mir tatsächlich gelungen, eine Art von Mitteilung aus diesem Geschmiere herauszufiltern. Es ist eine Mischung aus Buchstaben und Ziffern, vielleicht eine Art Code. So sieht es aus.«

Mitten auf Sjöbergs Schreibtisch legte sie einen DIN-A4-Bogen mit einer Reihe undeutlicher Hieroglyphen in starker Vergrößerung. Sandén und Sjöberg, die schon am Tisch saßen, beugten sich vor, um den unverständlichen Text zu studieren. Die übrigen Polizisten drängten sich um den Tisch, um sich ebenfalls eine Meinung über den Inhalt des geheimnisvollen Zettels bilden zu können.

»Ich übernehme das!«, rief Gerdin, bevor überhaupt jemand richtig sehen konnte, was auf dem Zettel stand. »Ich liebe Chiffren, und ich übernehme die Verantwortung dafür, dass diese hier gelöst wird. Wenn keiner was dagegen hat«, fügte sie mit einem leicht flehenden Blick hinzu.

»Ich bin dabei«, sagte Sandén, ohne lange zu überlegen. »Klar kriegen wir das hin, was, Gäddan?«

Alle anderen schauten verwundert von einem zum anderen, bevor sie gemeinsam zu lachen begannen. Keiner von ihnen war auch nur im Geringsten enttäuscht, dass er von einer Aufgabe entbunden war, die ohnehin als hoffnungslos betrachtet werden musste.

*

Odd Andersson lag halb auf seinem Stuhl vor dem Computer. Bei jedem erfolglosen Telefongespräch und jeder erfolglosen Suche war er ein Stückchen tiefer gerutscht. Die Aufgabe, nach einer Glock 38 zu fahnden, erwies sich, wie Hansson bereits vorhergesagt hatte, als absolut aussichtslos. Immer wieder erwischte er sich dabei, dass seine Konzentration nachließ und er an ganz andere Dinge zu denken begann.

Der Besuch bei den Wohnwagensiedlern in den Wäldern von Huddinge hatte einen tiefen Eindruck bei ihm hinterlassen. Es war unschwer nachzuvollziehen, welche Gedanken Sven-Gunnar Erlandsson dazu gebracht hatten, seine Hilfe gerade diesen Menschen zukommen zu lassen. Sowohl die Frau als auch der Mann schienen intelligente und einsichtsvolle Menschen zu sein. Trotz allem. Obwohl beide für geringfügigere Verbrechen vorbestraft waren, obwohl sie ihr Leben mit Drogen ruiniert hatten und obwohl die Frau vor langer Zeit das Sorgerecht für ihre beiden Kinder verloren hatte. Unglückliche Umstände hatten dazu geführt, dass sie ihren Traum auf ein ehrbares und redliches Leben aufgeben mussten, aber sie waren besonnene Persönlichkeiten und ziemlich harmlos für ihre Umgebung. Soweit er wusste, zumindest.

Und dann spukte immer noch der Gedanke an dieses Mädchen in seinem Kopf herum, das für eine Weile mit ihnen in dem Wohnwagen gelebt hatte. Welche Gründe konnte es dafür geben, dass ein Kind sein normales Leben mit Schule und Familie hinter sich ließ, um mit ein paar menschlichen Wracks am Boden der Gesellschaft zu leben?

Viele, musste er leider feststellen. Seine eigene Kindheit war auch nicht die glücklichste gewesen, geprägt von seelischem Leiden und Medikamentenmissbrauch hinter einer netten Fassade mit Volvo, Hund und Eigenheim. Doch er war niemals auf den Gedanken gekommen, das sinkende Schiff zu verlassen, sondern er hatte durchgehalten, Jahre und Monate gezählt bis zu dem Tag, an dem er endlich ausziehen konnte. Aber er hatte rebelliert. Er hatte sich geweigert, sich einzuordnen und das verlogene Pseudoleben mitzuspielen. Und in der Musik hatte er die Freiheit gefunden. In der wunderbaren Welt der Rockmusik durfte man wild und verrückt sein, und er hatte diese Welt zu seiner gemacht, was seine Eltern zur Weißglut getrieben hatte. Er ließ seine Haare wachsen, ließ sich an dem Tag tätowieren, an dem er volljährig wurde. Vor allen Dingen aber machte er Musik. Als Teenager war er Mitglied in mehreren Bands, schrieb eigene Lieder, sang und spielte Gitarre. Größere Erfolge hatten sie niemals gehabt, und an der Musikhochschule hatte er sich vergeblich beworben. Als er dadurch gezwungen war, eine alternative Karriere einzuschlagen, wurde es eben die Polizeihochschule. Papa Bauunternehmer verabscheute Finanzbeamte genauso sehr wie Bullen, aber der Polizeiberuf machte einen bedeutend interessanteren Eindruck.

Es mochte viele Gründe für ein junges Mädchen geben, sich von Zuhause fortzusehnen. Aber konnten sie so stark sein, dass sie es vorzog, zu den Pennern im Wohnwagenpark zu gehen – mitten im Winter? Da musste es schon richtig schlimm gewesen sein. Richtig schlimm. Blieb die Frage, was schlimmer war, als sich als Obdachlose durchschlagen zu müssen. Als Fünfzehnjährige. Als Mädchen. Ohne Ausbildung. Ohne Bedeutung.

Er beschloss, sie zu besuchen. Rebecka. Hoffte, dass es Erlandsson wirklich gelungen war, sie zur Heimkehr zu überreden. Und dass es ihr nicht allzu schlecht ging.

*

Petra Westman beschloss, der Geschichte mit dem verschwundenen russischen Sommerkind auf den Grund zu gehen. Sie hatte den Großteil des Materials, das es gab, zusammengetragen und begonnen, die Akten zu wälzen, Zeugenaussagen querzulesen und in einem inoffiziellen Dokument all das zusammenzufassen, was ihr wichtig erschien.

Zum letzten Mal war das Mädchen aller Wahrscheinlichkeit nach kurz vor elf Uhr morgens an einem Tag im August vor acht Jahren gesehen worden. Nach Aussage von Marie und Staffan Jenner war sie in den vorhergehenden Tagen ziemlich bedrückt gewesen, weil ihr Aufenthalt in Schweden in einer guten Woche bereits zu Ende sein sollte. Aber am Abend vor ihrem Verschwinden war Staffan Jenner nach Hause gekommen und hatte ihr ein Fahrrad mitgebracht. Als eine Art Versprechen, dass sie wiederkommen und dann hoffentlich für immer bleiben würde. Am nächsten Morgen schüttete es wie aus Kübeln. Staffan Jenner war freier Journalist und arbeitete an diesem Tag. Diese Arbeit sollte zum Teil darin bestanden haben, dass er von einem Auftrag zum anderen hetzen musste, und es gab ausreichend viele Hinweise darauf, dass er diese Aufträge auch abgearbeitet hatte, aber niemand konnte ihm ein wasserdichtes Alibi für den gesamten Zeitraum geben, der in Frage gekommen wäre. Larissa Sotnikova hatte sich nämlich trotz des schlechten Wetters gegen viertel nach zehn mit dem Fahrrad auf den Weg gemacht. Die anderen Kinder waren gemeinsam mit ihrer Mutter zu Hause geblieben.

Marie Jenner war die Erste, die sich Sorgen machte. Als sie kurz vor ein Uhr immer noch nichts von Lara gehört hatte, rief sie Ida Erlandsson an, die alleine zu Hause war. Sie war stark erkältet und konnte an diesem Tag nicht an dem Fußballcamp teilnehmen, bei dem sich der Rest der Familie engagierte. Aber Ida behauptete steif und fest, dass sie an diesem Tag keinen Besuch von Lara bekommen hatte. Stattdessen habe sie mehrere Stunden geschlafen, sodass es durchaus möglich war, dass Lara dort war und geklingelt hatte, ohne dass Ida davon aufgewacht war.

Am späten Nachmittag ging der Zirkus richtig los. Das ganze Wohngebiet war auf den Beinen und suchte bis in die Nacht hinein in jedem noch so abgelegen Winkel nach dem Mädchen. Ohne Erfolg. Auch das Fahrrad wurde nie gefunden. Man wusste, dass Lara gegen zwanzig vor elf das Fußballcamp auf dem Sportplatz Mälarhöjden besucht hatte. Zu der Zeit hatte der Regen bereits aufgehört, aber sie trug trotzdem noch das auffällige orange Regencape und war deshalb leicht zu identifizieren, selbst für diejenigen, die sie nicht kannten. Sie hatte sich dort mit mehreren Jugendlichen und Trainern unterhalten, darunter Anna, Rasmus, Adrianti und Sven-Gunnar Erlandsson. Allerdings nicht gleichzeitig, da sie sich an unterschiedlichen Orten auf der Sportanlage aufhielten und mit unterschiedlichen Dingen beschäftigt waren.

Aber es gab noch mehr Zeugenaussagen. Einige Personen hatten das Kind in dem orangen Regencape tatsächlich am Vormittag herumradeln gesehen. Inwieweit diese Quellen zuverlässig waren oder nicht, war schwer zu beurteilen, aber sie schien sich demnach in weiten Kreisen um ihr Zuhause in Herrängen bewegt zu haben und war selbst in dem relativ weit entfernten Älvsjöskogen noch gesichtet worden. Zuletzt war Larissa Sotnikova gegen elf Uhr auf dem Murgrönsvägen in Fahrtrichtung Konvaljestigen gesehen worden. Die Verlässlichkeit dieser Aussage wurde von der Polizei allerdings in Frage gestellt, weil sie bei dieser Gelegenheit in Gesellschaft eines kleineren Mädchens ohne Regenbekleidung gewesen sein sollte. Auf ein solches war man bei den Ermittlungen allerdings nie gestoßen.

Zu Staffan Jenners Gunsten sprach, dass die Adoptionspläne schon weit fortgeschritten waren. Bedeutend weiter als es gegangen wäre, wenn er dagegen gewesen wäre. Was er laut eigener Aussage und der seiner Familie allerdings nicht war. Außerdem hatte er dem Mädchen am Tag vor der Katastrophe noch ein Fahrrad gekauft. Auf der anderen Seite konnte es auch ein clever ausgedachtes Täuschungsmanöver sein. Man hatte auch in seinem Auto gründlich nach Anhaltspunkten gesucht. Dort fanden sich natürlich Spuren des Mädchens, aber es gab keine Anzeichen von Handgreiflichkeiten oder ungebührlichem Verhalten, das sich am Tag vor ihrem Verschwinden dort abgespielt haben könnte. Im Kofferraum fanden sich auch keine Rückstände eines dreckigen Fahrrads, aber der Boden hätte natürlich auch mit einer Plastikfolie oder Zeitungspapier abgedeckt gewesen sein können.

Was am meisten gegen Jenner sprach, war die Tatsache, dass sein Alibi undicht war. Dass seine Frau ein Jahr später Selbstmord begangen hatte, machte die Sache natürlich nicht besser. Ebenso wenig, dass sie es mit Schlaftabletten getan hatte. Es gab einfach keinen Beweis dafür, dass sie sie aus freiem Willen geschluckt hatte. Und wenn sie es freiwillig getan hatte, dann hatte es vermutlich ziemlich starke Gründe dafür gegeben. Vielleicht das Wissen darüber, was sich in ihrem eigenen Zuhause abgespielt hatte? Jenner hatte darüber hinaus einen zerbrechlichen und hinfälligen Eindruck gemacht, sowohl seelisch als auch körperlich. Seine Krankenakten konnten das eine oder andere interessante Detail enthalten, aber es gab keine Möglichkeit, Zugang zu ihnen zu bekommen, solange jeglicher Beweis dafür fehlte, dass er in diese Fälle verwickelt war.

Wenn man jetzt aber mit der Hypothese arbeitete, dass Larissa Sotnikovas Verschwinden mit dem Mord an Sven-Gunnar Erlandsson zu tun hatte, dann wäre es vielleicht an der Zeit, sein Blickfeld zu erweitern. Oder es einzuengen, je nachdem, wie man an die Sache herangehen wollte. Westman entschied, dass sie nach gemeinsamen Nennern suchen würde, denn Staffan Jenner war ja vielleicht nicht der Einzige. Wie sah es mit den

Familien Wiklund und Siem aus? Auch sie waren Fußballfamilien und konnten sich an jenem Vormittag vor acht Jahren auf dem Sportplatz Mälarhöjden befunden haben. Aus einem der Kartons, die auf dem Fußboden standen, holte sie einen Stapel mit den Teilnehmerlisten des Fußballcamps heraus und überflog sie in der Hoffnung, auf einen vertrauten Namen zu stoßen. Und ganz richtig, eine Carolina Siem, Jahrgang 89, eine Lovisa Siem, Jahrgang 92, sowie ein William Wiklund, Jahrgang 93, fanden sich auf den Listen. Darüber hinaus stieß sie bei den Funktionären auf die Namen Jan Siem, Katarina Siem, Ingela Wiklund und Lennart Wiklund. Letztgenannter als Trainer. Allerdings war sein Name mit Bleistift durchgestrichen und mit einem anderen ersetzt worden, nämlich Rasmus Erlandsson.

Das war interessant. Warum war Lennart Wiklund während des Fußballcamps als Trainer abgelöst worden? Noch dazu von Erlandssons Sohn? Sjöberg hatte berichtet, dass Sven-Gunnar Erlandsson Wiklund versetzt hatte, von einer Mädchenmannschaft zu einer Jungenmannschaft. Das war zwar erst vor einem guten Jahr gewesen, aber das zugrunde liegende Problem war vielleicht schon früher aufgetreten. Sein übertriebenes Interesse an jungen Mädchen. In welcher Hinsicht es auch immer übertrieben gewesen sein mochte. Ob Wiklund nun wirklich übertrieben interessiert war oder ob die Mädchen sich aus reinem Wunschdenken übertriebene Vorstellungen von seinem Interesse machten.

Westman nahm sich vor, ihn gleich zu kontaktieren, um eine Antwort auf diese Frage zu bekommen. Irgendwo zwischen den ganzen Papieren auf ihrem Schreibtisch hatte sie seine Daten herumliegen, das wusste sie, aber es war einfacher, den Rechner anzuwerfen, als die alten Akten zu Larissa Sotnikova aufzuräumen. Die Suchmaschine *hitta.se* lieferte neunzehn Wiklunds, wohnhaft in Älvsjö, darunter einen Lennart.

Sie ging auf Nummer sicher und wählte gleich seine Handynummer. Nach zwei Signalen nahm er ab, und sie erklärte ihm, wer sie war.

»Ich habe eigentlich nur eine Frage. Sie waren als Trainer für das Fußballcamp vorgesehen, das auf dem Sportplatz Mälarhöjden in der Woche stattfand, in der auch das russische Mädchen verschwand. Larissa Sotnikova. Aber ich sehe hier, dass Sie von der Liste gestrichen und durch Rasmus Erlandsson ersetzt worden sind. Wie ist es dazu gekommen?«

»Jenners Sommerkind? Aber das ist doch bestimmt schon zehn Jahre her?«

Er klang verwundert.

»Es war vor acht Jahren«, antwortete Westman. »2001.«

»Was hat das denn damit ...?«, fing Wiklund an, um sich gleich zu unterbrechen und die Frage zu beantworten. »Ich war krank. Ganz übel krank sogar. Hatte über eine Woche vierzig Grad Fieber.«

»Oh je«, sagte Westman. »Waren Sie an diesem Tag allein zu Hause?«

»Ja, der Rest der Familie war auf dem Sportplatz.«

»Auch die kleine Alexandra?«

»Sie war mit Ingela da. An der Gulaschkanone.«

»Okay«, sagte Westman und wollte sich verabschieden, aber Lennart Wiklund war noch nicht fertig.

»Wahrscheinlich war es das Pfeiffersche Drüsenfieber«, fuhr er fort. »Was mich nicht davon abhielt, bei der Suche nach dem Mädchen zu helfen. Als ich am Nachmittag hörte, was passiert war, habe ich Paracetamol eingeworfen und irgendetwas anderes, an das ich mich nicht mehr erinnern kann, und habe bis nach Mitternacht nach ihr gesucht.«

»Danke, das war alles«, sagte Westman und beendete das Gespräch.

Manchmal ist es besser, die Klappe zu halten, dachte sie.

Wenn du viele Stunden lang draußen herumlaufen konntest, dann wirst du bestimmt auch zu allem möglichen anderen in der Lage gewesen sein. Theoretisch jedenfalls.

Von allen Personen, die in ihren Ermittlungen eine Rolle spielten und seinerzeit erwachsen genug waren, um eine Elfjährige entführen zu können, hatten sich Rasmus, Anna, Adrianti und Sven-Gunnar Erlandsson, Dewi Kusamasari, Jan und Katarina Siem sowie Ingela Wiklund an jenem Vormittag, an dem Lara verschwand, auf dem Sportplatz befunden. Lennart Wiklund, Marie und die drei Jenner-Kinder hatten sich zu Hause aufgehalten. Staffan Jenner war mit dem Auto unterwegs gewesen. Lennart Wiklund und Staffan Jenner besaßen offensichtlich kein Alibi. Beim Rest der Familie Jenner stützte jeder die Alibis der anderen. Wie es bei den Leuten auf dem Sportplatz aussah, ging nicht aus den Akten hervor, aber ihre Alibis waren wahrscheinlich nicht besonders kritisch unter die Lupe genommen worden. Warum sollten sie auch? Keiner von ihnen war verdächtigt worden, und die Polizei hatte mit Sicherheit keinen Grund gesehen, von jedem der über hundert Leute, die an dem Fußballcamp teilgenommen hatten, ein wasserdichtes Alibi zu fordern. Dass sie alle sich im Laufe des Vormittags dort aufgehalten hatten, schien sicher zu sein. Aber waren auch alle während des *ganzen* Vormittags dort gewesen? Um sich darüber absolute Klarheit zu verschaffen, war es jetzt mit Sicherheit zu spät.

Angenommen, überlegte Westman weiter, die letzten Angaben zu Larissa Sotnikova waren zuverlässig. Dass die Zeugin, die das Mädchen durch das Küchenfenster auf dem Murgrönsvägen beobachtet hatte, nicht auf dem Holzweg war. In diesem Fall wäre Lara zusammen mit einem kleineren Mädchen ohne Regenbekleidung, das auf einem Fahrrad saß, dort vorbeigegangen. Ein Mädchen mit einem blonden Pferdeschwanz, der unter ihrem Fahrradhelm herausguckte. Welchem kleinen

Mädchen hätte Lara ihr Fahrrad möglicherweise ausgeliehen? Und den Helm? Josefin Siem war zu der Zeit fünf Jahre alt. Alexandra Wiklund ebenfalls. Welche Haarfarbe sie damals hatten, wusste sie nicht. Es konnte trotz allem natürlich auch Ida Erlandsson gewesen sein, auch blond, aber ein Jahr älter als Lara. In diesem Fall hätte sie die Polizei angelogen. Andere kleine Mädchen tauchten nach Westmans Kenntnisstand in der Schnittmenge der Fälle Lara und Erlandsson nicht auf.

Wohin waren die beiden Mädchen unterwegs gewesen? Sie griff nach der Schreibtischplatte und zog den Stuhl näher an den Rechner heran. Auf dem Bildschirm war *hitta.se* immer noch geöffnet, also löschte sie den Namen *Wiklund* aus dem Feld »Was suchst du?«, schrieb *Murgrönsvägen* und *Älvsjö* in das Feld »Wo?« und klickte auf den »Finden!«-Button. Es dauerte den Bruchteil einer Sekunde, bis das Kartenbild erschien, aber in diesem kurzen Moment meinte sie etwas auf dem Bildschirm gesehen zu haben, das sie veranlasste, noch einmal auf die vorhergehende Seite zurückzuklicken. Und tatsächlich – sieben Zeilen oberhalb von Lennart Wiklund im Geschiedenengetto tauchte ein weiterer bekannter Name auf. Ingela Wiklund. Mit der Adresse Konvaljestigen 1.

Was zum Teu... Hatte nicht die Zeugin im Murgrönsvägen gesagt, dass die Mädchen in Richtung Konvaljestigen unterwegs waren? Sie klickte auf die Kartendarstellung zurück und verschaffte sich einen Überblick über das Gebiet, folgte dem möglichen Weg der Mädchen mit ihren Augen: den Murgrönsvägen nach Süden, dann nach links in den Konvaljestigen bis zur Nummer 1. Und was fand sie dort? Einen Radweg, der zwischen den Bäumen verschwand. Sowie ein freistehendes Haus, das an eine Schule grenzte, die in den Sommerferien wie ausgestorben wirkte, und an eine lauschige Grünfläche.

Wenn Långbrokungens Väg, wo Lennart Wiklund mittlerweile wohnte, ein Entsorgungsplatz für frisch Geschiedene war, lag es doch auf der Hand, dass er zur Zeit von Laras Verschwinden an dieser Adresse im Wohnviertel Herrängen gewohnt hatte. Zusammen mit seiner Frau und den zwei Kindern.

Aber ausgerechnet an diesem Vormittag war er allein zu Hause gewesen.

*

Sandén und Gerdin stürzten sich mit großem Enthusiasmus auf das Rätsel der verlaufenen Tinte. Sandén konnte selbst nicht sagen, warum er sich darauf eingelassen hatte – diese Art von Ermittlung hatte nie zu seinen Lieblingsbeschäftigungen gehört. Andererseits wusste er sehr genau, dass es eine wahre Freude war, mit Gäddan zusammenzuarbeiten. Während der Rest des Teams sie offensichtlich als zweifelhaften Charakter betrachtete, weil sie nicht aus einem Guss zu sein schien, fand Sandén, dass sie eine reizvolle Mischung aus unterschiedlichen, ganz unerwarteten Vorlieben und Eigenschaften in sich vereinigte. Und verdammt kompetent war sie auch. In fast allem, was sie sich vornahm. Sie hatte eine ganz eigene Art, sich der Probleme anzunehmen, die sich ihr stellten, aber niemand hörte ihr zu. Die anderen fanden ihre Ideen nur seltsam. Sogar Sjöberg, was Sandén besonders störte. Wie Sjöberg, der warmherzigste und liebevollste aller Menschen, jemanden wie Gäddan nicht mögen konnte, war ihm ein Rätsel. Aber es amüsierte Sandén auch ein bisschen, dass Sjöberg seine Skepsis gegenüber dem guten Verhältnis zwischen ihm und Gäddan nur schwer verbergen konnte. Ja, im Grunde wirkte er sogar ein bisschen eifersüchtig.

Jetzt saßen sie nebeneinander hinter Sandéns Schreibtisch und hatten die Vergrößerung vor sich liegen, Maßstab 1:5.

»Nietzsche«, sagte Gerdin. »Der Philosoph.«

Sandén schaute sie fragend an.

»Ach, ich habe einfach das Erste gesagt, was mir eingefallen ist. Dafür sind es auch viel zu viele Zeichen. Aber das Erste müsste ein N sein, und dann haben wir später noch I, E, T, Z.«

»Heinz«, sagte Sandén. »Wie der Ketchup.«

»Ja, das auch«, lachte Gerdin. »Aber ich frage mich, ob es nicht mehr Ziffern als Buchstaben sind. Sollen wir sie einen nach dem anderen durchgehen und alle Möglichkeiten notieren?«

»Das klingt vernünftig«, sagte Sandén und griff nach Stift und Schreibblock. »Das Erste muss ein N sein.«

»Sehe ich genauso. Davon gehen wir jetzt erst einmal aus. Danach haben wir ein S oder eine Fünf.«

Sandén schrieb.

»Eine Neun oder Sieben vielleicht?«, fuhr Gerdin fort.

»Und ein Ball?«

»Genau, schreib ›Ball‹. Oder O Schrägstrich Null. Dann kommt ein I oder eine Eins.«

»Und eine Neun oder eine Vier. Oder was glaubst du, Gäddan, gibt es einen Buchstaben, der so aussieht?«

»Kaum. Dann wieder ein I oder eine Eins. Ein S oder eine Fünf. Und dann eine Birne.«

»Eine Sechs vielleicht?«, schlug Sandén vor. »Oder ein richtig verwischtes A.«

»Und dann eine fliegende Kiste.«

»Vergiss nicht, dass es mit der Hand geschrieben wurde«, erinnerte sie Sandén. »Vielleicht ein schlampiges D, das oberhalb der Zeile gelandet ist?«

»Oder ein O.«

»Dafür sieht es ein bisschen zu eckig aus, findest du nicht?«

»Ja«, antwortete Gerdin. »Dann vielleicht ein H, bei dem die Füße ineinandergeflossen sind?«

»Anschließend haben wir ein C, G oder E, würde ich sagen.«

»Ein I oder eine Eins.«

»Und eine Sieben. Oder ein T?«

»Und dann wieder der Ball«, übernahm Gerdin mit einem Lächeln. »Schreib O oder null. Obwohl, vielleicht könnte es ein Pluszeichen sein?«

Sandén notierte sämtliche Möglichkeiten.

»Eine Fünf oder ein S, eine Neun oder eine Vier«, sagte er.

»Und dann ein kleiner Punkt«, sagte Gerdin. »Was könnte das denn sein?«

»Vielleicht gehört es gar nicht dorthin«, spekulierte Sandén. »Vielleicht ist es nur ein Klecks, der unabsichtlich dort gelandet ist.«

»Dann sollte diese Stelle ursprünglich leer bleiben, aber das glaube ich nicht. Vielleicht ein Apostroph?«

»Gute Idee, das schreibe ich auf.«

»Ein Z oder eine Zwei.«

»Eine Sechs oder ein G?«

»Und dann wieder so ein schwebender Punkt. Aber dicker.«

»Ein U vielleicht?«, riet Sandén. »Oder ein H. Oder ein noch breiter verschmiertes Apostroph.«

»Vielleicht sind es Anführungszeichen.«

»Wie machen wir jetzt weiter?«

Gerdin dachte ein paar Sekunden nach, bevor sie antwortete.

»Ich glaube, ich hacke ein Perlscript zusammen, das sämtliche Kombinationen der Zeichen erzeugt, die wir als möglich erachtet haben.«

Sandén begriff kein Wort von dem, was sie gesagt hatte.

»Du sprichst in Zungen, meine liebe Gäddan. Bitte zurückspulen und noch einmal von vorne beginnen.«

»Ich schreibe ein Computerprogramm, das alle Ziffern und

Buchstaben, die wir erraten haben, durchprobiert. Damit bekommen wir eine Liste mit allen denkbaren Kombinationen dieser Zeichen. Wenn man eine Weile auf diese Liste starrt, dann wird es vielleicht einfacher, ein Muster zu erkennen, sich eine Vorstellung zu machen, worum es sich da eigentlich handelt. Soweit klar?«

»Ich glaube, ja. Aber ... du kannst einfach so ein Computerprogramm ›zusammenhacken‹?«

»Überhaupt kein Problem«, sagte Gerdin beiläufig. »Ich habe schon ziemlich oft an derartigen Sachen herumgebastelt. In einem früheren Leben. Als ich nichts Besseres zu tun hatte.«

Mit einem resignierten Lächeln schüttelte Sandén den Kopf.

»Du bist eine Frau voller Überraschungen, Gäddan. Was soll ich solange machen?«

»Für dich gibt es bestimmt auch noch genug zu forschen. Du kannst ja nach den Sachen googeln, die wir haben. Wer weiß – vielleicht taucht ja etwas Inspirierendes auf.«

Damit verließ sie sein Zimmer entschlossenen Schrittes. Das kaftanähnliche Kleidungsstück, in das sie sich gewandet hatte, flatterte in der Luft, die sie hinter sich aufwirbelte. Sandén war nicht zu hundert Prozent davon überzeugt, dass er wirklich verstanden hatte, was von ihm erwartet wurde, aber er schaltete zumindest einmal den Rechner an, wie ihm aufgetragen worden war. Und weiß der Kuckuck, ob er sich nicht jetzt schon ein bisschen inspirierter fühlte.

Dienstagnachmittag

Hamad hatte den Vormittag damit verbracht, Sven-Gunnar Erlandssons Computer zu erforschen, was sich als äußerst uninteressante Aufgabe herausstellte. Seine E-Mail-Kommunikation war höchst alltäglich und widmete sich in den meisten Fällen der Arbeit oder dem Fußball. Der Tonfall war in der Regel warm und freundlich, ansonsten neutral. Hamad war auch seinen Terminkalender durchgegangen und hatte in vielen Fällen geplante Aktivitäten auf eine Absprache zurückführen können, die per E-Mail getroffen worden war. Aber keine Heimlichtuerei, nichts außerhalb des Normalen. Auch unter seinen Kontakten waren keine Überraschungen zu finden.

Fotografie schien nicht zu seinen Interessen zu gehören, auf dem Rechner waren keinerlei Bilder zu finden. Unter seinen Dokumenten war das Aufregendste ein heimlich gestempelter Geschäftsplan der SEB. Der umfangreichen Google- und Internethistorie nach zu urteilen, surfte Sven-Gunnar Erlandsson weder auf Pornoseiten noch gab er sich anderen aufsehenerregenden Vorlieben hin. Mit anderen Worten: ein verschwendeter Vormittag.

Nach dem Mittagessen trafen die angeforderten Informationen der Telia ein. Er ging Erlandssons Anruflisten durch und stellte fest, dass es eine Menge Arbeit würde, sich ein Bild von den Telefongewohnheiten der Familie zu machen, um daraus abzuleiten, welche der eingehenden und ausgehenden Anrufe in irgendeiner Weise von dem normalen Muster abwichen. Die Listen seines Mobiltelefonanschlusses interessierten ihn allerdings mehr als der Festnetzanschluss der Familie, und als Allererstes wollte er überprüfen, ob die SMS, die Adrianti empfangen hatte, wirklich von diesem Anschluss kurz vor halb eins am Sonntagmorgen abgeschickt worden war. Es stimmte.

Doch als er feststellte, dass es entgegen aller Wahrscheinlichkeit einen weiteren Eintrag auf der Liste gab, machte sein Herz einen Sprung. Das letzte registrierte Gespräch von Erlandssons Mobiltelefon war mehrere Stunden nach seinem Tod geführt worden. Die gewählte Nummer gehörte zu einer Prepaid-Karte. Eine verblüffende Information. Und was noch dazukam: Der Anruf kam aus Södertälje.

Hektisch rief er bei *eniro.se* eine Karte des Gebiets auf, in dem sich der Standort des Handymasts befand. Der nur einen Steinwurf von dem Sportplatz entfernt war, auf dem sich Jan und Josefin Siem zum selben Zeitpunkt befunden hatten.

Vielleicht war Gerdin ja doch nicht so dumm. Konnte es sein, dass einer von ihnen, oder gar beide, in den Mord an Sven-Gunnar Erlandsson verwickelt waren? Eine andere Alternative war natürlich, dass das Mädchen, nachdem sie das begehrte Smartphone neben dem leblosen Körper ihres Trainers liegen gesehen hatte, dieses einfach abgegriffen hatte. Aus einem Impuls heraus oder aus ganz anderen Gründen. Doch ganz abgesehen davon, wer es war oder warum – wieso hatte es die betreffende Person verwendet, ohne vorher Erlandssons Sim-Karte auszutauschen?

Hamad brauchte dieses Mobiltelefon. In seinem Bewusstsein nahm ein Plan allmählich Konturen an. Ein Plan, von dem er hoffte, dass er alles auf den Kopf stellen würde.

*

Sjöberg hatte noch den ganzen Tag an dem Treffen zu Hause bei Familie Erlandsson zu knabbern gehabt. Mehr oder weniger. Jetzt hatte er sich Stift und Papier zurechtgelegt und versuchte das Gespräch, so wie er sich daran erinnerte, in seine unterschiedlichen Bestandteile zu zerlegen. Er wünschte sich, dass er diesen MP3-Spieler dabeigehabt hätte, den Åsa ihm geschenkt und den er zu Anfang auch so fleißig benutzt hatte. Aber er hatte schon nach einem halben Jahr angefangen, Zicken zu machen, und er hatte sich nie die Zeit genommen, etwas dagegen zu unternehmen. Zum Teil lag dies daran, dass er den Eindruck gewonnen hatte, seine Konzentration und Aufmerksamkeit in einem Gespräch würden nachlassen, wenn er wusste, dass er es sich anschließend noch einmal anhören konnte. Deshalb musste er jetzt den umständlicheren Weg nehmen. Er hatte zwar seine Notizen, auf die er zurückgreifen konnte, aber er hatte es nicht auf die Fakten abgesehen, sondern auf etwas anderes. Die seltsame Stimmung. Die Gefühlslage in dieser Küche am Vaktelstigen in Herrängen. Des Pudels Kern.

Gerdins Taktik war es von Beginn an gewesen, zwischen Einschmeicheln und Unerbittlichkeit hin- und herzuspringen. Sie hatte mit einem Schockmoment eröffnet, indem sie Adrianti zur Rede stellte, warum sie denn mitten in der Nacht einen Telefonanruf beantwortete. Was sie in diesem Fall zwar gar nicht getan hatte, aber trotzdem – ihre grundsätzliche Haltung dazu war in Frage gestellt worden. Kurz darauf hatte sie sie für ihre geschmackvolle Einrichtung gerühmt und dann ein Gespräch über das Golfen begonnen. Was absolut off topic war. »Warum spielen Sie nicht mehr?«, »Hier in der Ecke gibt es doch viele schöne Golfbahnen« und so weiter. Gerade als Sjöberg dabei war, von Adrianti zu erfahren, wie sie Erlandsson kennengelernt hatte. Verdammt irritierend. Es sei denn, Gerdin hatte es auf etwas ganz Spezielles abgesehen. Was er für ziemlich sicher hielt. Warum hatte sie ihn in diesem Fall nicht vorher informiert? Naja, vielleicht lud er auch nicht gerade dazu ein.

Auf der anderen Seite hatte Gerdin auf vorbildliche Weise jede Menge interessanter Informationen über die Familien Siem und Wiklund aus ihnen herausgelockt. Vollkommen undurchdacht handelte sie also nachweislich nicht. Obwohl es sich anfühlte, als wären sie eher zwei Einzelspieler auf derselben Seite des Netzes als ein Doppelteam.

Dann zum Aufsehenerregendsten. Als Gerdin die Bombe mit Adriantis Tochter, Dewi Kusamasari, explodieren ließ, war das zweifelsohne das Aufregendste, was während der Befragung passiert war, das konnte er sofort unterschreiben. Gerade weil auch er das Gefühl hatte, Adrianti hätte ihnen vorenthalten wollen, dass sie eine Tochter hatte. Aber es hatte für Gerdin keinen Grund gegeben, diese Bombe ohne sein Wissen zu zünden. Sie hatte ihn wie einen Idioten dastehen lassen. Nun hatte Familie Erlandsson das zwar nicht unbedingt bemerkt, aber sie hatte damit auftrumpfen und sich nach seinem Gefühl auch ihm gegenüber profilieren wollen. Zugegebenermaßen war sie es gewesen, die die Existenz dieses Mädchen entdeckt hatte, aber es war ja schließlich auch ihr Auftrag, die Melderegister zu durchforsten, also wie groß war diese Leistung eigentlich? Zu Gerdins Verteidigung konnte man allerdings vorbringen, dass sie sich aus unterschiedlichen Richtungen und jeder in seinem Auto zur Familie Erlandsson begeben hatten und deshalb keine Gelegenheit mehr gehabt hatten, gemeinsame Richtlinien zu vereinbaren. Aber es gab diese Erfindung namens Mobiltelefon, und sie hätte ihn informieren können, wenn sie es gewollt hätte.

Zusammengefasst hatte er somit zwei Fragen, die er Gerdin stellen konnte, falls er sich die Mühe machen wollte. Warum hatte sie ihren Plan verheimlicht, die Existenz von Dewi Kusamasari aufzudecken? Und warum dieses ewige Herumreiten auf der Golfspielerei und der Inneneinrichtung?

Aber jetzt zum Wesentlichen. War es tatsächlich so, dass

Adrianti beim ersten Gespräch bewusst versäumt hatte, ihre Tochter zu erwähnen? Sjöberg war jedenfalls mehr oder weniger überzeugt davon. Aber warum? Gab es einen bestimmten Grund dafür, sie aus den Ermittlungen herauszuhalten? Oder wollte Adrianti einfach nicht über ihre Tochter sprechen? Eine drückende Stimmung hatte sich über die Runde gelegt, als Gerdin sie zur Sprache gebracht hatte. Eine enormes Verlustgefühl schien alle Beteiligten zu prägen. Was vielleicht gar nicht so seltsam war, wenn man bedachte, dass das Mädchen seit vier Jahren nicht mehr zu Hause war. Aber war es tatsächlich so einfach? Wenn alle Dewi so liebten, wie es den Anschein hatte, warum hatte sie dann die Familie verlassen? Im Stich gelassen? Mit einer derart massiven Trauer, dass man sie fast anfassen konnte? Irgendetwas stimmte an der Sache nicht. Es musste etwas passiert sein. Etwas, das die ganze Familie wusste und das ihnen keine Hoffnung machte, dass sie jemals wieder zurückkommen würde. Aber was? Und wo war sie? Sollte es tatsächlich wahr sein, dass sie nach vier Jahren immer noch auf Reisen war, oder hatte sie sich irgendwo niedergelassen? Hatten sie überhaupt noch Kontakt mit ihr? Adrianti hatte behauptet, dass sie hin und wieder noch Nachrichten von ihr bekomme, dass es dem Mädchen gut gehe. Aber vielleicht stimmte das gar nicht? Und wenn das der Fall wäre – welche Beweggründe konnte Adrianti haben, darüber zu lügen?

Sjöberg verfluchte sich selbst dafür, dass er diese Fragen nicht gestellt hatte. Aber er hatte ja auch keine Zeit gehabt, sich darüber Gedanken zu machen.

Auch Staffan Jenner hatte starke Gefühle bei der Familie Erlandsson ausgelöst. Die Kinder waren überzeugt davon, dass er nichts mit dem Tod ihres Vaters zu tun hatte. Oder mit dem Verschwinden des russischen Sommerkindes. Adrianti war beinahe zusammengebrochen, als das Gespräch auf Staffan Jenner kam; wie sie zu diesen Fragen dachte, war also schwer zu beurteilen. Es sei denn, dass schon ihr Unwille, sich dazu zu äußern, ein Zeichen dafür war, dass sie davon nicht hundertprozentig überzeugt war.

Es gab, mit anderen Worten, Grund genug, sich noch einmal mit Adrianti Erlandsson zu unterhalten. Der Mutter, die anfeuerte und Trikots wusch, wie Ida Erlandsson es ausgedrückt hatte. Eine echte Win-win-Situation.

*

Dass das erste Zeichen auf dem Zettel, den Erlandsson in der Brusttasche hatte, ein N war, war das Einzige, wovon Sandén halbwegs überzeugt war. Die nachfolgenden Hieroglyphen waren um einiges schwieriger zu deuten. Aber irgendwo musste man ja anfangen, also beschloss er, auf die Kombination »59OI9« zu setzen. Und er googelte. Wie Gäddan ihn angewiesen hatte. Und eine Liste semikonduktiver elektrischer Bauteile tauchte auf dem Bildschirm auf, gefolgt von einen Auszug aus einem alten Buch von Carl Friedrich Gauss, der sich bei näherer Untersuchung als deutscher Mathematiker des neunzehnten Jahrhunderts herausstellte. Dann ein weiteres eingescanntes deutsches Mathematikbuch aus dem Anbeginn der Zeiten mit handschriftlichen Berechnungen von Tangensfunktionen. Und jede Menge anderes Zeug, das nicht das Geringste zur Erhellung beitrug. Aber er folgte jedem Link, der auf dem Bildschirm erschien und notierte gewissenhaft alles, was er von dem Text zu verstehen meinte. Dann fiel ihm auf, dass er das N am Anfang vergessen und deswegen unnötig viel Zeit auf diesen ersten Versuch verschwendet hatte. Aber es war ja nichts passiert, es änderte nichts, und die Arbeit war damit erledigt.

»NS9019« führte ihn zu Zügen, Lehrmaterial und balinesischem Schmuck. Der Suchbegriff »N59019« wiederum bescherte ihm einen roten Chevrolet Impala in Endicott, New York. Gefolgt von einer Adresse in Columbus, Montana, die zu einem Fadorestaurant gehörte. »218 E 1st Ave N, 59019« war die in Sandéns Augen übertrieben umständliche Beschreibung der geografischen Lage dieses Restaurants. Aber ihm fiel auf, dass das N in diesem Fall die Abkürzung für »north« war, und es war ja nicht undenkbar, dass das N, mit dem er arbeitete, sich ebenfalls auf diese Himmelsrichtung bezog. Was anschließend auf dem Bildschirm auftauchte, war die grafische Vorschau einer Landkarte von Campbell County, Virginia, die man vom Vermessungsamt erwerben konnte.

Gerade als er beginnen wollte, sie im Detail zu studieren, betrat Gerdin das Büro. Sie kam um den Schreibtisch herum und legte eine Liste mit denkbaren Ziffern- und Buchstabenkombinationen vor ihm auf den Tisch. Vielen Kombinationen.

»Du hast also fertig programmiert?«, fragte Sandén. »Gute Arbeit. Ich selbst bin hier gerade am Surfen und weiß mittlerweile so viel über deutsche Geometrie, dass ich Jennifer locker in die Tasche stecken könnte.«

Er bezog sich auf seine dreiundzwanzigjährige Tochter, die bald ihr Ingenieurstudium abgeschlossen haben würde.

»Deutsche Geometrie?«, lachte Gerdin. »Glaubst du, die haben eine andere Geometrie als der Rest der Welt?«

»Hast du schon mal ihre Grammatik gesehen?«, konterte Sandén. »Verglichen mit dem Rest der Welt ist die ziemlich verdreht.«

Gerdins Blick fiel auf den Bildschirm und blieb dort hängen.

»Hast du etwas herausbekommen?«, fragte sie.

Von ihrem Lächeln war nichts mehr übrig. Gerdin wechselte die Gesichtsausdrücke in blitzartiger Geschwindigkeit.

»Nein, das würde ich nicht behaupten«, antwortete Sandén.

»Möglicherweise den Ansatz zu einer Idee. Dieses N zu Beginn des Textes könnte eine Himmelsrichtung symbolisieren.«

Er bemerkte, wie ihr Blick über den Bildschirm wanderte, wie sich ihre Augenbrauen zusammenzogen. Wahrscheinlich hörte sie ihn gar nicht.

»Oder etwas ganz anderes«, fügte er sicherheitshalber hinzu.

Keine Reaktion. Was sah sie dort? Es schien nicht die Darstellung von Campbell County zu sein, die sie interessierte, sondern die Tabelle daneben. Eine Tabelle, die die Zusammenhänge zwischen den unterschiedlichen Linien auf der Karte verdeutlichte, ihre Länge und etwas, was als »bearing«, bezeichnet wurde. Was konnte das bedeuten – Peilung? Im obersten Feld der Spalte stand »S71°0425E«. In der nächsten »N48°0113W«. Und so weiter.

»Doch. Du ahnst gar nicht, wie recht du hast«, sagte Gerdin und griff sich das Papier mit der Vergrößerung des zerflossenen Textes vom Schreibtisch.

Sie verglich das Format mit dem in der Tabelle neben der Karte des amerikanischen Vermessungsamts. Sandén nahm sich Stift und Papier, erhob sich von seinem Stuhl und stellte sich neben sie.

»N«, sagte Gerdin, und Sandén schrieb. »Fünf, neun. Oder möglicherweise sieben.«

Konnte das nächste Zeichen auf Erlandssons Zettel ein Gradzeichen sein? Klar, der Ball.

»Grad«, fuhr Gerdin fort. »Eins. Neun oder vier. Minuten.«

»Heißt das so?«, fragte Sandén.

»Es heißt Prime-Zeichen und drückt die Minuten aus. Wenn es um Winkel geht, Navigation. Wir haben geglaubt, dass es ein I oder eine Eins war, aber es ist ziemlich auseinandergeflossen, sonst würde es ein bisschen wie ein Apostroph aussehen.«

»Verstanden. Dann fünf. Und eine Sechs vielleicht? Eine richtig verschmierte Sechs.«

»Und Sekunden«, entschied Gerdin. »Doppel-Prime-Zeichen.«

»Kein Wunder, dass wir nicht drauf gekommen sind«, sagte Sandén. »Es sieht aus wie ein Rechteck.«

»Dann, vermute ich, kommt ein E. Es kann ja wohl kaum ein W sein, oder?«

Sandén stimmte zu.

»Soll ich nach einer möglichen Fortsetzung dieser Formel googeln?«, fragte er.

Erneut begann Gerdin zu lachen.

»Das brauchst du nicht. Jetzt kommt dasselbe noch einmal. Grad, Minuten, Sekunden. Nur mit anderen Ziffern. Es sind geographische Koordinaten, die einen bestimmten Punkt auf der Erdoberfläche beschreiben. Verdammt, sind wir gut!«

Sie hob die Hand, und Sandén schlug reflexmäßig mit seiner eigenen ein. Genau wie auf dem Tennisplatz. Wenn man Doppel spielt. Er war absolut derselben Meinung.

»Wir sind die Besten«, sagte er. »Verdammt, die werden staunen, die anderen. Dass wir es geknackt haben!«

»Jetzt müssen wir nur noch diesen Platz finden. Nachschauen, was sich dort befindet. Und was Erlandsson daran interessiert hat.«

»Wenn wir richtig liegen, dann haben wir immer noch drei unsichere Ziffern«, bemerkte Sandén. »Wie viele Kombinationen sind das?«

»Acht. Zwei hoch drei. Und zwar diese«, sagte sie, riss ihm den Stift aus der Hand und begann die möglichen Kombinationen auf der Liste einzukreisen.

Als sie fertig war, hatten sie eine »short list«, wie sie es nannte, mit folgenden Einträgen:

N 59° 19 56 E17° 59 26
N 59° 19 56 E17° 54 26
N 59° 14 56 E17° 59 26
N 59° 14 56 E17° 54 26
N 57° 19 56 E17° 59 26
N 57° 19 56 E17° 54 26
N 57° 14 56 E17° 59 26
N 57° 14 56 E17° 54 26

»Jetzt werden wir sehen, wohin uns diese Koordinaten führen. Kann ich mir deinen Rechner ausleihen?«, fragte sie und setzte sich davor, ohne eine Antwort abzuwarten.

»Klar«, meinte Sandén und baute sich hinter Gerdins Rücken auf, um sehen zu können, was auf dem Bildschirm passierte.

»Wir gehen zunächst mal auf *hitta.se* und schauen dann weiter.«

Gerdin gab die Adresse »Östgötagatan 100, Stockholm« ein und forderte die Anwendung auf, sie dorthin zu führen. Eine Kartendarstellung tauchte auf dem Bildschirm auf, in deren Zentrum sich ihre Polizeiwache befand, und oben in der Ecke wurde sogar ein Foto der Gebäudefassade eingeblendet.

»Dann schauen wir mal, welche Koordinaten diese Adresse hat.«

Sie klickte auf den Button mit der Aufschrift »Koordinaten anzeigen« und zauberte die Angabe »Lat N 59° 18 16 Lon E 18° 4 49« hervor.

»Wir befinden uns also auf dem neunundfünfzigsten Breitengrad«, stellte sie fest. »Das sieht doch vielversprechend aus. Ich zoome heraus.«

Als sie es tat, erschien eine Karte, die einen größeren Teil von

Schweden umfasste, mit Ockelbo im Norden und Västervik im Süden.

»Wie weit müssen wir uns jetzt bewegen, um auf dem siebenundfünfzigsten Breitengrad zu landen?«

Sie zog die Positionsmarkierung mit der Maus Richtung Süden über die Karte, wobei sich die Ziffern in dem Fenster, das die Koordinaten anzeigte, laufend änderten. Ein Stückchen nördlich von Nynäshamn änderte sich die Breitenkoordinate auf 58° und im Meer vor Gotland schlug sie auf 57° um. Mit einer kleinen Bewegung nach Westen änderte sich die Längenkoordinate auf 17°, und direkt vor Västervik sank sie auf 16°.

»Ich wüsste nicht, was Erlandsson an einem Ort mitten im Meer zwischen Småland und Gotland interessieren sollte. Ein Schatz vielleicht?«

»Man hätte dort etwas versenken können«, schlug Sandén vor. »Rauschgift. Waffen. Aber der neunundfünfzigste Breitengrad wirkt interessanter. Auf den ersten Blick jedenfalls.«

Gerdin zog die Markierung zurück nach Norden. Verlangsamte das Tempo, nachdem sie 59° 17 überschritten hatte und landete mit kurzen Bewegungen auf 59° 19. Anschließend wanderte sie langsam nach Osten, bis sie sich schließlich auf N 59° 19 E 17° 54 befand. Sie zoomte noch näher heran, suchte nach der Markierung, die aus dem Bild verschwunden war. Dieselbe Prozedur noch einmal, bis die Auflösung fein genug war, um ihnen zu zeigen, dass sie sich in Nockeby befanden. Erst jetzt konnte Gerdin die Markierung so bewegen, dass sich lediglich die Sekundenangaben änderten. Kurz darauf hatten sie die erste Position gefunden. Ein Mehrfamilienhaus im Tyska Bottens Väg mit der Position N 59° 19 56 E 17° 54 26. Anschließend manövrierte sie die Markierung nach Osten, bis sie auf Tranebergs Strand zum stehen kam, einer Straße direkt neben der Tranebergsbrücke mit den Koordinaten N 59° 19 56

E 17° 59 26. Dann wieder nach Süden, bis zur Kreuzung Gesällvägen-Norrängsvägen in Stuvsta mit den Koordinaten N 59° 14 56 E 17° 59 26. Weniger als zwei Kilometer von Sven-Gunnar Erlandssons Haus entfernt.

»Warum sollte man sich Koordinaten notieren, um die Lage einer Straßenkreuzung anzugeben?«, fragte sich Sandén. »Oder eines Hauses? Also da glaube ich eher an die Ostsee, muss ich sagen. Selbst wenn dieser Gesällvägen verdammt nahe am Tatort liegt.«

»Sehe ich genauso«, murmelte Gerdin, die sich voll darauf konzentrierte, mit feinster Motorik die Markierung nach Westen zu schieben, bis sie die Position erreichte, die mit N 59° 14 56 E 17° 54 26 angegeben war.

Schließlich schlug die Koordinatenanzeige um, sodass alle Ziffern übereinstimmten. Jetzt befanden sie sich in Huddinge, etwa einen Kilometer weiter vom Haus der Erlandssons entfernt. Allerdings mitten im Wald. Nur einen Steinwurf vom Wohnwagenstellplatz der Obdachlosen entfernt.

Mittwochvormittag

Beinahe einen Tag nachdem Odd Andersson eine Sozialarbeiterin ausfindig gemacht hatte, die das Mädchen aus der TV4-Reportage kannte, rief diese zurück. Aus Datenschutzgründen hatte sie ihm während ihres ersten Gesprächs Rebeckas Nachnamen nicht mitteilen wollen, was es ihm fast unmöglich machte, seine Ermittlungen weiter zu verfolgen.

»Ich habe Kontakt zu Rebeckas Mutter aufgenommen«, erzählte sie ihm jetzt. »Und sie ist bereit, sich mit Ihnen zu treffen. Im Augenblick sind sie verreist, aber sie kehren heute Abend zurück. Also, wenn Sie nach wie vor an einem Gespräch interessiert sind, dann können Sie gerne morgen anrufen oder vorbeischauen.«

»Ich bin tatsächlich immer noch interessiert«, bestätigte Andersson. »Ich würde sie gerne besuchen. Vorausgesetzt, Sie können mir verraten, wo sie wohnen.«

»Die Mutter hat mir erlaubt, ihre Adresse weiterzugeben«, sagte die Sozialarbeiterin. »Sie wohnen im Bronsgjutarvägen 77 in Norsborg. Und morgen Vormittag nach zehn Uhr können Sie gerne kommen. Sie heißt Jeanette Magnusson.«

»Dann heißt das Mädchen Rebecka Magnusson?«, fragte Andersson.

»Korrekt.«

»Haben Sie vielen Dank. Sie waren sehr hilfsbereit.«

»Keine Ursache. Ich habe es wegen Rebecka gemacht«, antwortete die Frau vom Jugendamt, und das Gespräch war beendet.

Andersson dachte eine Weile darüber nach, was sie mit ihren

abschließenden Worten wohl gemeint haben könnte. Bedauerlicherweise wohl eher, dass sich die Fünfzehnjährige immer noch nicht wieder eingefunden hatte. Oder dass sie zwar auf einem guten Weg gewesen, dann aber doch wieder abgehauen war. Was natürlich erklären würde, warum sowohl der Mutter als auch der Sozialarbeiterin daran gelegen war, die Polizei ins Boot zu holen.

Er ließ sich die Adresse bei *eniro.se* auf der Karte anzeigen und wählte die Hybridanzeige aus, die sich als Flugaufnahme herausstellte, auf der lediglich die Straßennamen wie auf einer normalen Karte angegeben waren. Zu seinem Erstaunen stellte er fest, dass Familie Magnusson in einem netten Reihenhausviertel direkt am Wald und ganz nah am Mälaren wohnte. Was hatte er erwartet? Vermutlich sozialen Wohnungsbau, ein Hochhaus im Betondschungel. Weil das Mädchen selbstredend aus einer dysfunktionalen Familie stammen musste. Oder?

Ein leises Klopfen an der Tür unterbrach seine Gedanken. Es waren Vater und Tochter Siem, die sich nur mit gebremster Begeisterung in der Polizeiwache eingefunden hatten, um ein paar Fragen zu beantworten. Sandén hatte es vorgezogen, sich nicht an dem Gespräch zu beteiligen; seine Dechiffrierungsarbeit nahm ihn zu sehr in Anspruch. Andersson rollte seinen eigenen Stuhl auf die andere Seite des Schreibtischs und stellte ihn neben den Besucherstuhl. Anschließend bot er ihnen einen Sitzplatz an, verschränkte die Arme vor der Brust und lehnte sich gegen den Schreibtisch. Ein Besucherstuhl mehr hätte nicht geschadet, aber gerade in dieser Situation war ihm die mentale Lufthoheit, die seine Position mit sich brachte, nicht unwillkommen.

Das Mädchen sah nicht besonders betrübt aus, sondern eher erfreut über die Gelegenheit, dem *Idol*-Star ein weiteres Mal begegnen zu können. Dass ihr Vater sich dagegen die Fahrt in die Stadt lieber erspart hätte, hatte er bereits am Telefon klargemacht. Andersson eröffnete das Gespräch mit einer Frage, die bewusst an ihn gerichtet war.

»Haben Sie Sven-Gunnar Erlandsson jemals zum Wohnwagenstellplatz in Huddinge begleitet?«

»Wohnwagenstellplatz? Was soll ich denn bei so etwas?«, antwortete Siem mit anscheinend ungespielter Verwunderung.

»Wo die Obdachlosen kampieren, die er unterstützt hat.«

»Sie meinen, wo diese Fernsehreportage aufgenommen wurde? Jetzt verstehe ich. Nein, dort bin ich nie gewesen.«

Josefin Siem saß daneben und lächelte und ahnte nicht, was ihr bevorstand. Sie war wirklich ein außergewöhnlich süßes Geschöpf. Sie trug einen kurzen Rock und ein sportliches Top, das einen durchtrainierten Körper erkennen ließ. Dieses Mal trug sie ihr langes Haar offen, wodurch es hübsch über ihre nackten Schultern fiel. Es hatte allerdings einen solch dunklen Ton, dass Andersson sich nur schwer vorstellen konnte, dass es früher einmal blond gewesen sein könnte.

»Du warst als Kind nicht zufällig blond?«, fragte er trotzdem.

Sowohl Josefin als auch ihr Vater verneinten.

»Wir brauchen nämlich Informationen über ein blondes Mädchen, das im Jahr 2001 zwischen fünf und zehn Jahre alt gewesen sein muss. Genauer gesagt über das Mädchen, das zusammen mit Larissa Sotnikova gesehen worden war, kurz bevor sie verschwand.«

»Oh, verdammt«, sagte Jan Siem. »Fangen Sie schon wieder an, darin herumzuwühlen? Soll das etwa mit Svempas Tod zu tun haben?«

»Ehrlich gesagt, wissen wir darüber noch gar nichts«, antwortete Andersson verbindlich. »Aber wir versuchen uns dem Fall aus allen möglichen Richtungen zu nähern. Was glauben Sie denn?«

Siem zuckte mit den Schultern.

»Keine Ahnung. Aber es hieß, dass das Mädchen ausgerissen war, weil sie nicht wieder nach Hause wollte. Was man auch verstehen kann.«

»Ja, klar. So könnte es natürlich gewesen sein. Wir würden aber trotzdem gerne wissen, ob sie sich an ein kleines, blondes Mädchen in dem genannten Alter erinnern können.«

Josefin schaute zu ihrem Vater hinüber. Er zuckte erneut mit den Schultern.

»Unsere beiden größeren Töchter waren auf dem Fußballcamp. Außerdem haben sie dunkles Haar.«

»Alexandra?«, schlug Josefin vor. »Sie ist blond.«

»Meinst du Alexandra Wiklund?«, hakte Andersson nach.

Josefin nickte mit einem Ausdruck kindlicher Unschuld.

»Dann werden wir das überprüfen. Aber nach früheren Aussagen hat sie sich, genau wie du, an jenem Vormittag auf dem Sportplatz Mälarhöjden aufgehalten, obwohl sie noch gar nicht angefangen hatte, Fußball zu spielen. Apropos Wiklund: Josefin, soweit ich verstanden habe, hattest du dich bei der Vereinsführung über Lennart Wiklund beschwert, weil er dich angestarrt haben soll. Stimmt das? Oder hat er dich begrapscht? Was war da eigentlich los?«

Jetzt änderte sich Josefins Erscheinung. Sie sperrte die Augen weit auf, und ihr Blick bekam etwas Leuchtendes, geradezu Sensationslüsternes.

»Ach das«, sagte sie versiert. »Er war superekIig. Er hat uns die ganze Zeit mit diesem kranken Blick angestarrt. Sie wissen schon, als wollte er uns haben, irgendwie. Und dann wollte er uns immer umarmen und so was. Das war total nervig.«

»Uns?«

»Meine Freundin und mich. Das war total nervig.«

»Ja, das sagtest du schon. Und du bist dir auch ganz sicher, dass es so war? Dass ihr nicht irgendetwas falsch verstanden habt?«

Sie nickte mehrmals mit großen Augen. Und mit übertriebenen Bewegungen. Wie ein kleines Kind. Entblößte einen weniger ansprechenden Zug um ihre Mundwinkel und sah plötzlich gar nicht mehr so nett aus. Nicht einmal mehr süß.

»Hundertprozentig sicher«, sagte sie übereifrig.

Andersson bemerkte, wie ihr Vater sie während ihrer Erklärungen beobachtete. Möglicherweise mit einer gewissen Dosis Skepsis im Blick.

»Aber Sie haben das Problem in die Hand genommen?«, fragte Andersson nun an ihn gewandt.

»In die Hand genommen ... Ich habe es Svempa gegenüber erwähnt. Josefin und ihre Freundin haben auch mit ihm gesprochen.«

»Sie haben also nicht mit Wiklund selbst darüber geredet?«

»Nein, das haben wir tatsächlich nicht gemacht«, antwortete Siem mit einem Seufzen. »Ich wollte unser Verhältnis nicht belasten. Wie Sie vielleicht verstehen können.«

Das konnte Andersson nicht im Geringsten. Wenn dieser Typ sich tatsächlich an Zwölfjährige heranmachte, dann musste man ihn doch zur Rede stellen? So war es ihnen gelungen, ihn zur Seite zu drücken und bestimmt auch sein Selbstvertrauen zu stutzen, ohne dass er überhaupt wusste, aus welcher Richtung die Gerüchte gekommen waren. Erst recht hatte er keine Gelegenheit gehabt, sich zu verteidigen. Ja, gegenüber Erlandsson vielleicht, aber die Glaubwürdigkeit sinkt natürlich beträchtlich, wenn man seinem Ankläger nicht in die Augen sehen kann.

»Und sie haben die ganze Geschichte geschluckt?«, wollte Andersson wissen. »Ohne den geringsten Verdacht, dass die Mädchen vielleicht ein bisschen übertrieben haben könnten? Oder sogar alles erfunden hatten?«

Josefin wirkte peinlich berührt und wusste nicht, wohin sie schauen sollte.

»Warum hätten sie das tun sollen?«, erwiderte Siem erzürnt. »Es versteht sich doch von selbst, dass ich meine Tochter beschütze, wenn so etwas passiert. Dass ich für sie einstehe. Und Svempa hat es auf die beste Art und Weise gelöst. Ohne dass jemand leiden musste. Was zum Teufel soll das denn überhaupt wieder mit allem zu tun haben?«

»Ich stelle hier die Fragen«, teilte Andersson mit. »Wenn an dieser Sache nichts dran sein sollte, dann gäbe es schließlich den begründeten Verdacht, dass Ihre anderen Aussagen ebenfalls nicht der Wahrheit entsprechen. Von anderer Seite habe ich nämlich gehört, dass diese ganze Geschichte purer Nonsens war. Dass sich Wiklund nicht im Geringsten für kleine zwölfjährige Mädchen interessiert, sondern dass die kleine Josefin Siem eingeschnappt war, weil Lennart Wiklund ihr nicht genügend Aufmerksamkeit geschenkt hat.«

Josefin errötete. Trotz ihrer Sonnenbräune sah er ihr Gesicht rot anlaufen. Jan Siem schien am liebsten in der Erde versinken zu wollen. Es war Zeit, das Thema zu wechseln.

»Ich hätte gerne, dass Sie beide mir eine SMS mit Ihrer jeweiligen Telefonnummer schicken, damit ich Sie bei Bedarf erreichen kann.«

Siem streckte das rechte Bein aus und zog sein Handy aus der Hosentasche. Josefin schaute ihn fragend an, tat es ihrem Vater aber nach. Keines der Handys war ein iPhone. Andersson gab ihnen seine Nummer, und während sie sich mit ihren Telefonen beschäftigten, nutzte er die Gelegenheit, um nach der Information zu fragen, die ihn wirklich interessierte.

»Hast du mehrere Handys, Josefin?«

»Nein, nur dieses«, antwortete sie und schickte die SMS ab.

»Und Sie?«, fragte er Siem, der mit einem Kopfschütteln antwortete.

»Also niemand von Ihnen besitzt ein iPhone?«

»Nein, ganz offensichtlich nicht«, antwortete Siem giftig.

Anderssons Handy piepste zwei Mal, und er stellte fest, dass keine der Nachrichten von Erlandssons Nummer abgeschickt worden war. Wovon er zwar auch nicht ausgegangen war, aber was er gerne bestätigt haben wollte. Nicht einmal eine Dreizehnjährige würde wohl mit der SIM-Karte eines Ermordeten herumtelefonieren. Jedenfalls nicht öfter als ein Mal.

»Es ist nämlich so«, sagte Andersson, »dass Sven-Gunnar Erlandssons Handy in der Nacht verschwand, in der er zu Tode gekommen ist.«

»Und jetzt glauben Sie, dass Josefin oder ich es gestohlen haben«, sagte Siem mit einem höhnischen Grinsen. »Jetzt habe ich aber langsam ...«

»Hast du es genommen, Josefin?«, unterbrach ihn Andersson.

Sie sah eher erstaunt als alles andere aus.

»Mir ist schon klar, dass so ein iPhone ziemlich hoch auf der Wunschliste steht. Wenn man dreizehn ist und kein Geld hat, dann ... Jeder hätte in deiner Situation so etwas tun können.«

»Aber ich habe es nicht genommen«, antwortete sie empört.

Doch dass das Mädchen gut lügen konnte, davon war er mittlerweile überzeugt.

»Hauptsache, ich bekomme das Handy«, sagte er ruhig. »Ich verspreche, dass ich bei diesem kleinen Fehlgriff beide Augen zudrücken werde, wenn du mir das Telefon gibst. Es ist sehr wichtig für unsere Ermittlungen. Gib es mir, dann vergessen wir alles.«

»Aber sie sagt doch, dass sie es nicht hat«, regte Siem sich auf. »Lassen Sie sie doch jetzt, verdammt noch mal, in Ruhe.«

»Haben Sie es vielleicht?«, fuhr Andersson hartnäckig fort.

Siem schüttelte verächtlich den Kopf.

»Nein, habe ich gesagt. Irgendein verdammter Typ hätte dort vorbeikommen und das Handy abgreifen können. Der Mörder selbst wäre ja auch ein guter Kandidat.«

»Tja, genau. Jetzt wissen wir aber, dass jemand am Sonntagmorgen mit Erlandssons Mobiltelefon einen Anruf getätigt hat. Als er schon tot war.«

»Aha. Aber das war niemand von uns.«

»Das Gespräch wurde etwa um halb zehn über einen Mast in Södertälje geführt. Dieser Mast steht im Prinzip auf dem Sportplatz, auf dem wir Sie angetroffen haben. Seltsam, oder?«

Jegliche Farbe wich aus Siems Gesicht. Erst jetzt schien ihm der Ernst der Situation klarzuwerden. Josefin starrte ihren Vater mit halb geöffnetem Mund an. Sie sah aus wie ein Häufchen Elend.

*

Bei strahlendem Sonnenschein und unter einem fast wolkenfreien Himmel verließen Gerdin und Sandén den Weg und gingen direkt in den Wald hinein. Den Wagen hatten sie am Ende eines kleinen Wegs im dünn besiedelten Glömsta geparkt, bevor sie sich unter Zuhilfenahme eines Kartenausdrucks von *hitta.se* und des GPS-Empfängers von Gerdins verstorbenem Mann in den Wald hineinnavigiert hatten. An vielen Stellen war es nass, aber sie waren auf das Schlimmste vorbereitet und hatten sich Gummistiefel angezogen. Was an Gerdin besonders lustig aussah, weil sie sich an diesem Tag für ein knielanges Volantkleid und eine kurze schwarze Lederjacke mit Nieten als Garderobe entschieden hatte. Dazu trug sie eine Sonnenbrille im Pilotendesign, die sie jetzt, als sie sich im Schatten der Bäume bewegten, in die Stirn geschoben hatte. Das Gelände war in diesem Teil des Walds rund um den kleinen See Gömmaren ausgesprochen hügelig. Aber es war schön. Wohltuend still, moosbewachsen und verzaubert.

Sandén ging hinter Gerdin her, die die Exkursion anführte. Nebeneinander zu gehen war unmöglich, die Vegetation, in der sie sich jetzt bewegten, hätte es nicht zugelassen. Er selbst konnte die Ohrfeigen vermeiden, welche die Zweige der Bäume in regelmäßigen Abständen austeilten, aber soweit er es sehen konnte, hatte Gerdin die eine oder andere zu ertragen. Sie beklagte sich jedoch nicht.

»Jetzt ist es nicht mehr weit«, sagte sie und stieg mit vor dem Gesicht verschränkten Armen über einen niedergestürzten Ast, um sich vor einem weiteren Hieb zu schützen. »Ich glaube allerdings, dass ich mich kurz ausruhen muss. Wir gehen zu der Lichtung dort drüben, dann können wir in der Sonne sitzen.«

»Bist du so ein Weichei, Gäddan?«, zog Sandén sie auf, der sich nicht im Geringsten erschöpft fühlte. »Ich dachte, du wärst eher der sportliche Typ, oder täusche ich mich?«

Sie ging die letzten Schritte zu einer nackten Felsplatte hinüber und setzte sich auf einen flechtenbewachsenen Fleck, auf den durch die Baumkronen hindurch ein paar Sonnenstrahlen fielen. Der Platz reichte auch für Sandén, der sich neben sie setzte. Sie war deutlich außer Atem.

»Nein, nicht direkt«, antwortete sie. »Doch, ein bisschen vielleicht. Oder … Ach, eigentlich bin ich zu faul. Ich spiele ja ein bisschen Golf, aber das zählt wohl nicht. Und ich liebe es, Tennis und Fußball und alles mögliche andere zu spielen, aber ich tue es nie. Also, nein, ich bin nicht der sportliche Typ. In ein Fitnesscenter würde ich nie einen Fuß setzen.«

»Tennis?«, wiederholte Sandén erstaunt. »Warum hast du das nie erzählt? Conny und ich spielen jeden Freitag um sieben eine Stunde. Da kannst du gerne einmal mitmachen.«

»Ich glaube, zu dieser Uhrzeit ist mein Interesse am Tennis schon ziemlich erlahmt«, entgegnete Gerdin mit einem Lächeln. »Um sieben Uhr schlürfe ich bereits meinen Feierabenddrink.«

»Ha, ich auch. Aber hier war der Morgen gemeint.«

»Dann sieht die Sache natürlich vollkommen anders aus. Aber ich kann mir vorstellen, dass Conny vielleicht nicht ganz so entzückt sein wird, wenn er sich dabei auch noch mit mir auseinandersetzen muss.«

Sie hatte natürlich recht. Sjöberg hatte so seine Bedenken, was sie betraf – Sandén wusste davon, und offensichtlich war es auch Gäddan klar.

»Was ist denn das für ein dummes Geschwätz?«, begann er, aber dann wurde ihm bewusst, dass er sich durch diese Heuchelei nur lächerlich machte.

Es war nicht sein Stil, und Gäddans auch nicht. Es war besser, nicht um den heißen Brei herumzureden.

»Naja, das nehme ich zurück«, sagte er stattdessen. »Was ich eigentlich sagen wollte, war, dass wir etwas unternehmen müssen, um diese Situation zu ändern. Conny ist ein guter Mensch. Du bist ein guter Mensch. Ich mag es nicht, wenn ein guter Mensch nicht die Größe eines anderen guten Menschen erkennen kann.«

Ein Ausdruck echter Freude breitete sich in Gerdins Gesicht aus. Ihm wurde warm ums Herz. Sie war etwas ganz Besonderes und hatte ein Recht darauf, dies auch hin und wieder gesagt zu bekommen.

»Ich sehe seine sehr wohl«, sagte sie und stand auf. »Jetzt gehen wir.«

Sie schwankte kurz, fand das Gleichgewicht aber wieder und ging weiter.

Sie umrundeten den Felsen und gingen weitere fünfzig Meter in den Wald hinein. Wie aus dem Nichts tauchte ein Hase vor ihnen auf und kreuzte nur wenige Schritte vor ihnen mit langen Sprüngen ihren Weg.

»Jetzt sind wir ganz nah dran«, sagte Gerdin. »Nur noch eine Sekunde, dann sind wir da. Halt die Augen auf, denn wir sind jetzt schon innerhalb der Fehlertoleranz.«

»Eine Sekunde? Dann sind wir jetzt also da?«

»Denk an die Doppel-Prime. Hornochse.«

Er schaute sich lächelnd um. Sträucher. Moos und Pilze. Weiter weg der Felsen und ein paar größere Felsbrocken. Aber vor allen Dingen Bäume. Und noch mehr Bäume.

»Hier«, sagte Gerdin und blieb stehen. »Jetzt sind wir in der Zone. Die Genauigkeit beträgt fünfzig, sechzig Meter, also müssen wir von hier aus so weit in jede Richtung suchen.«

»Was ist?«, fragte Sandén. »Du siehst blass aus.«

»Keine Gefahr, nur ein bisschen müde«, antwortete Gerdin. »Denk dir einen Kreis um diesen Punkt herum.«

Mit der Hand schlug sie einen weiten Bogen um sich herum, um den Umfang des Kreises und seinen Durchmesser anschaulich zu machen.

»Du nimmst diese Hälfte, ich die andere«, legte sie fest.

Sandén ging geschätzte sechzig Meter in Richtung des Felsens zurück, auf dem sie gerastet hatten, bewegte sich etwa fünfzehn, zwanzig Grad zur Seite und kehrte zum Mittelpunkt zurück, ohne dass er dabei etwas Aufsehenerregendes entdeckte. Gerdins Vorgehensweise war ähnlich. Sandén wiederholte die Prozedur ein paar Mal, bis etwa drei Viertel des Gebiets, das er zugeteilt bekommen hatte, durchsucht waren. Gerdin hatte er aus den Augen verloren.

»Wie läuft's, Gäddan?«, rief er.

»Bis jetzt noch nichts«, hörte er aus weitem Abstand. »Aber ich bin noch nicht fertig, es fehlt noch ein kleiner Teil.«

Er bewegte sich wieder nach außen und anschließend erneut in die Mitte. Die ganze Zeit ließ er seine Blicke auf dem Boden und zwischen den Stämmen umherwandern, sogar oben in den Baumkronen schaute er nach. Aber ihm fiel nichts Interessantes in die Augen, nichts außer dem, was man in einem Wald wie diesem erwarten konnte. Noch ein paar Runden ohne irgendeine Überraschung, dann war sein Halbkreis abgearbeitet.

»Ich bin fertig!«, rief er. »Ich habe noch nicht mal einen Eisstiel gefunden.«

»Ich auch nicht«, antwortete Gerdin von einem deutlich näheren Punkt, als er geglaubt hatte. »Vielleicht sind wir doch an der falschen Stelle.«

Es bewegte sich etwas zwischen den Zweigen, sie war auf dem Weg zu ihm, befand sich nur noch zehn Meter von ihm entfernt. Ihre Stimme war spröde, klanglos, und sie war jetzt sehr blass. Irgendetwas stimmte nicht mit ihr. War sie nicht auch ein bisschen unsicher auf den Beinen? Jetzt wendete sie und entfernte sich wieder von ihm. Naja, sie musste es ja selbst am besten wissen. Plötzlich klingelte sein Telefon. Obwohl er das Gefühl hatte, sich mitten in der Wildnis zu befinden, waren sie nicht besonders weit von der Zivilisation entfernt. Höchstens einen halben Kilometer Luftlinie. Er zog das Handy aus der Tasche und stellte fest, es war seine Frau. Was selten – um nicht zu sagen, niemals – während der Arbeitszeit passierte. Sein Magen zog sich zusammen.

»Sonja?«

Zuerst hörte er nur ein paar Seufzer. Immer mit der Ruhe, dachte er. Was auch immer passierte, man musste die Ruhe bewahren, sich nicht aufregen, um nicht einen neuen Schlaganfall zu riskieren.

»Liebe Sonja, was ist denn passiert?«

Er holte tief Luft, versuchte sich dem gegenüber zu wappnen, was auf ihn zukam. Versuchte, Gerdin in den Blick zu bekommen, aber er konnte sie nicht mehr sehen.

»Es ist Jenny. Sie ... Entschuldige, dass ich dich damit während der Arbeitszeit belaste, aber ich konnte nicht ...«

Dann gewannen die Tränen wieder die Oberhand, sie bekam nicht heraus, was sie sagen wollte. Sandén fühlte sich vollkommen machtlos. Zu weit entfernt von Sonja, wenn sie ihn am dringendsten brauchte, mitten im Wald mit einer Gerdin, die kurz vor dem Zusammenbruch zu stehen schien und plötzlich nicht mehr zu sehen war. Wo zum Teufel steckte sie bloß? Während er darauf wartete, dass seine Frau die Fassung wiedergewann, hielt er das Handy weg und versuchte erneut, Kontakt zu seiner Kollegin aufzunehmen.

»Gerdin!«, schrie er aus vollem Hals, ohne eine Antwort zu bekommen.

Sein Schrei hallte zwischen den Baumstämmen und Felsbrocken wider, aber von Gerdin war nichts zu hören. Er drückte das Handy wieder ans Ohr und begann dorthin zu gehen, wo sie sich befinden sollte.

»Entschuldige, Liebling«, nahm er das Gespräch wieder auf. »Ich bin mitten im Wald, und Gerdin ist verloren gegangen. Versuch es mir zu erzählen.«

Er schaute nach rechts und nach links – keine Gerdin. Sie hatte doch ein weißes Kleid an, verdammt, das konnte doch in diesem ganzen Grün nicht schwer zu finden sein. Sandén trat der kalte Schweiß auf die Stirn. Sonja atmete unkontrolliert, gab ein langgezogenes Wimmern von sich, bevor sie wieder zu schluchzen begann.

»Jens ... Jenny ist schwanger«, bekam sie schließlich heraus. »Ich kann nicht ... Wir können doch nicht ...«

Das durfte nicht wahr sein. Jenny konnte nicht schwanger werden, Sonja hatte dafür gesorgt, dass sie verhütete. Um das zu vermeiden, was auf keinen Fall passieren durfte. In die Richtung, in die Gerdin verschwunden war, begann er jetzt zu laufen, so gut, wie es in dem dichten Unterholz eben ging.

Kämpfte sich durch widerspenstige, nadlige, spitze Zweige. Jenny konnte sich nicht um ein Kind kümmern, sie waren nicht bereit, noch einmal Eltern zu werden, mit den durchwachten Nächten und all dem, was man opfern musste. Geld, Zeit – sie hatten doch dasselbe verdammte Recht wie alle anderen, diese Dinge endgültig hinter sich zu lassen und in Ruhe und Frieden alt zu werden. Eine unter dem Moos versteckte Wurzel brachte ihn ins Stolpern, er verlor fast das Gleichgewicht. Sein Puls beschleunigte sich, er durfte seinen Gefühlen nicht freien Lauf lassen.

»Das kriegen wir hin, Sonja«, sagte er sanft. »Du und ich und Jenny, wir alle zusammen.«

»Sie ist schon weit. Viel zu weit für eine Abtreibung.«

Er kam langsam außer Atem. Ein Fichtenzweig verpasste ihm einen Hieb über die Wange.

»Wir kriegen das hin«, wiederholte er. »Wir sind starke, positive Menschen …«

Da entdeckte er etwas Weißes, ein kleines Stück rechts von ihm, ein großes Bündel, das auf der Erde lag. Ein weißes, blutiges Bündel. Er beeilte sich, presste sich seitwärts durch das Geäst, vollkommen unbeeindruckt von den nadligen Zweigen, die ihm ins Gesicht peitschten. Stolpernd legte er die letzten Meter zu seiner Kollegin zurück, der mittlerweile alle Farbe aus dem Gesicht gewichen war.

»Ich muss jetzt aufhören, Sonja. Muss den Rettungswagen anrufen. Ich weiß nicht, ob sie noch lebt.«

Er drückte das Gespräch weg, wählte den Notruf und sank mit dem Handy zwischen Wange und Schulter auf die Knie. Suchte nach einem Puls, ohne ihn sofort zu finden. Gab auf und legte stattdessen seine Hand auf Gerdins Stirn. Zu seiner Überraschung fühlte sich ihr Gesicht ganz kalt an. Das feine Sommerkleid war untenherum ganz blutig. Er hob es an einem Zipfel hoch und stellte fest, dass auch die Unterhose von Blut durchtränkt war und dass auch einiges an den Beinen heruntergelaufen war. Jetzt war es eilig, jede Sekunde zählte. Als er die Stimme am anderen Ende hörte, trug er vor, was er sagen wollte, sachlich und deutlich und ohne Raum für Fragen zu lassen.

»Ich heiße Jens Sandén, Kriminalinspektor bei der Hammarbypolizei, und befinde mich in Huddinge, in dem Waldgebiet um den See Gömmaren. Ich habe eine fünfundfünfzigjährige Kollegin bei mir, Hedvig Gerdin. Sie ist bewusstlos, blutet heftig aus dem Unterleib und hat bereits sehr viel Blut verloren. Ihre Körpertemperatur ist niedrig, und sie hat keine Farbe im Gesicht. Ich werde jetzt versuchen, sie zum Barrskogsstigen in Glömsta zu bringen. Meine Position ist – hören Sie jetzt genau zu – neunundfünfzig Grad, vierzehn Minuten und sechsundzwanzig Sekunden Nord, siebzehn Grad, vierundfünfzig Minuten und sechsundzwanzig Sekunden Ost. Kommen Sie mir entgegen. Ich muss jetzt auflegen.«

Dann hob er Gerdin auf seine Arme und nahm das mit Abstand anspruchsvollste Projekt in Angriff, das er sich jemals vorgenommen hatte. Woher er diese Kräfte nahm, konnte er selbst nicht sagen. Ohne sich das geringste Schmerzempfinden zu erlauben, bahnte er sich mit dem über sechzig Kilo schweren Frauenkörper in den Armen einen Weg durch das dichte Unterholz, bis er fast das bebaute Gebiet erreicht hatte. Nicht für einen Augenblick hatte er angehalten, um Luft zu holen oder die Anspannung aus den Armen zu schütteln. Als nur noch ein kurzes Stück der schwer zu bewältigenden Strecke übrig war, kam ihm ein Rettungssanitäter entgegen, der ihn schließlich von seiner Last befreite. Nicht einmal jetzt warf er sich auf die Erde, um wieder zu Atem zu kommen, sondern er folgte den Anordnungen, die er bekam, und tat sein Bestes, um behilflich zu sein.

Erst im Rettungswagen konnte er für eine Weile durchatmen, während seine Arme und sein Gesicht verpflastert wurden. Die drei nächsten Stunden verbrachte er in einem Krankenhausflur vor dem Operationssaal. In der Ungewissheit, ob Gerdins Leben gerettet werden konnte. In der Ungewissheit, wie sich sein eigenes und das Leben seiner Familie in Zukunft gestalten würden. Er hatte also einiges, über das er sich Gedanken machen konnte.

*

»Alexandra Wiklund hat überhaupt keine Erinnerungen an den Tag, an dem Larissa Sotnikova verschwand«, sagte Westman. »Behauptet sie. Sie erinnert sich nicht einmal mehr an das Fußballcamp auf dem Sportplatz Mälarhöjden.«

»Sie war fünf Jahre alt«, bemerkte Hamad. »Da ist das durchaus möglich.«

Die beiden Kriminalassistenten saßen sich an Hamads Schreibtisch gegenüber und warteten auf Staffan Jenner, der zu einer weiteren Vernehmung vorgeladen war. Sie hatten sich einen dritten Stuhl aus Westmans Büro geliehen, sodass sie alle Platz nehmen konnten, aber fürs Erste hatte Hamad seine Füße darauf abgelegt. Er schien nicht im Geringsten unter der Wärme zu leiden, obwohl er lange Hosen und einen langärmliges Hemd trug. Ein dünnes Hemd zwar – kariert und mit aufgekrempelten Ärmeln, ganz im Trend dieses Sommers –, aber Westman selbst schwitzte wie in einer Sauna, obwohl sie lediglich eine ärmellose Bluse und einen kurzen Rock trug.

»Sicher«, antwortete sie, während sie sich mit Hamads Kalender Luft ins Gesicht fächerte. »Laut Aussage ihrer Mutter hat sie die Sportanlage nicht verlassen. Sie waren die ganze Zeit zusammen. Sie war – und ist immer noch – blond, aber anscheinend ist sie nicht das Mädchen, das zusammen mit Lara um kurz vor elf auf dem Murgrönsvägen gesehen wurde. Sie soll Lara noch nicht einmal gekannt haben.«

»War sie auch nicht bei der Suchaktion dabei?«, fragte Hamad.

»Nein, sie hatten sie bei guten Freunden gelassen und dafür gesorgt, dass sie von all dem nichts mitbekam. Sie fanden, dass so etwas Furchtbares nichts für kleine Kinder sei. Sagt Ingela Wiklund.«

Hamad nickte nachdenklich.

»Also haben wir immer noch nicht den geringsten Schimmer, wer dieses blonde Mädchen gewesen sein könnte«, fuhr Westman fort. »Wenn wir denn beschließen sollten, dieser letzten Zeugenaussage zu trauen. Ich bin gerne dazu bereit. Ich finde, der Ort, an dem sie gesehen wurde, ist viel zu interessant, um ihn einfach ignorieren zu können. Nur einen Steinwurf von Wiklunds Haus entfernt, in dem der Mädchenschwarm Lennart einsam den Tag verbrachte.«

»Ich stimme dir zu«, sagte Hamad. »Vor allem deswegen, weil Lara einen derart auffälligen Regenmantel trug. Wenn die Frau aus dem Murgrönsvägen sagt, dass sie so einen draußen auf der Straße gesehen hat und dazu noch ein Fahrrad, dann sollten wir ihre Aussage ernst nehmen. Gute Arbeit, Petra.«

Westman saugte das Lob in sich auf. Ganz besonders, weil es von Hamad kam. Nicht weil er geiziger damit gewesen wäre als andere, sondern weil es als Zugabe sein strahlend weißes Lächeln gab. Den Gedanken erlaubte sie sich. Aber sie gestattete sich nicht, zu lange in diesem Genuss zu schwelgen, da sie sich trotz allem schließlich in einer Sackgasse zu befinden schienen.

»Aber Lennart Wiklund verneint eindeutig, überhaupt irgendwelche kleinen Mädchen bemerkt zu haben«, sagte sie mit resignierter Stimme. »Das Drüsenfieber habe ihn hingestreckt, und er sei kaum aus dem Bett aufgestanden. Bis sie die Suchtrupps bildeten und er wie ein Zombie mitmarschierte. Was sogar seine Exfrau unterschreibt, obwohl sie sich ansonsten gar nicht grün sind. Und ein kleines blondes Mädchen, das Lara gekannt hat, ist in den ganzen acht Jahren niemals aufgetaucht, warum sollte es also ausgerechnet uns gelingen, sie ausfindig zu machen?«

»So verdammt klein kann sie ja nicht gewesen sein«, bemerkte Hamad. »Sie war immerhin in der Lage, das Fahrrad einer Elfjährigen zu bewegen, und eine Fünfjährige kann wahrscheinlich noch nicht einmal richtig Rad fahren. Also fallen Alexandra Wiklund und Josefin Siem auf jeden Fall aus. Aber wie du schon sagst, es ist wie mit der Nadel im Heuhaufen. Trotz allem könnte es auch Ida Erlandsson gewesen sein. Blond und gleichaltrig.«

»Ein Jahr älter.«

»Sie könnte jünger ausgesehen haben als Lara.«

»Nach schwedischen Maßstäben war Lara nicht besonders groß für ihr Alter«, sagte Westman. »Und dazu auch noch recht zart gebaut. Zu Hause in Russland war wohl alles sehr knapp.«

»Und Ida war krank und hat an dem Tag im Bett gelegen«, sagte Hamad entmutigt. »Und warum sollte sie lügen? Nein, wir müssen das Problem von allen möglichen Seiten angehen, bis wir auf etwas kommen. Die Wiklund-Spur ist gut, aber wir wissen ja noch nicht einmal, ob Lara an seinem Haus vorbeigekommen ist.«

»Geh mal bei *hitta.se* auf die Karte der Gegend«, forderte Westman ihn auf.

Hamad tat, was sie von ihm verlangte. Westman ging um den Schreibtisch herum und stellte sich hinter ihn.

»Hier auf dem Murgrönsvägen ist Lara das letzte Mal gesehen worden«, fuhr Westman fort. »Sie kommt direkt von dem

Fußballcamp, auf dem sie sich mit mehreren Mitgliedern der Familie Erlandsson unterhalten hat. Dabei hat sie erfahren, dass Ida krank ist und zu Hause im Bett liegt. Ich gehe davon aus, dass sie dorthin auf dem Weg ist. Was hältst du für wahrscheinlicher: dass sie nach rechts in den Konvaljestigen abbiegt und den langen Umweg zum Vaktelstigen in Kauf nimmt, oder dass sie den kurzen Weg wählt und durch den Wald und an der Schule vorbeifährt?«

Westman folgte den alternativen Strecken mit dem Zeigefinger über den Schirm.

»Genau«, sagte Westman, bevor Hamad antworten konnte. »Lara hat sich für den Weg entschieden, der an Wiklunds Haus vorbeiführt. Und der sich darüber hinaus hervorragend für eine Entführung eignet. Und Ida sagt, dass während des ganzen Tages niemand geklingelt habe. Was stimmt. Weil Lara niemals angekommen ist.«

Hamad nickte. Westman kehrte zu ihrem Stuhl zurück und setzte sich.

»Ein einleuchtender Gedanke«, sagte Hamad. »Ich habe eigentlich gar nichts dagegen einzuwenden.«

»Eigentlich?«

»Außer, dass Wiklund ein ziemlich harmloser Kerl zu sein scheint.«

»Der kleine Mädchen anmacht?«, brauste Westman auf. »Voll wie eine Haubitze in der Mordnacht, mit Filmriss und allem, was dazugehört?«

»Das haben du und ich selber auch schon mitgemacht, Petra. Das ist also kein gutes Argument.«

Westman spürte, wie sie rot wurde. Was unter ihrer Urlaubsbräune hoffentlich nicht auffiel. Aber er hatte ja recht. Wer war sie, dass sie über die Trinkgewohnheiten anderer Leute urteilen konnte?

»Außerdem spricht einiges dafür, dass er sich in Wirklichkeit gar nicht für kleine Mädchen interessiert«, fuhr Hamad fort. »Außer, dass sie sich möglicherweise für ihn interessieren. Und wenn du dich an diese Braut erinnerst, die er abgeschleppt hatte ...«

»Seine ›Bekannte‹«, schnaubte Westman. »Sie war nicht mal halb so alt wie er.«

»... dann finde ich schon, dass es ein ziemlicher Unterschied ist zwischen einer Zwanzigjährigen und einer Elfjährigen, oder?«

Westman musste sich in dieser Auseinandersetzung widerwillig geschlagen geben, aber ihr Bauchgefühl sagte ihr, dass sie im Prinzip recht hatte. Ganz egal, ob die Mädchen, die dieser Kerl anmachte, zu jung waren oder nicht, er hatte ein Frauenbild, das sie nicht billigen konnte. Männer, die Platinblondinen abschleppten, standen bei ihr nicht hoch im Kurs, so war es einfach.

»Doch, schon«, gab sie zu, ohne vollkommen überzeugt zu sein.

Etwas stimmte nicht mit dieser Art von Männern und ihrem Geschlechtstrieb. Man wusste nicht, wie viel Macht er über sie hatte, wie weit sie seinetwegen gehen würden. Wenn die Umstände günstig waren.

»Ich frage mich eher, ob nicht Wiklund der am wenigsten Verdächtige aus dieser ganzen Pokerrunde ist«, sagte Hamad.

Als ob er ihre Gedanken lesen konnte – und nur andersherum dachte.

»Wenn nicht in diesem Fall die Umstände ganz besonders günstig für Lennart Wiklund gewesen wären, ein elfjähriges Kind zu entführen.«

Westman verlor den Faden. Das Telefon auf dem Schreibtisch klingelte.

»Der Verdächtigste von allen ist im Anmarsch«, rundete

Hamad das Gespräch ab und nahm den Hörer. Westman stand auf, um die Tür zum Korridor zu öffnen.

Staffan Jenner machte einen angespannten Eindruck, als er in dem Besucherstuhl vor Hamads Schreibtisch Platz nahm. Westman fiel auf, dass er sich besser angezogen hatte, verglichen damit, wie er sie bei sich zu Hause in Herrängen empfangen hatte. Aber es war ja auch möglich, dass es ein ganz normaler Arbeitstag für ihn war, dass er sich deshalb ein vorzeigbares Cordsakko und ein sorgfältig gebügeltes, weißes Hemd mit einem diskreten blauen Karomuster trug.

»Haben Sie Sven-Gunnar Erlandsson möglicherweise einmal zu diesem Wohnwagenpark begleitet?«, eröffnete Westman das Gespräch.

Jenner schaute sie fragend an, antwortete aber, ohne zu zögern.

»Ich war einmal mit ihm dort, stimmt.«

»Und warum?«

»Er wollte mir zeigen, was er dort draußen tut. Wen er dort unterstützte.«

»Und warum?«, fragte Westman erneut.

»Weil wir Freunde waren. Ich war neugierig, er war stolz. Mit Recht.«

»Aber danach sind Sie nie wieder dort gewesen?«

Jenner schüttelte den Kopf. Er war so mager und ausgezehrt, dass er selbst schon fast wie ein Obdachloser aussah.

»Das war nicht mein Ding.«

»Nicht?«

»Svempa hat ihnen zugehört, sich mit ihnen unterhalten. Mit dem Zuhören habe ich keine Probleme. Aber ich bin kein großer Redner. Wie Sie sicher gemerkt haben.«

»Aber vielleicht haben Sie sich einmal in der Gegend dort

aufgehalten?«, bohrte Westman weiter und hoffte, dass er auf den Ort zu sprechen kommen würde, dessen Koordinaten Gerdin und Sandén gefunden hatten.

»Am Gömmaren bin ich öfter mit den Kindern zum Baden gewesen. Es ist sehr schön dort, mit einem Sandstrand und Klippen. Und einer Wiese.«

»Sonst waren Sie in letzter Zeit nirgendwo in der Ecke?«

Jenner schüttelte den Kopf.

»Ich glaube, ich bin seit zehn Jahren nicht mehr in diesem Wald gewesen. Abgesehen von dem einen Mal mit Svempa.«

»Und Erlandsson – war er öfter in der Gegend? Also abgesehen von seinen Besuchen bei den Obdachlosen?«

»Nicht dass ich wüsste«, antwortete Jenner.

Damit war das Thema erschöpft.

»Ist Ihnen noch etwas eingefallen, was den Mord betrifft?«, fragte Westman. »Etwas Neues, das wir wissen müssten?«

Man konnte deutlich beobachten, wie sich Jenners Kiefermuskulatur anspannte. Er war jetzt auf der Hut, rechnete mit dem Schlimmsten. Was auch immer das sein mochte.

»Nein, mir fällt wirklich überhaupt kein Motiv ein, das jemand haben könnte, um Svempa den Tod zu wünschen. Wie ich schon sagte, alle haben ihn geliebt.«

»Da sind wir nicht so sicher«, sagte Westman. »Soweit wir verstanden haben, war Jan Siem nicht hundertprozentig zufrieden mit dem Ausgang ihrer Pokerrunde. Wir haben den Eindruck, dass er sich ein bisschen übervorteilt fühlt. Und gewisse Funde am Tatort deuten tatsächlich darauf hin, dass der Mord an Erlandsson mit dem Pokerspiel zu tun hat. Dass er vielleicht sogar falsch gespielt haben könnte.«

»Erlandssons Handy war verschwunden, als die Polizei den Tatort erreichte«, übernahm Hamad die Gesprächsführung. »Wir haben gewisse Hinweise darauf, dass Jan oder Josefin Siem es sich angeeignet haben könnten. Am Vormittag nach dem Mord ist nämlich ein Anruf von dem Gerät getätigt worden, über einen Handymast in Södertälje, der sehr nahe an dem Ort aufgestellt ist, an dem die beiden sich exakt zu dieser Zeit aufgehalten hatten.«

Jenner sank entspannt in seinen Stuhl zurück. Er hoffte vielleicht, dass für ihn die Gefahr vorüber war. Jedenfalls war er nicht länger der einzige Verdächtige.

»Was sagen Sie dazu?«, fragte Hamad.

Jenner dachte ein paar Sekunden nach, bevor er antwortete.

»Siem ist vielleicht ein bisschen knauserig. Das kann ich bestätigen. Und er war nicht besonders glücklich damit, dass er dieses Mal praktisch alles alleine bezahlen musste, das war ihm schon anzumerken. Aber deswegen vorsätzlich einen Menschen zu erschießen ...? Und zu diesem Handygespräch kann ich nichts sagen, außer, dass man schon ziemlich dumm sein muss, um so etwas zu tun. Könnte es vielleicht die Tochter gewesen sein, die ... ihre Finger nicht davon lassen konnte?«

Er zuckte mit den Schultern, zeigte sich verständnislos.

»Uns ist auch zur Kenntnis gekommen«, sagte Westman, »dass Lennart Wiklund vor einiger Zeit vorgeworfen worden ist, ein ungesundes Interesse an jungen Mädchen zu zeigen. Anscheinend hat Erlandsson ihn daraufhin als Trainer der Mädchenmannschaft abgesetzt. Die ganze Sache wurde unter den Teppich gekehrt, sodass Erlandsson einer von nur wenigen Leuten war, die mit den Umständen dieses Vorgangs vertraut waren. Aber es könnte ja trotzdem gewisse Gefühle bei Wiklund ausgelöst haben. Außerdem sind wir Larissa Sotnikovas Akten noch einmal durchgegangen.«

Es war nur eine kurze Atempause für Jenner. Er blinzelte nervös und zog die Schultern hoch, duckte sich vor erneuten Schlägen.

»Wenn die Zeugenaussage der Frau stimmt, die im Murgrönsvägen aus dem Fenster geschaut hat«, fuhr Westman fort, »dann dürfte Larissa Wiklunds Haus nur wenige Minuten später passiert haben, nachdem sie dort das letzte Mal gesehen worden war. Und Lennart Wiklund war allein zu Hause.«

Westman legte eine rhetorische Pause ein, ließ die Informationen sacken. Jenners intensiv blaue Augen beobachteten sie aufmerksam. Aber er sagte nichts. Was sollte er auch sagen? Eine Verbindung zwischen Wiklund und dem verschwundenen Sommerkind hatte es nie gegeben. Staffan Jenner hatte es kalt erwischt. War er auch erleichtert? Ganz bestimmt, wenn er schuldig sein sollte und der Verdacht zum ersten Mal auf jemand anderen gerichtet war. Aber auch dann galt es für ihn, seine Karten klug auszuspielen.

»Es könnte sein«, sagte Westman, »dass Erlandsson – mit seinem exklusiven Wissen, dass Wiklund sich für kleine Mädchen interessierte – darauf gekommen ist. Und Wiklund möglicherweise zur Rede gestellt hat. Das wäre doch in diesem Fall ein astreines Mordmotiv. Oder was sagen Sie dazu, Jenner?«

Jenner starrte sie mit aufgerissenen Augen an. Er schien verwirrt. Den Tränen nahe.

»Ich ... ich ...«, stammelte er. »Ich weiß nicht, was ich dazu sagen soll. In den vielen Jahren, seit Lara verschwunden ist, habe ich diesen Mann regelmäßig getroffen. Es kann doch nicht sein, dass ... Das scheint mir viel zu kaltschnäuzig. Lennart ... Ich mag Lennart. Er ist fröhlich. Steckt einen mit seiner guten Laune an. Sollte er wirklich ...? Ich kann mir das kaum vorstellen, muss ich zugeben. Damals haben wir einander noch nicht gekannt. Er und Lara sind sich nie begegnet.«

»Vielleicht gerade deshalb?«, schlug Westman vor. »Sie war einfach nur irgendein Mädchen.«

»Aber ... Nein, ich weigere mich, das zu glauben. Nicht Lennart.«

Jenner klang jetzt entschlossener. Hatte begonnen, sich an den Gedanken zu gewöhnen. Aber er akzeptierte ihn nicht. Oder tat so, als würde er ihn nicht akzeptieren.

»Haben Sie ihn schon mit diesem Vorwurf konfrontiert?«, wollte er wissen.

»Das haben wir«, antwortete Westman. »Er hat natürlich geleugnet.«

Jenner entdeckte das Wasserglas, das sie vor ihm auf den Tisch gestellt hatten, und trank es aus. Er sah nachdenklich aus, schüttelte immer wieder den Kopf. Stellte das Glas mit einer fast übertrieben langsamen Bewegung zurück.

»Adrianti«, sagte Hamad.

Jenner schien ihn erst nicht verstanden zu haben, aber dann schaute er plötzlich mit einem geradezu flehenden Blick zu ihm auf.

»Haben Sie nach dem Mord mit ihr gesprochen?«

Westman musste sich ein Lächeln verkneifen. Jenner pendelte zwischen Hoffnung und Verzweiflung, aber jetzt war es an der Zeit, die Daumenschrauben ernsthaft anzuziehen. Hamad hatte auf der Lauer gelegen, und jetzt war es an der Zeit, die Beute zu attackieren.

»Ich meine nur, weil Erlandsson ja nach Laras Verschwinden eine so große Hilfe für Sie gewesen war, dass Sie sich in einer Situation wie dieser sicher gerne dafür revanchieren würden?«

Jenner schien die Luft wegzubleiben.

»Nein«, gab er zu, »ich habe keinen Kontakt zu Adrianti aufgenommen.«

Hamad beobachtete ihn eine Weile, mit der Andeutung eines Lächelns auf den Lippen. Jenner klammerte sich jetzt so fest an die Armlehnen, dass seine Knöchel weiß wurden.

»Wissen Sie, was ich denke?«, fuhr Hamad fort. »Wissen Sie, was ich gedacht habe, als wir uns das letzte Mal unterhalten haben, bei Ihnen zu Hause im Blåklintsvägen? Dass ein Mann, der ein Kind verloren hat – denn das kann man bei Ihnen schon sagen, oder? Sie wollten das Kind doch adoptieren? Dass ein Mann, der ein Kind verloren hat und seine Frau und seinen guten Ruf in diesem Haus, und dazu noch mit flügge gewordenen Kindern, dass so ein Mann doch schon längst sein Haus verkauft hätte und weggezogen wäre.«

Jenner atmete jetzt heftig, betrachtete Hamad mit schreckerfülltem Blick. Westman befürchtete, dass er jeden Augenblick tot vom Stuhl fallen könnte.

»Ich glaube, dass Sie das Haus nicht verkaufen *können*. Weil die neuen Besitzer dort sonst etwas sehr Belastendes finden würden, wenn sie anfangen zu graben. Nämlich die Leiche eines elfjährigen Mädchens. Sven-Gunnar Erlandsson, die Nabe der sozialen Maschinerie, wusste alles über alle. Als ihm aufging, was mit Lara passiert sein musste, und er Sie zur Rede stellte – da waren Sie gezwungen zu handeln. Darum fällt es Ihnen so schwer, sich mit Adrianti zu treffen. Weil Sie nicht so gut reden können, wie Sie schon gesagt haben. Sie können nicht so gut Theater spielen. Vielleicht ist es sogar so, dass Sie nicht den Mumm haben, der trauernden Witwe direkt ins Gesicht zu lügen.«

Aber Staffan Jenner nahm sich zusammen. Westman beobachtete, wie es ihm gelang, während Hamads Monolog die Überreste seiner Persönlichkeit zu sammeln. Er packte sich selbst am Kragen, nahm Haltung an und fasste einen Beschluss. Kamikaze, dachte sie. Er will gestehen.

»Ich habe nicht mit Adrianti gesprochen, das ist richtig«, sprach er mit einem tiefen Seufzen.

Von der Angst, die ihn geplagt hatte, war jetzt keine Spur mehr zu sehen. Er sah eher niedergeschlagen aus.

»Und Sie haben vollkommen recht, ich habe nicht den Mumm dazu. Aber nicht, weil ich ihren Mann ermordet hätte, sondern aus Respekt vor Svempa.«

Hamad zog die Augenbrauen hoch. Westman wusste nicht, was sie glauben sollte. Die Luft im Zimmer stand still.

»Ich liebe Adrianti«, sagte Jenner. »Wir haben eine Affäre gehabt, oder wie man es nennen will. Wir haben ... zwei Mal miteinander geschlafen, und beide Male habe ich es zutiefst bereut. Weil ich Svempa hintergangen habe.«

Hamad runzelte die Stirn, Westman war sprachlos und wartete auf die Fortsetzung. Jenner breitete die Arme aus und seufzte.

»Svempa war mein bester Freund. Was ich getan habe, ist unverzeihlich. Beide Male hat Adrianti die Initiative ergriffen, und ich konnte mich nicht zurückhalten. Ich habe diese Frau geliebt, seit ich sie das erste Mal gesehen habe. Aber ich habe nichts unternommen, aus Rücksicht auf die Menschen um uns herum. Und ich hatte keinen Gedanken daran, dass sie dasselbe für mich empfinden könnte.«

»Wann hat diese so genannte Affäre denn stattgefunden?«, fragte Westman trocken und versuchte, ihre Enttäuschung zu überspielen.

»Vor vier Jahren ungefähr. Es hat einen Monat gedauert, dann sind wir übereingekommen, die Sache zu beenden. So war es am besten. Und wenn ich jetzt sofort angelaufen käme, nachdem Svempa ... Das hätte nicht gut ausgesehen, selbst wenn es in der Absicht gewesen wäre, zu trösten und zu helfen. Ich kann mich dazu einfach nicht überwinden. Adri versteht das. Das weiß ich. Und mit der Zeit vielleicht ... Deshalb, glaube ich, werde ich noch eine Weile in dem Haus wohnen bleiben.«

*

Sjöberg saß gebeugt und mit geschlossenen Augen an seinem Schreibtisch, hatte das Gesicht in den Händen vergraben und grübelte. Plötzlich begann sich die Schlinge zuzuziehen. Aber nicht um einen, sondern um drei potenzielle Mörder.

Siem, ein geiziger und missgünstiger Typ, hatte sich genau zu der richtigen Zeit an dem Ort aufgehalten, von dem der geheimnisvolle Anruf beim stellvertretenden Polizeidirektor ausgegangen war. Diese Tatsache wog sehr schwer. Laut Andersson und Sandén, die ihn getroffen hatten, war er ein ziemlich unsympathischer Zeitgenosse. Aber er hatte kein richtiges Motiv. Geld in allen Ehren, aber wegen ein paar Tausendern? Sehr unglaubwürdig. Das Motiv musste in diesem Fall ganz woanders gesucht werden.

Jenner? Absolut. Während der Ermittlungen im Fall Larissa Sotnikova hatte er in der Schusslinie gestanden. Ein Jahr später hatte die Ehefrau sich das Leben genommen, und zwar auf eine Weise, die einen automatisch an einen verschleierten Mord denken ließen. Er war scheu, hatte nur wenige Freunde, und seine Nerven lagen blank. Der Traum eines Profilers. Motiv? Mit einem oder vielleicht sogar zwei Gewaltverbrechen im Gepäck war es leicht vorstellbar, dass er auch ein drittes beging, um die früheren zu vertuschen. Darüber hinaus war gerade noch ein neues Motiv dazugekommen: eine Affäre mit der Frau des Opfers.

Alles zusammen betrachtet wäre es eine glasklare Sache gewesen, wenn nicht plötzlich der Joker Wiklund aufgetaucht wäre, der einen bisher unbekannten Zusammenhang zwischen Larissa Sotnikovas Verschwinden und dem Mord an Erlandsson herstellte. Weil er nicht einmal eine Minute von dem Ort entfernt wohnte, an dem das Mädchen zum letzten Mal gesehen worden war, weil er sich allein in seinem nicht einsehbaren Haus aufhielt und weil er darüber hinaus ungebührliche sexuelle Neigungen hatte. Die Quellen für diese Information waren zwar äußerst unzuverlässig, aber zumindest Sven-Gunnar Erlandsson hatte die Gerüchte ernst genommen. Auch hier wäre das Motiv in dem Versuch zu finden, ein früheres Verbrechen zu verbergen – ein starkes Motiv.

Angenommen, dachte Sjöberg, man würde sich das verschwundene russische Mädchen einmal wegdenken. Womit konnten sie dann noch arbeiten? Nun, mit den Spielkarten in der Tasche des Opfers. Je länger Sjöberg darüber nachdachte, desto überzeugter war war er davon, dass sie für diesen Fall eine Bedeutung hatten. Die vier Männer bildeten eine Pokergesellschaft. Auf den Karten gab es keine Fingerabdrücke, sie waren deshalb mit großer Wahrscheinlichkeit von dem Mörder dort abgelegt worden. Wer sonst hätte sich um Fingerabdrücke Gedanken gemacht? Bestimmt nicht Erlandsson selbst, der an diesem lauen Augustabend keine Handschuhe getragen hatte. Eine Botschaft also, oder ein Gruß. Der natürlich mit dem Pokerspiel zu tun hatte, auch wenn es anscheinend eine Karte zu wenig war. Aber was die vier Karten bedeuten sollten, vermochte er sich nicht vorzustellen. Und Pokern als Mordmotiv in einer Runde wohlbestallter Durchschnittsschweden war eine so lächerliche Idee, dass er sie kaum zu denken wagte.

Dann gab es noch den Zettel in derselben Tasche. Das aufgeweichte Stück Papier mit den zerflossenen Koordinaten, die Gerdin und Sandén auf vorbildliche Weise gedeutet hatten. Natürlich war ihre Einschätzung richtig, dass es sich eher um einen Platz in der freien Natur handeln musste als um eine Adresse. Dass die Koordinaten auf einen Ort in den Wäldern von Huddinge deuteten, der nicht weit von dem Wohnwagenstellplatz der Obdachlosen entfernt war, war ein bemerkenswertes Zusammentreffen. Möglicherweise konnte auch eine der Stellen in der Ostsee eine Alternative sein. Aber war es Erlandssons Zettel, oder hatte ihn der Mörder dorthin gelegt? Wenn es Erlandssons Stück Papier war, dann hatte es nicht notwendigerweise mit dem Mord zu tun. Aber worum mochte es gehen? Drogen? Waffen? Ein Versteck für Diebesgut? In der Nähe der menschlichen Wracks, die im Wohnwagengetto lebten, wirkte keine dieser Möglichkeiten besonders abwegig.

Odd Andersson steckte viel Arbeit in die Wohnwagenbewohner, und das war auch gut so. Er sprach mit jedem von ihnen, der etwas mit Erlandsson zu tun gehabt hatte. Zurzeit hatte er sich die fünfzehnjährige Ausreißerin ausgeguckt, aber offensichtlich war es gar nicht so leicht, mit ihr in Kontakt zu kommen. Es wäre zweifellos sehr interessant zu erfahren, ob sie ihnen etwas Neues zu Sven-Gunnar Erlandsson erzählen konnte, aus einer Perspektive, die sich deutlich von der seiner Familie und seiner Freunde unterschied.

Die Familie. Eine trauernde Witwe und drei erwachsene Kinder. Oder vier, genauer gesagt. Das vierte hatte sich seit vier Jahren nicht mehr im Lande aufgehalten, war vielleicht auch abgehauen. Oder ...? Es traf ihn wie ein Faustschlag. Konnte es sein, dass auch sie verschwunden war? Genau wie das russische Sommerkind?

Sjöberg stand jetzt unter Strom und richtete sich abrupt in seinem Stuhl auf. Trommelte mit den Fingerspitzen auf der Tischplatte. Warum hatte in diesem Fall niemand etwas gesagt? Alle liebten Dewi; die Stiefgeschwister, die Mutter, der verstorbene Stiefvater. Was um alles in der Welt konnte der Grund dafür sein, dass eine ganze Familie über so etwas schwieg? Die Mutter hatte behauptet, dass sie sporadischen Kontakt zu dem Mädchen hatte. Wie oft war das und wann war es zuletzt passiert? Zwei verschwundene Mädchen in demselben Fall waren zwei zu viel. Er musste so schnell wie möglich wieder mit Adrianti Erlandsson sprechen.

Seine Gedankengänge wurden vom Klingeln seines Handys unterbrochen. Es war Sandén.

»Conny. Es ist etwas passiert.«

Langsam, schicksalsschwanger. Der Tonfall war anders.

Nicht die übliche Munterkeit. Sandén klang müde und … traurig?

»Was? Wo bist du?«

»In Huddinge. Ich sitze in einem Korridor und warte.«

»Worauf? Wie geht es dir?«

»Mir geht es gut. Es ist Gäddan. Sie ist im Wald zusammengebrochen.«

»Oh, verdammt. Was genau ist passiert?«

»Sie war ganz kalt, als ich sie gefunden habe. Sie hatte offenbar sehr viel Blut verloren. Zu viel.«

»Gefunden? Wart ihr nicht zusammen unterwegs?«

»Wir haben ein ziemlich großes Gebiet durchsucht. Dichter Wald. Wir haben uns aus den Augen verloren. Ich hatte schon vorher bemerkt, dass sie ziemlich blass war, aber sie sagte, dass es ihr gut gehe. Sie ist eine echte Kämpferin, diese Frau. Sie schafft es.«

»Schafft es? Du meinst, dass sie vielleicht gar nicht …?«

»Sie wird gerade operiert. Mehrere Liter Blut sind ihr in den Bauch gelaufen. Sie war kreidebleich im Gesicht. Und ich, ich verdammter Idiot, habe nichts unternommen.«

»Sie hätte doch selbst …«, versuchte Sjöberg einzuwenden, aber Sandén unterbrach ihn zornig.

»Komm mir nicht mit so einem Scheiß, Conny.«

»Ich meinte doch nur, dass du …«

»Gäddan ist echtes Gold, begreif das endlich. Sie macht nicht mitten in einem Auftrag schlapp, nur weil ihr Bauch ein bisschen wehtut.«

Sjöberg kam sich vor wie ein Angeklagter. Wahrscheinlich mit Recht. Aber das, was er zu sagen versucht hatte, war nicht als Kritik gedacht, er wollte nur Sandén von dieser Schuld entlasten, die er sich selbst aufgeladen hatte.

»Ist sie wieder bei Bewusstsein?«, fragte er stattdessen.

»Nein, und ich habe keine Ahnung, ob wir ihre Angehörigen kontaktieren sollten. Die Kinder. Was glaubst du?«

»Sie schwebt also zwischen Leben und Tod?«

»Ja, die Operation kann drei, vier Stunden dauern, und der Ausgang ist ungewiss«, antwortete Sandén verbissen.

Sjöberg dachte ein paar Sekunden nach.

»Was nützt es, wenn die Kinder dort draußen sitzen? Wenn alles gut geht, können sie sie anschließend besuchen. Wenn es schlecht läuft, können sie sie ohnehin nicht sehen.«

»Da hast du recht. Im Übrigen meine ich mich zu erinnern, dass sie im Ausland leben. Ich warte hier, bis die Operation vorbei ist.«

»Brauchst du Gesellschaft?«, bot Sjöberg an.

»Nein, verdammt. Ich habe genug andere Sachen, über die ich nachdenken muss.«

»Ja, wie ist es übrigens gelaufen? Habt ihr etwas gefunden?«

»Nichts. Aber das habe ich auch nicht gemeint. Jenny ist schwanger.«

»Du machst Witze«, sagte Sjöberg.

Nicht weil er es wirklich glaubte. Sandén war niemand, der sich unnötig Gedanken machte, aber wenn er eine Sorge hatte, dann war es genau diese. Dass seiner geistig leicht behinderten Tochter Jenny ein so genanntes Unglück passieren würde. Sie war nicht in der Lage, sich allein um ein Kind zu kümmern. Was bedeutete, dass Jens und Sonja für die nächsten etwa zwanzig Jahre ausgebucht wären. Welch eine Dunkelheit. Sandén antwortete nicht.

»Wer ist der Vater?«, wagte Sjöberg nachzufragen.

»Keine Ahnung. Ich konnte noch nicht mit ihr sprechen. Mit Sonja eigentlich auch nicht. Es ist etwas anderes dazwischengekommen, was einen im Grunde dazu bringt, die Angelegenheit mit anderen Augen zu betrachten.«

Die Katastrophen gaben sich die Klinke in die Hand. Sjöberg wusste nicht, was er sagen sollte. Welches Klischee er sich aussuchen sollte.

»Tut mir leid, Jens. Wirklich. Sag Bescheid, wenn ich dir irgendwie helfen kann.«

»Du kannst Simon schon einmal ausrichten, dass er in ein paar Jahren ordentlich Geld verdienen kann, wenn wir einen Babysitter brauchen.«

Sandén gab ein Geräusch von sich, das eine gewisse Ähnlichkeit mit einem Lachen hatte. Ein hohles Lachen. Aber er hatte es zumindest versucht.

Mittwochnachmittag

Hamad, Westman, Andersson und Sjöberg aßen ein spätes Mittagessen in Lisas Café, dem Stammlokal der Hammarbypolizei in der Skånegatan. Trotz Lisas sprichwörtlich guter Laune und der liebevoll zubereiteten Sandwiches mit Fleischwurst und doppelseitig gebratenen Spiegeleiern war die Stimmung alles andere als gut. Sjöberg schaute immer wieder auf die Uhr. Sandén hatte immer noch nicht von sich hören lassen, die Operation musste mittlerweile schon fast drei Stunden gedauert haben. Es gab also nichts Neues zu berichten, was in gewisser Hinsicht auch etwas Positives war.

»Keine Nachrichten sind gute Nachrichten«, versuchte Sjöberg sich und seinen Kollegen einzureden.

»In der Gesundheit schweigt der Körper«, orakelte Andersson, was ihnen wie eine leichte Übertreibung vorkam.

»Und nichts fanden sie dort draußen im Walde«, seufzte Hamad.

»Irgendetwas muss es dort doch geben«, meinte Andersson. »Ich glaube nicht, dass die Koordinaten ganz ohne Grund auf diesem Zettel standen.«

»Was glaubst du, worum es dabei geht?«, fragte Sjöberg.

»Waffen vielleicht?«

»Möglicherweise sogar die Mordwaffe?«, kommentierte Westman flapsig. »Meinst du im Ernst, dass der Mörder Angaben zum Verbleib der Mordwaffe am Körper des Opfers hinterlassen hat?«

Andersson nestelte zerstreut an dem Silberring, den er im Ohr trug.

»Nein, das meine ich natürlich nicht. Aber es könnte dort ein Waffenversteck geben. Die Waffe könnte von dort stammen.«

»Schätzt du diese Obdachlosen als so verschlagen ein?«, wunderte sich Sjöberg. »Ist es nicht viel glaubwürdiger, dass es sich um Drogen oder Diebesgut handelt?«

»So nahe an dem Lager ist es nicht«, antwortete Andersson. »Die Wohnwagenleute müssen nicht unbedingt etwas damit zu tun haben.«

»Look who's talking«, stichelte Westman. »Wer ist denn hier die ganze Zeit hinter den Obdachlosen her wie der Teufel hinter der armen Seele?«

Andersson schaute betreten. Alle Blicke waren jetzt auf ihn gerichtet, was ihm ganz und gar nicht behagte. Was insofern bemerkenswert war, als er mit seinen langen Haaren, den Ohrringen und seinen raumgreifenden Tätowierungen geradezu um Aufmerksamkeit zu betteln schien. Darüber hinaus war er über das Fernsehen bekannt geworden, und dazu hat ihn nun wirklich niemand gezwungen, dachte Sjöberg.

»Ich finde trotzdem, dass wir dort graben sollten«, antwortete er.

»Es ist ein großes Gebiet«, sagte Sjöberg. »Ein großes Projekt, und ein teures.«

»Außerdem liegt es in einem Nationalpark«, bemerkte Westman. »Was bedeutet, dass wir niemals die Genehmigung für einen solchen Eingriff in die Natur bekämen.«

»Es gibt andere Stellen, an denen wir viel eher graben sollten«, sagte Hamad. »In Staffan Jenners Garten etwa, um nur ein Beispiel zu nennen.«

»Ingela Wiklunds Garten, um auch ein anderes zu erwähnen«, sagte Westman.

»Oder Siems«, ergänzte Hamad. »Wenn man der Handyspur folgen möchte.«

»Wir würden auch niemals die Genehmigung bekommen, in ihren Gärten zu graben«, konstatierte Westman. »Wir brauchen mehr Substanz. Aber es geht um das russische Sommerkind.«

»Es geht um Vergewaltigung«, sagte Hamad.

»Ihr scheint euch da sehr sicher zu sein«, sagte Sjöberg.

»Es muss um das verschwundene Mädchen gehen«, sagte Westman.

»Ich weiß, dass es um Vergewaltigung geht«, sagte Hamad.

Es gab keinen Grund, diese Aussage in Frage zu stellen. Dem Mord an einem Mädchen ging fast immer eine Vergewaltigung voraus. Und Sjöbergs eigene Überlegungen zu Dewi Kusamasari gingen ihm auch nicht aus dem Kopf. Es wurde still an ihrem Tisch. Jeder machte sich seine Gedanken. Sjöberg fegte ein paar Krümel in seine Hand und legte sie auf dem Teller ab. Warf einen Blick auf die Uhr und vergewisserte sich, dass sein Handy nicht ausgeschaltet war. Zwei ältere Herren, die eine halbe Treppe höher an dem Tisch vor dem Durchgang zur Küche saßen, lachten laut auf. Lisa schaute aus der Tür heraus und beteiligte sich an ihrem Gespräch. Aber an dem Tisch mit den vier Polizisten wollte bei niemandem Freude aufkommen. Sjöbergs Handy klingelte. Andersson, Hamad und Westman schauten ihn mit gespannter Erwartung an und bemerkten mit Schrecken, dass ihm die Tränen in die Augen traten, während er der Stimme am anderen Ende lauschte.

»Gäddan fragt, ob nicht jemand von euch ihren Laptop vorbeibringen könnte«, gluckste Sandén. »Sie befürchtet, dass unsere Ermittlungen sonst an Elan verlieren könnten.«

Sjöberg spürte, wie eine jubelnde Freude sein ganzes Wesen ergriff. Er weinte und lachte zur selben Zeit und brachte kein einziges vernünftiges Wort heraus. Da lösten sich auch die anderen drei aus ihrer Erstarrung, und zum Erstaunen der anderen Gäste herrschte an dem Tisch der Polizisten plötzlich ein solcher Tumult, dass er die beiden Herren oben in der Ecke mühelos übertönte.

*

Fünf Stunden, nachdem der verantwortliche Arzt die freudige Nachricht überbracht hatte, dass Gerdin die Operation gut überstanden hatte, war sie bereit, Besuch zu empfangen.

»Verdammt, Gäddan, du hast mich vielleicht erschreckt«, sagte Sandén, als er den Stuhl näher an ihr Bett heranzog.

»Entschuldige«, sagte sie mit einem matten Lächeln. »Wie du aussiehst.«

Sie hatte ihn in halb liegender Position mit ein paar Kissen hinter ihrem Kopf empfangen. Ihr Gesicht war voller Schrammen und Pflaster, aber sie hatte zum Glück ihre Farbe wiederbekommen. Über sein eigenes Aussehen hatte sich Sandén während der Stunden auf dem Korridor nicht die geringsten Gedanken gemacht, aber er vermutete, dass sein Gesicht ähnlich aussehen dürfte.

»Danke gleichfalls«, erwiderte er und legte die Hand auf ihre Wange.

Sie war jetzt warm. Normaltemperatur.

»Da draußen im Wald bist du ganz kalt gewesen. Es war wie ein Schock.«

Sie legte ihre Hand auf seine. Drückte sie.

»Danke«, sagte sie. »Sie sagen, dass es eine Frage von Minuten gewesen ist. Hast du mich getragen?«

»Nein, ich habe dich dort auf dem Boden liegen gelassen und bin in die Stadt gegangen, um die nächste Telefonzelle zu finden.«

»Komm jetzt«, sagte sie ernst. »Ich will wissen, wie es gewesen ist. Danach werde ich dich nicht mehr damit in Verlegenheit bringen, dir für mein Leben zu danken.«

»Bedank dich bei den Ärzten. Und beim Rettungspersonal. Ich habe keine Ahnung, wie man alte Weiber wieder zum Leben erweckt.«

»Jens, sie haben meinen Bauch zugenäht, ich kann nicht lachen. Hast du mich getragen?«

Sandén seufzte verlegen.

»Natürlich habe ich dich getragen. Ich bin wie ein aufgescheuchter Troll mit dir auf den Armen durch den Wald gesprungen. Kurz vor dem Parkplatz sind dann die Sanitäter aufgetaucht und haben übernommen. Tut mir furchtbar leid, dass ich keine besondere Rücksicht auf die Fichtenzweige nehmen konnte, die dir das Gesicht zerkratzt haben.«

»Komm her und lass dich umarmen.«

Er stand auf und legte vorsichtig seine Wange gegen ihre. Sie schlang die Arme um ihn, küsste ihn auf die Wange.

»Danke«, sagte sie noch einmal. »Du bist der Beste.«

»Ohne Konkurrenz. Aber du musst ein bisschen vorsichtig mit mir umgehen, es brennt im ganzen Gesicht.«

»Ich weiß.«

Sandén setzte sich.

»Was ist da eigentlich genau passiert?«, fragte er. »Warum hast du nichts gesagt?«

Gerdin zuckte mit den Schultern.

»Ich hatte mich müde und ein bisschen zittrig gefühlt. Und ich hatte Bauchschmerzen. Allerdings habe ich dem keine große Aufmerksamkeit geschenkt, ich dachte wohl, dass es wieder vorübergeht. Sie sagen, dass ich fast zwei Liter Blut verloren hätte, das meiste bei inneren Blutungen.«

»Nach draußen ist aber auch eine ganze Menge geflossen, das kann ich dir sagen. War es der Unterleib oder der Bauch?«

»Bis vor ein paar Wochen habe ich tatsächlich gedacht, dass ich schwanger wäre.«

»Donnerwetter. In deinem Alter?«

Gerdin nickte.

»Das war nicht so ganz nach Plan, aber ich dachte, dass es ja manchmal ganz lustig sein kann, wenn unerwartete Dinge passieren.«

Eine typisch gerdinsche Analyse also, die es in höchstem Grad verdiente, zu Herzen genommen zu werden.

»Ich wusste gar nicht, dass es einen Mann in deinem Leben gibt«, sagte Sandén.

»Ich auch nicht«, antwortete sie mit einem Zwinkern. »Vielleicht bin ich eine Zeit lang ein bisschen unbekümmert gewesen. Aber es stellte sich heraus, dass es ein Tumor in der Gebärmutter war. Groß wie ein Tennisball. Also haben sie ihn herausgenommen.«

»Du lieber Himmel. Gutartig, hoffe ich?«

Gerdin nickte.

»Ein Myom.«

»Aber wie hast du es mit der Arbeit gemacht?«

»Sie haben mich nach drei Tagen nach Hause geschickt und für zwei Wochen krankgeschrieben. Ich fühlte mich stark und gelangweilt, hatte keine Lust, mich noch länger krankzumelden. Aber sie haben wohl schlechte Arbeit geleistet, offensichtlich ist irgendetwas wieder aufgebrochen.«

Es klopfte an der Tür, und Hamad trat ein.

»Wird hier gefeiert, oder ...?«, fragte er mit einem unsicheren Lächeln.

Gerdin sah gleichzeitig überrascht, erfreut und ein bisschen verlegen aus.

»Komm rein«, sagte sie und winkte ihn mit dem Finger heran. »Was hast du da? Ist das mein Laptop?«

Hamad ging zum Bett und legte ihr den Computer auf den Schoß.

»Wie abgemacht. Schön, dass alles so gut gelaufen ist. Eine Zeit lang sind wir ein bisschen besorgt gewesen.«

»Danke, wie nett. Was für eine Abmachung?«

»Jens hat ...«

»Pah«, unterbrach ihn Sandén, »ich dachte nur, dass du vielleicht ein bisschen Stimulanz brauchst. Ich glaube, ich werde dich jetzt allein lassen, Gäddan, wo du Gesellschaft bekommen hast. Ich habe im Augenblick auch ein bisschen an der Heimatfront zu tun. Ist das okay?«

»Absolut. Und – danke nochmal für alles.«

»Keine Ursache. Werd schnell wieder gesund. Du wirst gebraucht.«

Hamad hörte gespannt zu, als Gerdin ihm die Ereignisse des Tages schilderte. Sie ließ die exakte Ursache der Blutung aus – nicht, weil sie die Konsequenzen fürchtete, sondern weil sie ihn nicht in Verlegenheit bringen wollte. Es war eine höchst persönliche Angelegenheit, und Hamad war noch grün hinter den Ohren – zwar ein äußerst angenehmer und begabter Kollege, aber doch viel zu unreif und mit zu vielen Vorurteilen ihr gegenüber, als dass sie so etwas mit ihm teilen wollte. Mit Sandén war es anders, er war ein erwachsener Mann, der trotz seiner Ungeschliffenheit und seines nicht allzu geschliffenen Intellekts das Herz an der rechten Stelle hatte. Und vor allen Dingen war er – ganz im Gegenteil zu dem, was alle glaubten – vollkommen vorurteilsfrei. Denn was waren Vorurteile schon? Ging es dabei nicht um Urteile? Sandén verallgemeinerte Eindrücke, schneller und offener als das politisch korrekte Etablissement, aber mit Urteilen hielt er sich zurück. Und Verallgemeinerung war die Basis jeder Art von Philosophie, die einzige Möglichkeit, das Dasein in Form von Thesen zu strukturieren. Sandéns Thesen waren häufig einfach, aber gut begründet. Und er ließ sich gerne widerlegen.

Er scheute im Gegensatz zu den meisten anderen Männern

auch nicht vor den weniger angenehmen Aspekten des Frauenkörpers zurück. Er ekelte sich nicht, hielt sich nicht Augen und Ohren zu. Und es war etwas sehr Schönes, dass es Männer gab, die Frauen respektierten. Wirklich respektierten. Hamad hatte in dieser Beziehung noch ein Stück zu gehen, davon war sie ziemlich überzeugt. Deshalb sprach sie nur in schwammigen Wendungen über die Blutung in der Bauchhöhle, einem allseits bekannten und daher nicht allzu angsteinflößendem Körperteil.

Als das Thema erschöpft war, fiel Gerdin ein, dass dies eigentlich die optimale Gelegenheit war, Hamad zum Thema Sven-Gunnar Erlandsson auf den Zahn zu fühlen. Bei der Lagebesprechung am Montagmorgen hatte er gewisse Signale gegeben, dass er einen ihrer Standpunkte möglicherweise teilen würde. Dabei ging es zwar um das Kartenspielen, aber er hatte einem gewissen Zweifel Ausdruck verliehen, was die Einschätzung von Erlandssons Charakter betraf, den außer ihr vorher niemand im Laufe dieser Ermittlungen in Frage gestellt hatte. Und jetzt lag Gerdin hier, frisch operiert und in miserablem Zustand, und es gab niemanden sonst in diesem Raum, der Hamad beeinflussen oder bei dem er sich einstellen konnte. Man musste die Gelegenheiten nutzen, die einem gegeben wurden.

»Du hast neulich gesagt, dass Erlandsson der Herr im Ring sein wollte«, tastete sie sich heran. »Was hast du damit gemeint?«

»Wir wollen doch nicht über die Arbeit sprechen«, antwortete Hamad. »Vergiss das jetzt mal für eine Weile und erhol dich stattdessen.«

»Ich will aber über die Arbeit sprechen«, antwortete sie. »Das ist besser als hier herumzuliegen und nur darüber nachzugrübeln.«

Hamad zögerte ein paar Sekunden. Zog anscheinend die

Schlussfolgerung, dass sie ohnehin nichts außer Arbeit im Kopf hatte. Wozu sie ihn eingeladen hatte.

»Ich habe eigentlich nur gesagt, dass Schummelei nicht unbedingt etwas mit Gier zu tun haben muss«, antwortete er. »Dass es eher um ... das Gefühl von Macht geht. Aber ich glaube nicht, dass dieser Fall mit dem Pokerspiel zu tun hat. Obwohl wir die Karten in der Tasche gefunden haben.«

»Worum geht es denn dann, was glaubst du?«

»Ich glaube, es geht um eine Vergewaltigung.«

Eine seltsame Art, es zu sagen, dachte Gerdin. Eine seltsame Wortwahl. Sie verstand zwar, was er meinte; es war ganz offensichtlich, dass Hamad und Westman vollkommen überzeugt davon waren, dass das russische Mädchen entführt und ermordet worden war. Und dass es fast ein Automatismus war, dass ein elfjähriges Mädchen vergewaltigt wurde, bevor man es umbrachte. Aber dennoch – warum nannte er das Verbrechen Vergewaltigung und nicht Mord?

»Und bei Vergewaltigung geht es offensichtlich zuerst um Macht und nichts anderes«, sagte sie. »Was glaubst du, wer Larissa Sotnikova vergewaltigt und ermordet hat?«

Hamad seufzte.

»Da gibt es mehrere Alternativen«, antwortete er. »Alle sind gleich glaubwürdig, wenn auch aus unterschiedlichen Gründen.«

Er berichtete zunächst einmal, was Westman und er über Siem herausgefunden hatten.

»Von wo wurde Malmberg angerufen?«, fragte Gerdin. »Hast du das herausfinden können?«

»Aus Södertälje«, antwortete Hamad nach einem winzigen Zögern, das ihr nicht entgangen war.

»Aha, tatsächlich. Derselbe Mast wie bei dem Gespräch, das mit Erlandssons Handy geführt wurde?«

Hamad nickte.

»Und wann ist das Gespräch von Erlandssons Handy geführt worden?«

»Beide Gespräche haben ungefähr zur selben Zeit stattgefunden, um fünf nach halb zehn.«

»Sieh mal an«, sagte Gerdin nachdenklich. »Aber entschuldige, dass ich dich unterbrochen habe. Wie sehen eure Überlegungen zu Jenner und Wiklund aus?«

Hamad setzte seinen Bericht fort, und Gerdin hörte aufmerksam zu, wägte die verschiedenen Möglichkeiten gegeneinander ab. Stellte fest, dass es in diesem Fall bei jedem gute Gründe gab, ihn genauer unter die Lupe zu nehmen.

»Aber Erlandsson selbst steht nicht unter Verdacht?«, bohrte sie nach. »Trotz allem, was du über ihn und die Macht gesagt hast?«

»Das war rein hypothetisch. Ich glaube, wie gesagt, nicht, dass der Mord an Erlandsson mit dem Kartenspielen zu tun hat.«

»Oder dass er ein machtbesessener Typ war?«

»Nein. Nach meiner Einschätzung – und der aller anderen anscheinend auch – war er ein geschätzter und bewunderter Mitbürger.«

»Nach meiner Einschätzung war er ein selbstgefälliger Gutmensch«, warf Gerdin ein.

Sie war sich bewusst, dass es nicht auf fruchtbare Erde fallen würde. Denn mit ihr jonglierte man nicht mit Theorien, sondern man fertigte ihre nur ab. Ohne darüber nachzudenken.

»Erlandsson engagierte sich außerdem für die Schwachen in der Gesellschaft«, fuhr Hamad fort. »Ich glaube, er hat herausgefunden, wer hinter Laras Verschwinden steckte, und beschlossen, der Sache auf den Grund zu gehen. Das ist für mich das offensichtlichste Motiv für diesen Mord.«

Wie erwartet.

»Aber du könntest recht haben«, sagte er schließlich. »Es könnte auch sein, dass jemand herausgefunden hat, dass seine weiße Weste ein paar Flecken hatte. Das ist für mich das einzige alternative Motiv.«

Gott sei Dank. Eine Annäherung.

*

Adrianti Erlandsson saugte das Haus. Schon Mittwoch, Svempa war seit vier Tagen tot. Es war unwirklich. Dass die Erde sich immer noch um ihre Achse drehte, dass sie immer noch durch ihr schönes Haus lief, in ihrem neuen Land. Rasmus und Anna waren am Dienstag zurück nach Uppsala gefahren, was hätten sie auch sonst tun sollen? Das Leben musste weitergehen, anscheinend auch ihr eigenes, selbst wenn es im Leerlauf war. Denn in ein paar Wochen, gleich nach der Beerdigung, würde auch Ida verschwinden. Klein-Ida, wie sie sie immer noch nannte, obwohl sie gar nicht mehr so klein war. Sie hatte die Schule abgeschlossen und wollte auf Reisen gehen. Wie so viele andere Jugendliche heutzutage. In Australien jobben, sich an den südostasiatischen Sandstränden amüsieren und erholen.

Sie zog die Saugdüse ab und steckte das Rohr unter die Küchenbank, um nicht vorhandene Krümel aufzusaugen. Hielt hin und wieder inne, um den einen oder anderen Gegenstand, der auf dem Küchenregal verrutscht war, wieder gerade hinzustellen. Denn alles sollte so sein, wie es immer war. Um sich einreden zu können, dass sie noch eine Funktion hatte. Um ihr Leben damit zu füllen. Zumindest das, was davon noch übrig war. Denn was hatte es eigentlich für einen Sinn, hier alles sauber zu halten, wenn es niemanden mehr kümmerte? Sie selbst hatte es nie gekümmert, und Svempa, der Ordnung und Sauberkeit für wichtig gehalten hatte, hatte jetzt keine

Meinung mehr dazu. Trotzdem tat sie es, aus reiner Routine. Sie, die weder eine Arbeit noch eine Ausbildung hatte, würde es sich jedenfalls kaum leisten können, in diesem Haus wohnen zu bleiben.

Sie ließ den Schlauch auf den Boden fallen und schaltete den Staubsauger aus, bevor sie in Svempas Arbeitszimmer ging und den Rechner anschaltete. Sie loggte sich bei MSN ein und schaute, ob sie Mails bekommen hatte. Das hatte sie nicht. Schon am Sonntag hatte sie eine Nachricht an die Adresse gesendet, von der Dewi zuletzt etwas geschickt hatte, und ihr darin von allem berichtet. Aus irgendwelchen Gründen wechselte sie von Mal zu Mal die Mailadresse, und sie hatte niemals etwas kommentiert, das Adrianti ihr geschrieben hatte. Deshalb glaubte sie, dass ihre Nachrichten nicht ankamen. Im Laufe der vier Jahre, die Dewi jetzt weg war, hatte Adrianti acht Mails bekommen. Zwei pro Jahr. Kurz gefasste Mitteilungen darüber, wo in der Welt sie sich befand, dass es ihr gut ging und dass sie hoffte, dass es ihnen ebenso gut ging. Sonst nichts. Keine starken Gefühle, kein Wunsch, nach Hause zurückzukehren und sie zu treffen. Jetzt waren drei Monate seit dem letzten Mal vergangen. »Herzlichen Glückwunsch zum Geburtstag, ich bin in Bolivien.«

Ihre Augen füllten sich mit Tränen. Erst jetzt ging Adrianti auf, dass ihr einziger fester Punkt im Dasein, das einzige Band zu ihrer eigenen Geschichte, zu ihrem Blut, tatsächlich Dewi war. Geliebtes Mädchen. Wie hatte sie sie einfach so weggehen lassen können? Wie hatte sie sich überzeugen lassen können, dass es normal war, wenn Jugendliche auf Reisen gingen, Abenteuer erleben wollten? Zu Anfang war es das vielleicht auch gewesen, aber vier Jahre lang? Und ohne ein Wort des Abschieds?

Damals hatte sie Trost bei Staffan gesucht. Nachdem Dewi verschwunden und ihr selbst klar geworden war, dass sie für lange Zeit nicht wiederkommen würde. Svempa war auf diesem Ohr taub gewesen, er war niemand, der sich unnötig Gedanken machte. Wer sich vorher schon Sorgen macht, muss oft zwei Mal trauern, pflegte er zu sagen, und machte sich stattdessen gar keine Sorgen. Aber Staffan war ein guter Zuhörer. Er hatte sie ernst genommen, hatte sie mit ganz anderen Augen betrachtet als Svempa. Und so kam es, wie es kommen musste. Sie war schwach geworden. Hatte alles, was sie in Schweden aufgebaut hatte, für einen Augenblick der Wonne riskiert. Um sich nur für ein paar Stunden geliebt zu fühlen.

Sie rieb sich die Nase. Es half nicht. Es kamen noch mehr Tränen, noch mehr Rotz. Die Welt brach um sie herum zusammen. Alle, die ihr etwas bedeuteten, verschwanden. Plötzlich fühlte sie sich wie der einsamste Mensch auf Erden. Dewi, dachte sie. Ich will, dass du nach Hause kommst. Du wunderbarer, geliebter kleiner Mensch. Ich vermisse dein Lachen. Deine Wärme. Deine funkelnden, intelligenten Augen. Ich will dich zurückhaben. Wie du warst. Wir werden zusammenhalten. Wie wir es immer getan haben. Ich kann nicht mehr ohne dich leben. Wo bist du?

Wo war sie eigentlich? Adrianti versuchte sich zusammenzureißen. Stand auf und ging in die Küche, um sich die Nase zu putzen. Blieb mit dem feuchten Papier in der Hand vor der Spüle stehen. War es wirklich ihre aufmerksame, liebevolle kleine Dewi gewesen, die sie so mir nichts, dir nichts verlassen hatte? Die nur einen sporadischen Kontakt aufrechterhielt und kein Wort darüber verlor, was sie gerade machte, was in ihrem Kopf vorging? Nein, man konnte es kaum glauben, dass sie selbst diese inhaltsleeren, im Grunde sinnlosen Mitteilungen geschrieben hatte. Dewi war poetisch veranlagt, sie liebte es zu erzählen. Und warum wechselte sie ständig die E-Mail-Adresse, sodass sie in keinen Dialog treten konnten? Angenommen …

Angenommen, dass es gar nicht Dewi war, die diese Mitteilungen schickte? Angenommen, dass sie gar nicht in der Welt herumreiste? Angenommen, jemand hatte Adrianti hinters Licht geführt?

Angenommen, dass etwas ganz Schreckliches passiert war?

Sie musste mit jemandem sprechen. Mit jemandem, der sie ernst nahm. Trotz der Abmachung, die sie mit sich selbst getroffen hatte, und obwohl es unpassend war und er bestimmt dasselbe dachte: Sie musste mit Staffan sprechen.

*

Sandén hatte eine Familie in Auflösung erwartet, als er nach Hause kam. Ganz so schlimm war es zwar nicht, aber die Stimmung war, gelinde gesagt, gedämpft. Jenny schien von der neuen Situation noch am wenigsten mitgenommen. Sie verstand den Ernst der Lage nicht, freute sich auf die Veränderung in ihrem Leben, war im Augenblick aber ein bisschen traurig, weil ihre Mutter es auch war. Sonja riss sich zusammen und kümmerte sich um die Zubereitung des Abendessens, aber sowohl ihre Körpersprache als auch ihre Stimmlage verrieten, wie sie sich eigentlich fühlte. Zum Glück war Jessica da, die große und starke Schwester. Sie half ihrer Mutter, sobald sie eine Gelegenheit dazu sah, und plapperte über alle möglichen wichtigen und unwichtigen Dinge. Größtenteils vor tauben Ohren. Und so sah auch sie erleichtert aus, als Verstärkung in der Küchentür auftauchte – obwohl diese sich rein äußerlich ebenfalls nicht gerade vorteilhaft präsentierte.

»Aber Papa, du siehst ja furchtbar aus!«, rief sie.

»Darf man dich anfassen?«

»Nur vorsichtig«, antwortete er und küsste sie auf die Wange.

Jenny kam angelaufen und warf sich ihm um den Hals.

»Ist das wahr, dass du das Leben eines anderen Polizisten gerettet hast?«, fragte sie, während er versuchte, sich ihrer Umklammerung zu erwehren.

»Nein, ganz so war es nicht«, antwortete er und schob sie sanft von sich. »Aber ich kann euch erzählen, was passiert ist. Wenn es euch interessiert?«, fügte er hinzu und küsste seine Frau auf den Mund.

Sie sah traurig und erschöpft aus und schüttelte den Kopf, als sie sein zerschundenes Gesicht erblickte.

Er streichelte ihr über die Wange, ging zum Küchentisch und setzte sich.

»Ich will es hören«, sagte Jessica.

»Vielleicht möchte Mama im Augenblick nicht darüber reden?«, antwortete er mit einem Seitenblick auf Sonja.

Sie hatte ihnen den Rücken zugewandt und wirkte mäßig interessiert.

»Erzähl schon, Papa«, sagte Jessica und schaute ihn erwartungsvoll an.

Er vermutete, dass sie ihre Gründe hatte. Jessica hatte es hier während der letzten Stunden bestimmt nicht leicht gehabt, und so eilig war es schließlich auch nicht, die groben Richtlinien für eine Zukunft zu ziehen, die sich erst in ein paar Monaten einstellen würde. Der ganze Ärger konnte ruhig noch ein bisschen warten. Die beiden Töchter waren so begierig, dass er trotz des bedrohlichen Rückens seiner Frau beschloss, ihrem Wunsch zu entsprechen.

Also erzählte er die ganze Geschichte dort in der Küche. Die Mädchen lauschten andächtig, und sogar Sonja hatte den Kartoffelschäler nach einer Weile zur Seite gelegt und sich zu ihnen an den Tisch gesetzt.

»Und wisst ihr, was sie gesagt hat, Gäddan, als ich nach der Operation mit ihr gesprochen habe?«, beschloss er seine Erzählung. »Dass es ja manchmal ganz lustig sein kann, wenn unerwartete Dinge passieren. Ich finde, das ist ein sehr bedenkenswerter Satz. Einer, den wir alle im Hinterkopf haben müssen, wenn in unserem Leben Dinge geschehen, mit denen wir nicht gerechnet haben. Dass es am Ende richtig lustig werden kann.«

Jessica schaute neugierig von ihrem Vater zu ihrer Mutter, sprang dann auf und gab Sandén – auf eine etwas handfeste Art – einen dicken Kuss auf die Wange.

»Oh, verdammt!«, rief er und hielt sich das Gesicht.

Jenny begann zu lachen, und Sonja konnte zum ersten Mal lächeln, seit er nach Hause gekommen war.

»Du hast recht, Liebling«, sagte sie und fuhr ihm mit der Hand durchs Haar.

»*Gäddan* hat vollkommen recht«, sagte Sandén. »Gäddan hat immer recht. Also, wann kommt unser kleines Goldstück?«

»Im November«, antwortete Sonja.

»Im November? Aber man sieht ja noch gar nichts?«

»Weil ich schon vorher so dick war!«, lachte Jenny.

»Nein, nein, du bist genau richtig«, erwiderte Sandén mit einem Lächeln. »Mich beunruhigt aber viel mehr, dass das Kind bei einer solchen Mama unerträglich süß werden wird. Mann, wie wir sie verwöhnen werden, oder ihn.«

»Jenny sagt, dass sie nicht weiß, wer der Vater des Kindes ist«, sagte Jessica, jetzt wieder mit größerem Ernst.

Sonja ließ sich davon anstecken und betrachtete Jenny mit einem besorgten Blick. Sandén musste erst ein paar Sekunden nachdenken, bevor er sich eine Meinung zu dieser Frage gebildet hatte. Als er schließlich den Mund öffnete, war er vollkommen im Reinen mit sich selbst.

»Super. Dann gehen wir dieser Frage auch nicht weiter nach. Dann haben wir unseren kleinen Liebling ganz für uns allein.«

Niemand widersprach ihm.

Sie zogen nach draußen in den Garten und verbrachten den

restlichen Nachmittag und den Abend barfuß in dem üppigen Gras, das ein paar Tage zu lange hatte wachsen dürfen. Jessica grillte T-Bone-Steaks und ließ sich von Jenny beim Crocket besiegen. Alles war fast so wie immer.

*

Als Sjöberg auftauchte, war Adrianti bereits im Aufbruch begriffen, aber sie wartete in der Tür und ließ ihn trotzdem ein. Sie wirkte beunruhigt, gestresst. Der ausländische Akzent war jetzt deutlicher wahrzunehmen, sie stolperte über Wörter und haderte mit der Grammatik. Sie setzten sich an den Küchentisch, vielleicht aus alter Gewohnheit, vielleicht auch, weil sich Adrianti Erlandsson dort am wohlsten fühlte. Die Trauer hatte keine sichtbaren Spuren in dem Haus hinterlassen, alles war genauso sauber und aufgeräumt wie zuvor, und es roch frisch geputzt.

»Ja, da gibt es eine Sache, die in unserem letzten Gespräch aufkam und die mir nicht aus dem Kopf geht«, begann Sjöberg.

Adrianti schaute ihn ängstlich an und zog nervös an den Fingern, bis es knackte. Es musste etwas passiert sein, das sie aufgeschreckt hatte.

»Ihre Tochter, Dewi. Ich fürchte, das habe ich nicht so ganz verstanden. Sie müssen doch wissen, wo sie sich aufhält?«

Adrianti schüttelte den Kopf.

»Wie kommt das? Ich meine, Sie alle scheinen sie doch sehr zu mögen. Mag sie die Familie etwa nicht?«

»Doch. Dewi hat die Menschen geliebt. Sie hat uns geliebt. Alle zusammen.«

»Sie sagen ›sie hat geliebt‹. Das klingt in meinen Ohren ein bisschen unheilschwanger.«

»Liebt. Entschuldigen Sie mein schlechtes Schwedisch.«

Sjöberg ließ sich die Antwort noch eine Weile durch den Kopf gehen, bevor er beschloss, zum nächsten Punkt zu kommen.

»Ich möchte, dass Sie mir erzählen, wie es zu Dewis Reise gekommen ist. Die genauen Umstände.«

Sie betrachtete ihn mit einem unergründlichen Blick, holte dann tief Luft und begann zu erzählen.

»Es war mitten im Sommer. Sie hatte wenige Wochen zuvor das Gymnasium mit glänzenden Noten abgeschlossen. Sie packte also ihren Rucksack und fuhr zum Roskilde Festival. Zusammen mit Lina Jenner. Lina ist ein paar Jahre älter, aber sie hatten sich immer schon gut verstanden.«

»Das Roskilde Festival?«, sagte Sjöberg. »Fanden Sie das in Ordnung?«

»Nein, aber sie waren ja beide volljährig, und Lina ist ein gutes Mädchen. Was hätten wir tun sollen?«

»Und dann?«

»Nach zwei Tagen ist Lina nach Hause gekommen. Ohne Dewi.«

»Ohne Dewi? Hat sie von sich hören lassen?«

»Zwei Mal. Zuerst hat sie angerufen und gesagt, dass sie bis zum Ende des Festivals bleiben würde. Daraufhin reisten Svempa und Staffan nach Dänemark, um sie zur Vernunft zu bringen. Sie teilten sich auf und suchten an allen möglichen Stellen, sprachen mit vielen Menschen, aber am Ende kehrten sie mit leeren Händen zurück.«

»Und wann haben Sie das zweite Mal von ihr gehört?«

»Sie rief an und sagte, dass sie direkt weiter um die Welt reisen würde. Dass sie vorher nur nichts gesagt hatte, weil sie mich nicht traurig machen wollte.«

»Wie hörte sie sich an?«

»Niedergeschlagen. Es machte mich traurig, und das wusste sie ja.«

»Und dann?«

Sjöberg sah, wie ihr Tränen in die Augen stiegen.

»Das war das letzte Mal, dass ich mit ihr gesprochen habe.«

»Wann war das?«

»Das war am selben Tag, als Svempa und Staffan hinunterfuhren. Es ist ein großes Gebiet. Als würde man nach einer Nadel im Heuhaufen suchen.«

»Sie müssen sich große Sorgen gemacht haben?«

»Ich war vor allen Dingen traurig. Ein bisschen besorgt natürlich auch. Wegen dem Fuß. Aber Dewi hatte schon immer gewusst, was sie tat.«

»Der Fuß?«, fragte Sjöberg. »Was meinen Sie damit?«

Adrianti betrachtete ihn mit einem flehentlichen Blick. Ging er sie zu hart an? Vielleicht, aber er brauchte Antworten auf diese Fragen. Jetzt konnte sie die Tränen nicht mehr zurückhalten. Er legte seine Hand auf ihren Arm und wartete, bis sie sich wieder ein wenig erholt hatte. War sie die letzten vier Jahre schon so verzweifelt gewesen? Hatte sie es nur wegen der Familie so lange unterdrückt? Oder hatte sie plötzlich denselben Verdacht wie Sjöberg selbst?

»Adrianti, hatte Dewi sich verletzt?«, fragte er sanft, als sie wieder halbwegs aufnahmefähig war.

»Sie war behindert«, antwortete Adrianti betrübt. »Dewi hatte eine Gehbehinderung.«

Sjöberg war verdattert, bekam die Puzzleteile nicht richtig sortiert.

»Gehbehindert? Aber soweit ich verstanden habe, war sie doch ein ... enormes Fußballtalent?«

»Das war sie auch«, bestätigte Adrianti. »Bis dieses Unglück passierte.«

»Wie alt war sie da?«

»Fünfzehn. Sie hatte gerade ein Moped bekommen. Sie liebte dieses Moped, aber sie konnte es nie wieder fahren.«

»Tut mir furchtbar leid. Was war denn das für ein Unglück? Wollen Sie es mir erzählen?«

»Nein, das will ich eigentlich nicht«, sagte Adrianti, und es gelang ihr, mitten in ihrem Elend noch ein trauriges Lächeln zu produzieren. »Aber ich werde es trotzdem tun.«

»Danke«, antwortete Sjöberg aufrichtig. »Entschuldigen Sie, dass ich Sie so bedrängen muss.«

Sie schüttelte abwehrend den Kopf und sammelte sich.

»An einem Nachmittag in den Sommerferien war Dewi alleine zu Hause. Sie hat nach etwas gesucht und stöberte draußen in der Garage herum. Dort stand eine alte Waschmaschine, die wir auf einem Stapel Holzfliesen aufgebockt hatten. Sie war ein bisschen unvorsichtig, die Waschmaschine fiel um und sie kam darunter. Sie hatte Glück im Unglück, nur der Fuß wurde eingeklemmt, aber das war schon schlimm genug. Sie hat schwere Trümmerbrüche erlitten.«

»Wie schrecklich«, sagte Sjöberg. »Das muss Sie alle schwer mitgenommen haben. Die ganze Familie hat wahrscheinlich darunter gelitten.«

Adrianti nickte.

»Danach war sie nicht mehr dieselbe. Sie hörte mit dem Fußball auf, lachte nicht mehr. Sie zog sich zurück und hielt sich meistens alleine in ihrem Zimmer auf. Machte Hausaufgaben, hörte Musik, schrieb Gedichte und andere Sachen, die ich niemals lesen durfte.«

Plötzlich ging Sjöberg auf, woher diese auffälligen Verbformen kamen. Nicht, weil man glaubte, dass Dewi nicht mehr lebte, sondern weil Dewi eine andere geworden war. Wenn man in der Vergangenheitsform über sie sprach, dann sprach man von der Dewi, wie sie früher war, wie sie eigentlich war. Das erklärte auch die bedrückende Stimmung, die alles zu durchziehen schien, wenn sie zur Sprache kam. Ihre geliebte Dewi hatte sie verlassen, hatte sich in sich selbst zurückgezogen, und das war für alle sehr aufreibend. Dass sie sie danach auch physisch verließ, hatte die Last nur noch schwerer gemacht.

»Auch deswegen haben wir sie nach Roskilde fahren lassen«, fuhr Adrianti fort. »Dass Dewi so etwas unternehmen wollte, noch dazu mit anderen Menschen, war ungewöhnlich. Ich war gleichzeitig erleichtert und beunruhigt.«

»Sie wirken jetzt auch beunruhigt«, sagte Sjöberg. »Was macht Ihnen denn Sorgen?«

»Dass sie ... Dass sie vielleicht endgültig weg ist.«

»Ist das ein neuer Gedanke? Haben Sie noch nie zuvor in den vier Jahren an diese Möglichkeit gedacht?«

Adrianti schüttelte den Kopf.

»Und warum gerade jetzt?«

»Svempa ist nicht mehr da. Alle Kinder sind ausgeflogen. Bis jetzt hatte ich ja gar keine Zeit, um groß über Dewi nachzudenken. Und Svempa hat mich immer beruhigt und gesagt, dass es Dewi bestimmt gut geht. Dass sie sich dafür entschieden hatte. Aber dann musste ich an diese kurzen Nachrichten denken, die sie immer geschickt hat. Das ist irgendwie nicht ... sie.«

Sjöberg befürchtete das Schlimmste. Wenn Adrianti Erlandsson zu vermuten begann, dass Dewi endgültig verschwunden war, gab es tatsächlich Grund, sich Sorgen zu machen. Er bat sie, ihm die Kommunikation zu zeigen, die sie nach ihrem Verschwinden noch hatten, und was er dabei zu sehen bekam, stimmte ihn nicht zuversichtlicher. Acht nichtssagende Mitteilungen von acht unterschiedlichen E-Mail-Adressen. Dewi konnte überall sein. Und nirgends.

»Sitzt sie im Rollstuhl?«, fragte Sjöberg.

»Nein, nicht mehr. Ganz zu Anfang musste sie es eine Weile, aber dann ist sie zu Krücken übergegangen. Manchmal ist sie auch ohne Krücken gelaufen, hat so getan, als wäre alles wieder normal. Ich glaube, dass die Schmerzen in dem, was von dem

Fuß noch übrig war, schrecklich waren, aber Dewi hat die Zähne zusammengebissen. Sie hat nie gejammert.«

»Ich werde untersuchen, wo Dewi geblieben ist«, sagte Sjöberg. »Das versprechen ich Ihnen. Aber da ist noch eine andere Sache, die Affäre mit Jenner.«

Adrianti schaute ihn erschrocken an. Offensichtlich wusste sie nicht, was sie glauben sollte, dachte vielleicht darüber nach, ob sie nicht besser alles leugnen sollte. Aber dann überlegte sie es sich anders. Sie blies sämtliche Luft aus den Lungen und sackte im Stuhl zusammen. Sie schien sich zu schämen.

»Ich weiß«, sagte sie. »Es war idiotisch von mir, es nicht gleich zu erzählen. Aber nicht vor den Kindern und ... Ich dachte, es wäre peinlich. Es ist peinlich. Hat Staffan davon erzählt?«

Sjöberg nickte.

»Es war nicht besonders rücksichtsvoll, wo die Kinder doch so gute Freunde waren. Und Svempa und Staffan, die ... ja, beste Freunde waren. Es war Verrat.«

»Glauben Sie, dass Svempa davon gewusst hat?«, wollte Sjöberg wissen.

»Er dürfte eigentlich nichts mitbekommen haben. Ich meine, *niemand* wusste etwas davon. Aber wie auch immer ... Ich glaube trotzdem, dass er es wusste. Er hatte einen sechsten Sinn. Eine besondere Fähigkeit, alles über alle zu wissen. Aber er hat niemals etwas gesagt. Und es hat ja auch nur einen Monat gedauert. Zwei Mal haben wir uns getroffen, bevor wir wieder zur Vernunft gekommen sind. Svempa hat es niemals mit nur einem einzigen Wort erwähnt.«

»Warum haben Sie es getan? Warum haben Sie diese Affäre eingeleitet?«

»Es war zu der Zeit, als Dewi gerade abgereist war. Ich habe sie unglaublich vermisst. Ich brauchte Wärme und Zuspruch.«

»Zu Hause haben Sie die nicht bekommen?«

Adriantis Blick wurde unsicher.

»Doch, natürlich, aber ... Ich kann es nicht erklären. Ich war schwach. Es war eine Dummheit. Ich habe es schnell wieder bereut. Und Staffan auch. Also haben wir es beendet.«

Tja. Was gab es dazu zu sagen. Das Fleisch ist schwach. Die Gründe sind zahlreich und kompliziert. Adrianti und Staffan Jenner hatten seit vier Jahren keine Dummheiten mehr begangen, nach einem Verhältnis, das einen Monat gedauert hatte. Conny Sjöberg hatte seit anderthalb Jahren keine Dummheiten mehr gemacht. Nach einer Affäre, die ein halbes Jahr gedauert hatte. Wer die größere Sünde begangen hatte, darüber konnte kein Zweifel bestehen. Keiner von ihnen war nach Hause gegangen und hatte sich entschuldigt, sich ausgesprochen, seinem Lebenspartner eine Chance gegeben, sich dazu zu äußern. Wer war er schon, dass er über sie richten konnte? Ein feiger Hund war er. Ein Manipulator mit Selbsterhaltungstrieb. Oder – wenn man es auf eine andere Weise ausdrücken wollte – ein Mann, der sorgfältig alle Vor- und Nachteile gegeneinander abgewogen hatte und zu einem Beschluss gekommen war, der hoffentlich allen Parteien zum Vorteil gereichte. Etwas Gutes hatte es vielleicht.

»Wir werden diskret mit dieser Information umgehen«, sagte Sjöberg. »Ich werde dafür sorgen, dass sie nicht nach außen dringt, wenn es nicht absolut notwendig ist.«

Adrianti sah dankbar aus, und das tat ihm gut. Er war jedenfalls niemand, der mit Klatsch und Tratsch hausieren ging.

Mittwochabend

Gerdin fühlte sich wie durch den Wolf gedreht. Sie erkannte ihren Körper nicht wieder, so angeschwollen war sie, und überall hatte sie Schmerzen. Obwohl man sie mit schmerzstillenden Medikamenten vollgepumpt hatte, tat es in der Operationsnarbe weh, im Gesicht, in den Armbeugen. Außerdem war sie müde. Hin und wieder schlief sie ein, erschöpft natürlich von all dem, was ihr gequälter Körper im Laufe des Tages durchgemacht hatte. Eigentlich hätte sie anrufen müssen. Die Kinder, die Freunde, die Verwandten. Aber im Augenblick wollte sie mit niemandem sprechen, geschweige denn noch mehr Besuch empfangen. Das konnte bis morgen warten. Wenn sie wach war, versuchte sie zu lesen, doch obwohl das Buch gut war, konnte sie sich nicht auf den Inhalt konzentrieren. Ihre Sinne, ihre Gedanken strebten in andere Richtungen, und sie hatte ihnen nichts entgegenzusetzen, musste sich der Zerstreuung ergeben.

Zauberwald. Licht und Dunkelheit. Das Spiel der Schatten zwischen den Bäumen. Schweiß, Kälte, Vogelgezwitscher. Das Spiel des Windes in den Blättern.

Düfte. Rinde und Laub, Pilze und Moos. Blut. Tod.

Erlandsson.

Poker. Die Pokerspur war in Vergessenheit geraten. Vielleicht zu recht, aber sie hatte sich nun einmal entschieden, der Sache mit diesem Pokergerede auf den Grund zu gehen. Anderes war dazwischengekommen, aber jetzt hatte sie alle Zeit der Welt. Warum wurde schon vom Pokern gesprochen, lange bevor irgendjemand wusste, dass Sven-Gunnar Erlandsson und seine Freunde am Abend vor dem Mord ihre Pokerkasse verfeiert hatten? Schon dort draußen in dem strömenden Regen auf der Golfbahn war von Poker die Rede gewesen. Die Kollegen hatten ihre Überlegungen dazu zur Seite gewischt, und es war durchaus möglich, dass sie damit recht gehabt hatten, aber bevor dies bewiesen war, blieb die Frage relevant. Vier Karten waren keine Pokerhand, so war es einfach. Und dass sie klanghart und grifffest gewesen seien, das war ihr von Hamad wohl nur entgegengeworfen worden, um sie zum Schweigen zu bringen.

Sie streckte ihre Hand nach dem Griff aus, der über ihrem Kopf hing, und zog sich langsam in eine sitzende Haltung hoch, drehte sich vorsichtig zum Nachttisch und holte ihr Handy aus der Schublade. Sie wählte die Nummer von Lundin, dem jungen Polizisten, der an dem Morgen Wachhabender gewesen war, als Gerdin und Hansson vom Nacka Golfclub auf Värmdö zum Dienst gerufen worden waren. Und trotz der späten Stunde und der Tatsache, dass sie ihre Nummer unterdrückt hatte, meldete er sich.

»Entschuldige, dass ich störe«, sagte Gerdin, die in der vagen Hoffnung, dass sich ihr Gesundheitszustand noch nicht überall herumgesprochen hatte, zu klingen versuchte, als wäre sie nicht gerade erst von den Toten auferstanden. »Du hast doch am Sonntagmorgen Wache gehabt und Bella Hansson und mich angerufen und zu einem Tatort in Älvsjö geschickt. Erinnerst du dich?«

Doch, Lundin konnte sich sehr gut daran erinnern.

»Stimmt es, dass du dabei vom Pokern gesprochen hast? Dass der Mord irgendetwas mit Pokern zu tun gehabt habe?«

»Das kam von der regionalen Kommunikationszentrale«, antwortete Lundin. »Ich habe es mir nicht selbst ausgedacht.«

»Kannst du herausfinden, welcher Streifenpolizist dort Meldung gemacht hat?«

Lundin versprach, sich darum zu kümmern, und rief nach weniger als zehn Minuten zurück.

»Es war Camilla Eriksson von der Einsatzgruppe in Farsta. Ich habe auch eine Telefonnummer besorgt, falls du interessiert bist.«

Gerdin beendete das Gespräch und wählte die angegebene Nummer.

»Hedvig Gerdin, Hammarbypolizei. Entschuldige, dass ich so spät noch störe, falls du gerade keinen Dienst hast.«

»Ich erinnere mich an dich«, sagte Eriksson. »Wir sind uns letzten Sonntag am Tatort in Herrängen begegnet.«

»Das ist richtig«, sage Gerdin und wunderte sich im Stillen, warum Eriksson sich ausgerechnet an sie erinnerte.

»Ich habe ein gutes Gedächtnis«, fuhr sie fort, und Gerdin gab sich mit dieser Erklärung zufrieden.

»Stammt dieses Pokergerücht von dir?«, fragte sie.

»Welches Pokergerücht?«

»Als der Wachhabende mich anrief, war im Zusammenhang mit diesem Mord schon vom Pokerspiel die Rede gewesen. Es hat sich aber erst mehrere Stunden später herausgestellt, dass das Opfer einer Art Pokertruppe angehörte, die an dem Abend miteinander essen gegangen war. Ich frage mich einfach nur, woher du diese Idee hattest?«

Eriksson lachte in den Hörer, sie klang wie ein sympathisches Mädchen.

»Hast du noch nie von Wild Bill Hickok gehört?«, fragte sie.

Es dauerte ein paar Sekunden, dann war der Groschen gefallen.

»Natürlich. Mann, bin ich blöd. Vielen Dank für die Hilfe. Und entschuldige, dass ich so spät noch gestört habe.«

»Keine Ursache«, gluckste Camilla Eriksson. »Viel Glück.«

Jetzt entwickelte Gerdin Energie, nahm sich den Computer

und klappte ihn auf ihrem Schoß auf. Vergewisserte sich, dass sie Verbindung zu Internet hatte, öffnete Google und gab »Wild Bill Hickok« ins Suchfeld ein. Der erste Treffer brachte sie zur Wikipedia, die eine ganze Menge Text zu dem alten Wildwest-Helden bot. Wild Bill war am 2. August 1876 in einem Saloon in Deadwood von Jack »Crooked Nose« McCall von hinten in den Kopf geschossen worden. Im Augenblick seines Todes hielt er fünf Karten in der Hand, von denen aber nur vier der Nachwelt überliefert wurden. Nämlich die schwarzen Achten und die schwarzen Asse.

Dead Man's Hand.

Wie hatte ihr das entgehen können? Wie hatte das allen außer Camilla Eriksson von der Streife entgehen können? Das war schlampige Arbeit, aber nicht mehr zu ändern. Jetzt galt es, diese neue Erkenntnis bestmöglich zu verwalten. Erlandsson wurde, genau wie Wild Bill Hickok, von hinten erschossen. Ein Zufall? Vielleicht schon, weil Erlandsson in den Nacken geschossen wurde und nicht in den Kopf wie Wild Bill. Aber, was noch dazu kam, beide wurden am 2. August erschossen. Zugegebenermaßen in einem Abstand von einhundertdreiunddreißig Jahren, aber im Fall Erlandsson war das Datum mit Sicherheit nicht zufällig ausgewählt. Und die vier Karten in der Brusttasche hatten bestimmt auch eine Bedeutung. Wahrscheinlich hatte es auf irgendeine Weise mit dem Pokern zu tun.

Aber keiner der beteiligten Pokerspieler wollte eine eventuelle Meinungsverschiedenheit am Spieltisch zugeben. Siem war vielleicht verbittert, vielleicht war er ein Geizkragen, der sich ständig über die Regeln und alles mögliche andere beklagte und möglicherweise sogar der Meinung war, dass Erlandsson nicht sauber spielte. Aber deswegen das eigene Leben und das vieler anderer Leute zu zerstören ...? Gerdin wollte lieber glauben, dass gut situierte Männer mittleren Alters interessantere

Gründe dafür hatten, einander zu ermorden. Pokern als Mordmotiv klang für sie altmodisch und kindisch. Altmodisch, weil es eher ins neunzehnte Jahrhundert gehörte, und kindisch, weil ... Ja, weil es kindisch war, ein schlechter Verlierer zu sein.

Aber Josefin Siem war ein Kind. Vielleicht sogar ein manipulatives Kind, ein Kind, das nach Belieben schalten und walten durfte und dem keine Grenzen gesetzt wurden. Papas Liebling. Und das letzte Gespräch von Erlandssons Handy war aus der Umgebung des Sportplatzes in Södertälje geführt worden, wo sich beide zu der betreffenden Zeit befunden hatten. Nein, die Familie Siem war in diesen Ermittlungen äußerst interessant, da gab es nichts dran zu rütteln.

Andererseits konnte diese ganze Pokergeschichte natürlich auch nichts anderes als eine falsche Fährte sein. Des toten Manns Hand konnte etwas ganz anderes bedeuten, sie konnte sich auf den toten Mann und nicht auf die Pokerhand beziehen. Es konnte sich um einen Gruß des Mörders handeln, um eine Signatur, die vielleicht mehr mit dem Mörder als mit dem Opfer zu tun hatte.

Aber bei einer Sache war sie sich absolut sicher: Erlandsson war ein Arschloch, da konnten die anderen sagen, was sie wollten. Dass er später genau aus diesem Grund ermordet worden war, dessen war sich Gerdin nicht ganz so sicher. *Mais il avait une bite dans la tête*, dachte sie. Fand keine angemessene Weise, wie man es im Schwedischen ausdrücken könnte. Er hielt eine perfekte Fassade aufrecht, eine peinlich saubere Eigenheimidylle mit modisch aktueller Inneneinrichtung. Und wer machte die Arbeit? Nicht er selbst jedenfalls. Nette, wohlerzogene Kinder, tief eingebunden in die Vereinsarbeit, was ihm das Ansehen und den Einfluss gab, den er so begehrte. Hatten sie sich dieses Leben selbst ausgesucht? Kaum. Selbst wenn sie vielleicht nicht einmal den Gedanken gedacht haben. Und obendrauf noch ein Häubchen Wohltätigkeit. Um den Heiligenschein auf den richtigen Platz zu setzen.

Und damit ihm all dies gelingen konnte, hatte er eine loyale und dankbare Sklavin von einem Ort importiert, wo man von einem solchen Leben nicht einmal zu träumen wagte. Wo man so hart und so lange arbeitete, wie es zum Überleben notwendig war. Eine Dienerin, die ohne zu mucken einkaufte, putzte, spülte, kochte und Trikots wusch. Die alles aufgab, was sie selber ausmachte; die sich dem Fußball widmete statt dem Golfspiel, weil es der Familie besser passte. Die außerdem schön anzuschauen war und den Kindern und dem Herrn im Haus liebevoll zugetan. So gut dressiert, dass sie das Handy sogar angeschaltet hatte, wenn sie schlief. Für den Fall, dass er mitten in der Nacht eine SMS mit der Nachricht schickte, dass er auf dem Weg nach Hause sei.

Damit sie sich auf ihn vorbereiten konnte.

Donnerstagvormittag

Wie Andersson bereits festgestellt hatte, lag der Bronsgjutarvägen in einer hübschen Reihenhaussiedlung, nahe am See und nahe am Wald. Das Gebiet war ideal für Familien mit Kindern, es gab einen Bolzplatz, ein Freibad und große Flächen, auf denen abenteuerlustige Dreikäsehochs in Bäumen herumklettern oder Verstecken spielen konnten. Es gab genug andere Kinder, mit denen man spielen konnte, kleine, ruhige Straßen zum Fahrradfahren und üppige Gärten, in denen man abends mit den Nachbarn grillen konnte.

Das Haus der Familie Magnusson war eines von mehreren ziemlich gleich aussehenden eingeschossigen Häusern, und in der Garagenauffahrt stand ein strahlend sauberer Audi neuerer Bauart mit Dachreling. Andersson wurde von einem etwa zehnjährigen Jungen ins Haus eingelassen, der Badehosen trug und sofort an ihm vorbeihuschte, als seine Mutter in der Diele auftauchte. Sie schlug vor, dass sie sich in den Garten setzten, wo sie ihm Biskuitkuchen und selbstgemachten Holunderblütensaft anbot.

»Ist Rebecka nicht zu Hause?«, fragte Andersson, nachdem sie auf Plastikstühlen mit gelb-weiß gestreiften Bezügen Platz genommen hatten.

»Nein, ist sie nicht«, antwortete die Frau. »Es ist schon lange her, dass sie uns besucht hat.«

Es war eine Feststellung, nichts anderes. Jeanette Magnusson war in den Vierzigern, sah ganz alltäglich aus mit ihrem mittelblonden Haar, das zu einem Knoten im Nacken zusammengebunden war, und den paar Kilo Übergewicht.

»Sie betrachten es als einen Besuch, wenn sie zu Ihnen kommt?«, fragte Andersson. »Nicht, dass sie hier wohnt?«

»Sie hat immer noch ihr Zimmer. Sie weiß, dass sie jederzeit willkommen ist. Aber sie möchte nicht hier wohnen. Da ist sie absolut entschlossen.«

»Sie ist fünfzehn Jahre alt. Treffen Sie da nicht die Entscheidungen?«

»Tja, davon könnte man eigentlich ausgehen«, antwortete die Frau und griff nach ihrem Glas. »Aber so einfach ist es nicht. Mit Rebecka war es noch nie einfach.«

Sie machte eine Pause, während sie trank. Andersson nutzte die Gelegenheit, von dem Biskuitkuchen abzubeißen. Er war bröselig, aber lecker.

»Rebecka leidet unter ADHS. Sie hat sehr feste Ansichten über die meisten Sachen und hat ein ziemlich aggressives Wesen. Als sie klein war, war sie oft in Prügeleien verwickelt. Sie macht sich leicht Feinde.«

»Sie sieht ziemlich hübsch aus«, sagte Andersson.

Eine Aussage, mit der er die Mutter ein wenig entwaffnen wollte und die allein auf den wenigen Sekunden beruhte, die er von ihr in der Fernsehdokumentation gesehen hatte.

»Sie ist hübsch, das stimmt. Und das hat es ihr bestimmt auch ein wenig leichter gemacht. In der Regel haben die Leute mehr Geduld mit einem hübschen Kind. Traurigerweise, muss ich sagen. Denn obwohl so viele versucht haben, ihr zu helfen, hat sie immer nur gebockt. Sie ist aufsässig bis in die Fingerspitzen.«

Den letzten Satz unterlegte sie mit einem resignierten Lächeln.

»Sie glauben vielleicht, dass sie sich hier zu Hause nicht mehr geliebt fühlt, und das stimmt wohl auch. Aber glauben Sie mir, wir lieben sie alle, und wir haben alles Menschenmögliche getan, damit sie es auch spürt, damit es zwischen uns funktioniert. Aber es geht nicht. Sie will nicht.«

Genau, dachte Andersson. Und dann haut sie einfach ab? Und der Rest der Familie sitzt zu Hause und dreht Däumchen und hofft, dass sie wieder nach Hause kommt? So funktioniert das also im Wohlfahrtsstaat Schweden? Jeanette Magnusson schien seine Gedanken zu lesen.

»Wir haben jahrelang Kinderpsychologen und Familientherapeuten konsultiert. Auch das Jugendamt ist involviert, wie Sie ja wissen. Rebecka möchte nicht zu Hause wohnen. Sie möchte eine eigene Wohnung haben, aber die bekommt sie nicht. Sie ist fünfzehn Jahre alt und hat ein funktionierendes Zuhause. Das Amt will nicht bezahlen. Was ich durchaus nachvollziehen kann. Wir können es nicht bezahlen. Also haut sie eben ab. Was sollen wir machen? Sie anketten?«

Andersson war sprachlos. So hatte er es sich nicht vorgestellt, und er hatte keine Antworten. Er schluckte das letzte Stück Kuchen herunter, das er noch in der Hand gehalten hatte, und wischte sich die Hände an den Hosenbeinen ab.

»Und die anderen Kinder?«, fragte er gedankenlos, nur um überhaupt etwas zu sagen.

Im Grunde hatte er keine Ahnung, was er eigentlich über sie wissen wollte.

»Es hört sich schrecklich an, so etwas zu sagen«, antwortete sie, »aber den Jungen geht es tatsächlich besser, wenn Rebecka weg ist. Um sie herum ist immer Zank. Sie ist destruktiv, in ihrer Umgebung geht es allen schlecht. Leider ist sie dazu auch noch selbstdestruktiv.«

»Wie äußert sich das?«

»Sie kümmert sich nicht um sich selbst. Haut mitten im Winter ab, ohne die passenden Kleider. Schläft überall, nach den wenigen Berichten, die wir bekommen haben. In einem Treppenhaus. In einer öffentlichen Toilette. Sie bewegt sich unter den schrecklichsten Typen.«

»Wissen Sie, ob sie Drogen nimmt?«, fragte Andersson.

Jeanette Magnusson schüttelte den Kopf.

»Wir glauben nicht. Sie haben sie uns ja schon einige Male wieder zurückgebracht, verdreckt und verkommen. Hungrig. Aber sie hat nie einen berauschten Eindruck gemacht. Sie bleibt eine Weile, und irgendwann ist es dann wieder so weit.«

»Immerhin ist jetzt Sommer«, bemerkte Andersson in einem lahmen Versuch, die Angelegenheit von einer positiven Seite zu betrachten. »Wann war sie das letzte Mal zu Hause?«

»Im März.«

»Im März? Das ist ja fast ein halbes Jahr her!«

»Das Jugendamt hält die Augen offen. Wir halten Augen und Ohren offen. Aber niemand hat sie seitdem gesehen. Wahrscheinlich ist sie in einer anderen Stadt. Oder in einem anderen Land. Es gibt nichts, das wir tun können, außer zu hoffen.«

Konnte es so schrecklich sein? Hätte das Mädchen ein Verbrechen begangen, hätte man sie zu einer Jugendstrafe verurteilen können, aber wie sich die Lage hier präsentierte, gab es offensichtlich kein Mittel, um sie festzuhalten.

»Sie wissen, dass sie eine Weile draußen in Huddinge gewohnt hatte?«, fragte Andersson. »Im Wald? Mit einer Gruppe Obdachloser in einem Wohnwagen?«

»Das habe ich gestern erfahren, ja. Von der Sozialarbeiterin. Aber das war vor fünf Monaten, und es ist die letzte Information, die wir über Rebecka bekommen haben.«

»War sie früher auch schon so lange weg?«

»Nein, aber es wurde von Mal zu Mal länger. Als sie zum ersten Mal abhaute, war sie elf Jahre alt. Da blieb sie vier Tage weg.«

»Ich glaube, dass es jetzt an der Zeit wäre, sie zur Fahndung auszuschreiben«, sagte Andersson.

»Danke. Das haben wir schon früher vorgeschlagen, aber bei ihrer Vorgeschichte, Sie wissen schon … Die Polizei hat es nicht ernst genommen. Was ja eigentlich auch ziemlich begreiflich ist. Aber woran liegt es, dass Sie plötzlich angefangen haben, sich dafür zu interessieren?«

Andersson war sich nicht sicher, wie das, was er ihr zu sagen hatte, bei ihr ankommen würde. Das einer der letzten Menschen, denen ihre Tochter begegnet war, bevor sich ihre Spuren verwischten, ermordet worden war. Jeanette Magnusson schien mittlerweile zwar schon ziemlich abgebrüht zu sein, aber trotzdem. Er formulierte es schwammig.

»Rebecka ist am Rande eines ganz anderen Falles aufgetaucht. Ich bin neugierig geworden, ob sie möglicherweise etwas dazu zu sagen hatte, deshalb habe ich versucht, mit ihr Kontakt aufzunehmen. Mit Rebecka hat das Ganze im Grunde nichts zu tun, da müssen Sie sich keine Sorgen machen.«

Letzteres hatte er nur hinzugefügt, um Jeanette Magnussons Interesse an dem Fall etwas einzuschläfern, aber er schien eher das Gegenteil davon erreicht zu haben.

»Was ist denn das für ein Fall?«, wollte sie wissen.

»Es geht um eine Mordermittlung, aber ...«

»Welche Mordermittlung?«, unterbrach sie ihn.

Andersson gab auf. Jeanette Magnusson hatte offensichtlich einen wachen Verstand und ließ sich von Ablenkungsmanövern nicht irritieren.

»Es geht um den Mord an einem zweiundfünfzigjährigen Bankangestellten aus Älvsjö, Sven-Gunnar Erlandsson. Er hat gelegentlich die Obdachlosen in dem Wohnwagenpark besucht und dort Essen verteilt. Aber wie ich schon sagte, Rebecka trat dort nur am Rande in Erscheinung.«

»Für uns steht sie aber nicht am Rande. Sie ist jetzt seit mehr als fünf Monaten verschwunden, ohne dass die Polizei sich dafür interessiert hat.«

»Das tut mir leid«, sagte Andersson aufrichtig. »Deshalb werde ich jetzt dafür sorgen, dass sich das ändert.«

Zuerst wollte er noch einmal unterstreichen, dass es äußerst unwahrscheinlich sei, dass das Verschwinden des Mädchens etwas mit dem Mord zu tun hatte. Aber je mehr er darüber nachdachte, desto klüger erschien es ihm, lieber keine voreiligen Versprechungen zu machen.

*

Gerdin lag auf dem Rücken im Krankenhausbett und starrte an die Decke. Bei dem Zahnarzt, den sie besuchte, seit sie nach Schweden zurückgekommen war, hatte man ein Poster an der Decke aufgehängt, damit man etwas zu sehen hatte. Es war ein richtig langweiliges Poster – die schwedischen Landschaftswappen –, aber immerhin etwas zum Anschauen. Hier gab es nur die weiße Decke. Sie konnte sich hinsetzen, kein Problem, aber liegen konnte sie nur auf dem Rücken. Der Bauch war eine Farbpalette, sie sah aus, als wäre sie buchstäblich grün und blau geschlagen worden, und so fühlte es sich auch an. Ganz zu schweigen von der Operationsnarbe.

Im Augenblick dachte sie über die schwedische Grammatik nach. »Dann kann ich euch erzählen, dass der, der geschossen hat, den findet ihr nie.« Das hatte die Telefonstimme am Sonntagmorgen zu Gunnar Malmberg gesagt. Wer sprach so? Ein Mann, laut Malmberg. Aber er wollte nicht ausschließen, dass die Stimme verzerrt war. Was es unmöglich machte, die Stimme an ihrem Klang zu identifizieren. Dass das Gespräch aus einem eng umgrenzten Gebiet in Södertälje geführt worden war, war unumstößlich und richtete den Verdacht auf Mitglieder der Familie Siem. Malmberg meinte, im Hintergrund Verkehrslärm gehört zu haben. Was hatte das zu sagen? Möglicherweise nur, dass ein Auto in der Nähe vorbeigefahren war. Nichts, womit man weiterkommen könnte. »Dass der, der geschossen hat, den findet ihr nie.« Es klang ungebildet.

Eigentlich sogar ziemlich verkorkst. Oder nur jugendlich? »Ihr verdammten Loser«, so endete der Anruf, was sie eher in Richtung Jugendlicher denken ließ. Intuitiv würde sie sagen, ein junger Mann ohne Ausbildung zwischen fünfzehn und dreißig Jahren.

Rasmus Erlandsson? Nein, der war aus ganz anderem Holz geschnitzt. Kein Mitglied der Familie Erlandsson würde sich so ausdrücken, davon war sie überzeugt. Eines der Jenner-Kinder? Denen war sie noch nie begegnet, aber nein. Die Ausdrucksweise roch zehn Meilen gegen den Wind nach Vorortsgetto, Hillbilly, WT. Oder White Trash, wie es eigentlich hieß, obwohl man es heute nur noch selten ausschrieb. Also, warum sollte sie nicht, der Abwechslung halber, den Fall mal aus dieser Perspektive betrachten?

*

Als er aufwachte, war er schweißgebadet. Er griff nach der Zigarettenpackung auf dem Nachttisch und zündete sich mit zitternden Händen eine Zigarette an. Er zog sich in eine sitzende Haltung hoch und versuchte das Grauen von sich abzuschütteln. Aber der Traum war zu wirklich gewesen, wollte ihn nicht verlassen. Etwas Vergleichbares hatte er noch nie erlebt, jetzt hob er sogar die Bettdecke an, um zu schauen, ob das Mädchen aus dem Traum nicht doch noch darunter lag. Kindisch. Mit der Hand am Hals fühlte er seinen Puls hämmern, während er die Zigarette in sich hineinsaugte, um sich an der Glut gleich die nächste anzuzünden. Er war immer noch außer Atem, keuchte, als ob er einen ganzen Marathon gelaufen wäre. Verdammt, wie sie ihn auslachen würden, seine Brüder, wenn sie ihn jetzt sehen könnten.

Vier Brüder waren sie, Brüder und Halbbrüder, um genau zu sein. Die beiden Ältesten waren Brüder, er selbst und der

Zweitjüngste waren Halbbrüder mit ihnen und Halbbrüder untereinander. Er selbst war der Jüngste. Aber er wuchs, war während des vergangenen Jahr viel gewachsen, körperlich wie psychisch. Im Studio hatte er hart an seinem Körper gearbeitet, und er war mental reifer geworden, smarter. Die Brüder nahmen ihn trotzdem nicht ernst, wollten ihn weiterhin nicht dabeihaben, wenn sie ihre »Geschäfte« machten. Also wandte er sich nicht an sie, wenn er Tipps und Ratschläge brauchte, wenn er das Bedürfnis hatte, mit jemandem zu reden. Wobei es meistens eher nicht um Traumdeutung, sondern um alltägliche Dinge ging.

Simon stieg aus dem Bett und ging zum Computer hinüber. Wackelte an der Maus, damit der Bildschirm ansprang, und loggte sich dann bei Flashback ein. Startete ein neues Thema im Forum für »Träume und schlafbezogene Phänomene«, ein Forum, das er noch nie zuvor besucht hatte. Wo er sich bewegte, ging es meistens um handfestere Dinge, wie Drogen oder Verbrechen. Er wollte lernen, und er lernte schnell. Viel schneller, als seine Brüder ahnen konnten. Er war nämlich der Smarteste von ihnen, und in ihrem tiefsten Inneren wussten sie das und würden sicher bald ihren Nutzen daraus ziehen. Hier befand er sich zwar in einem Spinnerforum für Psychologie, aber andererseits würde das ohnehin niemand merken. IRL.

Heute Nacht habe ich einen voll kranken Traum gehabt. Normalerweise würde ich mich nicht dafür interessieren, aber ich bin total durcheinander und kann diesen verdammten Albtraum nicht aus dem Schädel kriegen.

Soweit ich mich erinnere, liege ich im Bett und habe hemmungslosen Sex mit einer üppigen Blondine, als ich plötzlich ärgerliche Stimmen draußen vor dem Haus höre. Dann hämmert jemand gegen die Haustür. Ich habe keine Angst davor, dass es ihr Typ sein könnte, der sie abholen will, denn ich kenne das Mädchen, und ihr Macker ist ein Idiot, und dazu noch ein Lackaffe. Ich gehe jedenfalls zum Fenster, und draußen steht eine ganze verdammte Rockerbande. Ich bin komplett von der Rolle, aber dann verkrieche ich mich im Kleiderschrank. Durch die Türritze sehe ich, wie sie die Tür einschlagen und mit Eisenrohren auf meinen Bruder und zwei seiner Kumpels losgehen, obwohl die sich gar nicht wehren. Die ganze Zeit brüllen sie irgendwas von ich hätte jemanden verpfiffen, den Stoff verkauft, was ich nie tun würde.

Da wird mir klar, dass es auch mit mir vorbei ist, und nachdem sie eine Weile gesucht haben, finden sie mich hinter den Winterjacken. Sie ziehen mich raus, und einer von ihnen schießt mir quer durch den Bauch, sodass meine Eingeweide raushängen. Ich versuche sie mit den Händen zurückzustopfen, aber dann wird alles schwarz, und ich sterbe.

Dann wache ich auf, und jetzt geht es mir richtig beschissen. Das klingt vielleicht albern, aber das ist mit Abstand das Schlimmste, was ich bislang in meinem Leben durchgemacht habe.

Jetzt fühlte es sich schon besser an, nachdem er es sich von der Seele geschrieben hatte. Er stand auf und zog sich ein T-Shirt an, bevor er das Zimmer verließ. Öffnete vorsichtig die Tür zum Zimmer seiner Mutter. Sie schlief immer noch. Lag wie ein großer Blob in ihrem Bett, und nur die Hälfte ihres nackten, unförmigen Körpers war unter der Bettdecke verborgen. Sie schnarchte.

Schön. Dann blieb sie einem vielleicht für eine Weile erspart.

*

Gerdin entschied sich, ein bisschen im Lieblingsforum der Einfaltspinsel herumzusurfen. So pflegte sie Flashback immer zu nennen. Dieses Internetforum, das sowohl in positiver als auch in negativer Hinsicht zum Extremen neigte, wurde allerdings nicht nur von Einfaltspinseln bevölkert. Hier tummelten sich Menschen jeden Alters aus allen Berufsgruppen und allen Gesellschaftsklassen. Und ganz bestimmt waren auch sämtliche vorstellbaren Intelligenzquotienten vertreten. Nach ihrem Geschmack waren gewisse Kategorien allerdings ein bisschen überrepräsentiert. Nicht zuletzt die grenzdebile WT-Fraktion. Und genau deshalb hatte sich Gerdin aus einem Impuls heraus in diese Gefilde begeben, um nach dem Mann zu suchen, der den stellvertretenden Polizeidirektor angerufen und verhöhnt und sich möglicherweise auch Erlandssons Telefon angeeignet hatte.

Gerdin beschloss, zunächst nach der Wendung »Dead Man's Hand« zu suchen. Aber bis auf einen Beitrag, der sich mit einer der klassischen Konserven der Streitkräfte befasste – Wurstscheiben mit weißen Bohnen und Tomatensauce –, die anscheinend unter diesem Namen gehandelt wurde, ging es bei allen anderen Fundstellen ums Pokern im Allgemeinen und Wild Bill Hickok im Besonderen. Nichts Neues also. Als sie anschließend nach »Sven-Gunnar Erlandsson« suchte, stellte sich heraus, dass der Mord mittlerweile zu einer ganz eigenen Rubrik in Flashback erhoben worden war. Sie ging sorgfältig alle Beiträge durch, ohne auf etwas anderes als neugierige Fragen und teils ziemlich haarsträubende Spekulationen zu stoßen. Interessanten Tratsch über Erlandsson oder der Polizei bisher unbekannte Beobachtungen fand sie nicht. Diejenigen, die sich an der Diskussion beteiligten, schienen dafür auch keine anderen Gründe zu haben als die reine Neugier.

Als Nächstes suchte sie nach den Ausdrücken, die sie überhaupt auf die Idee gebracht hatten, in diesem Forum zu suchen, nämlich »verdammte Loser« und »der, der geschossen hat«. Ohne irgendeine auch nur ansatzweise interessante Fundstelle.

Odd Anderssons fruchtlose Versuche, die Mordwaffe zu lokalisieren, waren ihr bekannt. Trotzdem wollte sie selbst es auch noch einmal versuchen. Er hatte das ganze Netz durchsucht, sie würde sich auf Flashback beschränken. Vorausgesetzt, dass Malmberg richtig analysiert hatte und die Telefonstimme zu einem jungen Mann gehörte, und weiter vorausgesetzt, dass ihre eigenen linguistischen Theorien auch nicht komplett daneben waren, sprich, dieser Bengel nicht der Hellste war. Dann, und unter der Bedingung, dass er nicht nur das Telefongespräch geführt, sondern Erlandsson tatsächlich auch erschossen hatte, gab es tatsächlich die minimale Chance, dass er hier nach Hilfe gesucht hatte. Dass er hier zuerst nach einer Waffe gesucht hatte. Dass er hier nach Rat gesucht hat, wie man mit der Waffe umgeht. Dass er die Waffe nach dem Mord verkaufen wollte. Oder – angesichts des triumphierenden Tonfalls während des Telefongesprächs – dass er vielleicht das Bedürfnis verspürte, von dem zu berichten, was er getan hatte. Damit anzugeben.

*

Simon ging ins Erdgeschoss hinunter in der Hoffnung, dass er etwas zu essen finden und eine Weile allein am Küchentisch sitzen könnte. Aber der jüngere Bruder, Jakob, saß schon dort und starrte leer vor sich hin, während er seinen Kaffee trank. Er schaute nicht einmal auf, als Simon die Küche betrat.

Mit den beiden älteren Brüdern kam er gut zurecht. Sie waren ungeschliffen, laut und grob, aber sie waren sehr direkt und unkompliziert. Mit Jakob war es anders. Er war nur zwei Jahre älter als er selbst, aber obwohl sie zusammen aufgewachsen waren, hatten sie sich nie vertragen. Vielleicht gerade deswegen. Weil die Konkurrenz zwischen ihnen immer so hart gewesen war, gerade wegen des geringen Altersunterschieds. Jakob war ein glatter Typ, bei dem man nie wusste, wo man dran war. Den einen Augenblick konnte er einem einen Gefallen tun, fast wie ein Kumpel, nur um kurz darauf eine Gegenleistung zu verlangen, die verdammt viel anstrengender war, manchmal sogar gefährlich. Simon hatte zwar auch oft genug Sachen für die älteren Brüder erledigen müssen, aber so sollte es ja auch sein. Wenn sie unzufrieden mit ihm waren, dann gab es einmal auf die Fresse, und gut war. Aber Jakob konnte einen stundenlang quälen, tagelang. Nur aus Spaß.

Aber bald würde es damit vorbei sein. Es *war* vorbei, das spürte er jetzt. Simon hatte seinen Bruder eingeholt und war an ihm vorbeigewachsen, und er würde sich nie wieder von irgendjemandem schikanieren lassen. Auch Andreas und Matteus, die beiden älteren Brüder, würden sich bald unterordnen müssen. Sie würden ihn respektieren, würden alles tun, was er ihnen auftrug. Wie bei Michael Corleone. Obwohl er der Jüngste war, würde Simon bald das Oberhaupt der Familie sein. Er hatte nämlich bewiesen, dass er das Zeug dazu hatte.

»Steh auf«, herrschte er seinen Bruder an, der antwortete, ohne ihn anzuschauen.

»Warum das denn? Leck mich.«

»Weil ich es sage«, antwortete Simon ruhig. »Steh auf.«

Jakob schaute mit seinem breiten, widerlichen Grinsen zu ihm hoch. Er stand langsam vom seinem Stuhl auf und baute sich mit seinem Gesicht bedrohlich vor ihm auf. Blitzschnell verpasste Simon ihm einen Kopfstoß mitten zwischen die Augen. Mit einem Brüllen ging Jakob zu Boden und hielt sich die Hände vors Gesicht.

»Was zum Teufel machst du denn!«, schrie er. »Du bist wohl total durchgeknallt! Meine Nase ist voll im Arsch!«

Simon stand ganz still und beobachtete, wie Jakob auf dem

Küchenteppich lag und das Blut zwischen seinen Fingern herausquoll. Er fühlte sich absolut entspannt. Machte sich nicht die geringsten Gedanken, welche Folgen es diesmal für ihn haben könnte. Er würde nämlich dafür sorgen, dass es keine gab. Während sein Bruder herumheulte, ging er zur Küchenplatte und schnitt sich zwei Scheiben Brot ab, holte sich den Frischkäse aus dem Kühlschrank, schmierte sich die Brote und schenkte sich ein großes Glas Milch ein. In aller Seelenruhe ließ er seinen Bruder auf dem Boden liegen und ging aus der Küche, die Treppe hinauf und zurück in sein Zimmer. Dort stellte er sein Frühstück auf dem Schreibtisch ab, bevor er die Tür abschloss und sich vor den Computer setzte.

Er hatte bereits eine Antwort auf seinen neu eröffneten Thread mit dem schrecklichen Albtraum bekommen. Der Benutzer Breakdown schrieb:

Vor ein paar Tagen habe ich geträumt, dass ich meine Mutter mit bloßen Händen erwürgen würde, ich konnte richtig spüren, wie das Leben aus ihr herausrann. Heilige Scheiße.

Simon ging in sich. Wie würde es sich anfühlen, die Hände um Mamas Hals zu legen und zuzudrücken. Oder das Brotmesser in ihrem Rücken umzudrehen.

Anscheinend war er nicht der Einzige, der seltsame, realistische Träume hatte. Es fühlte sich gut an. Obwohl in seinen Augen nur einsam stark war.

*

Mehrere Stunden war sie jetzt schon dabei, las eine Seite nach der anderen über dieses, nach Gerdins Geschmack, vollkommen uninteressante Thema. Auf Flashback tummelten sich jede Menge Waffennarren. Meistens diskutierten sie die Wahl der richtigen Waffe, die Vor- und Nachteile der unterschiedlichen Marken und unterschiedlichen Kaliber. Und die allermeisten widmeten sich ausschließlich dem Schießsport, aber auch die Waffen der Polizei wurden eifrig diskutiert. Hin und wieder tauchte jedoch ein Beitrag auf, bei dem es um andere Dinge zu gehen schien. Das heißt, um Waffen für nicht ganz stubenreine Zwecke. Nichts, was Gerdin ins Rotieren gebracht hätte, aber sie notierte es. Sicherheitshalber.

Bis sie stutzte.

Es begann mit einem kleinen Beitrag. Er war von dem Benutzer DerHeilige verfasst, war sehr kurz und lautete:

Ich habe eine Glock 38.

Erst nachdem sie den Beitrag gelesen hatte, bemerkte sie den Titel des Threads, der ebenfalls von DerHeilige ins Leben gerufen worden war: »Ich will jemanden töten. Ich werde jemanden töten.«

Sie kehrte an den Anfang des Threads zurück, begann von dort an zu lesen und führte sich alle folgenden Beiträge mit großem Interesse zu Gemüte.

DerHeilige: *Ich habe schon lange darüber nachgedacht, ob ich nicht Vollstrecker werden sollte, aber ich weiß nicht, wo ich anfangen soll. Ich habe Zugang zu einer Waffe, in dieser Hinsicht gibt es also kein Problem. Ich habe auch eine gewisse Routine. Einmal habe ich schon eine Pistole benutzt, aber damals habe ich aus ökonomischen Gründen entschieden, barmherzig zu sein. An und für sich könnte ich einfach in die Stadt gehen und die erstbeste Person erschießen, aber ich würde es lieber gegen Bezahlung tun. Jetzt frage ich mich also, wie ich vorgehen muss, um in Kontakt mit einem*

Auftraggeber zu kommen. Gibt es jemanden, der da schon Erfahrungen gemacht hat? Ihr findet vielleicht, dass es eine ziemlich kranke Frage ist, aber im Grunde ist es ja auch nur eine Art, sich seine Brötchen zu verdienen, und ich kann mir viele Jobs vorstellen, die schlimmer sind.

Darauf folgten viele höhnische Kommentare, in denen teilweise aber auch ein gewisser Ernst steckte.

BruderFuck: You don't say. Wie Post austragen vielleicht, oder Rasenmähen? Ih, bäh, so eine Knechterei will man sich dann doch nicht antun. Da schlachtet man lieber unschuldige Menschen ab und verbringt 25 Jahre in der Isolierzelle in Kumla. In meiner Glaskugel sehe ich eine glänzende Zukunft für dich, DerHeilige.

DerHeilige: Was machst du überhaupt hier, wenn dich das Thema nicht interessiert?

strm999: Weil er sich zum Sprachrohr der übrigen Menschheit aufschwingen und dich darauf hinweisen möchte, dass du total krank im Kopf bist.

DerHeilige: Das würde ich nicht sagen. Ich bin nur zielstrebig. Wartet nur.

strm999: Wohin ist die Welt bloß unterwegs? Aber leere Fässer geben großen Schall, zum Glück.

DerHeilige: Bitte, könnt ihr nicht ein bisschen seriös sein? Die Frage ist wirklich ernst gemeint.

strm999: Wir sind seriös. Begreifst du nicht, dass wir sowohl dir als auch den armen Würstchen helfen wollen, die du umbringen möchtest? Also ich möchte dir einen guten Rat geben: Spiel nicht so viele Computerspiele, iss gesund und treibe Sport. Ich würde dir sogar ganz entgegen meinen Prinzipien raten, dich zu bekehren. Die Frohe Botschaft könnte gerade in diesem Fall tatsächlich eine Lösung sein.

DerHeilige: *Daran habe ich auch schon gedacht. Aber gleichzeitig muss man ja eine Balance finden, und da glaube ich, dass meine Qualitäten auf der anderen Seite besser aufgehoben sind.*

strm999: *Qualitäten, dass ich nicht lächle ... Aber es klingt beruhigend, dass du die Sache anscheinend gründlich durchdacht hast ... not! Jetzt muss ich aber los zu meiner ehrlichen und risikofreien Arbeit. Das Schlimmste, was mit passieren kann, ist, dass ich mir den Finger an einem Blatt Papier aufschneide. Oder noch schlimmer: dass einem meiner Kollegen, sprich: Mitmenschen, so etwas passiert ... na, dann Tschüss und kein Glück!*

BruderFuck: *Ich habe einen Auftrag für dich, DerHeilige. Geh ins Badezimmer und stell dich vors Waschbecken. Siehst du dieses hässliche Arschgesicht, das dich so anstarrt? Verpass ihm eine Kugel in die Stirn, dann werde ich dafür sorgen, dass du in natura bezahlt wirst. Nimmst du die in der Zwei?*

DerHeilige: *Macht euch nur weiter lustig über mich, ihr seid herzlich eingeladen. Ich weiß, was ich will, und ich werde es schaffen.*

Spitfire: *Wie viel muss man bezahlen, um jemanden »eliminieren« zu lassen?*

DerHeilige: *Für 100 000 würde ich es machen.*

PhilBunke: *Für dieses Kleingeld würde ich noch nicht einmal jemandem die Füße brechen.*

Goyz: *Hast du überhaupt eine Waffe?*

DerHeilige: *Ich habe eine Glock 38.*
Goyz: *Jetzt ist so langsam Zeit zum Windelwechseln, DerHeilige.*
DerHeilige: *Ich werde es tun, auch wenn mich niemand bezahlen will. So ist es einfach. Meinetwegen könnt ihr glauben, was ihr wollt. Ich bin absolut entschlossen.*

Und so weiter, und so weiter. Der letzte Beitrag von DerHeilige stammte vom fünfundzwanzigsten Juni 2009. Andere Interessierte machten nach wie vor weiter, aber DerHeilige selbst hatte sich vor über einem Monat zurückgezogen.

Konnte das möglicherweise daran liegen, dass er jetzt ernst machen wollte?

*

Durch das Schlüsselloch sah er Jakob, den Idioten, der wie ein Wilder mit dem Brotmesser fuchtelte. Mit dem Blut im Gesicht und auf dem T-Shirt sah er aus wie ein Clown. Und er schrie immer noch, wie ein kleines Schweinchen. Immer wieder schlug seine Stimme ins Falsett über, und im großen Ganzen machte er einen ziemlich albernen Eindruck.

Simon steckte den Schlüssel wieder ins Schloss, entfernte das Gitter vom Lüftungsschacht über dem Bett und zog die Glock heraus.

»Jetzt sperr mal die Ohren auf, du kleine Heulsuse!«, rief er. »Jetzt bekommst du was Schönes zu hören. Nur damit du weißt, was dich erwartet, wenn du mit dem Messer hier reinstürmst.«

Und der Lärm vor der Tür verstummte tatsächlich. Er lud die Pistole durch, und die Waffe gab das klassische Geräusch von sich, das niemand missverstehen konnte.

»Was zum Teufel …«, hörte er von draußen.

Er ging zur Tür und drehte den Schlüssel, trat drei Schritte zurück und hob die Waffe. Sah, wie die Klinke heruntergedrückt und die Tür vorsichtig aufgeschoben wurde. Jakob sah aus wie ein Nistkasten, wie er mit hängenden Armen und dem Brotmesser in der Hand im Türrahmen stand. Er starrte in die Pistolenmündung und schien seinen Augen kaum zu trauen. Dann ließ er das Messer zu Boden fallen und hob seine Arme.

»Okay, vergiss es«, bekam er heraus.

Simon sagte nichts, genoss ein paar Sekunden lang die Situation, das Gefühl der Überlegenheit. Die vor Schreck erstarrte Miene in der widerwärtigen Visage seines großen Bruders. Das Gleichgewicht der Macht war wiederhergestellt.

»Gut«, sagte er ruhig. »Aber du solltest dich verdammt vorsehen. Ab jetzt tust du, was dir gesagt wird.«

Jakob nickte. Überzeugend.

»Jetzt geh und wasch dich. Dein Gesicht sieht aus wie eine Fotze.«

Jakob nickte noch einmal. Beschämt. Dann trottete er in Richtung Badezimmer.

Simon ging zur Tür und folgte ihm amüsiert mit den Blicken. Der Bruder war gebrochen. Um nicht zu sagen, zerstört. Als die Toilettentür hinter Jakob ins Schloss fiel, bückte sich Simon und hob das Messer vom Boden auf.

Immer noch kein Lebenszeichen aus Mamas Schlafzimmer. Die verdammte Amöbe merkt noch nicht einmal was, wenn ihre Söhne einander umbringen wollen.

*

Was Gerdin dazu veranlasste, diese Spur weiter zu verfolgen, war, außer den ausdrücklichen Mordgelüsten dieses Jungen, die Tatsache, dass er eine Glock 38 besaß und sich einen guten Monat vor dem Mord aus dem Thread verabschiedet hatte. Ansonsten fand sie keine weiteren interessanten Beiträge mehr unter dieser Rubrik, die DerHeilige für seine Mordfantasien eingerichtet hatte.

Sie begann alle Threads zu überfliegen, die er angelegt hatte. Bei den meisten ging es um Drogen. Wenn auch nur die Hälfte von dem stimmte, was er schrieb, dann hatte er ganz augenfällige Probleme. DerHeilige hatte das meiste ausprobiert und war trotz seines jugendlichen Alters ein hartgesottener Junkie. Im Thread »Rund 80 % reines Amphetamin – Bericht«, gab er nämlich jede Menge von sich preis, was vielleicht nicht besonders schlau war, wenn er tatsächlich vorhatte, eine Karriere als Auftragsmörder anzustreben:

Geschlecht: männlich
Alter: 20 Jahre
Gewicht: ca. 85 kg
Größe: 182 cm
Substanz: Amphetamin (Reinheitsgrad 80–90 %)
Dosis: 2 Briefchen
Frühere Erfahrungen: Cannabis, Morphin, Kokain, Amphetamin, Benzodiazepine, Oxycodon, Morphinsulfat, Tramadol, Mephedron, Methylon, Methadon, Fentanyl usw.

Es folgte ein detaillierter Bericht darüber, wie er aus einem Briefchen eine Lösung herstellte, die er sich spritzte, wie er sich nach einem magischen Flash noch eine Nadel setzte, die noch mal den Nachbrenner einschaltete. Und so weiter.

Allen Threads, in denen DerHeilige figurierte, war gemeinsam, dass er oft für seine naive Einstellung verhöhnt wurde. Je mehr Gerdin von diesem jungen Mann erfuhr, desto mehr begann er ihr leidzutun. Er wirkte vollkommen verloren in dieser Welt und wurde zwischen Hoffnung und Verzweiflung hin- und hergeworfen, zwischen Liebe und Gewalt, zwischen fantastischen Räuschen und tiefen Depressionen. Und immer wieder wurde er von bösartigen und spöttischen Flashback-Usern niedergemacht, antwortete aber immer höflich, entschuldigte sich und bedankte sich für die guten Ratschläge, die er bekam. Gerdin wurde schwermütig, als das Bild dieses verlorenen Jungen deutlichere Konturen annahm. Wie war er bloß dort gelandet?

Erneut warf sie einen Blick in den Thread mit dem bedrohlichen Albtraum. Erst jetzt stellte sie fest, dass er erst wenige Stunden alt war. Und dass eine ganze Reihe neuer Beiträge dazugekommen war, seit sie das letzte Mal nachgesehen hatte. Die meisten waren, wie erwartet, herablassender Natur und mit Smileys, die sich an den Kopf tippen, oder LOLs versehen. Was für DerHeilige schwierig und erschreckend war, sorgte bei den anderen, die sich im Forum herumtrieben, nur für Gelächter. Gerdin seufzte traurig.

Im selben Augenblick tauchte ein weiterer Beitrag vor ihren Augen auf. Es war die Antwort des Threadstarters auf den bislang einzigen ernst gemeinten Beitrag:

Breakdown: *Vor ein paar Tagen habe ich geträumt, dass ich meine Mutter mit bloßen Händen erwürgen würde, ich konnte richtig spüren, wie das Leben aus ihr herausrann. Heilige Scheiße.*

DerHeilige: *Denke über das Gleiche nach. Ich wage es. Ich kann es, ich habe frisches Blut an den Händen. Sie ist so widerwärtig, wie sie so hingefläzt auf dem Bett liegt. Nackt und fett. Nackt und fett.*

Gerdin spürte, wie sich ihr die Haare im Nacken aufstellten. Die eigentliche Botschaft war schon schlimm genug. Aber die Wiederholung ... die Wiederholung des letzten Satzes. Das Ganze hatte fast etwas Poetisches. Auf eine Art, die einem den Magen umdrehte.

*

Was sollte er jetzt tun? Sicherheitshalber hatte er die Tür wieder hinter sich verschlossen; es war unmöglich vorherzusehen, was Jakob als Nächstes anstellen würde. Er war launisch und ein verdammter Irrer. Ein Psychopath. Aber jetzt war er verstört. Dass Simon eine Pistole hatte – damit hatte Jakob wohl nicht gerechnet. Sein kleiner Bruder, den er zwanzig Jahre lang in den Dreck getreten hatte, hatte ihn mit dem Tod bedroht. Es ging um Respekt, und jetzt war offensichtlich Simon derjenige, der Respekt verbreitete, nicht umgekehrt. Ein anständiger Kopfstoß, und die Rollen waren vertauscht.

Aber Simon fühlte sich trotzdem noch nicht zufrieden. Jetzt, wo er seine Unschuld verloren hatte, wollte er noch mehr von dem, wonach er sich so lange gesehnt hatte, obwohl er sich im Grunde gar nicht so viel glücklicher fühlte. In gewisser Weise stark, aber auch rastlos. Und dann nachts immer diese verdammten Alpträume. Aber das konnte ja auch andere Gründe haben. Er hatte jede Menge Zeugs in sich reingespritzt, seit ... diese Sache passiert war, vor allem um runterzukommen. Was ihm aber offensichtlich nicht recht geglückt war, egal, was er auch genommen hatte.

Einen Joint könnte er jetzt gebrauchen. Damit er nachdenken konnte. Er holte die Zutaten hinter dem Lüftungsgitter hervor, setzte sich an den Schreibtisch und begann zu drehen. Während er arbeitete, flogen seine Gedanken in alle möglichen

Richtungen. Sein Herz galoppierte in der Brust. Kalter Schweiß trat ihm auf die Stirn. Die Hände zitterten, sodass er immer wieder von vorne anfangen musste. Was war denn nur los mit ihm? War er auf Entzug? Aber wovon? Oder war es etwas ganz anderes? Eine Angstattacke? Ein psychischer Breakdown?

Erst nach ein paar Zügen begannen sich seine Körperfunktionen zu beruhigen. Die Gedanken wurden klarer. Wenn man genauer darüber nachdachte, war es eigentlich gar nicht so seltsam, dass sein Körper reagierte. In der letzten Zeit war viel passiert. In der vergangenen Woche hatte er sich weit außerhalb seiner alten, bewährten Komfortzone aufgehalten. Er hatte einen großen Schritt ins Leben gemacht und war drauf und dran, einen noch größeren zu gehen. Es ging darum, seine Träume zu verwirklichen, im Jetzt und in der Zukunft zu leben. Nicht in der Vergangenheit. Sich an seine neue Wirklichkeit anzupassen, mit allem, was dies an Gutem und Schlechtem mit sich brachte. Vor allem Gutes natürlich. Deswegen hatte er sich ja von dem Gewohnten ab- und dem richtigen Leben zugewandt. La Dolce Vita.

Simon nahm einen tiefen Zug von dem Joint, und sein Blick hing an dem Brotmesser, das er neben der Tastatur abgelegt hatte. Er schloss die Augen. Versuchte so viel wie möglich von den wohltuenden Dämpfen in sich zu behalten, bevor er wieder ausatmete.

»Breakdown«, murmelte er vor sich hin und schlug die Augen auf.

Er stellte fest, dass Breakdown immer noch nicht auf seinen letzten Beitrag geantwortet hatte. Dann hörte er Jakob aus dem Badezimmer kommen und in sein Zimmer schleichen. Gut, er hatte immer noch Angst, versuchte keine unnötige Aufmerksamkeit zu erregen.

Obwohl zwei geschlossene Türen dazwischen lagen, hörte

Simon seine Mutter schnarchen. Sie lag immer noch da und schlief, die dumme Kuh.

*

Es war ein enorm frustrierendes Gefühl, nichts gegen die Tatsache unternehmen zu können, dass irgendwo im Land ein junger Mann überlegte, seine Mutter umzubringen. Ein Junge, der schon seit langer Zeit den Traum nährte, ein Mörder zu werden, und der darüber hinaus behauptete, im Besitz einer Glock 38 zu sein. Und der nach eigener Aussage frisches Blut an den Händen hatte. Blut, das rein theoretisch von Sven-Gunnar Erlandsson stammen konnte, denn wie viele Personen in Schweden mochten im Laufe der vergangenen Woche mit einer Glock 38 erschossen worden sein? Statistisch gesehen – keine. Aber in der Praxis war es mindesten einer.

Statt also Däumchen zu drehen, kämpfte Gerdin weiter. Mittlerweile war sie alle Threads durchgegangen, die DerHeilige selber eröffnet hatte, und ging daher dazu über, seine Beiträge in anderen Threads unter die Lupe zu nehmen. Es waren viele Beiträge. DerHeilige verbrachte eine Menge Zeit vor dem Rechner, so viel war klar. Auch jetzt ging es in seinen Beiträgen fast ausschließlich um Drogen, in einem gewissen Ausmaß auch um Kriminalität. Aber nachdem sie eine Weile quergelesen hatte, stolperte sie über etwas ganz anderes. Nämlich über einen etwa zwei Jahre alten Thread, in dem neugierige Flashback-User der Entwicklung eines schweren Brandes auf einem Hof außerhalb von Katrineholm folgten. Gerüchteweise wurde eine Person vermisst, die sich möglicherweise in dem Haus aufhielt, und als DerHeilige seinen Beitrag abschickte, kämpfte die Feuerwehr immer noch darum, den Brand unter Kontrolle zu bekommen.

DerHeilige: Eine alte Klassenkameradin aus meiner Grundschule wohnt dort. Ich hoffe wirklich nicht, dass sie oder ein Mitglied ihrer Familie noch im Haus ist. Ich gehe mal rüber und checke die Lage. Vielleicht kann ich ein paar Bilder mit dem Handy machen und hier posten.

Genau das hatte sie gebraucht. Mit steigendem Puls ging sie den Rest des Threads durch, bis klar war, dass bei dem Feuer ein achtzehnjähriges Mädchen namens Veronica Bengtsson tragisch ums Leben gekommen war. Der Name des Hofs war schon weiter oben im Thread genannt worden, und mithilfe dieser Information hatte sie genügend Fakten, um weitersuchen zu können. Voller Eifer loggte sie sich bei StayFriends ein und hatte bald eine ganze Klassenliste vor sich auf dem Bildschirm. Eines der Kinder in der sechsten Klasse der Forssjö-Schule im Schuljahr 2001/2002 hieß tatsächlich Veronica Bengtsson. Mit ein bisschen Glück verbarg sich also hinter dem Pseudonym DerHeilige einer der Jungen auf dieser Liste. Die Frage war nur – welcher von ihnen?

Gerdin ließ ihren Blick über das Klassenfoto wandern. Er war heute 182 Zentimeter groß und wog 85 Kilo. Das sagte nicht darüber aus, wie groß und schwer er in der sechsten Klasse gewesen war. Sah er traurig aus? Gefährlich? Misshandelt, schlecht gekleidet, vernachlässigt? Natürlich sahen alle Jungen süß und nett aus. Wie die meisten Kinder eben. Und löchrige Knie an den Hosen gehörten ohnehin zur Kindheit.

Was sagte der Benutzername – DerHeilige – darüber aus, wer er war? Nichts natürlich, er war alles andere als ein Heiliger. Möglicherweise verfügte er über Selbstironie und einen Funken Humor. Erneut warf sie einen Blick auf die Namen in der Liste. Und da war er. Klar und eindeutig.

Er stand in der hinteren Reihe als Zweiter von links und sah vollkommen unauffällig aus. Und Gerdin hatte sich nicht geirrt; er verfügte tatsächlich über einen Funken Humor.

Sein Name war Simon Tampler.

The Saint. Der Heilige.

*

Sjöberg war eigentlich nicht aufgelegt für ihre Neuigkeiten, für die Fakten, die sie ihm darlegte, und von den ganz unterschiedlichen Ideen, die sie ihm unterbreitete. Er war davon überzeugt, dass es unter den Thesen, mit denen sie bis jetzt gearbeitet hatten, eine gab, die sich als richtig herausstellen würde. Dass sie nicht alle gemeinsam in die total falsche Richtung gestürmt waren. Und dass es nicht Gerdin sein würde, die ihnen den Kopf des Mörders auf einem Silbertablett servierte.

Gerdin, die niemand so richtig ernst genommen hatte – na ja, abgesehen von Sandén natürlich, aber ihn konnte man ja auch nicht immer so ganz ernst nehmen. Sollte ausgerechnet sie, auf die niemand hörte, die Einzige sein, die nicht den ausgetretenen Pfaden gefolgt war, die Einzige, die sich nicht von den Überzeugungen der anderen hatte lenken lassen? Die ihnen zu allem Überfluss am vorhergehenden Tag beinahe weggestorben wäre und jetzt in einem Krankenhaus in Huddinge lag und sich von einer komplizierten Unterleibsoperation erholte. Das war schlicht und ergreifend nicht das, was er sich vorgestellt hatte.

Und der einzige Grund dafür, dass er ihr überhaupt zuhörte, war das schlechte Gewissen, das er ihr gegenüber verspürte. Und dass Sandén bei mehreren Gelegenheiten laut geworden war, was eigentlich gar nicht seine Art war. Aus diesen Gründen hatte Sjöberg also entschieden, ihr eine Chance zu geben.

Es ging dabei keineswegs um Intuition, sondern nur um Vernunft. Er hatte einfach entschieden, dass er ihr entgegenkommen würde. Bevor sie mit diesem erstaunlichen Vorstoß kam. Aber im Laufe des Gesprächs wurde Sjöberg klar, dass sie ihn, den Abweisenden, ganz aus freien Stücken kontaktiert hatte, und nicht Sandén, bei dem sie sich sicher sein konnte, dass er sie ernst genommen hätte. Und das war stark, das musste er zugeben.

»Hör zu, Conny«, sagte Gerdin. »Er heißt Simon Tampler, ist zwanzig Jahre alt und wohnt in Forssjö bei Katrineholm. Schlag ihn und seine Familienangehörigen im Kriminalregister nach, du wirst bestimmt etwas finden. Er hat eine zerrüttete Kindheit, ist eigentlich ein netter und freundlicher Junge, aber psychisch labil.«

»Wie sicher bist du dir, dass er derjenige ist, nach dem wir suchen?«

»Neunzig Prozent.«

»Nur neunzig?«

»Er könnte ja ein Troll sein.«

»Ein Troll?«

»Einer, der sich für jemand anderen ausgibt, als er ist. Im Internet, also. Aber das glaube ich nicht. Ich weiß, dass es nicht so ist. Alles stimmt. Er hat eine Glock 38, er sagt ausdrücklich, dass er das Bedürfnis verspürt, jemanden zu töten, und er behauptet, dass er vor kurzer Zeit erst getötet hat. Außerdem lässt sein Verhalten erkennen, dass er es tatsächlich getan hat.«

»Wie das?«

»Das kann ich jetzt auf die Schnelle nicht erklären, aber glaub mir. Ich kann mich sehr gut in Menschen hineinversetzen.«

Wirklich?, dachte Sjöberg. Kann man das, obwohl es einem gleichzeitig schwerfällt, sich so zu verhalten, dass man nicht überall aneckt? Klar, vielleicht kann man das. Und er sollte nicht so über Gerdin denken. Nicht so verdammt engstirnig sein.

»Ich würde dringend empfehlen, dass du die nationale Einsatzgruppe dorthin schickst. Jetzt sofort.«

Sjöberg seufzte tief.

»Das kann ich nicht tun, Gäddan. Das geht einfach nicht.«

»Weil die Beweise zu schwach sind? Weil du in deinem tiefsten Inneren nicht daran glaubst? Klar, verstehe. Dann fahr eben selbst. Bis an die Zähne bewaffnet.«

»Um einen netten, freundlichen Zwanzigjährigen aufzugreifen?«

»Ja. Weil er eine Glock hat. Und weil er nicht zögert, sie anzuwenden. Weil er unzurechnungsfähig ist, vielleicht sogar psychotisch. Du kannst gut mit Leuten umgehen, Conny. Du musst ihn zur Vernunft bringen, auf eine nette und freundliche Weise. Und vergiss nicht, dass Respekt ein wichtiges Wort für solche Jungs ist. Aber es ist eilig.«

»Wie kannst du dir so sicher sein?«, wollte Sjöberg wissen.

»Das bin ich nicht. Ganz und gar nicht. Aber ich weiß, dass er darüber nachdenkt, seine Mutter zu ermorden. Es drängt, und wir wollen das nicht auf unserem Gewissen haben, selbst wenn niemand von uns verlangen kann, dass wir es uns ausrechnen konnten, bevor es überhaupt passiert.«

Sjöberg dachte einen Augenblick nach. Dachte, dass dies vielleicht die Gelegenheit war, auf die er gewartet hatte. Jetzt konnte er Gerdin den Respekt zeigen, den sie tatsächlich verdiente. Wie jeder andere Mensch. Selbst wenn sie total auf dem Holzweg sein sollte, würde kein großer Schaden entstehen. Solange sie nicht die nationale Einsatzgruppe mit hineinzögen, sondern den Einsatz auf eigenes Risiko durchführten, würden sie nicht einmal einen größeren Prestigeverlust erleiden. Und als er an ihre bemerkenswerte Leistung bei der Entzifferung dieser Koordinaten dachte, musste er anerkennen, dass sie dort durchaus gezeigt hatte, was sie konnte. Auch wenn nichts dabei herausgekommen war, wofür sie Verwendung gehabt hätten. Und gesetzt den Fall, Gerdin hätte tatsächlich recht ... Wenn dieser Simon Tampler wirklich der Mörder von Sven-Gunnar Erlandsson war, wenn sie die Mordwaffe und Erlandssons iPhone bei einer Hausdurchsuchung sicherstellen würden ... Tja, dann konnte man sich nur vor ihr verneigen. Obwohl ständig neue Fakten, neue Anhaltspunkte, neue Geheimnisse in diesem ganzen Durcheinander aufgedeckt wurden, hatten sie nie genug, dass es für einen Haftbefehl reichte. Insofern waren die Ermittlungen ins Stocken geraten. Er war bereit, das Risiko einzugehen.

»Ich muss dich nur noch eine Sache fragen«, sagte Sjöberg. »Was hatte er auf diesem Sportplatz in Södertälje zu schaffen, dieser Tampler? Oder glaubst du immer noch, dass Josefin Siem Erlandssons iPhone genommen hat, als sie seine Leiche fand?«

»Simon Tampler war nicht auf dem Sportplatz«, antwortete Gerdin. »Er saß im Zug von Stockholm nach Katrineholm. Er sollte an diesem Morgen eigentlich um 8.29 Uhr vom Stockholmer Hauptbahnhof abgefahren sein, hatte aber sechsundvierzig Minuten Verspätung, das heißt, er fuhr um 9.15 Uhr. Die Fahrt nach Södertälje Süd dauert zweiundzwanzig Minuten. Um 9.36 Uhr, als das Gespräch geführt wurde, befand er sich also in Södertälje, und die Gleise laufen direkt neben dem Sportplatz. Der Verkehrslärm, den Malmberg gehört zu haben meint, waren die Zuggeräusche.«

»Warte, warte. Wirfst du jetzt nicht zwei Telefongespräche durcheinander? Oder meinst du, dass beide Gespräche zur selben Zeit über denselben Mast geführt worden sind?«

»Ungefähr so, ja. Das war jedenfalls das, was ich Hamad aus der Nase ziehen konnte.«

Donnerwetter. Warum hatte Hamad Sjöberg nichts davon gesagt? Er hatte zwar nicht direkt danach gefragt, wie es Gerdin anscheinend getan hatte, aber trotzdem. Seine Gedanken schwirrten durcheinander, und für ein paar Sekunden konnte er nur den Kopf schütteln. Sjöberg war sprachlos. Sollte sie den Fall wirklich gelöst haben? Jetzt hieß es nur, die Truppe zusammenzutrommeln und sich auf den Weg nach Katrineholm zu machen.

»Beeindruckende Arbeit, Gäddan. Das muss ich sagen. Ich werde jetzt übernehmen, und du solltest die Gelegenheit wahrnehmen, dich ein bisschen zu erholen, damit wir dich bald wieder zurückhaben.«

»Absolut, das werde ich tun!«, entgegnete Gerdin mit einem Lachen.

Ein bisschen zu laut. Aber das machte vielleicht gar nicht so viel aus.

»Ich halte dich auf dem Laufenden«, sagte Sjöberg. »Wenn es dich nicht stört, dass ich dich anrufe?«

»Kein Problem. Aber du«, sagte sie, plötzlich wieder auf diese ganz ernste Gerdinsche Weise. »Da ist noch etwas. Nicht, dass es jetzt noch eine größere Bedeutung hätte, aber trotzdem. Diese Karten, die Erlandsson in der Tasche hatte, waren nicht irgendwelche Karten. Es war die Dead man's hand. Die Karten, die Wild Bill Hickok auf der Hand hatte, als er 1876 erschossen wurde. Am zweiten August, wohlgemerkt. Ich wollte nur, dass du es weißt.«

»Äh ... Danke.«

»Seid vorsichtig, und viel Glück«, sagte Gerdin und beendete das Gespräch.

Sjöberg schüttelte den Kopf.

Donnerstagnachmittag

Als die Wirkung des Joints nachließ, kamen die Schweißattacken wieder zurück. Das Herzrasen und Hände, die ihm nicht mehr gehorchen wollten. Hitzewallungen. Wie so eine Alte in den Wechseljahren. Von draußen hörte er Motorradgeräusche. Matteus und Andreas waren zurück. Er musste diese seltsamen Beschwerden loswerden, wollte in Form sein, wenn er den Brüdern gegenüberstand. Er machte sich einen Fix aus halbgarem Speed, gestreckt mit Dextropur und Kreatin, denn er hatte nichts anderes da.

Während er daran arbeitete, achtete er auf die Geräusche im Haus. Er hörte, wie seine Mutter sich aus dem Bett erhob, ihr Zimmer verließ und die Treppe hinunterging. Die Brüder kamen herein, die Haustür wurde zugeschlagen, und kurz darauf hörte er sie in der Küche ein paar Worte mit ihrer Mutter wechseln. Aus Jakobs Zimmer hatte er seit Stunden schon keinen Laut mehr gehört. Wahrscheinlich hatte er sich in eine Ecke zurückgezogen und leckte seine Wunden.

Jetzt spürte er den Push des Amphetamins, er war wieder auf Draht und stand auf. Hielt sich die Hand vors Gesicht und sah, dass sie kaum noch zitterte. Die Schweißausbrüche hatten aufgehört. Er räumte die Utensilien weg, zog sich ein Paar Jeans an und öffnete ein Fenster. Das Zimmer musste gelüftet werden. Er ging hinaus in den Flur und begann die knarzende Treppe hinunterzugehen. Hörte, wie die Stimmen in der Küche verstummten – es klang irgendwie unheilverkündend, als ob es etwas mit ihm zu tun hätte. Nicht, dass seine Mutter besonders viel redete, aber Matteus und Andreas waren für gewöhnlich sehr lebhaft, wenn sie zusammen waren. Und sie waren fast immer zusammen.

Als er in die Küche kam, stand seine Mutter mit dem Rücken zu ihm und löffelte Kaffeepulver in den Filter der Kaffeemaschine. Die Brüder saßen zu beiden Seiten des Tisches und hatten die Stühle ins Zimmer gedreht, sodass sie ihm zugewandt waren. Breitbeinig, vornübergebeugt saßen sie da und hatten ihre kräftigen Unterarme auf die Schenkel gelegt, sodass die Hände frei zwischen den Knien baumelten. Sie sahen ernst aus. Rein rational verstand er, dass das nicht gut war, aber sein Körper und sein Gehirn waren auf etwas anderes eingestellt, das Amphetamin rauschte durch seine Adern und wollte, dass er die Logik vergaß, dass er lachte und stark war. Sein Verstand sagte ihm klar, dass Jakob, die verdammte Ratte, sich nicht mit seiner Behandlung abgefunden hatte, sondern ihn wie ein kleiner Rotzjunge bei seinen älteren Brüdern verpetzt hatte, statt den Ärger einfach zu schlucken. Und das war nicht gut. Überhaupt nicht gut. Rein rational betrachtet.

»Was geht?«, sagte er und schlenderte ganz entspannt in Richtung Kühlschrank.

»Bist du schon wieder drauf, du kleiner Bastard?«, sagte Matteus.

»So what? Ich hol mir nur 'ne Cola, dann bin ich wieder weg.«

»Bleib stehen. Sieh mir in die Augen.«

Simon blieb stehen. Mit einem idiotischen Lächeln, das er nicht abstellen konnte, sah er Matteus in die Augen.

»Dieser Mist hat dir dermaßen das Hirn weggeblasen, dass du gar nicht mehr weißt, was du tust.«

Simon sah das anders. Aber er antwortete nicht.

»Ist dir klar, was du getan hast?«, fragte Andreas. »Begreifst du die Konsequenzen? Hier geht es um Leben und Tod, verdammt nochmal. Das ganze Geschäft kann zum Teufel gehen.«

Die Mutter werkelte an der Küchenplatte. Sie hatte sich immer noch nicht umgedreht.

»Schade um die Geschäfte«, antwortete Simon. »Aber um Leben und Tod kümmere ich mich einen Dreck.«

Die Brüder schauten einander an. Zwei kahle Schädel, zwei große Bärte.

»Dann macht es dir bestimmt auch nicht so viel aus, wenn wir dich totschlagen müssen? Denn das tun wir mit Leuten wie dir. Leuten, die unsere Sachen klauen«, sagte Andreas und stand auf, machte einen Schritt auf ihn zu.

Er sah stark aus, zornig und bedrohlich. Aber Simon fühlte nichts. Ihm war alles egal.

»Jakob ist eine miese Fotze«, sagte er.

»Jakob ist loyal. Er weiß, was man tut und was man nicht tut«, sagte Matteus und stand ebenfalls auf.

»Ich habe sie nur ausgeliehen. Ihr könnt die Pistole wiederhaben. Ich brauche sie nicht mehr.«

»Man leiht sich keine Sachen von uns aus, ohne vorher zu fragen«, fuhr Andreas ihn an und machte einen weiteren Schritt in seine Richtung. »Merk dir das. Für den Fall, dass du wieder aufwachst.«

Matteus hob die Hand, als Andreas gerade auf Simon losgehen wollte.

»Was meinst du damit, dass du sie nicht mehr brauchst?«, fragte er misstrauisch. »Du hast sie doch nicht etwa benutzt?«

»Vielleicht doch«, antwortete Simon mit einem Achselzucken und immer noch mit diesem Lächeln, von dem er selbst nicht wusste, woher es kam. Er sollte eigentlich Angst haben, aber er fühlte sich nur ... abgestumpft. Es spielte irgendwie gar keine Rolle, was passierte, es war ihm scheißegal.

»Was hast du getan, du verdammter Idiot?«, brüllte Matteus und versetzte ihm einen Tritt mitten in den Bauch.

Simon knickte zusammen und sank zu Boden, aber Andreas

stellte ihn schnell wieder auf die Füße und hielt ihn unter den Armen fest, während Matteus mit den Fäusten auf ihn losging.

Das Letzte, was er sah, bevor ihm schwarz vor Augen wurde, war seine Mutter. Sie hatte sich endlich umgedreht und betrachtete das Schauspiel mit einem einfältigen Lächeln.

*

Sjöberg entschied, dass er nicht mehr als die fünf Polizisten brauchen würde, die aktuell an dem Fall arbeiteten – Gerdin natürlich weggerechnet. Ihre Argumentation war im Grunde sehr überzeugend gewesen, aber es handelte sich um einen einzelnen Zwanzigjährigen, der noch nicht einmal vorbestraft war. Sie hatten sich alle zusammen in einen Bus gequetscht, und Westman saß am Steuer. Auf der Fahrt nahmen sie Kontakt mit Kommissar Torstensson von der Polizei in Katrineholm auf. Einige von ihnen hatten schon mit ihm zu tun gehabt, als sie vor ein paar Jahren intensiv an einer Reihe von Morden an verschiedenen Orten in Mittelschweden gearbeitet hatten. Er war zwar im Urlaub, hatte aber nichts dagegen, ihnen ein paar Fragen zu beantworten.

»Die Tamplers, ja«, krächzte seine Stimme aus den Telefonlautsprechern. »Die kenne ich. Sehr gut sogar, muss ich leider sagen. Sie kommen aus der Gegend von Forssjö und wohnen auf einem abgelegenen Hof. Es sind vier Brüder, einer schlimmer als der andere.«

»Simon«, sagte Sjöberg. »Was weißt du über ihn?«

»Das muss der Jüngste sein. Mit ihm hatte ich noch nichts zu tun. Wahrscheinlich ist er der Harmloseste von ihnen. Bislang jedenfalls. Ich glaube, dass er ziemliche Drogenprobleme hat, aber soweit ich weiß, ist er noch nie verurteilt worden. Die beiden Ältesten sind Motorradrocker und ziemlich schwere

Jungs. Einbruch, Raub, Schutzgelderpressung, Körperverletzung, Waffenvergehen. Es besteht der Verdacht, dass sie an einem Einbruch in ein militärisches Waffenlager beteiligt waren, aber das sind, wie gesagt, nur Vermutungen. Andreas und Matteus heißen sie. Werden in regelmäßigen Abständen eingelocht. Und dann gibt es noch Jakob. Sie alle sind, ironischerweise, nach Aposteln benannt. Er macht den Handlanger für seine älteren Brüder und ist auf dem besten Weg, ebenfalls ein ausgewachsener Krimineller zu werden. Bislang ist er allerdings nur für kleinere Vergehen verurteilt worden.«

»Und die Eltern?«

»Die Mutter war vor Urzeiten verheiratet und hat damals die beiden Großen zur Welt gebracht. Ihr Mann war ein brutaler Schläger, der soff und sie misshandelte. Er ist früh gestorben, bei einem Verkehrsunfall, wenn ich mich recht erinnere. Seitdem hat es immer wieder den einen oder anderen Mann gegeben, aber keinen, der für längere Zeit geblieben ist. Das Problem ist, dass sie eine leichte Entwicklungsstörung hat.«

Sjöberg musste einen unwillkürlichen Blick auf Sandén werfen, der schräg vor ihm saß. Er sah unberührt aus, aber Sjöberg konnte sich gut vorstellen, was in seinem Kopf vorging. Eine leichte geistige Behinderung konnte viel ernsthaftere Konsequenzen haben als eine schwere. Ganz besonders dann, wenn auch Kinder indirekt davon betroffen waren.

»Aber sie ist nicht für unmündig erklärt worden«, fuhr Torstensson fort. »Daher konnte man ihr die Kinder sozusagen nicht direkt im Kreisssaal schon wegnehmen. Und die Situation der Kinder war zwar nicht die beste, aber auf der anderen Seite auch nicht so untragbar, dass das Jugendamt sich gezwungen gesehen hätte, sie ihr wegzunehmen. Sie hatten Essen und Kleidung. Gingen zur Schule. Das reicht heutzutage wohl schon, um sich Eltern nennen zu können. Eine schwierige Abwägung. Ich persönlich finde ja, dass ...«

»Mehr brauchen wir, glaube ich, nicht zu wissen«, unterbrach ihn Sjöberg. »Vielen Dank, dass du dir mitten im Urlaub die Zeit dafür genommen hast. Jetzt kannst du dich ruhig wieder in die Hängematte legen.«

»Haha, keine Ursache. Und melde dich, wenn etwas passiert, dann werde ich dir einen Wagen schicken. Oder zwei.«

Den Rest der Fahrt verbrachten sie schweigend. Es war nicht mehr weit, und man konnte sich schon einige Gedanken über die Dinge machen, die Torstensson zu erzählen wusste.

Der Hof der Familie Tampler lag in einer hübschen Gegend mit Wald und offenen Feldern. Auf der letzten Wegstrecke, die nicht einmal mehr asphaltiert war, sahen sie Kühe auf postkartenschönen Weiden zwischen Eichenhainen, Wacholderhängen und nackten Felsen grasen. Auf der anderen Seite der Straße lag ein glitzernder See.

Sie stellten den Bus außer Sichtweite ab und gingen zu Fuß das letzte Stück zum Hof hinauf, der aus einem größeren und einem kleineren Wohnhaus, einigen Nebengebäuden sowie einer auffällig großen Scheune bestand. Von einer eventuellen Viehwirtschaft war nichts zu sehen, und Landwirtschaft schien auf dem Hof ebenso wenig betrieben zu werden. Was sie im Grunde auch nicht erwartet hatten. Mit seiner SIG Sauer im Holster und der schusssicheren Weste unter dem Hemd hätte Sjöberg sich halbwegs sicher fühlen müssen, aber über dem ganzen Unternehmen, über dem schlecht erhaltenen Hof und den Menschen, die dort wohnten, schien sich Unheil zusammenzubrauen. Er dachte tatsächlich noch einmal ernsthaft über Torstenssons Angebot nach, bevor sie sich auf die grasbewachsene Hoffläche schlichen. Aber dann ließ er den Gedanken fallen.

Plötzlich hörte er etwas. Er blieb stehen, und die anderen

taten es ihm nach. Sie spitzten die Ohren und lauschten. Stimmen. Laute Männerstimmen drangen aus dem Hauptgebäude. Sjöberg schaute sich auf dem Hof um und stellte fest, dass zwei Motorräder vor der Scheune parkten. Nur zwei. Die beiden ältesten Brüder waren zu Hause, aber es stand zu hoffen, dass keine weiteren Rocker zu Besuch waren. So zählten sie schlimmstenfalls fünf gegen vier. Wenn man die Mutter wegrechnete.

»Petra«, flüsterte er. »Du schleichst dich ans Haus heran und versuchst zu sehen, was dort passiert. Andersson, du findest heraus, ob das Haus noch eine andere Tür hat.«

Andersson tat, was ihm aufgetragen wurde, und lief gebückt über den Rasen, bis er hinter der Hausecke verschwand. Westman folgte dem Geräusch der Stimmen und blieb unter dem Fenster rechts von der Eingangstür stehen. Sie reckte den Hals, um sich ein Bild davon zu machen, was in dem Zimmer vor sich ging, und zog den Kopf sofort wieder ein. Dann lief sie zurück zu den wartenden Polizisten.

»In der Küche halten sich fünf Personen auf«, erklärte sie. »Einer steht passiv in der Tür und schaut zu, die zwei Biker misshandeln einen liegenden Mann. Ihr werdet mir nicht glauben, aber die Mutter steht an der Küchenplatte und lacht.«

»Sind sie bewaffnet?«, fragte Sjöberg.

»Soweit ich es sehen konnte, nicht.«

Andersson tauchte wieder auf.

»Es gibt noch eine Tür auf der Rückseite, aber sie ist verschlossen.«

»Wir fordern Verstärkung aus Katrineholm an«, entschied Sjöberg und wählte erneut Kommissar Torstenssons Nummer.

»Sie schlagen ihn tot«, sagte Westman. »Wir müssen reingehen.«

»Hier nochmal Sjöberg«, sagte Sjöberg ins Handy. »Schick

zwei Wagen zum Hof der Templars, aber schnell. Und ein paar Rettungswagen. Hier geht eine schwere Körperverletzung vor sich. Wir werden eingreifen, aber ihr werdet euch um die Täter kümmern müssen, die beiden älteren Brüder. Das ist wie *Beim Sterben ist jeder der Erste* hier draußen.«

Torstensson sagte seine Hilfe zu, und Sjöberg beendete das Gespräch. Er gab seinen Kollegen ein Zeichen, worauf sie mit gezogenen Waffen zur Eingangstreppe liefen.

»Eins, zwei, drei«, sagte Sjöberg, und sie stürmten in die Diele.

Sandén, der als Erster hineingegangen war, kümmerte sich um den Jungen in der Tür, einen langen Lulatsch mit schlechter Körperhaltung, bei dem man unwillkürlich an das Banjoduell denken musste. Es traf ihn völlig unvorbereitet, und auf Sandéns Befehl legte er sich flach auf den Dielenboden.

Gleichzeitig stürmte Hamad in die Küche, dicht gefolgt von Sjöberg, Westman und Andersson, alle mit den Pistolen im Anschlag.

»Polizei! Auf den Boden!«, rief Hamad.

Die beiden Brüder, die aussahen wie der Prototyp des MC-Gangsters, leicht übergewichtig, mit rasierten Schädeln und blonden Vollbärten, türmten sich nach wie vor über dem Jungen auf, der zusammengekrümmt und mit geschlossenen Augen auf dem Boden lag. Bemerkenswerterweise hatte er eine Art Lächeln auf den Lippen. Angelehnt an die Küchenplatte stand eine dicke, etwa fünfzigjährige Frau im Morgenmantel und mit pelzumsäumten Pantoffeln, die nervös kicherte.

Westman, die ganz rechts am Küchentisch Position bezogen hatte, bemerkte zuerst, was sich anbahnte. Sie hatte einen anderen Blickwinkel und war deshalb die Einzige, die sehen konnte, wie sich Andreas Tamplers rechte Hand unter die Hose und in die Socke schob.

»Wir schießen!«, rief sie. »Hände hoch, aber sofort!«

Als er die kleine Pistole zog, war es deshalb folgerichtig, dass er zuerst auf sie schoss. Hamad reagierte schon, bevor der Schuss fiel, machte einen Schritt nach rechts, um den Winkel zu verbessern, und verpasste ihm einen Schuss in den Oberschenkel, nur eine Sekunde nachdem die Kugel Westman mitten im Rumpf getroffen hatte. Sie kippte unkontrolliert nach hinten und stieß mit dem Kopf gegen den Küchentisch, bevor sie auf dem Boden landete. Kurz darauf rammte der groß gewachsene Gangster mit einem Brüllen den Kühlschrank und sackte auf dem Boden zusammen, während er die Pistole immer noch umklammerte. Andersson und Sjöberg hatten für einen Moment den anderen Bruder, Matteus, aus den Augen gelassen, der plötzlich mit einem Messer in der Hand heranstürmte und es in Anderssons Oberarm versenken wollte. Während Hamad herbeieilte und dem wie am Spieß brüllenden Andreas die Waffe aus der Hand zog, riss Andersson die Hand hoch, um sich zu verteidigen, und fing den Stich mit der Handfläche ab. Anschließend drehte er sich um hundertachtzig Grad, was Sjöberg genügend freie Sicht gewährte, um einen Schuss abzufeuern, der Matteus Tamplers Wade streifte. Mit einem Schrei ließ dieser daraufhin sein Messer fallen und ging zu Boden. Auch Andersson sank auf die Küchenfliesen; aus seiner Hand schoss ein kräftiger Strahl Blut. Sjöberg lief zu Matteus, legte ihm Handschellen an und ließ ihn zurück, um sich um Andersson zu kümmern. Unterdessen kam Sandén aus der Diele hereingestürmt und eilte Westman zu Hilfe, die ausgestreckt auf dem Boden lag.

»Atme, Petra, verdammt! Du musst atmen!«, rief er, während er versuchte, sie wachzurütteln.

Als von Weitem die Sirenen zu hören waren, griff Sjöberg nach einem Handtuch und wickelte es um Anderssons Hand. Währenddessen verlor Andersson das Bewusstsein, und er musste ihn vorsichtig auf dem Boden ablegen.

»Komm schon, Loddan«, sagte er und schlug ihm leicht auf die Wange.

Aber Andersson wollte nicht mehr dabei sein, und in Petra war auch kein Leben zu bringen. Sandén setzte sich mit gespreizten Beinen auf sie und presste mit übereinandergelegten Händen ein paar Mal ihren Brustkorb. Dann beugte er sich vor und beatmete sie von Mund zu Mund.

Die Wagen waren jetzt auf dem Hof vorgefahren, und Hamad schnitt Andreas' Hosenbein auf, der stoßweise atmete und sich wahrscheinlich in einem Schockzustand befand. Anschließend band er den Fetzen so fest um das Bein, wie er konnte, und wandte sich dem bewusstlosen Jungen zu, der daneben lag.

In diesem Moment betraten die neu hinzugekommenen Polizisten die Bühne.

»Wir brauchen die Sanitäter, aber schnell!«, rief Sjöberg den Uniformierten zu, die auf der Schwelle direkt wieder kehrtmachten.

»Eins, zwei, drei, vier, fünf, sechs, sieben, ...«, zählte Sandén, während er die Hände auf Westmans Brustkorb presste. »Verdammt, ich weiß nicht, ob sie überhaupt noch atmet!«

Dann blies er ein letztes Mal Luft in ihre Lungen, bevor die Rettungskräfte übernahmen und er erschöpft zur Seite stolperte und sich auf einen der Küchenstühle sinken ließ. Mama Tampler stand immer noch an der Küchenplatte und kicherte hysterisch.

Das ganze Drama hatte nur Minuten gedauert. Die Rettungswagen und einer der Streifenwagen hatten den Hof schon wieder verlassen. In der Küche befanden sich nur noch Hamad und Sjöberg, zusammen mit der geistig behinderten Mutter und vier Polizisten aus Katrineholm. Sandén hatte Westman und Andersson im Rettungswagen begleitet, und die Gebrüder Tampler wurden von uniformierten Polizisten bewacht, während sie im Kullbergska Krankenhaus wiederhergestellt wurden. Anderssons Abwehrverletzung schien laut Aussage des Ambulanzpersonals kein größeres Problem darzustellen, und Sjöbergs Handtuch hatte die Blutung bereits effektiv gestoppt. Westman hatte sich eine leichte Gehirnerschütterung zugezogen, und falls es einen Atemstillstand gegeben haben sollte, dann war er bereits vorüber, als der Rettungssanitäter übernahm. Er hatte ihren Puls zwar sofort gefunden, aber einen ordentlichen Bluterguss unterhalb der schusssicheren Weste konnte er ihr versprechen.

Während sich die lokalen Polizeikräfte um die Routinearbeiten kümmerten, taten die beiden Kriminalbeamten aus Hammarby das, wofür sie hergekommen waren. Zwar war Simon Tampler noch nicht vernehmungsfähig, aber die Prognose war gut, denn die Tritte und Schläge waren ausschließlich auf die Weichteile gezielt gewesen.

Sjöberg und Hamad konnten sich also in aller Ruhe der Hausdurchsuchung widmen. Sie brauchten nur zwanzig Minuten, um Simon Tamplers Versteck hinter der Lüftungsklappe zu finden. Dort entdeckten sie – neben Cannabis, einigen Tüten mit weißem Pulver, etlichen Tabletten unterschiedlicher Farbe, Form und Größe sowie diversen Utensilien, die mit Drogenmissbrauch in Zusammenhang standen – eine Glock 38 mit dazugehöriger Munition. Ein iPhone mit sechzehn Gigabyte Speicher hatten sie bereits zuvor auf dem Schreibtisch sicherstellen können; es hatte eine rote Hülle.

Freitagvormittag

Nach einer wohlverdienten, verlängerten Nachtruhe waren bis auf Gerdin, die immer noch im Krankenhaus lag, alle zurück im Büro. Sie hatten sich um den Tisch im blauen, ovalen Besprechungsraum versammelt, und als Krönung des Ganzen beehrten sie der Lüstling Brandt und der Vergewaltiger Malmberg mit ihrer Anwesenheit. Wahrscheinlich, um sich selbst die Medaille dafür anheften zu können, dass Sven-Gunnar Erlandssons Mörder gefasst worden war. Möglicherweise auch, um sie wegen des Schusswechsels zur Rede zu stellen. Aber da war nichts zu holen, alles war wie nach Lehrbuch gelaufen.

Warte nur, Malmberg, dachte Hamad. Deine Zeit wird noch kommen. Und wo bist du überhaupt die ganze Woche gewesen? Du warst doch am Anfang so verdammt interessiert an diesem Fall und hast dich fast bis zum Bersten aufgeblasen, weil ausgerechnet du dieses Gespräch entgegengenommen hattest? Wie kommt es, dass du dich auf einmal zurückgezogen und das Interesse verloren hast? Die Antwort kam schneller, als er gedacht hatte. Eine mögliche Antwort.

»Leute«, hob Malmberg an. »Ich muss mich entschuldigen, dass ich mich in den letzten Tagen bei euren Ermittlungen nicht auf dem Laufenden halten konnte, aber ich war auf der Polizei- und Gleichstellungskonferenz in Sankt Petersburg, und das ist ja auch eine wichtige Sache.«

Hm, in der Tat.

»Wie auch immer, mittlerweile bin ich wieder halbwegs orientiert, und Roland und ich wollen euch für euren herausragenden Einsatz danken. Und das meine ich ehrlich. Deshalb auch die Torte auf dem Tisch. Bedient euch.«

»Ganz meine Meinung«, sagte Brandt. »Aber zuerst möchte ich hören, wie es euch allen geht. Odd?«

»Nichts Schlimmes, nur eine Fleischwunde. Es hat verdammt wehgetan, aber ich habe schmerzstillende Tabletten bekommen. Gitarre spielen kann ich noch halbwegs«, schloss er mit einem Augenzwinkern, was den Polizeidirektor zu einem herzlichen Lachen veranlasste.

»Und wie geht es dir, Petra?«, fuhr er fort.

Westman wirkte unangenehm berührt. Soweit Hamad wusste, hatte sie kein Wort mehr mit dem Polizeidirektor gewechselt, seit der sie auf seinen Schoß gezogen und versucht hatte, mit ihr ein Tête-à-Tête im Grand Hôtel zu arrangieren.

»Gut, kann man wohl sagen«, antwortete sie zögernd. »Es war wie ein Schock. Enorme Kräfte, die auf einen einwirken. Und wenn man sich vorstellt, dass die Kugel genauso gut den Kopf hätte treffen können ... aber Sandén hat gut reagiert. Vielleicht hast du mir das Leben gerettet. Auch mir.«

Fügte sie mit ihrem charmantesten Lächeln hinzu.

»Pah, ich wollte nur die Gelegenheit nutzen und ein bisschen knutschen«, scherzte Sandén.

Er schien ein wenig verlegen ob der ganzen Aufmerksamkeit, die ihm in der letzten Zeit zuteil geworden war.

»Aber Ehre, wem Ehre gebührt«, sagte Sandén. »Es war Jamal, der Petras Leben gerettet hat. Wenn er nicht so schnell reagiert hätte, hätte dieser Andreas Tampler einfach weitergeschossen.«

»Großartig«, antwortete Brandt mechanisch. »Ja, wie fühlst du dich dabei, Jamal? Hast du vorher schon einmal auf jemanden geschossen?«, fragte er in einem Tonfall, als wollte er wissen, wie das Wetter am Wochenende werden sollte. Was für ein Heuchler. Er war nicht im Geringsten daran interessiert und konnte sich nicht einmal ansatzweise in seine Lage hineinversetzen. Dieser gefühlsamputierte Gockel würde niemals verstehen, dass man in einer Situation wie gestern, als es um Leben und Tod ging, instinktiv reagieren musste und nur hoffen konnte, dass man das Richtige tat. Und selbst danach, wenn alles gut ausgegangen war und sich herausgestellt hatte, dass man tatsächlich richtig vorgegangen war, selbst dann wurde man immer wieder von dem Gefühl übermannt, dass es auch anders hätte ausgehen können, dass man einen Fehler hätte machen können, dass man hätte getötet werden können, dass jemand anderes hätte getötet werden können und, das Schlimmste von allem: dass man selbst hätte töten können. Der Schuss hätte ein paar Zentimeter weiter einschlagen und die Pulsader treffen können. Man hätte den bewusstlosen Mann auf dem Fußboden treffen können, die lachende Frau oder sonst irgendjemanden. Ein Querschläger hätte … Verdammt, welche Wut ihn überkam, wenn er darüber nachdachte, welche Angst. Vermischt mit der Freude, dass alles gut ausgegangen war, und mit Dankbarkeit. Er spürte, wie ihm der Schweiß auf die Stirn trat, hatte Lust, vom Stuhl aufzuspringen und den Tisch umzuwerfen und die verdammte Torte in die Ecke zu feuern.

»Nein, aber es ist okay,« antwortete er. Und Brandt war damit zufrieden.

»Conny?«

»Nichts Erwähnenswertes. Nur eine Schramme.«

»Habt ihr Warnschüsse abgegeben?«

»Jetzt reicht es aber mal!«, fuhr Hamad auf. »Ich werde einen verdammten ausführlichen Bericht schreiben, und den könnt ihr dann lesen, aber können wir dieses Thema jetzt bitte ruhen lassen?«

»Finde ich auch«, sagte Sjöberg schnell. »Wir sollten erst einmal alles sacken lassen und gleichzeitig dankbar sein, dass …«

»Ich habe einen Comic gezeichnet«, sagte Andersson, worauf sich alle Blicke auf ihn richteten.

Und das war das Schlimmste, was er sich vorstellen konnte. Hamad verlor komplett den Faden. Würde der jetzt auch noch zusammenbrechen? Andersson wurde rot.

»In Schwarzweiß. Ein Bild pro Sekunde. Wie ich mich daran erinnere. Um alle Einzelheiten auf die Reihe zu kriegen, sozusagen. Aber das war vielleicht jetzt der falsche Moment …«

Er presste die Lippen zusammen, schaute sich unsicher um und versank in seinem Stuhl. Einen Augenblick war es vollkommen still, dann begann Sandén laut zu lachen.

»Du bist ein echter Schatz, Loddan!«, rief er. »Verdammt genial!«

Und wie gewöhnlich riss er alle mit. Die Stimmung in der Runde war plötzlich eine ganz andere. Brandt und Malmberg kehrten in ihre Büros zurück, und die anderen blieben noch eine Weile sitzen und unterhielten sich. Der Zorn fiel von Hamad ab, und er nahm sich sogar ein Stück Torte.

»Okay«, sagte Sjöberg nach einer Weile. »Können wir versuchen, noch ein bisschen ernst zu sein? Simon Tampler wird gegen Mittag aus dem Krankenhaus entlassen. Anschließend wird er in einem Streifenwagen zu uns gebracht. Geschätzte Ankunft 14.00 Uhr. Ich werde ihn über seine Rechte belehren und die erste Vernehmung durchführen.«

»Ich bin dabei«, meldete sich Hamad eilig, bevor ihm jemand zuvorkommen konnte.

»Gut. Ihr anderen schreibt eure Berichte und macht dann Feierabend. Aber zuerst sollten wir uns noch gemeinsam ein paar Gedanken darüber machen, was genau wir von ihm wissen wollen.«

»Sind wir uns sicher, dass er der Schuldige ist?«, fragte Andersson.

»Das sind wir. Bella hat bestätigt, dass Tamplers Glock die Mordwaffe ist. Für mich reicht das, um mich sicher zu fühlen.«

»Und das Mobiltelefon«, warf Hamad ein. »Ich habe einen Blick auf die Kontaktliste geworfen. Es ist definitiv Erlandssons.«

»Tja, wir würden natürlich gerne wissen, warum er es getan hat«, sagte Sandén. »Das Motiv. Woher er die Waffe hat. Die Spielkarten – was wollte er mit ihnen sagen? Und was mit den Koordinaten ist. Wenn es denn Koordinaten sind.«

Sjöberg machte sich Notizen.

»Du solltest auch Gäddan fragen«, schlug Sandén vor. »Sie hat bestimmt auch ein paar vernünftige Ideen.«

»Klar, hatte ich ohnehin vor«, sagte Sjöberg.

»Der Anruf von Erlandssons Handy«, sagte Westman. »Welche Nummer hat er angerufen und warum? War es tatsächlich Tampler, der Malmberg angerufen und mit dem Mord geprahlt hat?«

Hamad spürte ein Kitzeln im Bauch.

»War der Mord geplant?«, fragte er schnell. »Oder war es nur ein spontaner Einfall? Warum in Stockholm, was hatte er in Stockholm zu tun?«

»War er allein?«, sagte Sjöberg, während er schrieb. »Oder hatte er Komplizen? Einen der Brüder vielleicht? Oder alle zusammen?«

Schließlich gab es niemanden mehr, dem aus dem Stegreif noch eine Frage an Simon Tampler einfiel.

»Meldet euch bei mir, falls euch noch etwas einfällt«, sagte Sjöberg. »Ich werde mich jetzt jedenfalls auf dem Thai-Boot in die Sonne setzen und ein Gaeng Khiew Wan Goong essen.«

Er spielt auf das Wikingerschiff an, das direkt vor dem Eingang zur Polizeiwache am Kai lag. Dort wurde thailändische Küche in einer ziemlich einmaligen Umgebung serviert, man hatte sogar Sonnenstühle auf dem Deck aufgestellt, damit sich die Gäste hinlegen und einen Drink schlürfen konnten, wenn sie Lust dazu hatten.

»Und das Krebsessen?«, wollte Sandén wissen. »Das findet doch statt, jetzt, wo wir Tampler haben?«

»Unbedingt«, sagte Sjöberg. »Morgen ab fünfzehn Uhr seid ihr alle willkommen. Bringt einen Pyjama und gute Laune mit«, fügte er mit einem Augenzwinkern hinzu.

Freitagnachmittag

Nach einem entspannten Mittagessen im Zeichen der Chilischote saßen Hamad und Sjöberg in einem der Vernehmungsräume im Keller, zusammen mit einem grün und blau geprügelten, unglücklichen jungen Mann. Draußen auf dem Flur standen zwei bewaffnete Beamte in Uniform, und alles wirkte ein bisschen übertrieben. Aber das war es natürlich nicht, wenn man bedachte, dass der Junge schwer drogenabhängig war, mit größter Wahrscheinlichkeit labil und darüber hinaus unter dem Verdacht stand, eine offensichtlich willkürlich ausgewählte Person vorsätzlich mit einem Nackenschuss getötet zu haben.

»Wie geht es dir?«, fragte Sjöberg.

»Äh. Nicht so gut.«

»Wegen der Misshandlungen?«

»Nein, das ist kein Problem. Ich hab nur in letzter Zeit so zu zittern angefangen. Tatterige Hände. Ich schwitze wie verrückt, und der Puls rast.«

Sjöberg bemerkte, dass Simon Tampler ihm in die Augen schaute, während er sprach. Das hatte er nicht erwartet.

»Haben sie das denn im Krankenhaus nicht kontrolliert?«

»Doch, aber sie haben es auf den Drogenkonsum geschoben. Ich wäre auf Entzug.«

»Und das glaubst du nicht?«

»Nein, überhaupt nicht. Ich glaube eher an eine Art psychischen Zusammenbruch. Ich habe auch Stimmungsschwankungen und so.«

Der Junge war offenherzig, trat in einen Dialog mit ihnen.

Sjöberg wusste gar nicht, wie er damit umgehen sollte. Es war einfacher, mit unsympathischen Verbrechern zu tun zu haben. Dieser hier kam ihm eher vor wie ein Opfer.

»Aber klar«, fuhr Tampler fort. »Der Stoff kann auch damit zu tun haben. Es könnte ja eine Kombination sein.«

»Mhm«, sagte Sjöberg. »Du bist dir bewusst, dass du hier sitzt, weil du ein sehr schweres Verbrechen begangen hast?«

»Ja, ich kann überhaupt nicht begreifen, wie Sie mir auf die Spur gekommen sind«, antwortete der Junge mit einem amüsierten Gesichtsausdruck, der in Anbetracht der Umstände wenig angemessen erschien.

Begriff er nicht, was er getan hatte?

»Ich fand, dass ich alles richtig gemacht habe.«

»Richtig?«, warf Hamad ein. »Es kann doch nicht richtig sein, einen anderen Menschen zu töten?«

»Das kommt darauf an, wer es ist und wie man es sieht. Aber so habe ich es nicht gemeint. Ich dachte, dass ich keine Fehler gemacht hätte, dass Sie mich niemals finden würden. Wie haben Sie das geschafft?«

»Das bleibt unser kleines Geheimnis«, antwortete Sjöberg. »Aber du könntest uns erklären, wie du das siehst, mit dem Töten? Und wen man töten darf?«

»Ich würde niemals ein Kind töten, zum Beispiel. Da läuft die Grenze. Ansonsten sehe ich das nicht so eng.«

Er sah sympathisch aus, beantwortete höflich die Fragen, machte einen aufmerksamen Eindruck. Schaute ihnen beiden in die Augen, obwohl bislang fast nur Sjöberg die Fragen gestellt hatte, und das war mehr, als die meisten normal gearteten Menschen schaffen würden. Er war sozial kompetent, wie es so schön hieß. Es war zweifellos ein seltsames Erlebnis, mit einer so seltsam zusammengesetzten Persönlichkeit zu diskutieren.

»Könnte man sagen, dass es dir an Empathie fehlt?«, fragte Sjöberg.

Tampler überlegte, bevor er antwortete.

»Nein, das finde ich nicht. Ich bin nett zu den Leuten, ein guter Kumpel. Hilfsbereit. Aber was das Töten betrifft, da habe ich vielleicht eine etwas andere, empathielose Einstellung.«

»Du siehst es vielleicht als Job?«, schlug Sjöberg vor.

Der Junge schüttelte den Kopf.

»Nein. Eher als etwas, was ich tun muss.«

»Du hast gesagt, dass du unter Stimmungsschwankungen leidest«, sagte Hamad. »Ich werde dir etwas erzählen. Gestern habe ich einem Menschen ins Bein geschossen. Deinem Bruder. *Ins Bein*. Ich war dazu gezwungen, um Leben zu retten. Es ging gut für ihn aus, es war nur eine Fleischwunde.«

Sjöberg hörte genau zu, glaubte eine Ahnung zu haben, worauf sein Kollege hinauswollte.

»Trotzdem fühle ich mich heute nicht besonders gut«, fuhr Hamad fort. »Ich habe gewisse Stimmungsschwankungen. Glaubst du, dass es bei dir etwas Ähnliches sein könnte? Dass es vielleicht doch nicht so verdammt lustig war, jemanden umgebracht zu haben?«

Simon Tampler schaute Hamad aufmerksam an. Der junge Mann war tatsächlich ... reizend. Ausdrucksvolle braune Augen und eine hellbraune, etwas struppige Mähne. Eine charmante, jugendliche Art. Was war da nur schiefgelaufen?

»Ich habe auch ein bisschen in diese Richtung gedacht«, antwortete er. »Aber ich hatte mir vorgenommen, dass ich so etwas unbedingt ausprobieren wollte. Also habe ich es getan. Ich bin ziemlich zielstrebig.«

»Willst du damit weitermachen?«

»Ich weiß nicht so recht. Aber jetzt werde ich ja erstmal eine Weile im Gefängnis sitzen. Ich muss wohl darüber nachdenken. Gründlich.«

Sjöberg und Hamad tauschten Blicke.

»Du hast also eine Fantasie ausgelebt?«, fragte Sjöberg.

Tampler nickte.

»Warum gerade Sven-Gunnar Erlandsson?«

»Ich fand, er sah wie ein verdammter Wichtigtuer aus.«

»Er war Familienvater. Hat sich um Obdachlose gekümmert und sich sehr für Kinder und Jugendliche engagiert. Als Fußballtrainer zum Beispiel.«

»Das wusste ich nicht.«

»Nein, das verstehe ich«, sagte Sjöberg. »Denn du scheinst ja eigentlich ein ganz angenehmer Typ zu sein. Aber das ist genau das, was der Begriff empathielos beinhaltet. Dass man es schwer hat, den Menschen als Mensch zu sehen. Sondern eher als ein Objekt. Verstehst du, was ich meine?«

Simon Tampler nickte.

»Hast du die Tat geplant?«, fragte Hamad.

»Nein. Ich bin einfach draußen rumgelaufen. Dachte viel darüber nach, wie es wäre, jemanden zu töten. Und dann ist er da im Dunkeln vor mir aufgetaucht. Also habe ich die Chance ergriffen. Ich musste meinen ganzen Mut zusammennehmen, ich war verdammt nervös. Und dann habe ich geschossen. Ein schlechter Schuss, der nur den Rücken traf. Dann ging ich zu ihm und schoss ihm in den Nacken. Damit er starb.«

»Hattest du Handschuhe an?«

»Nein«, erwiderte Tampler und lächelte. »Warum sollte ich? Es war warm.«

»Um keine Fingerabdrücke zu hinterlassen.«

»Aber ich habe ihn ja nicht berührt. Ich hatte nur die Pistole in der Hand, und dann bin ich wieder gegangen.«

»Und das Handy?«, fragte Sjöberg.

»Das lag neben ihm. Er hatte gerade reingelabert oder so, als ich auf ihn schoss. Also hab ich es genommen.«

»Sonst nichts?«

»Nein, ich schwöre. Verdammt, er war tot. Er sah ein bisschen creepy aus.«

»Wir haben nämlich ein paar Dinge in seiner Tasche gefunden, von denen wir glauben, dass er sie nicht selbst eingesteckt hat.«

»Aha, was denn?«

»Ein paar Spielkarten und einen Zettel. Bist du dir ganz sicher, dass du deine Hand nicht in seine Tasche gesteckt hast?«

»Ich schwöre.«

Simon Tampler sah tatsächlich vollkommen aufrichtig aus. Es schien unwahrscheinlich, dass er in diesem Fall lügen würde, wenn er nicht einmal versucht hatte, sich aus der Mordanschuldigung herauszureden. Im Grunde waren diese Details auch nicht mehr besonders wichtig.

»Wie bist du an die Waffe herangekommen?«, fragte Hamad.

»Darauf kann ich nicht antworten. Ich will, aber ich kann nicht. Sie müssen mich entschuldigen.«

Er sah wirklich geknickt aus, und Sjöberg glaubte eine Idee zu haben, warum er nicht damit herausrücken wollte, woher er die Waffe hatte.

»Sie ist von deinen Brüdern, oder?«

Schulterzucken.

»Und du willst sie nicht anschwärzen?«

Noch ein Schulterzucken.

»Waren sie irgendwie an dem Mord beteiligt? Oder einer von ihnen.«

»Nein, verdammt. Nur ich allein.«

»Was hast du in Stockholm gemacht?«, fragte Hamad.

»Ich war auf dem Leichtathletik-Meeting.«

»Cool. An welchem Tag war das?«

»Am Freitag.«

»Warst du alleine dort?«

»Ja.«

»Du interessierst dich also für Sport?«

»Ziemlich. Manchmal.«

»Hast du die Eintrittskarte noch?«

»Nein.«

»Wie lief es denn?«

»Für die Schweden? Scheiße.«

»Erzähl mir, woran du dich erinnerst.«

»Tyson Gay hat Asafa Powell über hundert Meter geschlagen. Er lief 9,78, neuer Stadionrekord. Aber er galt nicht, weil der Rückenwind zu stark war.«

»Oh, Mann. Bist du sicher, dass du da warst? Dass du es nicht nur in der Zeitung gelesen hast?«

Simon Tampler lachte.

»Try me.«

»Wie waren die zweihundert Meter der Damen?«

»Diese Amerikanerin hat gewonnen. Allyson Felix. Mit 21,88, wenn ich mich recht erinnere.«

»Du bist gut.«

»Ja, sowas fällt mir leicht. Mich an Sachen zu erinnern.«

»Aber du bist dann bis zum Sonntag geblieben?«, fuhr Hamad fort. »Wie kam es dazu?«

»Ich hatte Lust, noch länger in Stockholm zu bleiben. Ein bisschen rauszukommen.«

»Und dann hattest du ja auch die Pistole dabei.«

Tampler lächelte. Ohne zu antworten. Er war gar nicht so dumm, dieser Junge. Fest entschlossen, nicht in irgendwelche Fallen zu tappen.

»Du bist also um halb eins in der Nacht einfach so durch die Gegend gelaufen?«, sagte Sjöberg. »In Älvsjö?«

»Ja, das klingt vielleicht ein bisschen komisch«, lachte Tampler. »Aber so war es tatsächlich. Ich bin den ganzen Tag in der Stadt herumgelaufen und wusste nicht, was ich machen sollte. Also habe ich mich in die erstbeste U-Bahn gesetzt und bin einfach bis zur Endstation durchgefahren, bis Fruängen. Dort bin ich dann ein bisschen herumgelaufen. Erst zwischen den Häusern und dann in einem Wald. Dann habe ich diesen Typen vor mir gesehen, es war sonst niemand in der Nähe, und da habe ich beschlossen, dass die Zeit gekommen war.«

Sjöberg sagte für eine Weile nichts, versuchte es zu begreifen. Eine richtig hässliche Geschichte. Den Gedanken, dass man, wenn man es am wenigsten erwartete, auf einen vollkommen Verrückten stoßen konnte, hatte er schon viele Male zuvor gedacht. Aber so hatte er sich den Verrückten nicht vorgestellt. Ein reizender, angenehmer junger Mann, nicht vorbestraft und allem Anschein nach durchaus intelligent, der zum Vergnügen mordete. Ein Lustmörder. Ein Meuchelmörder. Der nicht einmal ein Vergnügen daran empfand, sein Opfer leiden zu sehen, darum ging es nicht. Er wollte nur töten. Unfassbar. Hamad schwieg, und Sjöberg fiel im Augenblick auch keine Frage mehr ein. Also beschloss er, die Vernehmung zu beenden und in der folgenden Woche fortzusetzen, wenn der Junge einen Pflichtverteidiger gestellt bekommen hätte.

»Du wirst jetzt ins Kronoberg-Gefängnis überführt«, sagte er.

Tampler wirkte ungerührt. Eher ein bisschen neugierig.

»Dort wirst du eine Weile bleiben. Ich möchte, dass dir bewusst wird, dass dies kein Spiel ist. Und das Folgende sage ich nicht, um dich zu erschrecken. Ich will dich nur darüber informieren, dass du die nächsten Jahre mit abgebrühten Schwerverbrechern verbringen wirst. Du bist jung, ein Ersttäter, unberührt. Es wird hart werden.«

»Vielen Dank für die Warnung«, sagte Simon Tampler mit seinem sanften, freundlichen Gesichtsausdruck. Großer Gott. Wie würde er aussehen, wenn er wieder rauskam? Man konnte wirklich nur hoffen, dass der Junge stattdessen in der Psychiatrie landete, aber Sjöberg war skeptisch. Simon war viel zu anpassungsfähig, zu normal. Und zu angenehm. Trotz allem, was er getan hatte. Armer Teufel. Dass man sich selbst so tief in den Mist reinreiten konnte. Hamad scharrte mit dem Stuhl und stand auf. Sjöberg wollte sich anschließen, als ihm plötzlich einfiel, dass er vergessen hatte, nach dem Telefongespräch zu fragen. Den Telefongesprächen.

»Im Übrigen«, sagte er, »habe ich doch noch eine Frage. Oder zwei, besser gesagt. Diese Telefongespräche.«

»Ja«, sagte Tampler bereitwillig. »Was wollen Sie wissen?«

Hamad setzte sich wieder. Mit dem Gesicht in den Händen.

»Hast du den stellvertretenden Polizeidirektor, Gunnar Malmberg, angerufen?«

Hamad rührte sich nicht. Warum saß er so da? War er nicht auch neugierig?

»Ja, das war dumm, ich weiß«, antwortete Tampler. »Da habe ich mich wohl ein bisschen zu selbstsicher gefühlt. Zu aufgepumpt. Aber Sie haben mich nicht deshalb erwischt, oder?«

»Nein, daran lag es nicht«, wagte Sjöberg zuzugeben.

Er war sich bewusst, dass er solche Fragen überhaupt nicht zu beantworten brauchte. Aber wenn es dem Jungen dadurch besser ging, dann war es in Ordnung. Hamad kratzte sich am Kopf, schaute aber immer noch nicht auf. Ging es ihm nicht gut?

»Und das andere Gespräch, wen hast du noch angerufen?«

»Welches andere Gespräch?«

»Das du mit dem Telefon des Opfers geführt hast.«

Tampler schaute ihn fragend an, wollte ihm wirklich behilflich sein.

»Jetzt komm ich nicht mehr ganz mit.«

»Äh, wir brechen hier ab«, sagte Hamad, der sich plötzlich mit einer theatralischen, gereizten Geste erhob.

Sjöberg wusste nicht, was er glauben sollte. Er wollte doch eine Antwort auf diese Frage haben. Aber Hamad ging entschlossen zur Tür und rief die Wachleute herein, sodass Sjöberg kaum reagieren konnte, bevor der Junge schon auf dem Weg nach draußen war.

»Danke, Simon«, sagte er. »Und alles Gute.«

»Ich habe zu danken«, erwiderte Simon Tampler. »Sie sind sehr nett zu mir gewesen.«

Dann verschwand er durch die Tür, mit einem Beamten an jedem Arm. Ein trauriges Bild. Hamad schlug die Tür mit einem Knall hinter ihnen zu und setzte sich wieder an den Tisch. Sjöberg betrachtete ihn erstaunt; er konnte für sein Leben nicht begreifen, worum es hier eigentlich ging.

»Pass auf«, seufzte Hamad. »Ich weiß, wer Petra vergewaltigt hat. Wer der andere Mann ist.«

»Du machst Witze«, sagte Sjöberg, ohne es für einen Augenblick zu glauben. »Wer ist es?«

»Es ist Gunnar Malmberg.«

»Gunnar Malmberg? Das ist doch nicht möglich ... Warum hast du nichts gesagt?«

»Wegen Petra. Das hier darf auf keinen Fall rauskommen. Niemand außer mir weiß Bescheid. Und jetzt du natürlich.«

»Wie lange weißt du das schon?«, fragte Sjöberg, dem die volle Tragweite dessen, was Hamad ihm da gerade erzählte, noch nicht bewusst geworden war.

»Seit anderthalb Jahren.«

»Und du hast Petra nichts davon erzählt? Ich dachte, ihr seid so vertraut ...«

»Das sind wir auch. So vertraut, dass sie mir erzählt hat, dass sie ein kurzzeitiges Verhältnis mit Malmberg gehabt hat. Nach der Vergewaltigung.«

»Nach der Vergewaltigung?«, rief Sjöberg aus. »So ein Schwein!«

»Du weißt, wie solche Leute ticken. Es geht nicht um Sex, sondern nur um Macht. Und nachdem Peder Fryhk von Petra ins Gefängnis gebracht worden war, sann der andere Mann auf Rache. Daran erinnerst du dich wohl?«

Sjöberg nickte. Und wie er sich erinnerte, er war schließlich selbst in höchstem Grade darin verwickelt gewesen.

»Er hat sie jede Nacht angerufen«, fuhr Hamad fort, »hat diese widerlichen Bilder an Brandt geschickt, damit sie entlassen wird, und er hat sogar einen Filmausschnitt von der Vergewaltigung auf einer Pornoseite im Internet eingestellt. Von der letzten Sache weiß nur ich etwas, ich habe die Sache gestoppt, bevor Petra davon erfahren hat. Oder irgendein anderer, den wir kennen – hoffe ich zumindest. Dazu kam noch, dass er versucht hat, den Verdacht auf mich zu lenken. Petra hat sechs Monate lang geglaubt, dass ich dieser andere Vergewaltiger gewesen wäre, dass ich die Bilder geschickt hätte, und so weiter.«

»Dann hat mich das Gefühl doch nicht getäuscht, dass es da eine Zeit lang etwas unterkühlt zwischen euch war.«

»Das kannst du wohl sagen. Sie hat mich im Fitnessraum fast totgeprügelt. Und ich habe nichts verstanden. Bis mir irgendwann aufging, was Sache war, und von da an war es eine persönliche Angelegenheit zwischen ihm und mir. Und weil wir ihm ständig Knüppel zwischen die Beine warfen, inszenierte er am Ende seinen teuflischsten Plan. Er machte sie zu seiner Geliebten. Aber weil er im Grunde kein Interesse an freiwilligem Sex hatte, war die Geschichte bald vorbei. Petra betrachtete es als spannendes und etwas dummdreistes Abenteuer, aber Malmberg betrachtete es als Gelegenheit, seine Macht auszuüben, sich zu rächen. Petra wäre am Boden zerstört, wenn sie es herausfinden würde. Für sie würde eine Welt zusammenbrechen. Und es wäre viel zu früh. Denn weil wir keine Beweise haben, können wir das Schwein nicht hinter Gitter bringen. Petra wäre die einzige Verliererin. Mein Plan besteht darin, in Deckung zu bleiben, ihm aufzulauern. Früher oder später wird sich eine Gelegenheit ergeben ...«

»Aber wenn wir keine Beweise haben«, unterbrach ihn Sjöberg, »wie kannst du dir dann so sicher sein, dass es wirklich Malmberg ist?«

»Wie du dich bestimmt erinnerst, ist Petra zum Staatlichen Kriminaltechnischen Labor nach Linköping gefahren, um die Kondome von der Vergewaltigung auf DNA testen zu lassen. So ist Fryhk ja auch überführt worden. Der Inhalt des anderen Kondoms konnte keiner DNA aus einem früheren Verbrechen zugeordnet werden. Aber als ich auf Malmberg aufmerksam wurde, schickte ich eine Probe von ihm zum SKL. Und das stellte fest, dass die DNA mit der des anderen Mannes übereinstimmte.«

»Aber Petra hatte keine Anzeige erstattet, und die Proben waren inoffiziell«, ergänzte Sjöberg.

»Genau.«

Sie versanken in Schweigen und starrten die nackten Wände an, während Sjöberg die Informationen sacken ließ.

»Ich habe ihm am Samstagabend zugehört«, verkündete Hamad düster. »Auf dem Pride-Festival. Weißt du, was er gesagt hat? ›Alle Erfahrungen zeigen, dass die Gleichstellung eine unerhört wirksame Kraft gegen die Gewalt darstellt‹. Ich glaube, er hat die Wörter durcheinandergeworfen.«

Sjöberg lächelte traurig. Er fühlte sich nicht einmal wütend. Nur furchtbar enttäuscht. Gunnar Malmberg war nie sein besonderer Favorit gewesen. Nach Sjöbergs Geschmack ein bisschen zu poliert, ein bisschen zu sehr der Urban Cowboy. Aber er war ein fähiger Mann; agil, zielstrebig, mit großer sozialer und intellektueller Begabung. Und jetzt stellte sich heraus, dass er unzählige Frauen vergewaltigt hatte, wenn man von den vielen Filmen ausging, die im Haus von Peder Fryhk beschlagnahmt worden waren. Und Malmberg war gerade von einer Gleichstellungskonferenz in Sankt Petersburg zurückgekehrt. Hatte er dort auch vergewaltigt?

»Aber was um alles in der Welt hat das mit Simon Tampler zu tun?«, fragte Sjöberg irritiert. »Warum hast du uns unterbrochen? Er wollte doch gerade …«

»Weil ich die Antwort schon weiß«, antwortete Hamad. »Mir wurde klar, dass ich dir die ganze Geschichte erzählen muss, damit du es verstehst, also konnte ich ihn genauso gut wegbringen lassen.«

Die Gedanken schwirrten durch Sjöbergs Kopf. Hamad war zwar während der ganzen Ermittlungen ungewöhnlich wortkarg, um nicht zu sagen geheimniskrämerisch gewesen, was dieses Handygespräch betraf. Er hatte alle fernmeldetechnischen Recherchen an sich gerissen, obwohl doch jedermann wusste, dass die Zusammenarbeit mit der Telia eine vollkommen hoffnungslose Aufgabe war. Und er hatte sich ziemlich vorgedrängelt, als es in Forssjö darum ging, das iPhone zu finden. Sjöberg war jetzt ganz nahe dran, aber er bekam die Teile nicht passend zusammengesetzt.

»Es ist nur ein einziges Gespräch geführt worden«, sagte Hamad. »Simon Tampler hat Gunnar Malmberg von Erlandssons Handy angerufen. *Diese Information muss um jeden Preis unter uns bleiben.*«

Samstagabend

Für Sjöberg war Knekttorpet ein Traum, der Wirklichkeit geworden war. Zwei Sommer und viele Wochenenden lang hatten Åsa und er geschuftet, um es so hinzubekommen, wie es jetzt war. Sie hatten zwar eine örtliche Baufirma damit beauftragt, das eigentliche Haus zu erstellen, aber sie hatten das Projekt selbst vorangetrieben und waren unmittelbar an der Planungsarbeit beteiligt gewesen. Viele Entscheidungen mussten getroffen werden: Farben, Material, Armaturen, Keramik, Tapeten usw. Darüber hinaus hatten die Inneneinrichtung und vor allem die Anlage des Gartens einen ziemlichen Einsatz von ihnen verlangt.

Aber jetzt waren sie hier, die ganze Familie, in ihrem eigenen Urlaubsparadies. Ein einhundertzwanzig Quadratmeter großes Sommerhaus in moderner schwedischer Bauweise, mit vielen großen Fenstern und offenem Grundriss. Einfach, schick, funktionell. Und absolut wunderbar.

Das Haus lag auf einer Anhöhe, und sie waren gezwungen gewesen, einige Bäume an der südwestlichen Seite zu entfernen, um die großartige Aussicht genießen zu können. Und die untergehende Sonne. Es hatte ein paar Kronen gekostet, aber die war es wert gewesen. Und Brennholz für den offenen Kamin hatten sie dadurch für die nächsten Jahre genug. Hier hatten nun die Kinder zum Fest gedeckt und alles aufgefahren, was sie selbst schön fanden. Es gab Krebstischdecken, Pappteller mit Krebsmotiv, Krebsservietten, Krebslaternen und zum Entzücken der kleinen Kinder sogar eine bunte Lichterkette, die Sjöberg in Stockholm aufgetrieben hatte, bevor sie fuhren.

Sie hatten zwei Tische gedeckt. Einen für die Kinder, an dem gerade niemand saß, und einen für die Erwachsenen. Die Sjöberg-Kinder hatten zur Feier des Tages Gesellschaft von Mörten Andersson bekommen, und im Augenblick tobten sie auf dem Trampolin herum. Am Erwachsenentisch saßen Conny und Åsa Sjöberg, Andersson, Hamad, Westman sowie Jens und Sonja Sandén. Auch Jenny war mitgekommen, aber im Augenblick stand sie neben dem Trampolin und passte auf, dass alles mit rechten Dingen zuging. Was vor allem bedeutete, dass nicht mehr als zwei zur selben Zeit darauf herumsprangen.

Es war halb acht, und die Stimmung war prächtig. Die Gäste waren bereits am Nachmittag eingetroffen, und weil das Wetter sonnig und warm war, waren sie zur Badestelle hinuntergegangen. Dort stellte sich heraus, dass Andersson auch mit einer Hand sehr gut schwimmen konnte und dass Westman einen formidablen Bluterguss auf dem Bauch hatte. Anschließend hatten sie im Garten gesessen, Saft getrunken und sieben unterschiedliche Sorten Kuchen von schwankender Qualität und in diversen Geschmacksrichtungen essen müssen, die von Simon, Sara und Maja Sjöberg gebacken worden waren. Daraufhin war man zu Bier und Wein übergegangen, während Hamad die übrigen Gäste sowohl beim Crocket als auch bei Boccia und Dart von der Bahn fegte. Mittlerweile waren sie in einer Pause zwischen zwei Vorspeisen angelangt, einem von Sjöberg zubereiteten Västerbotten-Pie mit Forellenrogen und den Krebsen.

»*To our absent friends*«, sagte Sjöberg und erhob sein Bierglas.

»Auf Gäddan«, sagte Sandén und hob ebenfalls sein Glas. »Oder hattest du jemand anderes im Sinn?«

»Brandt vielleicht?«, schlug Westman vor und stieß Hamad einen Ellenbogen in die Seite. »Der Liebling der Woche.«

»Auf Gäddan«, sagte Hamad, und alle stimmten ein.

»Sie lässt euch alle ganz herzlich grüßen«, sagte Sandén. »Ich habe sie heute Vormittag besucht, sie wird morgen aus dem Krankenhaus entlassen. Ihr geht es mittlerweile schon viel besser, sie ist sogar schon aufgestanden und herumgelaufen. Aber ihr solltet mal ihren Bauch sehen. Sie sieht aus wie ... Petra ungefähr. Nur schlimmer.«

»Das geht doch gar nicht«, sagte Sonja und lachte.

»Das geht, ich schwöre. Sie war unheimlich enttäuscht, dass sie heute nicht kommen konnte. Sie hat tatsächlich schon überlegt, den Fahrdienst anzurufen und sich bringen zu lassen.«

»Was war das eigentlich für eine Operation?«, fragte Åsa. »Ein Magengeschwür oder so etwas?«

»Ich glaube, irgendetwas in der Art. Jedenfalls kommt sie am Montag wieder zurück.«

»Du machst Witze!«, sagte Sjöberg. »Sie braucht Ruhe, damit alles verheilen kann. Sie muss sich erholen. Das habe ich ihr doch am Telefon gesagt.«

»Sie hat wohl das Gefühl, dass ihr ohne sie nicht zurechtkommt«, sagte Åsa mit einem Lächeln.

»Da hat sie vollkommen recht«, sagte Sandén. »Diese Frau hat ein intellektuelles Vermögen wie der Rest von uns zusammen. Ist euch das klar?«

Er schaute sich in der Runde der Kollegen um, und seine Frage war ernst gemeint. Sandén wollte eine Antwort hören. Sjöberg trank einen Schluck Bier. Hamad und Westman tauschten Blicke.

»Langsam fange ich an zu glauben, dass es wirklich so ist«, sagte Hamad.

»Ich auch«, sagte Petra. »Es hat ein bisschen gedauert, aber ich denke, dass Gäddan tatsächlich etwas ganz Besonderes ist.«

»Ich bin ziemlich ungerecht zu ihr gewesen«, gab Sjöberg zu. »Wir sind alle ungerecht gewesen. Abgesehen von dir, Jens.

Die Frage ist nur, warum? Ich kann es nicht richtig in Worte fassen.«

»Sie ist irgendwie anders«, sagte Westman. »Sie zieht sich komisch an, spricht komisch, und ein bisschen überkandidelt ist sie auch.«

»Ich dachte, bei euch in der Gruppe herrscht so ein hohes Niveau«, sagte Åsa mit ernster Miene. »Aber das klingt gerade eher wie eine Diskussion in der achten Klasse.«

»Sie spricht komisch, weil sie dreißig Jahre lang im Ausland gelebt hat«, sagte Sandén. »Sie hat keinen Dialekt und vermischt ein etwas altertümliches Schwedisch mit modernen, jugendlichen Ausdrücken. Inwieweit sie sich komisch anzieht, vermag ich nicht zu beurteilen. Ich finde, Loddan zieht sich komisch an. Aber ihn mögen wir ja auch.«

Da saß nun Loddan mit seinem zum Pferdeschwanz gebundenen Haar, einem Ring im Ohr, Tätowierungen auf den Oberarmen, einem T-Shirt mit Rolling-Stones-Zunge und einer Jeansjacke mit bedrucktem Rücken, und alle lachten über ihn. Aber er nahm es mit Gleichmut hin.

»Das ist nun mal mein Stil«, antwortete er mit einem schiefen Lächeln. »Gäddans Stil besteht darin, überhaupt keinen Stil zu haben.«

»Dann helft ihr doch dabei«, schlug Sonja vor. »Petra, du könntest doch mal mit ihr shoppen gehen und ihr Haar ein bisschen stylen.«

»Und warum?«, fragte Sandén und warf einen irritierten Blick auf seine Frau. »Ist Gäddan nicht gut genug, so wie sie ist? Müssen wir sie ›umstylen‹, damit sie in unsere Gruppe passt? So viel zum Thema achte Klasse.«

Åsa applaudierte.

»Gut gebrüllt, Löwe.«

»Gäddan ist ein paar Jahre Streife gegangen, bevor sie in die Schweiz gezogen ist«, fuhr Sandén fort. »Und nachdem sie dreißig Jahre lang Hausfrau war, kommt sie zurück, hat ihr polizeiliches Wissen theoretisch auf den neuesten Stand gebracht und dazu noch einen juristischen Doktortitel. Und ihr zweifelt daran, dass sie etwas beitragen könnte, weil sie eine ›komische‹ Frisur hat? Du lieber Himmel! Ihr habt euch alle eine Ohrfeige verdient. Prost!«

»So sehe ich das auch«, sagte Sjöberg. »Wir werden uns selbst an den Ohren packen müssen. Wir trinken auf Jens, der uns eine Lektion erteilt hat, wie man mit Menschen umgehen sollte. Und der außerdem innerhalb von drei Tagen zwei Polizisten das Leben gerettet hat.«

Nach einem einstimmigen Prosit tranken sie aus ihren Gläsern, und nachdem sie sie wieder auf dem Tisch abgestellt hatten, spendeten sie spontanen Applaus.

Es war eine harte Woche gewesen, mit physischen und psychischen Belastungen, die weit über das Gewohnte hinausgingen. Als die Sonne schon lange in den rosa Wolkenschleiern hinter den Tannenspitzen unten im Tal verschwunden war und die Kinder sich todmüde in ihre Fleecedecken gerollt hatten, ließ die Anspannung nach. Hamad hatte Muskelkater vom vielen Lachen. Als er den Abend vor seinem inneren Auge noch einmal Revue passieren ließ, stellte er fest, dass die ganze Vorstellung etwas Verzweifeltes an sich hatte. Sie hatten ein bisschen zu schnell gegessen, ein bisschen zu viel getrunken, ein paar Themen zu viel in zu kurzer Zeit abgehandelt, ein bisschen zu laut und ein bisschen zu oft gelacht. Falls das möglich sein sollte.

Mit dem Alkohol und dem Einsetzen der Dämmerung hatte sich eine Erleichterung breitgemacht, eine Erleichterung darüber, dass sie alle am Leben waren, dass alles gut ausgegangen war. Erleichterung auch darüber, dass der Fall gelöst war. Aber vor allem, so glaubte er, ging es darum, dass sie einander hatten. Sonja, Åsa und Jenny waren von ihren Gesprächen so gut wie ausgeschlossen gewesen. So war es normalerweise nicht, ganz im Gegenteil. Aber dieses Mal war es anders. Sie waren nur um Haaresbreite einer Katastrophe entkommen und hatten Augen und Ohren nur füreinander. Und sogar Gerdin wurde in die gegenseitige Umarmung mit einbezogen. In höchstem Grade sogar. Ohne sie wären sie überhaupt nicht hier gewesen. Es war in jeder Hinsicht ein schöner Abend gewesen, er liebte diese Menschen, liebte seine Arbeit, liebte das Leben. Aber für Hamad war es trotzdem noch nicht genug, er wollte mehr. Wovon, das wusste er nicht. Mehr von allem. Mehr vom Leben, mehr vom Jetzt.

Deshalb tat er, was er immer tat, wenn er dieses Gefühl hatte, wenn er Hunger nach etwas verspürte, von dem er noch nicht wusste, was es war. Er machte stattdessen das Gegenteil. Drosselte das Wunderbare, drehte die Zuflusshähne ab. Als niemand ihn sah, schlich er nach unten zur Badestelle, um sich abzukühlen. Ging auf ausgetretenen Pfaden durch den Nadelwald, füllte die Nasenlöcher mit taufeuchter Spätsommerluft. Er ließ den Lichtkegel der Taschenlampe zwischen den Baumstämmen wandern und stolperte über eine Wurzel, die über den Pfad kroch. Lauschte der Stille und fühlte sich sehr klein, sehr unbedeutend. Und das war genau das, was er brauchte: das Interesse an sich selbst, an seinem eigenen Wohlbefinden, zu dämpfen. Ein Gefühl dafür in seinem Körper zu installieren, dass alles gut war; dass er alles hatte, dass ihm nichts fehlte. Sich selbst als einen kleinen Teil all dessen zu erkennen, was ihn umgab, der Natur, der Menschen, des Universums. Zu akzeptieren, dass nicht alles um ihn selbst kreiste.

Er ließ seine Kleider und die Decke auf den Strand fallen und watete in den See hinaus, bis ihm das Wasser bis zum Nabel reichte. Dann ließ er sich fallen und begegnete der Kälte mit einem tiefen Atemzug. Der Mond, der am frühen Abend noch am Himmel gestanden hatte, war jetzt untergegangen. Es war stockdunkel, abgesehen von ein paar erleuchteten Fenstern auf der anderen Seite des Sees und den leuchtenden Sternen. Nur er, das Wasser und die Dunkelheit, in einer wundervollen, bedingungslosen Einheit. Er ließ sich auf dem Rücken treiben und breitete die Arme aus. Ließ sich die Ohren bedecken und von der Kraft des Wassers tragen. Ohne sich zu bewegen, trieb er mit einem Lächeln auf den Lippen unter den Sternen dahin und war vollkommen zufrieden mit sich selbst und seiner Winzigkeit. Da spürte er plötzlich eine Bewegung im Wasser.

Er wurde nicht ängstlich, aber seine Neugier war geweckt. Er ließ den Unterkörper abwärts sinken, bis die Füße den Grund berührten. Langsam stellte er sich auf, das Wasser reichte ihm jetzt bis zum Kinn. Er lauschte, spähte, hörte das Geräusch eines Körpers, der sich im Wasser bewegte, jemand, der in seine Richtung schwamm. Meinte eine Silhouette erahnen zu können, Kopf, Schultern, Bewegung. Immer näher, keine Worte, nur das Geräusch von plätscherndem Wasser, von Händen, die widerstrebende Kräfte zur Seite drückten. Er bewegte sich nicht, stand nur da und nahm ohne Worte das Leben entgegen, das in seine Arme schwamm, dessen Arme sich um seinen nackten Leib schlangen, dessen Hände sich hinter seinem Nacken verschränkten und dessen Beine sich um ihn schlossen. Das war alles, und es war viel mehr, als er jemals zu träumen gewagt hatte.

Schließlich trug er sie an den Strand und legte sie an der Wasserkante ab. Gemeinsam breiteten sie die Decke aus und liebten sich noch einmal unter den Sternen. Und noch einmal.

Als es halb sechs wurde, krochen sie in ihre Betten oben im Gästezimmer, damit Andersson keinen Verdacht schöpfte, wenn er erwachte und die Betten leer waren.

Montagnachmittag

Odd Andersson saß am Schreibtisch und drehte buchstäblich Däumchen. Am Sonntagabend hatte er Mercury bei seiner Mutter, Molly, abgegeben, und der Junge hatte, wie immer, eine große Leere hinterlassen. Aber das Wochenende war großartig gewesen, sein Sohn liebte es, mit den Sjöberg-Kindern zu spielen, und sie beide waren müde, aber glücklich nach Stockholm zurückgekehrt. Der heutige Tag fühlte sich dagegen ganz anders an. Die Euphorie des Wochenendes hatte sich gelegt und war einer Stimmung gewichen, die am ehesten einem Kater glich. Die Dramatik des vergangenen Donnerstags, der Ernst der Situation waren näher an ihn herangekrochen, sie waren mit wachsendem Abstand wirklicher geworden, als er sie in der Hitze des Gefechts erlebt hatte.

Am Vormittag hatte er Papierkram erledigt. Das war seine schwächste Disziplin, aber seine Zeichnungen hatten ihm und den anderen dabei geholfen, die Ereignisse in Forssjö zu sortieren und zu Papier zu bringen. Anschließend hatte er dafür gesorgt, dass auch alle anderen Akten auf den aktuellen Stand gebracht wurden, aber jetzt, wo die Arbeit getan war, fühlte er sich immer noch nicht zufrieden. Normalerweise war es eine große Erleichterung, wenn er die unangenehme Schreibarbeit hinter sich gebracht hatte, aber heute verhielt es sich anders.

Am Morgen war er mit einer Melodie im Kopf aufgewacht, was ihm häufiger passierte. Manchmal setzte er sich dann mit der Gitarre auf die Bettkante und zupfte die passenden Akkorde, um den Song danach auf seine eigene Art abzuarbeiten. Als Morgengymnastik und damit er gute Laune bekam.

Aber an diesem Morgen hatte er die Gitarre nicht angerührt, das Lied hatte ihn einfach nur deprimiert. Er wusste nicht, warum, er hatte es seit Urzeiten nicht mehr gehört und konnte sich nicht einmal mehr an den Text erinnern. Aber es ließ ihn nicht in Ruhe. Jeff Lynne sprach zu ihm aus dem Unterbewusstsein, und Andersson war sich nicht sicher, ob er wissen wollte, was er zu den Tönen dieser melancholischen Melodie zu sagen hatte. Schließlich steckte er sich die Ohrhörer ein und suchte »Latitude 88 North« von Electric Light Orchestra auf seinem iPod heraus.

The iceman came to me tonight,
So very near but out of sight.
I heard the footsteps in the hall
And I heard a cold voice call,
It's such a lonely world.

Er spürte, wie sich die Haare auf seinen Armen aufrichteten, je länger er zuhörte.

*

Sandén langweilte sich zu Tode. Es war ein ganz gewöhnlicher Montag in der ganz normalen Wirklichkeit, mit Papierkram und anderen weniger wesentlichen Aufgaben. Er fühlte sich ausgelaugt, unfähig zu konstruktiven Gedanken. Doch wie üblich hatte Andersson sein Leben erleichtert. Dieses Mal mit den Zeichnungen, die er über den Schusswechsel in Forssjö angefertigt hatte und die aussahen, als kämen sie direkt aus einem »Agent X9«-Comic. Dass sich Loddan neben der Musik auch ein wenig der Zeichenkunst widmete, war Sandén bekannt gewesen, aber dass er auch darin so begabt war, hatte er nicht geahnt. Ohne Anderssons Vorlage wäre die Arbeit an dem Bericht wesentlich mühsamer gewesen, und als er die Mühen des Schreibens hinter sich gebracht hatte, ging Sandén zu Anderssons Büro hinüber, um sich bei ihm zu bedanken und ein bisschen zu plaudern.

Andersson bemerkte nicht, wie er hereinkam, er hatte seinem Schreibtisch den Rücken zugedreht und starrte aus dem Fenster. Aus seinen Ohren hingen zwei weiße Kabel, also ging Sandén zu ihm und klopfte ihm sanft auf die Schulter. Andersson zuckte zusammen und drehte sich mit einer tiefen Furche zwischen den Augen zu ihm um.

»Dieses Lied musst du dir anhören«, sagte er, zog die Ohrhörer heraus und hielt sie Sandén hin. »Das hat mir heute Morgen in den Ohren geklingelt, als ich aufgewacht bin.«

Sandén, der Anderssons großes Interesse für Musik in keiner Weise teilte, wusste nicht, was er davon halten sollte, aber er tat, wozu er ihn aufgefordert hatte. Und die Klangqualität war so gut, dass er sich sogar den Text zu Gemüte führen konnte.

Then I knew that you were gone,
It came to me, I was alone.
Now I'm left out in the cold
But the story's far from told,
It's such a lonely world.
It's like Latitude 88 North,
It's so cold, cold as hell.
35 below and falling,
How I wish that she was calling me.

»Na, woran denkst du, wenn du das hörst?«, fragte Andersson, als die Musik in Sandéns Ohren verklungen war.

»Ich denke, dass wir ein paar Worte mit Sjöberg wechseln sollten«, antwortete Sandén mit einem schiefen Lächeln. »Dass zumindest wir beide glauben, dass …«

»… *the story's far from told*«, ergänzte Andersson.

*

Westman hatte während der Nacht höchstens zwei Stunden geschlafen, und trotzdem fühlte sie sich energiegeladen. Diese Energie musste sie leider in eine andere Richtung kanalisieren als in die gewünschte. Aber sie würde ihr hoffentlich noch eine ganze Weile erhalten bleiben – wenn ihre Instinkte sie nicht täuschten, wenn die Gefühle von beiden Seiten gleichermaßen himmelsstürmend waren. Immerhin hatten sie die Nacht gemeinsam bei ihr zu Hause verbracht, sodass es zumindest nicht in einem unmittelbaren »Vielen Dank und leb wohl« geendet hatte. Und im Laufe des Tages hatten sie etliche Blicke getauscht, hatten sich immer wieder scheinbar zufällig berührt. In der Küche, wenn sie sich im Flur begegneten, während des Spaziergangs zu Lisas Café, wo sie gemeinsam mit den anderen zu Mittag gegessen hatten.

Es war eine Herausforderung. Seite an Seite professionell zu arbeiten und dabei auszublenden, was neben der Arbeit geschah, was im Körper und in den Gedanken passierte. In Sachfragen mussten sie sich objektiv verhalten, kritisch, sie mussten als zwei Individuen in der Gruppe arbeiten und nicht als ein Paar. Und auf gar keinen Fall überkompensieren. Indem sie zum Beispiel während eines ganzen Arbeitstages vermieden, miteinander zu sprechen, obwohl sie eigentlich jede Menge zu diskutieren hatten, was die Arbeit betraf.

Sie versuchte in sich hineinzuhorchen, wie sie die Situation eigentlich einschätzte. Versuchte, den romantischen Schleier wegzuziehen, der sich über ihr Dasein gelegt hatte, und konstruktiv darüber nachzudenken. Und musste, während sie ihren Bericht zusammenstellte, einsehen, dass die ganze Arbeit, die sie in der vorhergehenden Woche geleistet hatte, vergeblich gewesen war. Vollkommen in den Wind geschossen. Weil weder Siem, noch Wiklund oder Jenner in den Mord an Sven-Gunnar Erlandsson verwickelt waren. Weil ein verschwundenes russisches Sommerkind nichts mit Simon Tampler und seinen Mordfantasien zu tun hatte und auch nichts mit ihr und ihren Kollegen. Und folgerichtig auch nichts mit dem nervösen Staffan Jenner oder dem Mädchenschwarm Lennart Wiklund, kleinen Mädchen auf Fahrrädern oder dem Straßennetz in Älvsjö. Es wäre so furchtbar sinnlos gewesen, wenn Gerdin draußen in den Wäldern von Huddinge draufgegangen wäre, auf der Jagd nach einem Gespenst, das nichts anderes war als ein paar zerflossene Notizen in der Tasche eines unglückseligen Mannes.

*

Er konnte die Augen nur mit Mühe und Not offen halten. Seit Donnerstag schon hatte seine Welt kopfgestanden, und seine Laune war zwischen hohen Gipfeln und abgrundtiefen Tälern Achterbahn gefahren. Und er hatte die ganze Nacht fast kein Auge zugetan. Aus angenehmen Gründen. Hamad wusste kaum, was er mit sich anfangen sollte, als er mit blinzelnden Augen über einem Bericht saß, der zum größten Teil Einsätze behandelte, die nicht von geringstem Interesse waren. Vorausgesetzt, es war wirklich alles so einfach – was er nur schwer glauben konnte. Aber er war zu müde, um diesen Gedanken richtig zu Ende zu denken. Zumindest gelang es ihm, seine Berichte fertigzustellen, vor allem dank Anderssons genialer Comicperspektive auf das ganze Forssjö-Drama. Anschließend blieb er sitzen und richtete seinen Blick auf die glitzernde Wasserfläche des Hammarbykanals, versunken in Gedanken, die so weit von

Schusswechseln und internen Ermittlungen entfernt waren, wie man sich nur vorstellen konnte.

Hamad war glücklich. Ihm war warm ums Herz, und seine Wangen glühten. Nach all diesen Jahren, nach all den Missverständnissen und dem ganzen anderen Elend waren sie endlich dort gelandet, wo sie sich jetzt befanden. In einem Rausch aus aufgestauten Gefühlen, die aus den unterschiedlichsten Gründen lange Zeit zurückgehalten worden waren. Jetzt konnte er es nur dankbar entgegennehmen. Den Tag pflücken und in vollen Zügen genießen. Und gleichzeitig versuchen, eine Art von Professionalität aufrechtzuerhalten. Doch dazu brauchte er, unter anderem, Schlaf, von dem er heute Nacht unter allen Umständen ausreichend bekommen musste. Davor würde er seinen Mut zusammennehmen und ein paar Worte mit Petra wechseln, genau wie immer.

Er packte seine Sachen zusammen und verließ das Büro, ging mit vorgeblich entschlossenen Schritten durch den Korridor zu ihrem Raum und klopfte ein wenig förmlich an den Türrahmen, bevor er eintrat. Sie begrüßte ihn mit einem neugierigen Lächeln; wahrscheinlich las sie ihn wie ein offenes Buch. Er lächelte zurück.

»Ich glaube, für heute mache ich Feierabend«, sagte er und ließ sich tief in ihren Besucherstuhl sinken. »Ich muss nach Hause und schlafen.«

»O je, so schlimm«, antwortete Petra. »Wie geht es dir sonst? Außer, dass du müde bist?«

Er wusste nicht, wie er darauf antworten sollte. Sollten sie jetzt förmlich sein, oder welcher Gedanke steckte dahinter?

»Bist du fertig mit den Berichten, hast du dir genug Gedanken über unsere verschenkte Woche gemacht?«

Förmlich also. Vielleicht war die Angelegenheit für sie erledigt? Oder sie war genauso unsicher wie er? Obwohl sie es nie zeigte. Aber – wer wagt gewinnt, war es nicht so?

»Meine Berichte habe ich fertig. Ich habe mir noch nicht genug Gedanken über unsere sinnlose Arbeitswoche gemacht. Darum werde ich mich morgen kümmern, wenn ich hoffentlich ausgeschlafen bin. Ich habe mir auch noch nicht genug Gedanken über die sinnvollen Sachen gemacht, mit denen wir uns am Ende der Woche beschäftigt haben. Aber du darfst mir gerne dabei behilflich sein. In Årsta. Unter der Voraussetzung, dass um zehn Uhr das Licht ausgeschaltet wird.«

Es fiel auf fruchtbaren Boden. Sie schenkte ihm ein zweideutiges Lächeln und streckte den Fuß unter dem Schreibtisch aus, bis er seinen berührte. Ihm fuhr ein Stich in den Bauch, der beinahe schmerzte.

Sie befanden sich in der ersten Phase der Liebe, ein Krankheitszustand.

Als Sjöberg ohne Vorwarnung hereinplatzte, zog Petra blitzschnell ihren Fuß zurück. Hamad blieb in derselben Haltung sitzen, nur dass er ihm den Kopf zuwandte. Auch Sjöberg sah müde aus, und ein wenig bekümmert.

»Wir müssen alle nochmal miteinander reden«, sagte er. »Kommt ihr kurz mit in mein Büro?«

*

»Ich kann nicht dabei sein«, sagte Gerdin. »Ich muss noch einmal zur Kontrolle ins Krankenhaus und möchte vorher hier noch eine Kleinigkeit zu Ende bringen. Können wir das auf Morgen verschieben?«

»Klar«, sagte Sjöberg, »kein Problem. Wir sind dankbar, dass du überhaupt wieder hier bist.«

Ohne großes Aufheben verließ er den Raum wieder und ließ sie in Ruhe. Denn jetzt begann es wirklich ernst zu werden. Plötzlich hatte sie etwas gefunden.

Ihre Berichte hatte sie schon am Morgen schnell zusammengeschustert und anschließend den Bildschirm abgeschaltet, die Tür geschlossen und sich mit hinter dem Nacken verschränkten Händen in ihrem Stuhl zurückgelehnt, um alles noch einmal zu durchdenken. Und sie war zu dem Schluss gekommen, dass die Ermittlungen ihren Maßstäben nicht genügten. Dass es zu viele lose Enden gab. Dass sie bei dem Durcheinander während Simon Tamplers Festnahme nicht alle Sinne beisammen gehabt hatten, dass sie zu viel dem Zufall überlassen hatten. Aber es war noch einmal gut gegangen, und noch konnte man alles wieder in die richtige Spur bringen. Tampler war der Mörder, daran gab es keinen Zweifel. Aber alles andere? Es gab noch viele Fragezeichen, die geradegebogen werden mussten. Warum hatte jemand einen Satz Spielkarten in Erlandssons Tasche hinterlassen? Dieser Jemand konnte jedenfalls kaum Erlandsson selbst gewesen sein, denn sie hatten keine Fingerabdrücke gefunden, und der Mörder selbst leugnete standhaft. Konnte jemand anderes sie in die Brusttasche hineingeschmuggelt haben? Wenn ja, wer und warum? Oder log der gute Simon Tampler etwa doch? Aber warum sollte er das tun: einen Mord gestehen, aber leugnen, dem Opfer vier Spielkarten in die Tasche gesteckt zu haben? Dead man's hand noch dazu, was ja kaum ein Zufall gewesen sein konnte. Vielleicht dachte sie aber auch in zu engen Bahnen. Diese Spielkarten mussten doch eine Funktion erfüllen!

Also hatte sie sich erneut vor den Rechner gesetzt und versucht, ihre Perspektive zu erweitern, und allmählich begann es zu wirken. Während sie den Bildschirm hinunterscrollte und sich die Treffer einen nach dem anderen anschaute, war plötzlich etwas ganz anderes aufgetaucht als als die todbringende Pokerhand des Wild Bill Hickok. Etwas, das von einem plötzlichen, gewaltsamen Tod so weit entfernt war, wie man es sich nur vorstellen konnte. Nämlich eine Koralle. »Tote Mannshand, Weichkoralle, *Alcyonium digitatum*, eine Art aus der

Unterklasse der achtstrahligen Korallen. Die Tote Mannshand bildet etwa zehn Zentimeter hohe, blasse, verzweigte Kolonien, die an eine aufgedunsene Menschenhand erinnern können. Die Art ist auf felsigen Untergründen vor der schwedischen Westküste verbreitet.« So die Internetversion der Schwedischen Nationalenzyklopädie.

Sie suchte weiter im Netz, wollte so viel wie möglich über diese Kolonie kleiner Korallentiere herausfinden, stieß aber auf nichts Interessantes. Bis sie stattdessen nach *Alcyonium digitatum* zu suchen begann. Und ganz plötzlich wieder auf Flashback landete.

*

»Bevor wir beginnen, möchte ich, dass auch Petra und Jamal sich dieses Lied anhören«, sagte Sjöberg. »Das ist jetzt vielleicht ein bisschen unorthodox, aber trotzdem. Nehmt es ernst, und betrachtet es als Inspiration für die zukünftige Arbeit.«

Westman und Hamad schauten einander verwundert an, als Andersson ihnen seine Ohrhörer reichte, aber sie hörten zu. Zunächst mit einem Lächeln auf den Lippen, dann aber mit zunehmendem Ernst. Sjöberg bemerkte, dass Hamad schlucken musste, was sehr gut zu anderen Beobachtungen passte, die er in den vergangenen Tagen gemacht hatte: Seit dem Schusswechsel war Hamad ganz schön aus dem Gleichgewicht geraten. Aber die Botschaft hatte auch Sjöberg die Kehle zusammengeschnürt – ihnen allen, wie er vermutete.

Frozen shadows in the doorways,
They will linger there always.
And as the dawn begins to break,
She's gone it's hard to take,
It's such a lonely world.

It's like Latitude 88 North,
It's so cold, cold as hell.
35 below and falling,
How I wish that she was calling me.

»Loddan«, sagte Sjöberg. »Wie machen wir weiter?«

»Wir finden heraus, wo Rebecka Magnusson steckt«, antwortete Andersson mit einer Entschlossenheit, die untypisch für ihn war. »Und wir werden suchen, bis wir sie gefunden haben.«

»Petra?«

»Wir werden herausfinden, was mit Larissa Sotnikova passiert ist«, antwortete Westman.

»Und mit Dewi Kusamasari«, ergänzte Sjöberg. »Wir haben drei verschwundene Mädchen. Selbstverständlich werden wir sie finden.«

»Alle drei Mädchen müssen als besonders gefährdet eingestuft werden«, bemerkte Sandén. »Zwei von ihnen sind behindert, und eine ist ein russisches Heimkind, sehr jung bei ihrem Verschwinden und ohne große Sprachkenntnisse.«

»Dazu haben wir noch eine beträchtliche Anzahl unbeantworteter Fragen«, warf Hamad ein. »Wer war das kleine Mädchen, das sich Laras Fahrrad ausgeliehen hat? Die Spielkarten – warum gibt es auf ihnen keine Fingerabdrücke? Wer hat sie in Erlandssons Tasche gesteckt und warum?«

»Und die Koordinaten«, sagte Sandén. »Was hatte dieser Zettel in der Tasche zu suchen, und waren es überhaupt Koordinaten? Man könnte fast glauben, dass wir diese Positionsbestimmung noch einmal durchführen sollten, nachdem ELO aus Loddans Unterbewusstsein gesprochen hat.«

Alle lächelten zustimmend, aber niemand lachte. Jetzt wurde es ernst.

Plötzlich tauchte Gerdin in der Türöffnung auf.

»Entschuldigung, ich muss jetzt dringend los«, sagte sie aufgeregt. »Aber ich habe wichtige Neuigkeiten. Da kann sich, wer möchte, die Zähne dran ausbeißen.«

Alle starrten sie mit gespannter Erwartung an. Niemand zweifelte mehr daran, dass etwas wichtig war, wenn Gerdin es als wichtig bezeichnete. Sjöberg verkniff sich ein Lächeln.

»Die Tote Mannshand ist eine sogenannte Weichkoralle, eine Kolonie kleiner Korallentiere. Auf Latein heißt sie *Alcyonium digitatum*. *Alcyonium digitatum* ist auch der Name eines Users auf Flashback. Ein User, der sich am einundzwanzigsten Juni registriert und nur einen einzigen Beitrag geschrieben hatte. Nämlich die Frage, wie hoch die Fehlertoleranz bei einem GPS-Handgerät einer bestimmten Marke ist.«

Sandén pfiff.

»Alle, die auf die Frage geantwortet haben, waren sich einig, dass es sich um einen Radius von fünfzig bis sechzig Metern handeln müsse. Was genau die Distanz ist, von der auch Jens und ich ausgegangen sind. Dieser Beitrag ist auf den fünfundzwanzigsten Juni datiert. Wenn man sich registriert hat, dauert es drei Tage, bis das Benutzerkonto freigeschaltet wird. Das deute ich so, dass *Alcyonium digitatum* sich in zweiter Linie deshalb auf Flashback angemeldet hatte, um eine Antwort auf diese Frage zu bekommen.«

»In zweiter Linie?«, fragte Hamad skeptisch.

»Yes. Jetzt hört mal genau zu. Ein weiterer interessanter Aspekt ist, dass der letzte Beitrag von DerHeilige in seinem eigenen Thread, »Ich will jemanden töten. Ich werde jemanden töten«, genau auf den fünfundzwanzigsten Juni datiert ist. Die Diskussion in dem Thread läuft immer noch weiter, aber DerHeilige selbst hat sich da bereits zurückgezogen. Warum? Ich schätze, weil jemand angebissen hat.«

Alle hörten andächtig zu.

»Jemand hatte via PM Kontakt zu ihm aufgenommen, das heißt, er hat ihm eine persönliche Mitteilung geschickt. Das kann man nur tun, wenn man bei Flashback registriert ist, also nicht, wenn man nur dort rumsurft, ohne Mitglied zu sein, denn dann kann man auf diese Funktion nicht zugreifen. Das war, glaube ich, der Hauptgrund für *Alcyonium digitatum*, sich als Mitglied registrieren zu lassen. Um Kontakt mit dem glaubwürdig wirkenden DerHeilige zu bekommen.«

»Ein Auftragsmord also?«, sagte Sjöberg.

»Genau. Und genau deshalb hat er auch den Mord gestanden, aber nicht die Spielkarten und die Koordinaten in der Tasche des Opfers. Er ist wahrscheinlich dafür bezahlt worden, darüber zu schweigen. Er ist bereit, die Strafe für den Mord auf sich zu nehmen, aber möchte gern, dass das Geld da ist, wenn er wieder herauskommt.«

»Aber«, sagte Hamad und kratzte sich am Kopf, »warum gibt der Anstifter dem Mörder den Auftrag, die Spielkarten und die Koordinaten in die Tasche des Opfers zu stecken, wenn später nicht herauskommen darf, dass es mit dem Mord zu tun hat?«

»Es war nicht vorgesehen, dass Tampler erwischt wird. Dann wären wir trotzdem den Koordinaten nachgegangen und hätten irgendwann das gefunden, worauf der Auftraggeber uns hinweisen wollte.«

»Und die Karten, die Dead man's hand?«, fragte Westman.

»Zunächst ist es ganz offensichtlich eine Signatur. Aber darüber hinaus glaube ich auch, dass es ein Hinweis darauf ist, worum es bei der ganzen Sache eigentlich geht. Nämlich um Larissa Sotnikova. Der Mord an Erlandsson hat am frühen Morgen des zweiten Augusts stattgefunden. Wild Bill Hickok wurde am zweiten August erschossen. Larissa Sotnikova verschwand am zweiten August. Es war wichtig, dass wir darauf aufmerksam gemacht wurden, dass der zweite August ein bedeutungsvolles Datum ist.«

»Aber wer ist der Auftraggeber?«, fragte Sjöberg nachdenklich, mehr an sich selbst gerichtet als an die anderen.

»Das werden wir sehen«, antwortete Gerdin mit einem hinterhältigen Lächeln.

»Als Nächstes werden wir also Tampler ausquetschen, seinen Computer durchsuchen und die Spur des Geldes aufnehmen«, stellte Sjöberg unter dem zustimmenden Gemurmel der anderen fest.

»Verdammt, jetzt komme ich zu spät!«, rief Gerdin mit einem hastigen Blick auf die Armbanduhr. »Bis morgen!«

Und sie verschwand aus dem Raum und hinterließ den Duft eines ziemlich süßlichen und aufdringlichen Parfums.

»Das Lied hast du Gäddan aber nicht vorgespielt, oder?«, fragte Sandén.

»Nein, tatsächlich nicht«, lachte Andersson. »Sie muss diese Eingebung irgendwo anders herbekommen haben. Unglaublich, diese Frau!«

*

Jetzt war auch Ida gefahren, wenn auch nicht weiter als nach Uppsala, um bei ihren Geschwistern zu sein. Aber in wenigen Wochen würde auch sie auf ihre weite Reise bis auf die andere Seite der Erdkugel gehen. Adrianti war allein in dem großen Haus. Allein mit der Trauer, allein mit allen Erinnerungen an das Leben, das jetzt unwiederbringlich vorbei war. Alle Kinder waren so gut wie ausgeflogen, und Svempa war tot, ermordet. Von einem verrückten Drogenabhängigen, der es einfach aus einer Laune heraus getan hatte. Die Beerdigung würde erst in drei Wochen stattfinden, in Schweden brauchte so etwas seine Zeit. Bis dahin musste sie die Fassade aufrechterhalten, dass alles fast so wie immer war. Das Haus sauber und ordentlich halten, Kuchen für den Beerdigungskaffee backen. Waschen. Das bisschen, was es jetzt noch zu waschen gab, nachdem alle fort waren. Aber danach? Was würde danach passieren?

Sie hatte nichts. Keine Arbeit, keine anderen Kenntnisse als die, wie man einen Haushalt führte. Und kein Geld, so sah es jedenfalls aus. Als sie mit der Versicherungen sprach, hatte sie den Eindruck bekommen, dass alles den Kindern gehörte. Das hatten sie sehr schlecht geregelt, sie und Svempa. Natürlich hatte keiner von ihnen damit gerechnet, dass er so früh gehen könnte, aber sie hätten sich ruhig ein bisschen mehr mit der Erbregelung auseinandersetzen können, das wurde ihr jetzt klar. Besonders sie selbst, die ohne eine Öre in der Tasche in dieses neue Land gekommen war. Aber das war nur das kleinere Problem. Aus ihrem früheren Leben war sie es gewohnt, sparsam zu leben, also würde sie das hier auch schaffen. Rein körperlich zumindest.

Aber sie sehnte sich so sehr nach Dewi, ihrem kleinen Küken, ihrem eigenen, kleinen Engel. Engel, das bedeutete ihr Name zu Hause, in Indonesien. Und wenn sie darüber nachdachte, ballte sich die Angst wie ein schmerzender Klumpen in ihrem Bauch zusammen. Dewi durfte nicht für immer verschwunden sein, sie durfte nicht tot sein. Warum war Adrianti damals, vor langer Zeit, nicht standhafter gewesen, als Dewi nicht mehr nach Hause gekommen war? Die schwedischen Jugendlichen verreisen, aber sie lassen von sich hören, schreiben ausführliche Briefe, rufen hin und wieder zu Hause an. Und im schlimmsten Fall können sie ein ganzes Jahr fortbleiben, aber niemals für vier Jahre. Sie hätte nicht auf Svempa hören sollen, sich nicht von seiner sorglosen Haltung überzeugen lassen sollen. Sie hätte zur Polizei gehen sollen, hätte dafür sorgen müssen, dass nach ihr gefahndet wurde.

Die Stille war drückend. Sie musste Menschen um sich

haben, Stimmen. Kickis Telefonstimme in allen Ehren, aber sie kannte sie kaum, erinnerte sich kaum noch, wie sie ausgesehen hatte. Sie brauchte Menschen aus Fleisch und Blut. Jemanden, mit dem sie sprechen und bei dem sie sich ausweinen konnte. Deshalb hatte sie schließlich entschieden, ihre stumme Übereinkunft zu brechen, und das Haus verlassen, um Kontakt zu Staffan aufzunehmen. Trotz allem. Aber kaum war sie draußen, war sie von diesem Polizisten, Sjöberg, aufgehalten worden. Er war sehr sympathisch gewesen, auch er war ein guter Zuhörer. Es hatte sich gut angefühlt, mit ihm zu sprechen, obwohl er sie wegen dieser Sache mit Staffan zur Rede gestellt und damit alte Wunden aufgerissen hatte. Er hatte sie dazu gebracht, von dem gebrochenen Fuß zu erzählen, sie über das Roskilde Festival ausgefragt und immer wieder nach Dewis Reise und Dewis kurzen, inhaltslosen Mitteilungen gefragt. Aber er hatte verstanden. Er hatte verstanden, wie sie sich fühlte, wie sehr sie ihre Tochter vermisste, und eingesehen, dass es vielleicht einen Grund gab, sich Sorgen zu machen. Echte Sorgen. Er hatte ihr sogar versprochen, dass er nach Dewi suchen würde. Und er hatte glaubwürdig gewirkt, als er das sagte.

Aber das war am Mittwoch gewesen. Mittlerweile war fast eine Woche vergangen, und nichts war passiert, sie hatte nichts gehört von der Suche nach Dewi. Allmählich fühlte sich Adrianti immer verzweifelter. In diesem unglaublich schönen und gepflegten Gefängnis ging sie langsam die Wände hoch. Darum nahm sie noch einmal all ihren Mut zusammen, warf einen resignierten Blick auf das schnell alternde Gesicht im Spiegel und schloss hinter sich die Tür zu dem, was sie seit dreizehn Jahren ihr Zuhause genannt hatte. Sie musste mit Staffan sprechen.

*

Sjöberg hatte die Kollegen vom Betrugsdezernat darauf angesetzt, Simon Tamplers ökonomische Aktivitäten unter die Lupe zu nehmen, insbesondere hinsichtlich Ein- und Auszahlungen von fünf- bis sechsstelligen Beträgen. Wenn es so war, wie es schien, nämlich dass der Junge angeheuert worden war, um Sven-Gunnar Erlandsson zu töten, dann musste das Geld irgendwo auftauchen. Und er hatte klar und deutlich verkündet, dass er hunderttausend verlangte, wenn er einen Mord ausführen sollte.

Eigentlich hätte Sjöberg schon längst mit Tampler sowie dessen juristischen Beistand im Vernehmungsraum sitzen sollen, aber Tampler war begreiflicherweise in schlechter Verfassung, und von Seiten der Ärzte war man zu der Beurteilung gekommen, dass eine Vernehmung bis auf Weiteres nicht in Frage kam. Sjöberg hatte ohnehin das Gefühl, dass sie nicht so viel mehr aus ihm herausbekommen würden, insbesondere dann nicht, wenn Gerdin mit ihrer Vermutung recht hatte, dass mehr Geld auf ihn warten würde, wenn er jetzt seine Zunge im Zaum hielt. Stattdessen saß Sjöberg also in Anderssons Büro und ging mit ihm gemeinsam Tamplers Computer durch, ohne auf die geringste Spur einer E-Mail-Kommunikation mit *Alcyonium digitatum* zu stoßen.

»Diese Aufgabe müssen wir jemandem geben, der Ahnung von Computern hat«, seufzte Andersson. »Der Junge war bestimmt vorsichtig und hat alles gelöscht, was von Interesse sein könnte. Es würde mich auch nicht wundern, wenn seine gesamte Kommunikation über kurzfristige E-Mail-Konten, ausländische Proxyserver und andere Dinge gelaufen wäre, die es fast unmöglich machen, sie aufzuspüren.«

Sjöberg stöhnte, er verstand nicht einmal genug davon, um sich überhaupt zu einer Frage aufraffen zu können.

»Okay, ruf einen Techniker«, sagte er.

Andersson tat, was ihm aufgetragen worden war, und im selben Augenblick betrat Sandén das Büro.

»Ich denke gerade über das nach, was Gäddan über die Dead man's hand und das Datum, den zweiten August, gesagt hat. Wenn es tatsächlich so ist, dass derjenige, der den Mord an Erlandsson in Auftrag gegeben hat, der Polizei einen Hinweis geben wollte, dass der Mord mit dem Verschwinden eines russischen Sommerkindes zu tun hat – dann ist die Annahme wohl naheliegend, dass Erlandsson für ihr Verschwinden verantwortlich ist?«

Sjöberg nickte.

»Wer könnte einen Grund haben, ihn deswegen zu ermorden?«, fragte Sjöberg rhetorisch.

»Staffan Jenner natürlich. Der sowohl Lara als auch seine Frau verloren hat, und sein Ansehen noch dazu.«

»Aber in diesem Fall denke ich: Warum lässt er den Kerl ermorden? Warum geht er nicht einfach zur Polizei?«

»Rache? Hass?«, schlug Andersson vor, der das Gespräch mit der technischen Abteilung mittlerweile beendet hatte.

»Ja, vielleicht«, sagte Sjöberg. »Aber warum gerade jetzt? Es ist acht Jahre her, dass es passiert ist.«

»Vielleicht hat er erst vor Kurzem etwas herausgefunden. Vielleicht ist ein Zeuge aufgetaucht?«, schlug Andersson vor.

»Oder«, setzte Sandén seine Überlegungen fort, »vielleicht ist es auch andersherum. Vielleicht hat Erlandsson vor Kurzem erst etwas herausgefunden. Hat Jenner wegen des verschwundenen Mädchens zur Rede gestellt und wurde deswegen aus dem Weg geschafft. Und Jenner versucht jetzt, den Verdacht irgendwie auf Erlandsson zu lenken. In beiden Fällen hätte Jenner sich eines schweren Verbrechens schuldig gemacht.«

Jetzt tauchte auch Westman mit eifriger Miene in Anderssons Büro auf, aber sie ließ das Gespräch weiterlaufen, ohne es zu unterbrechen.

»Ich betrachte es als wahrscheinlicher, dass ein und dieselbe Person beide Verbrechen begangen hat, als dass es sich um zwei verschiedene Mörder handelt«, fuhr Sandén fort. »Es wirkt ein bisschen an den Haaren herbeigezogen, denke ich, dass Leute in demselben Bekanntenkreis einander einfach so getötet haben sollten.«

»Ja, das klingt ein bisschen sehr nach Inspector Barnaby«, bemerkte Andersson.

»Außerdem«, sagte Sandén, »war es schließlich so, dass Lara Jenners Sommerkind war, dass Jenner Erlandsson zu diesem Obdachlosencamp begleitet hatte, in dem Rebecka Magnusson zum letzten Mal gesehen wurde, und ...«

»... dass Jenner mit nach Roskilde gereist war, um Dewi nach Hause zu holen«, ergänzte Sjöberg. »Und danach war sie verschwunden.«

»Darf ich mich in die Unterhaltung einmischen?«, fragte Westman. »Ich habe über dieses Mädchen auf dem Fahrrad nachgedacht, das die Zeugin im Murgrönsvägen zusammen mit Lara kurz vor deren Verschwinden gesehen hatte. Lara, die durch das orange Regencape leicht wiederzuerkennen war, hatte ihr Fahrrad einem kleineren, blonden Mädchen geliehen. Dieses Mädchen hat man nie gefunden. Laut der Zeugenaussagen vom Sportplatz Mälarhöjden hatte sich die ganze Familie Erlandsson um circa zwanzig vor elf mit Lara unterhalten, nachdem sie dort eingetroffen war. Außer Ida, die krank zu Hause lag. Und aus irgendwelchen Gründen auch nicht mit Dewi, die allerdings dort war.«

Sjöberg hörte mit großem Interesse zu, ohne richtig zu begreifen, worauf sie eigentlich hinauswollte.

»Und wenn wir das alles vielleicht komplett falsch verstanden haben?«, fuhr Westman fort. »Möglicherweise hat Lara das Fahrrad gar nicht an ein kleineres Mädchen verliehen, sondern ihr Regencape an ein größeres? Zum Beispiel an Dewi.«

»Brillant, Petra«, sagte Sandén.

»Das kleine, blonde Mädchen auf dem Fahrrad war immer

noch Lara«, verdeutlichte Andersson, vermutlich vor allem für sich selbst, »und neben ihr ging das größere Mädchen im Regencape. Das schwarze Haare hatte, aber das konnte die Zeugin nicht sehen, weil sie die Kapuze aufgesetzt hatte.«

»Aber was hat Dewi dort gemacht, sie war doch auf dem Fußballcamp?«, sagte Sjöberg nachdenklich.

»Sie musste wohl aus irgendeinem Grund nach Hause«, antwortete Petra. »Aber wie kommt es, dass niemand etwas bemerkt hat?«

»Vielleicht wollte sie nicht, dass irgendjemand es merkt«, murmelte Sjöberg. »Vielleicht hatte sie sich deswegen Laras Regencape ausgeliehen, obwohl es gar nicht mehr regnete.«

»Das heißt, dass Dewi unsere wichtigste Zeugin ist, wenn wir den Entführer von Larissa Sotnikova suchen«, stellte Andersson fest.

»Oder für den Fall, dass etwas passiert ist«, meinte Sjöberg. »Ein Unglück, vielleicht.«

Plötzlich kam ihm ein neuer Gedanke.

»Adrianti Erlandsson hat erzählt, dass Dewi fünfzehn Jahre alt war, als sie diesen Unfall hatte. Als sie unter die Waschmaschine kam und sich den Fuß brach. Sie hatte gerade ein Moped als Geburtstagsgeschenk bekommen. Dewi ist im Juli 1986 zur Welt gekommen, das heißt, im Juli 2001 ist sie fünfzehn geworden. Also kurz bevor Lara verschwand. Aber an dem Tag, als Lara zum letzten Mal gesehen wurde, war sie noch auf dem Fußballcamp, es muss also vor ihrem Unfall gewesen sein. Nehmen wir mal an, dass Lara durch Dewis Schuld zu Tode gekommen ist. Und kurze Zeit später hatte Dewi einen Unfall – vielleicht hat sie sich selbst bestraft? Dewi ist danach nicht mehr dieselbe gewesen, sie floh aus dem Land, sobald sie die Schule abgeschlossen hatte.«

»Wir müssen Lara Sotnikova finden«, stellte Westman fest.

»Wir müssen Dewi Kusamasari finden«, sagte Sjöberg.

»Dann finden wir vielleicht auch Rebecka Magnusson«, hoffte Andersson.

»Conny, wir müssen dieses Waldgebiet in Huddinge noch einmal durchsuchen«, sagte Sandén in einem fast befehlsartigen Ton. »Wir können etwas übersehen haben, wir waren vielleicht beide nicht richtig in Form ...«

»Du hast recht«, sagte Sjöberg entschlossen. »Wir gehen morgen mit den Hunden in den Wald. Jetzt holen wir uns erst einmal Staffan Jenner und Adrianti Erlandsson zur Vernehmung.«

Das Telefon in seiner Hosentasche klingelte. Eine unterdrückte Rufnummer.

»Ich weiß nicht, ob Sie sich an mich erinnern«, sagte die Stimme am anderen Ende, »aber ich arbeite bei der SEB am Kungsträdgården. Kristina Wintherfalck – wir haben letzte Woche miteinander gesprochen.«

»Natürlich«, sagte Sjöberg. »Vielen Dank, dass Sie sich die Zeit genommen haben.«

»Ich habe angerufen, weil ich mir ein bisschen Sorgen mache. Das ist vielleicht eine übertriebene Reaktion, aber ...«

»Kein Problem«, erwiderte Sjöberg freundlich. »Lieber eine Reaktion zu viel als eine zu wenig. Was ist passiert?«

»Tja, also nach unserem letzten Gespräch habe ich einen Kondolenzstrauß an Adrianti – also Svempas Frau – schicken lassen. Dann habe ich sie angerufen, um zu hören, wie es ihr geht. Wir kennen uns eigentlich nicht besonders gut, haben uns jedes Jahr vielleicht ein, zwei Mal gesehen, auf dem Weihnachtsfest und so. Aber ich habe gedacht, dass ... Also, dass sie vielleicht nicht so viele ... Und Svempa und ich kannten uns ja sehr gut. Also, von der Arbeit.«

»Ja?«

»Am Telefon hat Adrianti sehr niedergeschlagen geklungen. Sie war furchtbar traurig über das, was passiert war, und sie wusste nicht, was sie mit ihrem Leben anfangen sollte. Und die Kinder sind so gut wie aus dem Haus, und so weiter. Also habe ich es mit ein paar tröstenden Worten versucht, das erschien mir besser als nichts. Danach habe ich sie jeden Tag angerufen, immer zur selben Zeit, so gegen vier. In den letzten Tagen hat sie immer verzweifelter geklungen, und die Gespräche konzentrierten sich immer mehr auf Dewi, ihre leibliche Tochter. Sie ist offenbar schon seit Jahren auf Reisen, aber Adri ist immer mehr davon überzeugt, dass sie nicht mehr am Leben ist. Woher diese Idee auch immer gekommen sein mag.«

Sjöberg wurde von einem leichten Unbehagen befallen und begann sich ernsthaft zu fragen, wohin dieses Gespräch eigentlich führen würde.

»Ich hatte so großes Mitleid mit ihr, also habe ich mir überlegt, nach Älvsjö hinauszufahren und einen Abend mit ihr zu verbringen. Leider ist bislang nichts daraus geworden, aber heute habe ich Neuigkeiten, die sie hoffentlich ein bisschen aufmuntern werden. Nur leider geht sie nicht ans Telefon. Ich versuche schon seit über einer Stunde, sie zu erreichen, sowohl bei ihr zu Hause als auch auf dem Handy, aber sie antwortet nicht. Sie wusste, dass ich anrufen würde, wir haben gestern darüber gesprochen. Um ehrlich zu sein, ich mache mir ziemliche Sorgen, dass sie sich etwas angetan hat.«

»Es war richtig, dass Sie angerufen haben«, sagte Sjöberg. »Wir fahren direkt zu ihr. Vielen Dank.«

»Keine Ursache. Ich hoffe nur, dass ich mir zu Unrecht Sorgen gemacht habe. Auf Wiedersehen.«

»Einen Moment noch, bitte«, hielt Sjöberg sie in der Leitung, »welche guten Neuigkeiten hatten Sie denn für sie?«

»Dass Dewi lebt«, antwortete Kristina Wintherfalck.

Sjöberg spürte, wie sein Herz einen Schlag aussetzte.

»Woher haben Sie diese Information?«, fragte er.

»Ein paar Freunde von mir, die seit Jahren bei der SEB in

Singapur arbeiten, haben mir erzählt, dass Dewi in demselben *Condo* lebt wie sie. Sie haben sie vor ein paar Tagen noch gesehen.«

»Sie scherzen!«, rief Sjöberg aus. »Sind sich ihre Freunde da sicher?«

»Hundertprozentig. Sie kennen sie schon lange.«

»Kristina, ich möchte, dass Sie mir so schnell wie möglich eine SMS mit allen Details schicken. Wo in Singapur diese Wohnung liegt, die exakte Adresse, die Telefonnummern ihrer Freunde, und so weiter. Wie heißen sie?«

»Ingrid und Calle Håborg.«

»Und dann sagen Sie ihnen bitte nichts von diesem Gespräch. Und auch niemand anderem. Okay?«

»Kein Problem.«

»Vielen Dank. Ich melde mich wieder.«

Sjöberg beendete das Gespräch und begegnete drei neugierigen Augenpaaren.

»Dewi lebt«, sagte er mit einem schiefen Lächeln.

»Donnerwetter«, rief Andersson. »Und sie wohnt in Singapur?«

»Genau«, antwortete Sjöberg mit einem Nicken. »Und du, Loddan, wirst mich dorthin begleiten.«

»Klar«, sagte Andersson. »Ich bin dabei. Wann geht's los?«

»So bald wie möglich. Schon heute Abend, wenn es geht. Du kümmerst dich um die Flugtickets und das Hotel.«

»So gut wie gemacht«, sagte Andersson und eilte lächelnd davon.

»Und wir«, wollte Westman wissen. »Sollen wir nach Älvsjö fahren und Adrianti Erlandsson vom Seil schneiden?«

»Aber wie der Blitz. Wenn sie nicht öffnet, geht ihr hinein. Ohne Durchsuchungsbefehl, es ist ein Notfall. Dann fahrt ihr weiter zu Staffan Jenner und holt ihn zur Vernehmung. Wo zum Teufel ist Hamad?«

»Er ... hatte noch etwas Wichtiges zu erledigen«, antwortete Westman. »Soll ich ihn anrufen?«

Sjöberg dachte einen Augenblick nach, bevor er antwortete.

»Ach, lass gut sein, dann ist er morgen wenigstens ausgeruht.«

»Was machen wir mit Jenner?«, wollte Sandén wissen. »Gehen wir bei ihm auch rein, wenn er nicht öffnet?«

»Auf keinen Fall. Bislang haben wir nichts gegen ihn in der Hand.«

»Verdacht auf Mord oder Anstiftung zum Mord?«, schlug Sandén vor.

»Reine Spekulation«, schnaubte Sjöberg.

»Und was machen wir morgen?«, fragte Westman.

»Ihr sucht das Gelände rund um diese Position im Huddingewald mit Hunden ab.«

»Mit Leichenhunden?«

»Das auch. Sandén übernimmt die Führung. Gerdin werde ich noch für eine ganze Weile nicht in den Wald schicken, also gehst du stattdessen mit, Petra. Und ein Trupp Kriminaltechniker, falls ihr etwas findet. Hamad und Gerdin werden hier die Stellung halten.«

Andersson kam außer Atem ins Büro zurück.

»Der Flieger geht in anderthalb Stunden. 18.50 Uhr mit der Lufthansa nach Frankfurt. Wir landen morgen um 16.55 Uhr in Singapur, 10.55 Uhr schwedische Zeit.«

»Gut. Dann nimmt sich jeder von uns ein Taxi, fährt nach Hause und holt seine Zahnbürste. Und keine Jeans, Loddan, das hier ist Business.«

*

Ich sehe ein süßes, nettes, anhängliches und treuherziges Mädchen. Wie sie alle sind. Und ich habe mir vorgestellt, dass sie auch so ist, wie alle Mädchen, alle Frauen sein sollen. Normalerweise. Aber wenn ich ein Jäger wäre – was ich manchmal bin –, würde ich keine zahmen Tiere jagen. Ich schieße nicht die Kuh, die friedlich auf der Weide steht und grast. Oder die Hündin mit ihren Welpen. Ich schieße nicht das Huhn, das sanftmütig über den Hof geht und pickt, und auch nicht die Stute. Nein, wenn ich jage, dann will ich sie wild haben, ungezügelt, schnaubend, rasend. Ich will Widerstand haben, sonst gibt es mir nichts. Sie sollen fliehen oder angreifen, laufen, kratzen schlagen und brüllen. Einen brüllenden Löwen will ich haben, oder einen schäumenden Büffel. Vielleicht eine Gazelle?

Eine Gazelle ist sie, die Kleine. Lange, schmale, schnelle Beine, die sich wie Trommelstöcke auf diesem Fahrrad bewegen. Sie dreht sich zu mir um, als ich zu ihr aufschließe, wirft einen erschrockenen Blick zur Seite. Warum? Sie fürchtet sich doch nicht vor mir? Noch nicht? Kein Mädchen fürchtet sich vor mir. Zu Beginn.

Dienstag

Die Hitze schlug ihnen entgegen, sobald sie auf die Straße traten, eine feuchte Wärme, die in scharfem Kontrast zu der gekühlten Luft im Inneren des Hotels stand. Die Temperatur lag bei rund dreißig Grad, genau wie im Rest des Jahres. Niemals deutlich kühler, niemals deutlich wärmer. Im Prinzip befanden sie sich mitten auf dem Äquator. Das Hotel, in dem sie wohnten, war ein kleines, charmantes Boutique-Hotel mit Pool auf dem Dach und lag mitten im *business district* an einer vergleichsweise ruhigen Straße, schräg gegenüber dem bedeutend berühmteren Raffles. Nichts hätte angenehmer sein können, als sich nach einer langen nächtlichen Reise in einer weiteren Nacht mit einem Singapore Sling in einen Sessel zu fläzen. Doch obwohl die Sonne hier bereits irgendwo hinter den Wolkenkratzern untergegangen war, hatte der Arbeitstag in Schweden gerade erst begonnen.

Åsa hatte nicht gerade vor Freude gejubelt, als Sjöberg am vorhergehenden Nachmittag in die Wohnung gestürmt war, um ein paar Hemden, etwas Unterwäsche und seinen Pass in eine Tasche zu stopfen und gleich wieder zu verschwinden. Es war ihr erster Arbeitstag nach langen, schönen Sommerferien. Der Schritt aus dem Urlaubsparadies in eine volle Arbeitswoche als Gymnasiallehrerin und dazu noch in ein unverhofftes Zwischenspiel als alleinerziehende Mutter von fünf Kindern war vielleicht etwas zu groß, da konnte Sjöberg nur zustimmen. Aber es war, wie es war, und Åsa biss die Zähne zusammen. Zudem war Singapur ein Einkaufsparadies, sodass sowohl sie als auch die Kinder auf ihre Kosten kommen würden.

Direkt neben dem Hotel lag eine chinesische Straßenküche, davor standen ein paar einfache Tische und Stühle. Dort saßen sie eine Weile mit einem Bier und einer Schale göttlicher Nudeln, die nicht das Geringste mit dem zu tun hatten, was man zu Hause in einem Chinarestaurant bestellen konnte. Sjöberg studierte den Stadtplan, den sie an der Rezeption bekommen hatten, und stellte fest – wie ihn die Rezeptionistin im Grunde auch schon informiert hatte –, dass ein Taxi wohl das geeignetste Transportmittel für frisch geduschte europäische Touristen darstellte. Außerdem war es, nach schwedischen Maßstäben, äußerst günstig.

Andersson dachte laut darüber nach, ob er das, was sie gerade aßen, nun als Frühstück, Mittagessen oder Abendmahlzeit bezeichnen sollte, und gemeinsam kamen sie zu dem Entschluss, es bis auf Weiteres als Lunch zu betrachten. Inwieweit ein Abendessen noch in Betracht kommen würde, ließen sie dahingestellt. Sie fühlten sich einigermaßen ausgeschlafen, nachdem es beiden gelungen war, auf der langen Flugreise beinahe acht Stunden zu schlafen. Vermutlich konnten sie sich ohne Probleme eine weitere Mahlzeit einverleiben, bevor es Zeit wurde, ins Bett zu gehen.

Als sie ihre Mahlzeit beendet hatten, spazierten sie in gemächlichem Tempo die Seah Street hinunter – ein fruchtloser Versuch, das Hemd trockenzuhalten – bis zur stark befahrenen North Bridge Road. Nachdem sie sich in einem scharfen Wortwechsel gegen ein paar sehnige Radfahrer durchgesetzt hatten, die sie um jeden Preis in ihrer Fahrradrikscha transportieren wollten, gelang es ihnen schließlich, sich in ein ganz normales Taxi zu zwängen.

Die Fahrt führte in ein weniger zentrales Wohngebiet, das jedoch immer noch in der Stadt lag. Auch dieser Stadtteil war geprägt von Wolkenkratzern, zwischen denen sich hin und wieder niedrige, weiße Kolonialbauten gegen das Moderne behaupteten, ebenso wie die eine oder andere Grünfläche. Wie seltsam es sich auch anhören mochte, aber die Singapurer schienen sich für den Erhalt ihrer Parks einzusetzen, obwohl sie doch sonst in die Höhe bauten und manchmal sogar auf dem Wasser, auf sogenanntem »reclaimed land«, das heißt auf in dem umliegenden Meer künstlich erschaffenen Flächen.

Balmoral Crescent war ein Komplex aus eleganten, siebenundzwanzigstöckigen Gebäuden, die von geschmackvollen Rabatten, schönen Steingärten und kleinen, plätschernden Wasserfällen eingerahmt waren. Der Innenhof war ein kleiner Park mit Rasenflächen, Sträuchern und gestutzten Bäumen, Schwimmbecken und Tennisplätzen, Sitzgruppen, Liegestühlen und Sonnenschirmen – exklusiv für die Glücklichen, die es sich leisten konnten, hier zu wohnen. Sjöberg und Andersson nahmen den Aufzug in den zwölften Stock, wo sie von Ingrid Håborg empfangen wurden, einer Frau um die Fünfzig mit rötlichen, lockigen Haaren, einem jugendlichen Körper, der wie dafür geschaffen schien, sich in schöne Kleider zu hüllen, und einer natürlichen Sonnenbräune, die nur jenen vergönnt ist, die lange Zeit in den Tropen verbringen. Ein paar Stunden zuvor war sie über den Besuch informiert worden, allerdings ohne den Grund genannt zu bekommen. Mit einer gewissen Unruhe im Blick fragte sie, ob sie ihnen etwas anbieten könne, aber die beiden Polizisten bedankten sich höflich und blieben im Eingangsflur stehen, der bereits auf die Pracht schließen ließ, die sie im Innern der Wohnung erwartete.

»Sehr freundlich von Ihnen, uns zu empfangen«, sagte Sjöberg mit einem entwaffnenden Lächeln. »Sie brauchen nicht beunruhigt sein, es ist nichts passiert. Wir sind überhaupt nicht Ihretwegen hier.«

Mit einer gewissen Skepsis schaute sie von einem zum anderen, aber als Sjöberg sein Anliegen erklärte, begann sie sich zu entspannen.

»Wir haben gehört, dass Dewi Kusamasari hier in der Nähe wohnt. Was können Sie uns über sie erzählen?«

»Oh, ich habe schon seit Jahren nicht mehr mit ihr gesprochen. Ich habe mit ihrem Stiefvater hier in Singapur zusammengearbeitet, damals, als er ihre Mutter kennengelernt hat. Damals haben wir uns öfter gesehen, ein herrliches Kind. Ich ... ich habe gehört, dass Svempa ... eine schreckliche Geschichte ...«

»Sie haben sie also seit dreizehn Jahren nicht mehr gesehen?«

»Doch, Calle und ich haben sie in ihrem Haus in Älvsjö besucht, als wir vor ... fünf, sechs Jahren in Schweden waren. Dewi ist damals auf das Gymnasium gegangen.«

»Und jetzt sind Sie Nachbarn – seit wann ungefähr?«

»Ich weiß gar nicht so genau«, sagte Ingrid Håborg nachdenklich. »Seit mehreren Jahren jedenfalls.«

»Aber Sie haben sich nicht mit ihr unterhalten?«

»Tja, sie macht ein großes Geheimnis um sich. Wir nennen sie Greta Garbo. Ja, so als kleiner Scherz. Sie trägt stets einen großen Sonnenhut, wenn sie ausgeht, und eine große, dunkle Sonnenbrille. Wir dachten erst, sie wäre eine Koreanerin oder Japanerin. Bis ich sie vor einer Weile im Pool gesehen habe. Ohne Hut und Sonnenbrille.«

»Aber Sie haben nicht mit ihr gesprochen?«

»Nein, ich war auf dem Balkon, als ich Dewi sah. Ich wollte nicht zu ihr hinunterbrüllen. Ich dachte, dass ich immer noch mit ihr sprechen könnte, wenn wir uns das nächste Mal begegnen.«

»Wo wohnt sie, wissen Sie das?«

»Ganz oben. Ich hatte tatsächlich schon überlegt, ob ich nicht bei ihr klingeln sollte, aber ...«

»Aber?«, versuchte Sjöberg nachzuhelfen.

Ingrid Håborg verlagerte ihr Gewicht auf den anderen Fuß.

»Ja, wir sind uns ja schon vorher oft begegnet, und sie hat nie gegrüßt. Also erinnert sie sich wohl nicht an uns. Und es ist ja immer ein bisschen unangenehm, wenn man jemanden grüßt, der einen gar nicht mehr kennt ... Ja, Sie wissen schon, man muss erst einmal erklären, wer man ist. Aber ich werde sie auf jeden Fall ansprechen, wenn wir uns das nächste Mal begegnen, ganz bestimmt.«

»Wissen Sie noch mehr über sie?«, fragte Andersson. »Arbeitet sie? Wohnt sie mit jemandem zusammen?«

Ingrid Håborg hob die Arme und schüttelte den Kopf.

»Niemand weiß etwas über sie, das ist ja das Seltsame. Auf dem Briefkasten steht Yuan, möglicherweise ist sie also verheiratet. Aber einen Mann habe ich nie gesehen. Und ich selbst arbeite tagsüber und weiß deswegen auch nichts über ihren Tagesablauf.«

»Aber Sie sind sich hundertprozentig sicher, dass sie es ist?«, fragte Sjöberg sicherheitshalber noch einmal nach.

»Ja, Gott, man sieht es ja schon am Fuß. Schließlich sieht der ein bisschen ... anders aus.«

*

Im Nieselregen kämpften sie sich durch den Wald, aber Sandén hatte mehrere Leute vor sich, sodass er zumindest um die gröbste Arbeit umhinkam. Heute ging er praktisch auf einer Art Pfad, den ihm Hansson, zwei ihrer Kriminaltechniker, Westman, vier uniformierte Polizisten und eine Hundepatrouille geschlagen hatten. Dieses Mal, als er wusste, wie weit sie zu laufen hatten, kam ihm der Weg nicht mehr so anstrengend vor. Die Ungewissheit über Zeit und Entfernung schien stets wie eine zusätzliche Last zu wirken. Gefangene, deren Haftstrafe zeitlich nicht begrenzt war, fühlten sich schlechter als diejenigen, die wussten, dass sie ein halbes Leben lang einsitzen würden. Man richtet sich ein, hat zumindest in weiter Entfernung ein Licht am Ende des Tunnels.

Als sie an dem Felsen vorbeikamen, auf dem Gerdin sich eine Weile ausgeruht hatte, lief ihm ein Schauer über den Rücken. Er hätte sofort reagieren müssen – jetzt, im Nachhinein betrachtet, war es so offensichtlich, dass sie sich schon dort richtig schlecht gefühlt hatte. Blass und schlapp, initiativlos und ohne diesen schelmischen Ausdruck, der sie normalerweise nie verließ. Aber wie sie sich zusammengerissen hatte! Wenn man sich überlegte, wie viel Blut sie verloren hatte, war es das reinste Wunder, dass sie sich überhaupt noch auf den Beinen hatte halten können. Aber was ihn am meisten überrascht hatte, war seine eigene Kraft und Entschlossenheit gewesen. Er erkannte sich selbst nicht wieder in der Art, wie er die Situation gemeistert hatte, wie er Berge versetzt hätte, wenn es nötig geworden wäre. Es fiel ihm schwer zu akzeptieren, dass es tatsächlich so passiert war, und dass er solche Kräfte vermutlich nie wieder würde mobilisieren können. Er hoffte, dass es auch nie wieder einen Anlass dafür geben würde.

Als sie den Punkt erreicht hatten, von dem aus Gerdin ihren imaginären Kreis gezogen hatte, herrschte bei allen Beteiligten eine angespannte Stimmung. Jetzt waren sie also dort, mit gemischten Gefühlen hinsichtlich der Frage, was sie hier überhaupt erreichen wollten. Abgesehen von den Hunden, die an den Leinen zerrten. Sie wollten Ergebnisse. Irgendwo in der Ferne donnerte es, aber Blitze waren nicht zu sehen, und der wolkenverhangene Himmel sah bislang noch nicht allzu dramatisch aus. Es war ein stiller Sommerregen, bei dem man eigentlich gar keine Regenkleidung brauchte, aber immerhin schützte sie gegen die peitschenden Zweige.

»Das ist also die angegebene Position«, sagte Sandén. »Die Fehlertoleranz soll bei etwa fünfzig bis sechzig Metern liegen. Also stecken wir ein kreisförmiges Gebiet mit einem Durchmesser von hundertzwanzig Metern ab, das wir anschließend durchsuchen. Wenn wir nichts finden, erweitern wir das Gebiet. Ich habe keine Ahnung, wonach wir eigentlich suchen, oder ob wir überhaupt an der richtigen Stelle sind. Es könnte sich um Drogen handeln, Waffen, Diebesgut oder Leichen. Aber wer sucht, der wird finden. Im besten Fall. Oder im Schlimmsten. Auf geht's.«

Sie marschierten in unterschiedliche Richtungen davon, maßen im passenden Abstand voneinander ihre sechzig Meter mit den Schritten ab und verteilten die Hunde gleichmäßig über die Kreissektoren. Sandén trug einen Metalldetektor. Er begann am Rand des Kreises und arbeitete sich zur Mitte vor, ließ den Detektor sorgfältig nach rechts und links über den Boden schweben, bevor er einen Schritt weiter zur Mitte des Kreises ging. Dabei sah er sich gründlich um. Konnte hier jemand gegraben haben? Er kroch unter Baumstämme, hob heruntergestürzte Äste an, schob kleinere Felsbrocken zur Seite und kämpfte sich durch dichtes Unterholz. Nichts. Und dann derselbe Weg wieder nach außen, mit ein paar Grad Abweichung. Das Gerät gab keinen Ton von sich.

Als er während seiner zweiten Runde die halbe Strecke zur Mitte des Kreises geschafft hatte und nur zwanzig Meter von einem der Hundeführer entfernt war, schlug der Metalldetektor plötzlich an. Der Hund wurde lebhaft, zog und zerrte an der Leine und wollte zu ihm.

»Ja, komm schon, Bill, ist da drüben etwas? Sollen wir nachschauen? Pass auf«, munterte der Hundeführer den Springer Spaniel auf und ließ sich von ihm zu Sandén ziehen, der mit dem Fuß im Moos herumstocherte.

Der Hund zerrte wie besessen an der Leine, sprang in

Halbkreisen um Sandén herum, bellte und peitschte mit dem Schwanz.

»Hier ist etwas, oder?«, fragte Sandén dumm. »Reagiert er so auf Metall?«

»Nee«, antwortete der Hundeführer. »Er markiert Leichen.«

*

Ich selbst bin mehr wie ein Elefant. Ruhig, sicher, loyal, verantwortungsbewusst. Ich kann mich monatelang, jahrelang um nichts anderes kümmern als die Jagd nach Nahrung und die Versorgung meiner Familie. Und die Weibchen, mit denen ich mich umgebe, sind taugliche Kreaturen. Ich wähle sie sorgfältig aus. Sie wissen, was ich von ihnen verlange, und sind bereit dazu, das ist sozusagen ein Teil des Geschäfts. Das ist gut. Ein bisschen langweilig, aber gut.

Dann kommt die Brunftzeit. Es geschieht etwas im Körper, im Kopf. Diese Raserei kommt über mich, die Verzweiflung darüber, dass es nicht immer so sein kann, wie ich es gerne hätte. Dann muss ich etwas haben, was ich freiwillig nicht bekomme. Also sehe ich zu, dass ich es kriege. Ich habe lange geplant, ich weiß genau, welches Tier das schwächste im Rudel ist, welches am leichtesten zu reißen ist. Es ist die, die am meisten Angst hat, die am lautesten schreit, wenn ihr der Schrecken ins Gesicht gemalt ist. Sie will ich haben. Und sie soll laut und lange schreien, es soll wehtun.

Und da saß sie nun auf dem Fahrrad und schaute mich mit ihren großen, ängstlichen Rehaugen an. Sie hatte das Rudel verlassen, radelte ganz ungeschützt herum. Und warum sollte sie nein sagen? Auf mich kann man sich verlassen. Denn ich strahle Sicherheit aus. Liebe. Also legte ich ihr Fahrrad in den Kofferraum und setzte das Mädchen auf den Beifahrersitz. Sie fand es einfach nur nett.

»Ich werde dir einen Ort zeigen, an dem das Radfahren viel mehr Spaß macht«, sagte ich. »Dort gibt es keine Autos, keine Gefahr. Aber es wird ein spannendes Abenteuer.«

Ich brachte sie zu dem Wald, in dem ich als Kind gespielt hatte, stellte den Wagen weit weg von jeder Bebauung ab, und dann folgten wir der Schneise unter der Hochspannungsleitung in den Wald hinein, bis wir uns selber einen Weg bahnen mussten. Ich trug das Fahrrad, und sie lief vor mir her und plapperte.

Bis wir beinahe dort waren. Unerreichbar für alle misstrauischen Blicke.

Jetzt wollte ich sie nicht mehr so haben, jetzt wollte ich jagen. Es war einfach, man musste nur schlagen. Ich schlug ihr ins Gesicht, sie wurde erst traurig und weinte. Da brüllte ich und schlug härter zu, hielt sie fest, damit sie beißen, kratzen, schreien und brüllen sollte. Dann ließ ich sie ein Stück laufen. Sie war so klein, ich hatte sie sofort wieder eingeholt. Aber ich ließ sie laufen in dem Glauben, dass sie eine Chance hatte, mir zu entrinnen. Sie stürzte, schlug sich die Knie auf, zerschliss ihre Kleider, aber so wollte ich sie haben, wie ein wildes Tier.

Am Schluss hatte sie keine Kraft mehr, sie gab auf. Lag auf der Erde und weinte, untröstlich. Ihr ganzes Wesen bat mich, sie zu nehmen, mit ihr zu machen, was ich wollte.

Also tat ich es.

Sie bettelte darum, die kleine Hure.

Ich warf sie über meine Schulter und trug sie zum Erdkeller. Sie leistete keinen Widerstand mehr, ließ sich in die Kälte und die Dunkelheit werfen. Ich bewahrte sie dort auf, um zu ihr zurückzukehren, wenn mir der Sinn danach stand.

In meiner persönlichen Schatzkiste.

*

Sie bedankten sich herzlich für die Hilfe und nahmen den Fahrstuhl bis zum obersten Stockwerk, dem siebenundzwanzigsten.

»Ist das hier ein Wolkenkratzer?«, fragte Andersson auf seine raffinierte Weise. »Oder nur ein gewöhnliches Hochhaus? In Singapur sind siebenundzwanzig Stockwerke doch nur ein Witz.«

»Den Skatteskrapan bei uns nennt man auch Wolkenkratzer«, erwiderte Sjöberg. »Und der hat sechsundzwanzig.«

Sie klingelten an der Tür, aber aus der Wohnung war kein Geräusch zu hören. Sie hatten es auf gut Glück versucht, das war ihnen bewusst. Nichts sprach dafür, dass sie zu Hause sein würde. Es war halb acht am Abend, sie würde also kaum schon zu Bett gegangen sein. Aber sie konnte spät arbeiten oder ausgegangen sein, um an einem der Kais zu feiern, so wie es laut Aussage des Taxifahrers alle Europäer taten. Vielleicht stand sie auch auf der anderen Seite der Tür und betrachtete sie durch den Spion und beschloss, sie lieber nicht hereinzulassen. Die junge Frau wirkte ja ziemlich lichtscheu, wenn man Ingrid Håborg Glauben schenken wollte.

Aber plötzlich erklang ein pfeifender Ton hinter der Tür, was auch immer das bedeuten mochte. Es pfiff noch ein paar Mal, und anschließend hörte man eine Kette rasseln. Schließlich wurde die Tür geöffnet.

»Hallo, Dewi«, sagte Sjöberg mit einem freundlichen Lächeln. »Mein Name ist Conny Sjöberg, und ich komme von der Hammarbywache in Stockholm.«

Ihm begegneten zwei neugierige, dunkelbraune Augen. Die junge Frau warf einen Blick auf seinen Dienstausweis und schaute dann zu Andersson hinüber. Als er gerade den Mund öffnen wollte, um sich vorzustellen, kam sie ihm zuvor.

»Und Sie müssen Odd Andersson sein, bekannt aus der *Idol*-Staffel von 2008.«

Andersson verlor komplett den Faden und sah ziemlich dämlich aus, wie er mit halb geöffnetem Mund dastand und keinen Laut hervorbrachte.

»Sie folgen also der schwedischen Medienberichterstattung von der anderen Seite des Erdballs?«, bemerkte Sjöberg amüsiert.

»Nur den allerwichtigsten Nachrichten«, antwortete Dewi, jetzt mit einem breiten Grinsen im Gesicht. »TV2Play, Sie wissen schon. Kommen Sie rein.«

Sie trat einen Schritt zur Seite und ließ sie mit einer freundlichen Geste eintreten. In der anderen Hand hielt sie einen Krückstock, auf den sie sich stützte. Sjöberg wagte nicht den Blick zu senken, ihm tat der Fuß schon weh, wenn er nur an diesen Trümmerbruch dachte.

»Man darf doch die Schuhe ausziehen?«, fragte Andersson mit einem unsicheren Blick in Sjöbergs Richtung.

»Fühlen Sie sich wie zu Hause«, antwortete Dewi und schloss die Tür hinter ihnen, legte eine doppelte Sicherheitskette vor und gab einen sechsziffrigen Code auf einer Tastatur in der Wand ein.

Schließlich humpelte sie in die Wohnung hinein, die zumindest von der Eingangshalle her sehr an diejenige erinnerte, die sie zuvor besucht hatten.

»Fühlen Sie sich verfolgt?«, wagte Sjöberg zu fragen.

»Wegen der ganzen Schlösser?«, fragte Dewi zurück, und es klang alles andere als ängstlich. »Nur eine alte Gewohnheit.«

Sie folgten ihr bis zu einem Geländer, und vor ihnen und unter ihnen öffnete sich ein fantastischer Raum – oder eher ein Saal – mit einer Deckenhöhe von schätzungsweise sieben Metern. Der Raum wurde von einer eleganten Sitzgruppe dominiert, die besonders bequem aussah, dahinter hing geschmackvolle asiatische Kunst, und an der gegenüberliegenden Wand thronte ein 60-Zoll-Flachbildfernseher. Geradeaus, von dort, wo sie standen, öffneten sich Schiebeglastüren auf einen großen Balkon mit blühenden Pflanzen, wetterbeständigen Rattanmöbeln und einer atemberaubenden Aussicht über Wolkenkratzer, Parks und Wasserflächen.

»Wollen wir uns setzen?«, schlug Dewi vor.

»Klingt wie eine gute Idee«, meinte Sjöberg, den das seltsame Gefühl beschlich, dass sie erwartet worden waren.

Die junge Frau zeigte keinerlei Anzeichen von Nervosität. Sie führte ihre Gäste an einer modern ausgestatteten Küche vorbei, deren Wert Sjöberg auf mehr als eine Million Kronen taxierte, durch ein Esszimmer mit stilvollen Möbeln in einem minimalistischen indonesischen Stil und eine Treppe hinab, die in demselben Parkett gehalten war wie die Böden im Obergeschoss.

»Drinnen oder draußen?«

»Draußen wäre großartig«, sagte Sjöberg. »Was für eine Aussicht!«

»Was darf ich Ihnen anbieten? Tee? Oder ein Glas Wein vielleicht?«

»Mineralwasser wäre schön«, antwortete Sjöberg. »Wir sind in einer dienstlichen Angelegenheit hier.«

»O je, das klingt aber ernst«, sagte Dewi mit einem angenehmen kleinen Lachen.

Sie war insgesamt ein angenehmer Mensch. Süß wie eine Puppe, mit einer sanften und schönen Stimme, schulterlangem, glänzendem schwarzen Haar und lebhaften, intelligenten Augen.

Sie folgten ihr auf den Balkon, wo sie jedem von ihnen einen Rattansessel mit weichen Kissen zum Sitzen anbot. Die großen Stumpenkerzen waren bereits angezündet, sodass Sjöberg die Schlussfolgerung zog, dass sie hier gesessen hatte, als sie klingelten. Aus einem Kühlschrank auf dem Balkon holte sie eine Flasche kohlensäurehaltiges Mineralwasser für jeden von ihnen, drei gekühlte Gläser und eine Schale mit Eis, bevor sie sich mit einem strahlenden Lächeln in den Sessel gegenüber sinken ließ.

»Wohnen Sie allein hier?«, fragte Andersson.

Dewi antwortete mit einem Nicken.

»Sie müssen sehr wohlhabend sein?«

»Ich leide keine Not«, gab sie zu.

»Wie bestreiten Sie Ihren Lebensunterhalt?«

»Ist das ein Verhör hier, oder worum geht es genau?«, fragte Dewi, immer noch mit einem Lächeln.

»Ja, so könnte man es wohl bezeichnen«, übernahm Sjöberg das Gespräch. »Also, wie bestreiten Sie Ihren Lebensunterhalt?«

»Poker«, antwortete Dewi Kusamasari. »Ich spiele Internetpoker.«

*

Wind war aufgekommen. Während die Hundeführer mit ihren gut dressierten Tieren weiter nach Spuren suchten, widmeten sich die übrigen Polizisten den Grabungsarbeiten, die keine ganz einfache Angelegenheit waren. Der Boden war hart, und die Bäume und Büsche hatten ihre Wurzeln in die Bodenschichten gedrückt, durch die sie sich hindurcharbeiten mussten. Es musste Jahre her sein, dass jemand hier zum letzten Mal gegraben hatte. Hoffentlich mindestens acht Jahre, dachte Westman. Aber wer auch immer es gewesen sein mochte, er hatte ganze Arbeit geleistet. Nachdem sie sich anderthalb Meter in die Tiefe gegraben hatten, tauchte ein Fahrradlenker auf. Das verhieß nichts Gutes. Ihr Magen drehte sich um, aber sie mussten es tun.

Unter unheilschwangerem Schweigen gruben die neun Polizisten weiter, bis das Fahrrad freigelegt war. Es war ein rotes

Modell in einer Größe, die passend für eine Elfjährige aussah. Und auch der Helm lag daneben. Mit vorsichtigeren Spatenstichen gruben sie weiter, einige tiefer, andere zur Seite, um die Grube zu erweitern. Der Regen nahm zu, und der Himmel über den Baumwipfeln wurde plötzlich von einem Blitz erleuchtet. Westman zählte bis acht, bevor sie den Donner grollen hörte. Hansson wies die Kollegen an, ein Untersuchungszelt über der Grabungsfläche aufzuspannen.

Zehn Minuten später blitzte es in allen Himmelsrichtungen. Der Regen prasselte auf die Zeltplane, und für diejenigen, die darunter arbeiteten, war es ein ohrenbetäubender Lärm. Aber niemand beschwerte sich, mit zusammengebissenen Zähnen arbeiteten sie weiter, mit kleinen, vorsichtigen Spatenstichen, um jederzeit in der Bewegung innehalten zu können, falls sie auf etwas Zerbrechliches stießen. Und das war wenige Minuten später tatsächlich der Fall: einen halben Meter von dem Fahrrad entfernt, in ungefähr derselben Tiefe. Er konnte nicht tiefer graben als so, dachte Westman. Er hat einfach ein weiteres Grab geschaufelt, weil es leichter war, in der Grube zu stehen und zu graben. Aber als Hansson eine Weile später mit den Händen genug von dem Körper ausgegraben und die letzten Erdreste aus dem entfernt hatte, was von dem Gesicht des toten Menschen noch übrig war, wurde ihnen klar, dass es nicht Larissa Sotnikova sein konnte. Es war eine Frau. Der Größe des Skeletts und der Kleidung nach zu urteilen, war es vielleicht eine sehr junge Frau, aber kein schmächtiges, elfjähriges Mädchen. Rebecka Magnusson, dachte Westman resigniert.

Aber irgendwo musste auch Lara zu finden sein. Also gruben sie weiter. Und direkt unter der Stelle, an der das Fahrrad lag, kamen bald die Überreste eines weiteren Körpers zum Vorschein. Dieses Mal handelte es sich zweifellos um ein kleines Mädchen. Es klang, als wäre der Blitz ganz in der Nähe eingeschlagen.

Jetzt schlugen die Hunde an einer anderen Stelle an. Noch mehr Leichen, dachte Westman.

»Wir befinden uns auf einem verdammten Gräberfeld«, sagte sie zu Sandén.

*

Sie war ein großartiges Spielzeug. Die wunderbare, kleine Lara. Aber wunderbar hält nicht lang. Ich hatte nicht gewusst, wie wenig sie aushielten, diese Kleinen. Ich brachte ihr Essen, ich sorgte dafür, dass sie nicht frieren musste. Sie lag weich auf der Matratze, und ich leerte den Eimer, wenn ich zu Besuch kam. Wenn ich sie missbrauchte, tat ich es mit großer Vorsicht, sie sollte ja noch lange für mich da sein. Manchmal ließ ich sie sogar raus, aber da konnte sie schon nicht mehr laufen, konnte kaum noch auf den Beinen stehen.

Da wurde mir klar, dass es an der Zeit war, mit dem Graben zu beginnen. Wenn der Tag kommt, muss man darauf vorbereitet sein. Und er kam schneller, als ich gedacht hatte. Zwei Wochen lang hatte ich sie, meine kleine Gazelle. Dann war der Spaß vorbei.

Aber bis dahin genoss ich sie in vollen Zügen. So oft sich die Möglichkeit ergab, fuhr ich dorthinaus, zu meiner Schatzkiste. Das Blut rauschte in meinen Adern, wenn ich die Zweige zur Seite schob, das Vorhängeschloss öffnete und nach unten kletterte, wo sie dicht an die Wand gedrückt lag und mich mit aufgerissenen Augen betrachtete. Zu Anfang schrie sie noch, wehrte sich, aber je mehr Zeit verging, desto mehr musste ich sie quälen, damit sie noch protestierte.

Sonst wäre ja alles sinnlos gewesen.

An den letzten Tagen konnte ich kaum noch Leben in sie bringen. Sie widersetzte sich nicht, öffnete nicht einmal die Augen. Deshalb konnte es ruhig geschehen. Beim allerletzen

Mal musste ich fantasieren. Das reicht nicht, reicht bei Weitem nicht. Aber ich wollte sie ein letztes Mal besitzen. Ich dachte, dass sie immer noch dieses wilde Tier in sich hatte, tat so, als würde sie sich wehren. Ich schüttelte sie, warf sie auf die Matratze und nahm mir, was ich haben wollte.

Als ich fertig war, atmete sie nicht mehr.

Das Grab war fertig, um sie entgegenzunehmen, und in meinem Inneren fühlte ich mich leer. Ein bisschen melancholisch.

*

Hamad war ausgeschlafen. Petra hatte ihn zwar am vorhergehenden Nachmittag wieder zurück zur Arbeit gescheucht – obwohl Sjöberg ihr doch ausdrücklich das Gegenteil gesagt hatte –, aber das Ganze war schnell erledigt gewesen. Nachdem sie im Blåklintsvägen in Herrängen geklingelt hatten, waren Petra und er wieder zu seiner Wohnung in Årsta gefahren, hatten sich einander ein paar Stunden gewidmet und schließlich geschlafen. Und hatten sich wieder ein paar Stunden einander gewidmet. Aber er hatte genügend Schlaf bekommen. Genug Energie für ein ganzes Regiment.

Adrianti Erlandsson und Staffan Jenner waren erwachsene Menschen, und keiner von beiden stand unter Verdacht oder hatte konkrete Bedrohungen zu fürchten. Deshalb hatten sie alles Recht, sich dort aufzuhalten, wo sie wollten und wann sie wollten. Er persönlich konnte sich nur schwer vorstellen, dass Adrianti sich das Leben nahm, bevor Dewis Verschwinden vollständig aufgeklärt war.

Hamads Gedanken wurden von ganz anderen Fragen beherrscht. Er hielt nämlich Sven-Gunnar Erlandssons iPhone in der Hand und ging seine Kontaktliste Punkt für Punkt durch. Irgendwo hier würde er finden, wonach er seit anderthalb Jahren gesucht hatte, davon war er überzeugt. Darauf würde er sein Plädoyer aufbauen. Er blätterte durch die Kontaktliste und verglich sie mit den Aufzeichnungen, die er sich in der vergangenen Woche gemacht hatte, als er die Listen mit Erlandssons ein- und ausgehenden Gesprächen durchgegangen war. Hier gab es interne SEB-Nummern, Handy- und Festnetznummern von Arbeitskollegen, Fußballeltern, Fußballmädchen, Familienmitgliedern. Die Einträge enthielten neben den Telefonnummern oft auch die Postadressen und E-Mail-Adressen. Staffan Jenner war natürlich eingetragen, Lennart Wiklund und Jan Siem ebenfalls. Er fand auch die Kontaktdaten von Handwerkern, Klavierstimmern, Zahnärzten, Autowerkstätten und anderen, die man hin und wieder brauchen konnte. Alle mit Namen, Telefonnummer, E-Mail-Adresse und teilweise auch der Postadresse.

Außer ... beim »Baumeister«? Wer zum Teufel war dieser Baumeister, der weder einen Namen noch eine Adresse hatte? Oder der »Magister«? Der »IT-Guru«? Und wer war der »Stadtrat«?

Hamad griff nach dem Telefonhörer und rief die Telia an, die ihm die Auskunft gab, dass die Telefonnummer des »Baumeisters« zu einer Prepaid-Karte gehörte. Etwas anderes hatte er auch nicht erwartet. Auch der »Magister« und der »IT-Guru« telefonierten von Prepaid-Karten, die unmöglich aufzuspüren waren. Natürlich.

Und dann gab es noch den »Stadtrat«. Er hieß Lars Karlsson und wohnte in Huddinge. Und er war ganz offensichtlich ein kompletter Idiot, wenn es sich tatsächlich so verhielt, wie Hamad vermutete. Er brauchte nicht lange, um festzustellen, dass er tatsächlich Stadtrat war. Leider stellte sich dabei auch heraus, dass er Vorsitzender des Schulausschusses war.

Als er sich wenige Minuten später in das Verdachtsregister eingeloggt hatte, konnte er nur konstatieren, dass der Stadtrat noch idiotischer war, als sich Hamad jemals hätte ausmalen können. Gegen ihn lag nämlich der begründete Verdacht auf versuchten Sex mit einer Minderjährigen vor. Zusammen mit einem Gesamtschullehrer – könnte das vielleicht der »Magister« sein? Fünfzehnhundert Kronen war der Stadtrat bereit gewesen zu zahlen, um seine politische Karriere zu einer bloßen Erinnerung zu machen, um seine Familie und seine Freunde für immer zu verlieren.

*

»Ein Waldfriedhof«, murmelte Sandén, als Westman und er aus dem Zelt schlichen und hinaus in den strömenden Regen traten, um nach dem Hund zu suchen, der gerade angeschlagen hatte.

Draußen herrschte Dämmerung, ein höllischer Regen, aber das Gewitter schien weitergezogen zu sein.

»Die reinste Sintflut«, sagte Westman. »Die sich über die Falschen ergießt.«

Mittlerweile schienen mehrere Hunde zu bellen, aber es musste weiter weg sein, außerhalb des Suchgebiets. Sie sahen keinen einzigen Polizisten und hörten das Bellen nur sehr entfernt. Sie folgten den wütenden Lauten, kämpften sich durch die dichte Vegetation, kletterten über einen gestürzten Baum, krochen unter einem anderen hindurch. Wenn sich die Möglichkeit ergab, liefen sie ein Stück zwischen den Bäumen voran, stolperten durch die Heidelbeerbüsche. Manchmal mussten sie einen Umweg um einen großen Felsblock machen, der von urzeitlichen Kräften dorthin geworfen worden war. Was machte die Hundepatrouille so weit draußen? Hatten sie die Tiere von der Leine gelassen?

Schließlich konnten sie sie sehen, sie befanden sich in einem etwas offeneren Bereich, einer Lichtung, von der die Bäume sich zurückgezogen hatten. In einem Kreis standen sie alle um etwas versammelt, das sich auf dem Boden befand. Die Hunde hatten sich mittlerweile beruhigt und streunten mit erwartungsvoll gespitzten Ohren herum und betrachteten einen ihrer Führer, der in die Hocke gegangen war und mit irgendeinem Werkzeug an etwas herumarbeitete. Als Westman und Sandén näher kamen, sahen sie, dass er versuchte, eine dicke Kette mit einem Bolzenschneider zu durchtrennen.

Der Führer des Springer Spaniels erklärte ihnen, dass der Hund einen großen Reisighaufen markiert hatte, den man anschließend zur Seite geschoben hatte. Unter den Zweigen hatte man zwei sich überlappende Metallklappen gefunden, die man jetzt zu öffnen versuchte. Die Kette war mit einem robusten Vorhängeschloss gesichert und durch zwei Bügel gezogen, die zu den Klappen gehörten. Wenn man auf die Klappen klopfte, hörte man ein hallendes Geräusch von unten.

»Es muss ein altes Schmuggelversteck sein«, meinte einer der Polizisten.

»Vielleicht finden wir hier die Ursache für die Leichen dort drüben«, sagte Sandén optimistisch.

»Oder etwas Besseres«, sagte der kniende Polizist, dem es im selben Augenblick mit einer Grimasse gelang, die Kette in zwei Teile zu schneiden, sie aus den Bügeln zu ziehen und die Klappen aufzureißen. Ein furchtbarer Gestank schlug ihm entgegen, aber er schwang sich elegant durch die Öffnung hinunter und landete mit einem dumpfen Laut auf dem Erdboden.

»Oh, verdammt ...«, hörte man ihn fluchen.

Ein unverständliches Gemurmel. Ein paar Sekunden Stille, dann ein ganz anderer Tonfall.

»Hier unten liegt ein Mensch!«, rief er. »Ein junges Mädchen! Ich weiß nicht, ob sie lebt, aber ich komme hoch mit ihr, ihr müsst mithelfen!«

Sie hörten ein Stöhnen, und kurz darauf erschien er mit dem

Mädchen im Arm in der Öffnung. Vier Hände streckten sich ihm entgegen, packten den leblosen Körper unter den Armen und zogen ihn hoch. Sie schien leicht zu sein wie eine Feder, als sie sie aus der Unterwelt zogen und direkt neben dem Ort auf den Boden legten, wo sie die vergangenen fünf Monate ihres jungen Lebens verbracht hatte. Denn das hier war definitiv Rebecka Magnusson. Ausgemergelt und unvorstellbar übel zugerichtet. Aber sie lebte.

Eine halbe Stunde später durchsuchten Westman und Sandén zusammen mit zwei von Hanssons Technikern den Erdkeller. Sie hatten sofort einen Rettungswagen gerufen, und Sandén war es zum zweiten Mal in kürzester Zeit gelungen, einen leblosen Körper in die Notaufnahme von Glömsta zu schaffen. Dieses Mal war er jedoch nicht allein gewesen, sondern die ganze Hundepatrouille hatte mitgeholfen, sodass sie den Rettungswagen innerhalb von zehn Minuten erreicht hatten.

Der Erdkeller war der reinste Schweinestall. Der Eimer, den das Mädchen als Abtritt benutzt haben musste, war randvoll, und die Exkremente waren auf den Boden geflossen. Der Gestank war erstickend. Sandén stellte sich vor, wie sie letztendlich aufgegeben hatte. Fünf Monate lang hatte sie regelmäßig Besuch von einem Mann bekommen, der sie misshandelt und mit aller Wahrscheinlichkeit auch vergewaltigt hatte. Ohne die Hoffnung, jemals freigelassen zu werden. Eine nicht zeitbegrenzte Strafe. Jetzt hatte er sie zurückgelassen, damit sie starb. Es gab nichts mehr zu essen. Es gab immer noch Wasser in einem Zehnliterkanister aus Plastik, aber von dem, was sie als Nahrung gehabt hatte, waren nur noch leere Verpackungen übrig. Sie hatte ausgedient, brauchte nicht mehr aufbewahrt zu werden, also ließ er sie sterben. Es wäre weniger unmenschlich gewesen, sie zu erschießen.

Und die anderen, die der Lust dieses Mannes zum Opfer gefallen waren, wie lange hatte es bei ihnen gedauert, bis es vorbei war? Die kleine Lara, nur elf Jahre alt? Er brachte es nicht über sich, über die letzten Monate ihres Lebens nachzudenken. Oder waren es nur Wochen, vielleicht sogar nur Tage gewesen?

Auf einer Matratze auf der Erde hatten sie ihre verbleibende Zeit verbracht. Kissen und Decken gab es genug, jemand hatte einen gestrickten Pullover in die Ecke geworfen. Das hatte vermutlich ausgereicht, um Rebecka Magnussons Überleben zu sichern, die einen Teil des Winters hier verbracht hatte. Die Absicht des Täters war demnach gewesen, sie so lange wie möglich am Leben zu erhalten, jedenfalls so lange, wie er Verwendung für sie hatte. Neben der Matratze lag eine Taschenlampe. Dieses kleine Licht hatten sie gehabt. Und wenn die Batterien leer waren, hatten sie gar keins mehr. Es muss furchtbar gewesen sein. Furchtbar einsam.

Hin und wieder blitzte es, wenn einer der Techniker fotografierte. Der andere war damit beschäftigt, Beweismaterial sicherzustellen. Haar, Blut, Körperflüssigkeiten, Fingerabdrücke. Blut hatten sie schon an zahlreichen Stellen in dem abscheuerregenden Raum gefunden. Die Frage war nur, von wem es stammte. Wie viele Frauen oder Mädchen hatten hier ihr Leben verloren? Waren es nur die beiden, deren Reste sie gefunden hatten, oder waren es noch mehr? Gab es dort draußen noch mehr Gräber, waren diesem kranken Teufel weitere Menschen zum Opfer gefallen? Und wer war die unbekannte Frau, die sich das Grab mit Larissa Sotnikova teilte? Wurde sie von jemandem vermisst? Sie würden es vielleicht niemals erfahren. Denn wer auch immer hinter diesen Verbrechen steckte, der wusste genau, was er tat. Er hatte sich auf die Schwächsten und Wehrlosesten dieser Gesellschaft spezialisiert, auf diejenigen, die kein Schutznetz hatten und die von niemandem vermisst wurden. Jedenfalls nicht besonders. Die für niemanden von Nutzen waren und auf die man deshalb ohne Weiteres verzichten konnte. Mit anderen Worten: Er war ein echter Zyniker. Ein feiger Zyniker mit einem einzigen Ziel vor Augen: seine eigenen perversen Bedürfnisse zu befriedigen.

»Komm her«, sagte Westman. »Schau mal.«

Sie hatte die Matratze ein wenig von der Wand weggezogen, lag auf den Knien und betrachtete eine Holzleiste auf Bodenhöhe. Sandén hockte sich neben sie. Obwohl sie starke Lampen in dem Raum aufgestellt hatten, sah er nicht, was sie meinte, bevor sie eine LED-Taschenlampe genau auf die Leiste richtete.

»Ich bin mit dem Finger über das Holz gefahren«, sagte Westman, »sonst hätte ich es nicht gefunden. Es ist sehr klein und sehr oberflächlich. Jemand hat hier etwas eingeritzt.«

»Es sind nur wenige Striche«, sagte Sandén.

»Ich glaube, dass es Buchstaben sind. Kyrillische Buchstaben.«

Sandén schaute Westman fragend an. Dann fiel der Groschen.

»Russische Buchstaben, meinst du? Die kleine Lara hat hier gelegen und geritzt?«

Westman nickte nachdenklich und schaute sich um. Ließ den Blick über die Wände und den Boden, die Bettwäsche und den Abfall wandern. Schließlich schüttelte sie den Kopf.

»Nichts«, stellte sie fest. »Hier gibt es nichts, das sie hätte benutzen können. Ich glaube, sie hat es mit den Nägeln gemacht.«

»Das muss verdammt wehgetan haben«, seufzte Sandén.

»Das muss verdammt wichtig gewesen sein«, sagte Westman.

*

Aber so bin ich nun einmal. Jeder ist sich selbst der Nächste. Ich möchte vergewaltigen, ich muss vergewaltigen, damit sich mein Leben sinnvoll anfühlt. Und was macht es schon? Nutte bleibt Nutte. Frauen sind von Natur aus Huren, verschleiern es aber durch mehr oder weniger offensichtliche Methoden. Und dieses russische Mädchen, meine kleine Gazelle, was wäre schon aus ihr geworden? Eine Hure natürlich. Ein elternloses Heimkind, und dazu noch aus Russland. Jetzt gibt es sie nicht mehr, sie wird der Gesellschaft nicht mehr zur Last fallen. Ich vermisse sie natürlich, auf meine Weise, aber es war ja unausweichlich, dass es so kommen musste, wie es kam.

Aber wenn du eine verlierst, sind immer noch Tausende da. Sie war nicht die Einzige. Die Welt ist voller Frauen und Mädchen, die darum betteln, vergewaltigt zu werden. Man kann es sogar für Geld bekommen, was es zur Not auch einmal tut. Aber der Reiz ist nicht derselbe, als wenn man seine Beute vorher in die Falle gelockt hat.

Larissa Sotnikova. Sie hat mir alles gegeben, wovon ich jemals geträumt habe.

Aber Adrianti, das routinierte alte Luder. Zu Anfang hat sie es wirklich versucht. Hat absolut alles gemacht, was ich von ihr wollte. Es hat wehgetan und sie hat geweint und gejammert, aber sie hat es trotzdem immer wieder gemacht. Und danach dann dieses beflissene Lächeln, dieser flehende Blick, der um Anerkennung bettelte. Es steht mir bis zum Hals. Ich ertrage es kaum, diesen Menschen zu sehen, spüre nichts als Verachtung. Übelkeit.

Früher oder später werde ich sie umbringen. Das ist unausweichlich.

*

»Poker?«, sagte Sjöberg überrumpelt und warf einen Blick auf Andersson, der genauso verdattert zurückschaute. »Sie verdienen Ihr Geld beim Pokerspiel?«

Dewi Kusamasari nickte treuherzig und legte einen Eiswürfel auf den Boden ihres Glases.

»Und damit finanzieren Sie das alles hier?«, fuhr Sjöberg fort und deutete mit einem Arm auf die Wohnung.

Sie nickte erneut und schenkte Wasser in ihr Glas.

»Ich dachte, es gäbe in diesem Land ganz rigorose Bestimmungen, was Aufenthaltsgenehmigungen und Langzeitvisa betrifft. Zum Beispiel, dass man eine feste Anstellung vorweisen muss.«

»Das ist ganz richtig«, antwortete Dewi, »aber die Staatsbürgerschaft ist natürlich die einfachste Methode.«

»Wollen Sie damit sagen, dass Sie singapurische Staatsbürgerin sind? Dann sind Sie also mit einem Singapurer verheiratet?«

»Nein«, antwortete Dewi mit einem Lachen. »Nicht einmal dann ist es sicher, dass man die Staatsbürgerschaft bekommt, und außerdem dauert so etwas viele Jahre. Ich habe die Staatsbürgerschaft bekommen, weil mein biologischer Vater die Vaterschaft anerkannt hat.«

»Oh. Und das hat er einfach so getan?«, wunderte sich Sjöberg und schnipste mit den Fingern.

»Ich kann ziemlich überzeugend sein, wenn ich es darauf anlege. *I gave him an offer he couldn't refuse*. Er ist Geschäftsmann, widmet sich unterschiedlichen Investitionen. Er hat die Vaterschaft anerkannt und mir eine Summe Geld geliehen. Wofür ich ihn großzügig entschädigt habe, als ich aus eigener Kraft genug zusammenbekommen hatte.«

»Donnerwetter«, rief Andersson aus, der seine Begeisterung nur schwer verbergen konnte.

»Wissen Sie, warum wir hier sind?«, fragte Sjöberg.

»Ich glaube, ich kann es mir vorstellen, ja.«

Sjöberg betrachtete sie einige Sekunden im Licht der Stearinkerze, hoffte, dass sie ihre Vermutung präzisieren würde. Unten im Hof sangen laut die Zikaden, nicht einmal der Großstadtverkehr konnte sie übertönen. Mit Augen, die in der Dunkelheit glitzerten, erwiderte Dewi seinen Blick, ohne ein Wort zu sagen. Er wurde von dem Gefühl ergriffen, dass sie immer einen Schritt voraus war, dass er mental in der schwächeren Position war.

»Ihr Stiefvater, Sven-Gunnar Erlandsson, ist vor einer guten Woche tot im Wald von Herrängen aufgefunden worden«, sagte Sjöberg. »Aber das wissen Sie sicher schon.«

»Ich habe in der Zeitung davon gelesen. Im Internet.«

»Sie haben keinen Kontakt mit Ihrer Familie zu Hause? In Schweden?«

»Nein, in der Hinsicht sah es in der letzten Zeit ein bisschen dürftig aus.«

Sjöberg trank einen Schluck Wasser aus seinem Glas, Andersson tat es ihm gleich.

»Eis?«, sagte Dewi und bot ihnen die Eisschale an.

»Danke, ich habe noch. Könnten Sie sich vorstellen, uns zu erzählen, was passiert ist?«

Sie blickte von Sjöberg zu Andersson und wieder zurück. Ein kleines Lächeln spielte die ganze Zeit um ihre Lippen. Sjöberg wusste nicht, wie er es deuten sollte, aber er machte sich keine Hoffnungen, dass seine Frage tatsächlich zu einer interessanten Antwort führen könnte. Er irrte sich gewaltig.

»Womit soll ich anfangen?«, fragte sie überraschend.

Aber Sjöberg stellte sich schnell darauf ein.

»Warum nicht mit dem Anfang?«, schlug er vor.

Und Dewi Kusamasari erzählte.

Es war ein Vormittag Anfang August 2001. Dewi war fünfzehn Jahre alt, hatte gerade Geburtstag gefeiert, und es war großartig. Sie hatte ein Moped von ihrem Vater geschenkt bekommen, und sie war überglücklich. An diesem Tag war die ganze Familie auf einem Fußballcamp auf dem Sportplatz Mälarhöjden. Außer Ida, die krank im Bett lag. Aber Mama, Papa, Rasmus, Anna und Dewi waren auf dem Sportplatz. Es hatte den ganzen Morgen geregnet, also hatte die ganze Familie sich ins Auto gedrängt, obwohl die Entfernung nicht so groß war. Die Sicht war schlecht und es hätte rutschig sein können, also hatte das glänzende, neue Moped zu Hause in der Garage im Vaktelstigen bleiben müssen. Abgesehen davon spielte es keine Rolle, dass es schüttete. Dewi liebte es, Fußball zu spielen, egal bei welchem Wetter.

Aber um Viertel vor elf passierte etwas, mit dem Dewi nicht gerechnet hatte. Sie bekam ihre Tage. Für sie war diese Erfahrung erst ein paar Monate alt, und die Blutungen waren stark und kamen unregelmäßig. Sie war nicht im Geringsten darauf vorbereitet, dass es kommen könnte, und hatte nichts mitgebracht. Was sollte sie tun? Sich in die Umkleidekabine schleichen und die Taschen der anderen Mädchen durchsuchen, bis sie etwas fand? Nein, das ging nicht; sie konnte erwischt und als Dieb entlarvt werden. Sie konnte mit einer Mannschaftskameradin sprechen, mit ihrer Mutter oder einer der weiblichen Betreuerinnen, aber sie hatte kein gutes Gefühl dabei. Die Situation war furchtbar peinlich, und sie schämte sich zu sehr, um mit jemandem darüber zu reden, wollte nicht, dass jemand davon erfuhr. Sie warf einen Blick auf die Uhr und stellte fest, dass es nur noch eine Viertelstunde bis zur Mittagspause war. Vielleicht sollte sie diese Viertelstunde noch durchhalten und dann nach Hause laufen? Nein, das würde nicht funktionieren, während dieser fünfzehn Minuten würde sie garantiert alles durchbluten. Sie schwankte eine Weile zwischen den unterschiedlichen Alternativen, aber das brachte ja nichts. Sie war gezwungen, schnell eine Entscheidung zu treffen, und am Ende beschloss sie, sich auf der Stelle davonzuschleichen. Wenn später jemand fragen sollte, dann würde sie sagen, dass sie dringend auf die Toilette gehen musste, dass sie eine Weile warten musste, weil besetzt gewesen sei. Während der Mittagspause würde sie niemand vermissen, es waren jede Menge Leute da, die mit Würstchen abgefüttert werden wollten. Sie würde in der Menge verschwinden.

Mit einem letzten Blick über die Schulter verließ sie den Sportplatz, ohne dass es jemand bemerkte – hoffte sie jedenfalls –, und lief den Vantörsvägen in Richtung Herrängen hinunter. Bei jedem Schritt spürte sie, wie das Blut pumpte, sie warf einen Blick auf ihre Shorts und sah, wie sich ein dunkler Fleck auf dem blauen Stoff zu bilden begann. Sie wandte das Gesicht ab, sobald ihr ein Auto entgegenkam, und hoffte, dass niemand sie sehen würde. Wenn sie erst einmal die kleineren Straßen erreicht hatte, würde sie den neugierigen Blicken der Öffentlichkeit schon entgehen können. In der Eigenheimsiedlung hielt man sich an so einem verregneten Tag wahrscheinlich lieber drinnen auf.

Als sie gerade in den Isbergavägen einbiegen wollte, tauchte Jenners Sommerkind auf ihrem neuen Fahrrad auf. Die arme kleine Lara, die an den vergangenen Tagen so traurig gewesen war, weil die Rückreise nach Russland immer näher rückte. Und das war ja auch leicht zu verstehen, Lara war Waise und wohnte zusammen mit vielen anderen Waisenkindern in einem Kinderheim. Dewi konnte sich gut vorstellen, wie es war, in einem russischen Kinderheim aufzuwachsen, und der Gedanke ließ sie schaudern. Lara war blass und mager gewesen, als sie im Juni in Älvsjö aufgetaucht war, natürlich war sie traurig, wenn sie ein paar Monate später wieder zurückreisen musste. Und sie wagte noch nicht so richtig zu glauben, dass sie bald für immer bei Jenners wohnen würde, dass sie sie tatsächlich adoptieren würden. Aber jetzt hatte Staffan ihr ein Fahrrad geschenkt, damit sie verstand, wie willkommen sie war, das hatte Marie erzählt, als sie Mama angerufen hatte.

Und jetzt kam sie hier auf ihrem hübschen, roten Fahrrad angerollt, die niedliche, kleine Lara. Obwohl es aufgehört hatte zu regnen, trug sie immer noch das Regencape, das sie zu Anfang des Sommers im Vergnügungspark Gröna Lund bekommen hatte. Sie sah jetzt viel fröhlicher aus.

»Hallo, Dewi!«, rief sie, lange bevor Dewi sie bemerkt hatte.

Dewi zuckte zusammen und drehte sich zur Seite, wollte auf keinen Fall von hinten gesehen werden. Oder von vorne.

»Hallo, Lara. Du hast aber ein schönes Fahrrad.«

»Papa Staffan«, sagte Lara auf ihre charakteristische Weise.

Sie verstand Schwedisch ohne Probleme, aber wenn sie sprach, machte sie es sich einfach. Jetzt senkte sie das Tempo, damit sie neben Dewi herradeln konnte, die weiterzugehen begann.

»Du blutest«, sagte Lara dann und zeigte auf Dewis Fußballshorts, wo der Fleck mittlerweile so groß war, dass er von allen Seiten zu sehen war. »Dich gestoßen?«

Jetzt war Dewi letzten Endes doch in einer Situation gelandet, wo sie die dämlichste Notlüge der Welt ziehen musste. Oder sie konnte einfach erzählen, wie es war. Wie schwer konnte so etwas denn schon sein? Was konnte schon passieren? Nichts. Also entschied sie sich für die ehrliche Lösung.

»Das ist diese Sache, die Mädchen manchmal bekommen«, antwortete sie. »Das weißt du doch schon, oder?«

Lara nickte mit großen Augen.

»Ich muss nach Hause und mir eine andere Hose anziehen. Willst du mitkommen und schauen, wie es Ida geht?«

»Ich soll zu Ida«, sagte Lara. »Regencape?«

Dewi betrachtete das Mädchen, das auf seinen orangen Umhang zeigte und dann, mit einem fragenden Gesichtsausdruck, auf Dewi.

»Darf ich es ausleihen? Gott, das ist aber lieb von dir.«

Lara hielt an, stieg vom Fahrrad und klappte den Ständer mit dem Fuß herunter. Sie wand sich aus dem Regencape und reichte es Dewi, die es dankbar entgegennahm und über den Kopf zog. Die Kapuze behielt sie auf, um nicht erkannt zu werden, um nichts erklären zu müssen.

»Du bist die Beste, Lara«, sagte sie und nahm sie fest in den Arm, bevor sie ihren Weg fortsetzten.

Sie folgten dem Isbergavägen, dem Murgrönsvägen und schließlich dem Konvaljestigen zur Schule und zum Wald hinunter. Ein größeres Mädchen in einem orangefarbenen Regencape und ein kleineres auf einem funkelnagelneuen roten Fahrrad. Ihr blonder Pferdeschwanz schaute unter dem Helm hervor.

Als Dewi den Motorlärm hörte, schaute sie sofort nach hinten, um sich zu vergewissern, dass es niemand war, den sie kannte. Aber sie brauchte nur die Front des Autos zu sehen, das hinter ihnen um die Kurve bog, um festzustellen, dass sie diesmal kein Glück hatte. Reflexartig warf sie sich in die Schneebeerenhecke, die sich zwischen ihr und dem Grundstück befand, an dem sie gerade vorbeigingen. Sie presste sich hindurch und flüsterte Lara, die ihr verwundert, beinahe erschrocken nachschaute, laut zu:

»Sag nicht, dass ich hier bin! Liebe Lara, erzähl niemandem, dass du mir begegnet bist!«

Durch das Geäst beobachtete sie, wie der Wagen zu Lara aufschloss, die anhielt und vom Fahrrad stieg. Wie die wohlbekannte Gestalt aus dem Wagen stieg und mit einem warmen Lächeln auf das Mädchen zuging und ihre Wange tätschelte.

»Hallo, Lara, du bist also mit dem neuen Fahrrad unterwegs? Komm, steig ein, dann werde ich dich fahren.«

»Nur zu Ida«, antwortete Lara. »Fahrrad. Nicht Auto.«

»Ida ist krank, sie kann heute nicht spielen. Ich werde dir einen Ort zeigen, an dem das Radfahren viel mehr Spaß macht.

Dort gibt es keine Autos, keine Gefahr. Aber es wird ein spannendes Abenteuer.«

Die kleine Lara begann zu strahlen, vergaß vielleicht sogar, dass Dewi sich im Gebüsch versteckte. Fröhlich sprang sie auf den Beifahrersitz, während er ihr Fahrrad im Kofferraum verstaute. Und so rollten sie los, verschwanden von dort. Larissa Sotnikova war verschwunden. Für immer.

»Ein paar Stunden später, als Lara immer noch nicht wieder aufgetaucht war, zwinkerte er mir zu. Er zwinkerte mir bei der Suchaktion zu, zwinkerte auch, als er die Fragen eines Polizisten beantwortete: ›Also Sie haben sie heute Vormittag nicht gesehen?‹ – ›Nein, das letzte Mal habe ich sie um zwanzig vor elf auf dem Sportplatz Mälarhöjden gesehen.‹ Es sollte wohl ganz allgemein Zusammengehörigkeit signalisieren, mit derselben Bedeutung wie ein Klaps auf die Schulter vielleicht. Aber ich zog die Schlussfolgerung, dass dieses Blinzeln ein geheimes Versprechen war. Für mich und für alle anderen, die Lara mochten. Er hatte dafür gesorgt, dass sie nicht nach Russland zurückfahren musste. Er versteckte sie, bis die Adoptionspapiere fertig waren, sorgte dafür, dass es ihr in der Zwischenzeit gutging. Wenn ich es doch nur besser gewusst hätte, wenn ich begriffen hätte, dass man die Polizei nicht anlügt, wenn man nichts zu verbergen hat. Ich war fünfzehn Jahre alt, zu jung, um zu begreifen, dass Menschen ganz anders sein können, als sie einen glauben machen wollen.«

»In Ihrem geheimen Einverständnis haben Sie sich also entschlossen, der Polizei ebenfalls nichts zu erzählen«, fasste Sjöberg zusammen.

»Damals«, antwortete Dewi. »Ganz zu Beginn.«

*

Als Adrianti die Augen aufschlug, wusste sie zuerst nicht, wo sie sich befand. Wie war sie hierhergekommen und warum? Es war stockdunkel und absolut still. Kein einziger Streifen Licht, nirgendwo. Der Raum, in dem sie sich befand, hatte keine Fenster. Die Gedanken wirbelten ihr durch den Kopf. Wie spät war es? Welcher Wochentag? Wo waren die Kinder? Ida? Und dann war noch etwas mit Dewi. Wo war sie? Und Svempa, etwas war passiert.

Dann kam alles zurück. Svempa war tot. Er war erschossen worden, ermordet. Sie musste das Haus verlassen, musste alles zurücklassen, was sie in diesem neuen Land jemals gehabt hatte. Und das Schlimmste von allem: Dewi war fort. Dieser Polizist, Sjöberg, hatte angedeutet, dass Dewi vielleicht für immer verschwunden war. Ein Gedanke, den auch sie schon gedacht, aber weggeschoben hatte. Ihre geliebte kleine Dewi. Wie sollte sie ohne sie leben können?

Da nahm sie den Geruch eines Mannes wahr. Einen deutlichen, aufdringlichen Geruch, der den ganzen Raum erfüllte. Die Luft war stickig, verbraucht. Je länger sie darüber nachdachte, desto größer wurde ihr Bedürfnis zu atmen, an die frische Luft zu kommen. Er bewegte sich, gab ein leises Geräusch von sich, das an ein Seufzen erinnerte. Obwohl es so warm war, spürte sie, wie sich die Haare auf ihren Armen aufstellten. Sie musste versuchen, von hier wegzukommen, ohne ihn zu wecken.

Aber wo war die Tür? Sie erinnerte sich nicht einmal, in welcher Richtung sie überhaupt suchen sollte, und konnte die Hand vor den Augen nicht sehen. Sie setzte sich langsam auf, tastete mit den Zehen nach dem Fußboden. Er befand sich näher, als sie in Erinnerung hatte, sie hatte ganz vergessen, dass sie sich auf einer Matratze auf dem Boden befanden. Sie drückte sich mit einer Hand hoch und stand auf. Diese Dunkelheit machte sie ganz wirr. Sie hielt die Hände vor sich in die

Luft, ohne dass sie etwas berührte, setzte einen Fuß vor den anderen und wollte gerade einen weiteren Schritt machen, als sie direkt in ihrer Nähe eine Bewegung wahrnahm.

Es war eine Hand, die sich um ihren Knöchel schloss.

*

In der nächsten Zeit behielt Dewi ihn im Auge. Aus reiner Neugierde und heimlich. Er konnte ja nicht wissen, dass sie ihn an diesem Vormittag beobachtet hatte, er hatte sie ja auf dem Sportplatz Mälarhöjden vermutet. Aber sie machte sich unsichtbar und spionierte ihm nach, wenn er es am wenigsten ahnte. Und wie erwartet verschwand er bei einigen Gelegenheiten in eine ganz andere Richtung, als man nach seiner Aussage eigentlich erwartet hätte, zur Arbeit etwa. Immer in dieselbe Richtung.

Dewi respektierte seine Entscheidung, alles für sich zu behalten. In ihrer Arglosigkeit dachte sie, dass es vernünftig wäre, niemanden in ein solch entscheidendes und lebenswichtiges Geheimnis einzuweihen. Denn was würde mit der armen Lara passieren, wenn die Wahrheit herauskam? Und nicht zuletzt auch mit ihm? Also war es besser zu schweigen. Und sich verstohlen darüber zu freuen, dass es für Lara so viel besser laufen würde, als es ursprünglich ausgesehen hatte.

Aber nach zwei Wochen war die Neugier zu groß geworden. Die Sommerferien waren immer noch nicht zu Ende, sodass sie alle Zeit der Welt hatte. Und ein Moped, mit dem sie gerne auch längere Strecken fuhr. Deshalb fasste sie den Entschluss, ihm an der Kreuzung aufzulauern, wo sie gesehen hatte, dass er in die falsche Richtung abgebogen war. Sie hoffte, dass er es auch dieses Mal tun würde. Und tatsächlich. Sie folgte ihm in gehörigem Abstand, hielt sich hinter anderen Fahrzeugen in Deckung, damit er sie nicht entdeckte, und hoffte, dass er keine größere Straße benutzen würde, auf der er ihr davonfahren könnte. Das tat er nicht. Weder entdeckte er sie, noch fuhr er ihr davon.

Als er sein Auto schließlich abstellte, befanden sie sich draußen in den Wäldern von Huddinge. Dewi kannte sich in dem Gebiet einigermaßen aus, denn nicht allzu weit von hier befand sich der See Gömmaren, in dem sie ein paar Mal mit ihren Freundinnen gebadet hatte. Sie schob das Moped ein Stück in den Wald hinein, legte es aufs Moos und bedeckte es mit Zweigen. Dann schlich sie ihm nach in den Wald, hielt dabei jedoch Abstand und passte auf, dass sie weder zu hören noch zu sehen war. Es gelang ihr, ihm den ganzen Weg bis zu dem Erdkeller zu folgen, ohne dass er Verdacht schöpfte. Ein paar Mal hatte er einen Blick über die Schulter geworfen, aber das schien nichts mit Dewi zu tun zu haben. Sie war aufgeregt, es kam ihr vor wie ein Abenteuer. Als solches betrachtete sie es jedenfalls in jenem Augenblick.

Sie suchte Deckung hinter ein paar dicht zusammenstehenden Bäumen, ging in die Hocke und beobachtete, wie er mit dem Spaten, den er vom Auto mitgebracht hatte, einen Haufen Zweige zur Seite schob, hinter dem er die Türklappen versteckt hatte. Die Spannung stieg ins Unermessliche, als sie sah, wie er das Vorhängeschloss öffnete, um sich unter die Erde zu begeben. Aber als sie seinen Kopf unter der Erdoberfläche verschwinden sah, wurde ihr klar, dass dies nichts mit der Entführung von Lara zu tun haben konnte. Denn er konnte sie doch nicht Woche für Woche – vielleicht sogar Monate, wenn sich das Adoptionsverfahren hinziehen sollte – unter der Erde verstecken? Das war doch eine unmenschliche Art, ein Kind zu behandeln. Einen Menschen. Selbst wenn es darum ging, etwas Gutes zu tun. Nein, Lara hätte es sogar im Kinderheim besser gehabt, davon war Dewi überzeugt. Also hatte er dort unten etwas anderes vor. Die Frage war nur: Was war in diesem Fall mit Lara passiert?

Aber jetzt drangen Laute von dort unten herauf. Schreie und Stöhnen, und sie konnte seine Stimme gut wiedererkennen. Was geschah dort? Hatte er sich wehgetan? Sollte sie sich zu erkennen geben, zu ihm laufen und ihm Hilfe anbieten? Nein, das wagte sie noch nicht. Sie wartete eine Weile ab und hoffte, dass der Lärm aufhören würde, dass sie sich alles nur eingebildet hatte. Und vielleicht war es auch so, denn jetzt war nichts mehr zu hören, und er tauchte wieder in der Öffnung auf. Jetzt trug er allerdings etwas Großes und Schweres in den Armen. Sie hörte, wie er vor sich hinfluchte, als er das Bündel durch das Loch bugsierte und vor sich auf der Erde ablegte. Dewi konnte nicht richtig erkennen, worum es sich handelte, vielleicht waren es Kleider. Dann schaute er sich noch einmal um, bevor er den Körper mit einem kräftigen Griff packte und fortzutragen begann. Denn es war ein Körper. Dewi sah, dass es ein kleines Mädchen mit blonden Haaren und den Kleidern war, die Lara trug, als sie sie das letzte Mal gesehen hatte. Sie konnte immer noch nicht begreifen, was sie dort sah. Was war mit Lara passiert? War sie krank? Verletzt? Wohin wollte er sie tragen?

Als er mit dem Bündel in den Armen verschwunden war, wagte sie es, zum Eingang des Erdkellers zu gehen. Vorsichtig kletterte sie die Stufen hinunter und schaute sich um. Das Erste, was sie bemerkte, war das Fahrrad. Ein ganz neues, rotes Fahrrad, das sie gut wiedererkannte. Wie auch den Helm, der am Lenkrad hing. Dann sah sie die Matratze auf dem Boden, die Decke und das Essen. Den Eimer, der offensichtlich als Toilette gedient hatte. Lara hatte also die ganze Zeit seit ihrem Verschwinden hier verbracht. Dewi konnte es nicht begreifen, aber sie spürte, wie ihr langsam übel wurde. Irgendetwas stimmte hier ganz und gar nicht. Sie ging die Stufen wieder hinauf, schaute, ob sich in der Richtung, in die er verschwunden war, etwas bewegte, und schlich hinterher.

Und jetzt wurde es richtig schrecklich. Von ihrer Position

hinter einem großen Stein sah sie, wie er Lara fallen ließ. Er ließ sie einfach fallen, ohne Rücksicht darauf, dass es sich um einen Menschen handelte. Wenn er sie hingelegt hätte, sie vorsichtig heruntergelassen hätte, dann hätte es immer noch eine Form von Respekt gegeben, aber das hier ... Lara war ein Gepäckstück, Abfall, irgendetwas, das er loswerden wollte. Und er hatte sie nicht auf den Boden fallen gelassen. Dewi sah, wie Laras Körper in einer Grube verschwand, in einem Grab. Und daneben lag ein großer Haufen Erde. Sie merkte, wie ihr Blick unscharf wurde, wischte sich die Nase ab und ließ sich ins Moos sinken, vollkommen unfähig, irgendetwas zu tun.

Dann verschwand er wieder. Nach einer Weile hörte sie aus der Entfernung, wie die schweren Klappen mit einem metallischen Knall, der durch den Wald hallte, wieder zufielen. Einige Minuten später kehrte er mit dem Fahrrad zurück, der Helm hing immer noch am Lenker. Der Mann, den sie nicht mehr kannte, den sie, wie sie jetzt begriff, niemals gekannt hatte, warf das Fahrrad auf das Mädchen, ein Geräusch, das Dewi nie mehr vergessen würde. Ein dumpfer Laut und dazu etwas so Unschuldiges wie klappernde Fahrradpedale. Dann schaufelte er die Grube wieder zu und ging unbekümmert fort.

*

Gerdin empfand es als höchst unbefriedigend, nicht draußen in den Wäldern von Huddinge mitsuchen zu dürfen. Gleichzeitig war es natürlich ein logischer Beschluss, den Sjöberg fassen musste. Ihre Ärzte hatten ihr aufs Schärfste davon abgeraten, überhaupt zur Arbeit zu gehen, aber das war albern, sie konnte genauso gut hier herumsitzen wie zu Hause. Aber okay, in diesem verdammten Siebenmeilenwald herumzulaufen war vielleicht nicht das Beste, was sie sich vornehmen konnte, so weit stimmte sie überein. Die Narbe tat weh – oder die Narben, denn anscheinend waren gleich eine ganze Reihe unterschiedlicher Schichten aufgeschnitten und wieder zusammengenäht worden – und es musste schließlich ordentlich verheilen, bevor sie sich allzu körperlichen Tätigkeiten widmen konnte. Graben zum Beispiel.

Den Morgen – und auch den gestrigen Abend – hatte sie in Älvsjö verbracht. Als Westman sie gestern Abend nach dem Arztbesuch angerufen hatte, waren sie alle vier mit den schlimmsten Erwartungen nach Herrängen hinausgefahren. Während Hamad und Westman ohne Erfolg nach Leben in der Jennerschen Wohnung gefahndet hatten, hatten sie selbst und Sandén sich bei Erlandssons Einlass verschafft. Zum Glück hatten sie dort nichts Unverhofftes gefunden, aber Adrianti war immer noch verschwunden. Auch jetzt am Morgen hatten sie noch niemanden erreichen können. Das nagte an ihr. Adrianti hatte so verletzlich gewirkt. Einsam und zerbrechlich. Falls sich jetzt herausstellte, dass Dewi am Leben war, dann wäre es eine umso größere Tragödie, wenn sich Adrianti im selben Augenblick, in dem die vier Jahre lang vermisste Tochter von den Toten auferstanden war, selbst das Leben genommen hätte.

Aber es gab ein weiteres denkbares Szenario, und das war genauso erschreckend. Dass Adrianti sich schließlich entschieden hatte, den Kontakt zu ihrem alten Liebhaber wieder aufzunehmen, und ihm ihr Herz ausgeschüttet hatte, ihren Befürchtungen Luft gemacht hatte, was Dewi zugestoßen sein könnte, was sie gesehen und gehört und welche Schlussfolgerungen sie gezogen hatte. Wenn es so war, wie Sandén gesagt hatte – dass Staffan Jenner entweder hinter dem Mord an Erlandsson steckte oder zusätzlich zu dem Mord an Erlandsson auch noch hinter der Ermordung einer Hand voll junger Frauen und Mädchen vom Rande der Gesellschaft –, dann lag es auf der Hand, dass Adrianti als Nächste an der Reihe wäre.

Eine Frau ohne Schutznetz, die zu viel redete, sich zu viele Gedanken machte und die in allerhöchstem Grad gefährdet war. Adrianti Erlandsson war eine leichte Beute für einen Frauenhasser.

Jede Viertelstunde rief Gerdin erst bei Adrianti und dann bei Jenner an und hoffte, dass zumindest einer von ihnen auf einem ihrer Telefone antwortete, sodass sie ihn zur Vernehmung vorladen konnten. Es meldete sich niemand. Stattdessen durfte sie sich anderen Dingen widmen, das Mittagessen übersprang sie. Sie hatte keine Ruhe zum Essen, in diesem Fall passierten zu viele interessante Dinge gleichzeitig. Und es irritierte sie maßlos, dass sie sich nicht im Zentrum des Geschehens befand. Also grub sie dort, wo sie stand. Das heißt, in ihrem Computer.

Weil der Techniker gerade erst gekommen und Simon Tamplers Computer abgeholt hatte, würde es noch dauern, bis sie Bescheid bekamen, wie die Kommunikation zwischen ihm und dem Auftraggeber ausgesehen hatte. Wenn sie es überhaupt herausbekamen. Denn es kam ihr unwahrscheinlich vor, dass dermaßen sensible Informationen auf eine Weise ausgetauscht wurden, die leicht entdeckt werden und sie beide ans Messer liefern konnte. Deshalb machte sich Gerdin keine großen Hoffnungen, dass die Analyse von Simon Tamplers Rechner sie weiterbringen würde und nahm sich der Sache selbst an. Sie versuchte nachzuvollziehen, wie derjenige, der hinter dem Mord an Erlandsson steckte, Simon Tampler überhaupt gefunden hatte. Ein weiteres Mal ging sie alle Threads durch, in denen von Berufskillern und Auftragsmorden die Rede war, ohne dass etwas dabei herauskam. Dann durchforstete sie alle Threads, in denen Simon Tampler aktiv gewesen war oder die er sogar gestartet hatte. Jetzt saß sie mit dem schon mehrfach überprüften Thread vor Augen da, der sie zuerst auf Tampler aufmerksam gemacht hatte. »Ich will jemanden töten. Ich werde jemanden töten.«

Da klingelte das Telefon. Es war der Kollege vom Betrugsdezernat, der nur schlechte Nachrichten zu überbringen hatte. Nein, es seien keine größeren Beträge auf Simon Tamplers Konten eingegangen, und nein, es seien auch keine kleinen Beträge von ungewöhnlicher Seite eingezahlt worden, die zusammengenommen einen größeren Betrag ergeben hätten. Tampler habe – kurz gesagt – überhaupt kein Geld.

Wie, fragte sie sich, hatte der Auftraggeber Simon Tampler für den Mord an Erlandsson bezahlt? Mutmaßlich bar auf die Hand. Wann? Tja, warum nicht direkt vor und direkt nach der Ausführung des Auftrags? Was nur noch deutlicher auf Staffan Jenner hindeuten würde. Schließlich hatte er Erlandsson auf dem Heimweg vom Långbro Värdshus am längsten begleitet. Jenner hätte Simon Tampler ohne größere Probleme in der Dunkelheit des Herrängsskogen treffen und ihm die Fünfzigtausend geben können. Dann hätte er abgewartet, bis alles vorbei war, und ihm das restliche Geld gegeben, nicht ohne ihm noch mehr zu versprechen, wenn Tampler den Mund darüber hielt, dass er für den Mord angeheuert worden war. Falls er Pech haben und der Polizei in die Hände fallen sollte. Gerdin hatte von Hamad und Westman gehört, wie Jenner während der ersten Vernehmung eine Straße nach der anderen heruntergebetet hatte, als er beschreiben sollte, wie er nach dem Abendessen im Långbro Värdshus nach Hause gegangen sei. Auswendig gelernt, dass es gegen den Wind stank.

Auf der anderen Seite schien Jenner nervlich ein ziemliches Wrack zu sein, und wenn sie sich in seine Situation hineindachte, war es vielleicht nicht allzu glaubwürdig, dass er sich mit einem Mann verabredet haben sollte, der laut eigenem Bekunden alles umbringen wollte, was sich auf zwei Beinen bewegte. Also war es vielleicht doch nicht so. Plötzlich fiel ihr ein, dass es ja auch für weniger gut gestellte Menschen eine Methode gab, Geld von einer Ecke der Welt in eine andere zu verschicken. Wie funktionierte das nochmal? Eifrig klickte sie sich zu der schwedischen Homepage von Western Union durch und wurde von dem Text begrüßt: »Schnell – dein Geld ist in wenigen Minuten angekommen. Einfach – mehr als 370 000 Filialen in mehr als 200 Ländern, und man braucht kein Bankkonto.« Schwieriger war es also nicht. Mit falschen Ausweisen und dergleichen. Kein großes Problem. Dass sie nicht vorher schon daran gedacht hatte. Das lag wohl daran, dass es irgendwie unschwedisch war. Oder unschweizerisch.

Sie klickte sich zum Mörderthread zurück, auf den sie gestarrt hatte, bevor das Betrugsdezernat angerufen hatte. Blieb mit ihren Augen an dem Bildschirm hängen:

DerHeilige:	*Macht euch nur weiter lustig über mich, ihr seid herzlich eingeladen. Ich weiß, was ich will, und ich werde es schaffen.*
Spitfire:	*Wie viel muss man bezahlen, um jemanden »eliminieren« zu lassen?*
DerHeilige:	*Für 100 000 würde ich es machen.*
PhilBunke:	*Für dieses Kleingeld würde ich noch nicht einmal jemandem die Füße brechen.*
Goyz:	*Hast du überhaupt eine Waffe?*
DerHeilige:	*Ich habe eine Glock 38.*
Goyz:	*Jetzt ist so langsam Zeit zum Windelwechseln, DerHeilige.*
DerHeilige:	*Ich werde es tun, auch wenn mich niemand bezahlen will. So ist es einfach. Meinetwegen könnt ihr glauben, was ihr wollt. Ich bin absolut entschlossen.*

Und plötzlich war Gerdin vollkommen klar, wie es abgelaufen sein musste, als derjenige, der den Mord an Sven-Gunnar

Erlandsson in Auftrag gegeben hatte, auf den fehlgeleiteten Simon Tampler gestoßen war. Das Wort »unschwedisch« meldete sich in ihren Gedanken zurück.

Erneut klingelte das Telefon. Dieses Mal war es Westman. Sie klang aufgeregt.

»Wir haben zwei Leichen ausgegraben«, teilte sie mit. »Bei der einen handelt es sich zweifellos um Larissa Sotnikova.«

Gerdin seufzte tief. Ein Kommentar war überflüssig.

»Das Fahrrad hat er auf sie draufgeworfen«, fuhr Westman fort. »Der andere Körper gehört einer unbekannten Frau, vermutlich jung, vielleicht ein Teenager.«

»Rebecka Magnusson?«, schlug Gerdin vor.

»Nein. Die haben wir lebend in einem Erdkeller ganz in der Nähe gefunden.«

»Großartig! Sie hat nach so langer Zeit noch gelebt?«

»Gerade so. Du ahnst gar nicht, wie schlecht es ihr gegangen sein musste. Fünf Monate unter der Erde. Arschkalt, eine Taschenlampe als einzige Lichtquelle. Und ganz abgesehen davon, dass sie offensichtlich dort verhungern sollte, ist sie auf jede denkbare Art misshandelt worden. Er hat sie halb tot geprügelt.«

»Und vermutlich auch vergewaltigt«, ergänzte Gerdin. »Konntet ihr mit ihr sprechen?«

»Nein. Sie war bewusstlos. Aber Lara hat etwas zu erzählen.«

»Lara?«

»In einem Holzbrett haben wir Einritzungen gefunden, die wie russische Buchstaben aussehen. Kannst du herausfinden, was sie bedeuten?«

»Klar. Schickst du sie mir als Bild?«

»Schon auf dem Weg. Bis dann.«

Kurz darauf piepste ihr Handy, und plötzlich saß Gerdin mit den eher ungewohnten Werkzeugen Papier und Bleistift an ihrem Schreibtisch und versuchte, die kyrillischen Buchstaben abzuzeichnen.

папа Иды

Für einen Laien war es fast unmöglich, sich vorzustellen, wie diese Wörter ausgesprochen wurden oder was sie bedeuteten. Zumindest schien es sich um zwei Wörter zu handeln. Woraus an und für sich auch mehr oder weniger werden konnten, wenn man sie in eine andere Sprache übersetzte.

Sie begann im Internet nach einem Übersetzungsprogramm zu suchen, das Russisch und Schwedisch beherrschte, und fand direkt ein paar Angebote. Das Problem bestand darin, dass ihr keine Methode einfiel, wie sie die russischen Zeichen über ihre Tatstatur eingeben konnte. Nachdem sie eine Weile herumgegoogelt hatte, fand sie eine Anzahl interessanter Tipps zum Thema ASCII-Konvertierung bei Windows, gelangte zu ihrer eigenen Verwunderung allerdings plötzlich zu der Einsicht, dass sie sich vielleicht nicht unbedingt zu einer Programmiererin mit Schwerpunkt Zeichentabellen weiterbilden musste, um dieses mutmaßlich einfache Problem zu lösen. Stattdessen schrieb sie »Übersetzung Russisch« in das Suchfeld bei Google, worauf sie als Erstes auf einen Artikel in *Dagens Nyheter* gestoßen wurde, in dem es um eine Frau ging, die beim staatlichen Fernsehsender SVT arbeitete und unter anderem russische Fernsehprogramme ins Schwedische übersetzte. Mehr brauchte sie eigentlich auch nicht. Also rief sie bei SVT an und ließ sich mit der Übersetzerin verbinden.

»Malin Westfeldt.«

»Mein Name ist Hedvig Gerdin und ich bin Kriminalinspektor bei der Polizei in Hammarby. Ich bräuchte Ihre Hilfe, wenn das möglich ist?«

»Klar, kein Problem. Worum geht es denn?«

»Um eine Übersetzung. Aus dem Russischen ins Schwedische.«

»Umso einfacher. Da kenne ich mich ein bisschen aus.«

»Das dachte ich mir schon. Es geht nur um zwei Wörter. Kann ich sie Ihnen aufs Handy schicken?«

»Natürlich«, sagte Malin Westfeldt und gab ihr unaufgefordert ihre Telefonnummer durch.

Sie hatte eine sehr sympathische Stimme. Vielleicht verdiente sie sich hin und wieder als Wetteransagerin etwas dazu, dachte Gerdin, während sie die Mitteilung weiterversendete, die sie kurz zuvor von Westman bekommen hatte. Über das Telefon hörte sie es piepsen, als die kyrillischen Buchstaben ihre Adressatin erreicht hatten.

»Da ist es«, sagte Malin Westfeldt, und es vergingen ein paar Sekunden, bevor sie fortfuhr. »Das ist einfach«, sagte sie fröhlich. »Sehr einfach.«

*

Lange, lange blieb sie draußen im Wald sitzen, bevor sie ihre Kräfte zusammennahm und aufstand. Die Tränen liefen ihr die Wangen hinunter, als sie zu ihrem Moped zurück ging. Sie warf die Zweige fort, mit denen sie es bedeckt hatte, und setzte den Helm auf. Eigentlich konnte sie genauso gut darauf verzichten. Was spielte es schon für eine Rolle, wenn ihr etwas passierte? Das Leben würde ohnehin nie wieder so sein, wie es war. Alles war zerstört. Wenn sie das Moped nicht gehabt hätte, wäre sie ihm auch nie gefolgt und Zeugin dieses schrecklichen Ereignisses geworden. Dann hätte sie den Rest ihres Lebens glücklich und ahnungslos verbracht, ohne zu wissen, was mit der armen Lara passiert war. Denn was auch immer geschehen war, sie würde niemals zurückkommen.

Was sollte sie jetzt tun? Einen Riesenwirbel in Herrängen auslösen und zur Polizei gehen? Das Leben von vielen Menschen zerstören, indem sie alles ans Licht brachte? Denn es war ja nicht nur er, der ins Verderben gezogen würde, es betraf ja auch alle, die ihm nahestanden. Sie setzte sich auf das Moped und fuhr nach Hause. Zuerst war sie nur traurig. Verzweifelt, wenn sie daran dachte, was Lara angetan worden war, wie es ihr in den zwei Wochen ergangen sein musste, die seit ihrem Verschwinden vergangen waren. Dann wurde sie wütend. Zuerst auf ihn, aber dann auf sich selbst. Weil sie so blauäugig gewesen war und immer nur das Gute in allen hatte sehen wollen. Das Böse hatte offensichtlich viele Gesichter, das hatte sie heute lernen müssen. Warum hatte sie es nicht einfach gesagt, als die Polizei sie gefragt hatte? Dann hätte man Lara sofort gefunden; sie hätte jetzt noch gelebt und nicht leiden müssen.

Während der Fahrt fasste sie einen Entschluss. Sie hatte die Wahl zwischen Pest und Cholera, aber sie musste auch mit sich selbst leben können, obwohl die Welt um sie herum zusammenbrach. Und als sie schließlich das Garagentor öffnete und das Moped hineinrollte, war sie so wütend, dass sie alles kurz und klein schlagen wollte. Was eigentlich so weit von Dewis Natur entfernt lag, wie es nur möglich war. Mit kullernden Tränen klappte sie den Ständer hinunter und hängte den Helm an den Lenker, schniefend und fluchend. Sie wusste, was sie zu tun hatte. Es war schwer, aber sie würde es tun, sobald sie sich ein wenig beruhigt hatte. Durchatmen, sich waschen, bevor sie die Polizei anrufen würde.

Plötzlich stand er einfach in der Garageneinfahrt und lächelte sie an. Darauf war sie überhaupt nicht vorbereitet, das war nicht, was sie sich vorgestellt hatte.

»Was ist los mit dir?«, fragte er sanft und machte einen Schritt auf sie zu. »Du siehst ja vollkommen fertig aus.«

Noch ein Schritt, er stand jetzt direkt vor ihr.

»Aber Kleine, was ist denn passiert?«

Da brachen bei Dewi alle Dämme. Sie wurde … hysterisch. Im wahrsten Sinne des Wortes. Wie ein wildes Tier stürzte sie sich auf ihn, schlug immer wieder mit geballten Fäusten auf seine Brust und seinen Oberkörper ein. Er wurde gegen die Wand gedrückt, streckte eine Hand nach dem Schalter aus und ließ das Garagentor herunterfahren.

»Schließ ruhig ab, du verdammter Irrer!«, schrie Dewi. »Wenn du glaubst, dass es hilft! Aber es wird dir nichts helfen, denn ich werde dafür sorgen, dass du für den Rest deines Lebens eingesperrt wirst! Ich weiß, was du getan hast! Ich weiß, dass du Lara umgebracht hast! Und ich weiß, dass du sie vergraben hast! Wie konntest du das tun? Mit Lara? Mit uns? Du bist doch krank im Kopf!«

Obwohl sie ununterbrochen auf ihn einprügelte, sah er leicht amüsiert aus und nahm jeden Schlag entgegen, ohne ihn zu erwidern. Schließlich gab sie auf, drehte sich um und rannte zur Tür, die ins Haus hineinführte. Sie war immer verschlossen, er wusste, dass sie eine Weile brauchen würde, um die Schlüssel aus der Tasche zu holen und das Schloss zu öffnen. Mit ruhigen Schritten folgte er ihr, hielt aber Abstand. Denn links von Dewi stand der Stapel mit Holzfliesen, und darauf die alte Waschmaschine. Rechts stand das Auto. Wenn sie sich umgedreht hätte, wäre ihr sofort klar gewesen, was auf sie zukommen würde, aber stattdessen versuchte sie mit zittrigen Fingern das Schloss zu öffnen. Plötzlich sah sie aus den Augenwinkeln, wie sich zur linken Seite, direkt über ihr, etwas bewegte. Da war es schon zu spät. Es war ihm gelungen, die Waschmaschine umzuwerfen, und jetzt kam sie direkt auf sie zu. Sie drückte sich gegen das Auto, versuchte sich in die schmale Lücke zwischen der Stoßstange und der Wand zu drängen. Sie hätte es auch fast geschafft, aber ihr Fuß wurde eingeklemmt. Eine Ecke der Waschmaschine traf auf ihren rechten Fuß, und dann wurde alles schwarz.

Als sie trotz der wahnsinnigen Schmerzen langsam wieder zu Bewusstsein kam, hatte er sich über sie gebeugt. Er hatte ihren Fuß nicht von dem schweren Gewicht befreit. Das, was von ihrem Fuß noch übrig war. Als er den Mund öffnete, sprach er mit sanfter Stimme. Seine Augen blitzten, aber die Stimme war samten.

»Das nächste Mal mache ich es richtig«, erklärte er. »Aber dann fange ich mit Mama an. Vergiss das nicht, Dewi. Ich fange mit Mama an. Erst, wenn ich mit ihr fertig bin, bist du an der Reihe. Und ich werde mir Zeit nehmen.«

Weiter konnte sie sich an nichts mehr erinnern, bis sie im Krankenhaus erwachte. Verschwommene Bilder, schmerzstillende Medizin, Tropfe und Operationen. Es hieß, dass Anna sie in der Garage gefunden hätte, als sie nach Hause kam. Die Familie war erschüttert, sie wachten Tag und Nacht an ihrer Seite. Ihre eigenen Gefühle waren verbraucht.

Sjöberg schaute lange auf die glitzernden Lichter der Stadt und schwieg. Dewis Erzählung hatte ihn so ergriffen, dass er keine Worte fand. Er spürte eine Brise über sein Gesicht streifen, irgendwoher kam ein Duft nach Curry. Die anderen schwiegen ebenfalls. Andersson befand sich vermutlich in derselben Stimmungslage wie er selbst, und Dewi empfand vielleicht Erleichterung darüber, dass sie das erste Mal jemandem von ihren schrecklichen Erlebnissen erzählt hatte. Das hoffte Sjöberg jedenfalls. Dann wurde er durch eine eintreffende SMS aus seinen Gedanken gerissen. Sie kam von Gerdin: »Leichen von Lara und unbekannter Frau ausgegraben. Rebecka Magnusson lebend in nahem Erdkeller gefunden. Lara hinterließ Nachricht im Erdkeller, mit Fingernagel in Holz geritzt: ›Idas

Papa‹. Dewi Auftraggeberin für Erlandsson-Mord (keine Beweise).« Mit einem traurigen Lächeln reichte Sjöberg das Handy an Andersson weiter. Es war Zeit, die Befragung fortzusetzen.

»Also haben Sie geschwiegen«, sagte er sanft. »All die Jahre. Um Ihre Mutter zu schützen. Und vielleicht auch ein kleines bisschen sich selbst?«

Dewi zuckte mit den Schultern. Sjöberg meinte ein Glänzen in ihren Augen zu sehen, das es vorher dort nicht gegeben hatte.

»Fühlen Sie sich wohl hier? In Singapur?«

»Ich glaube schon. Ja. Jetzt geht es mir gut hier.«

»Seit er weg ist?«

Sie nickte.

»Wollen Sie von der Zeit danach erzählen? Als Sie immer noch zu Hause wohnten?«

Sie antwortete nicht, sondern schaute eine Weile in die Kerzen. Sjöberg betrachtete sie schweigend, er dachte an das Codeschloss im Eingangsflur.

»Meine Mutter war eine Hure«, sagte sie unerwartet.

Sjöberg und Andersson warfen einander einen hastigen Blick zu.

»Sie lebte in großer Armut und tat, was sie tun musste, um zu überleben. Nach Batam fahren die reichen Singapurer und spielen Golf, heuern einen obligatorischen Caddie an und lassen sich anschließend mehr oder weniger obligatorisch einen blasen. Das habe ich herausgefunden, als ich wieder hier war. So hat sie mit großer Wahrscheinlichkeit auch meinen Vater kennengelernt. Er hatte schon eine Familie in Singapur, und gründete eine weitere in Batam. Viele machen es so. Aber wenn sie das Interesse verlieren, dann ist es vorbei, es gibt keine Papiere. Also musste Mama wieder anfangen zu arbeiten. Und dabei hat sie dann ... ihn kennengelernt. Alle waren glücklich. Auch ich.«

»Eine echte Win-win-Situation«, warf Sjöberg ein.

Dewi nickte und lächelte ein freudloses Lächeln.

»Aber nach dieser Sache mit Lara habe ich alles mit neuen Augen betrachtet. Plötzlich begriff ich, was diese erstickten Schreie aus dem Schlafzimmer bedeuteten. Warum Mama am Morgen manchmal nicht richtig gehen konnte. Es ging nicht um wilde Liebesspiele oder Gelenkbeschwerden, sondern um etwas ganz anderes. Nämlich dass er sie während der ganzen dreizehn Jahre regelmäßig brutal vergewaltigt hat. Darauf fuhr er ab, und deshalb hat er sie mit nach Schweden geschleppt. Uns. Sie war umgänglich, nett zu den Kindern, schön anzuschauen und ließ absolut alles mit sich machen. Sich zum Beispiel vergewaltigen. Eine solche Frau findet man nicht an jeder Straßenecke. Aber das war nicht genug für ihn. Ein paar erstickte Schreie und ein bisschen Schmerz reichten nicht, um es zu einem Vergnügen zu machen, er wollte mehr. Da lief ihm die kleine Lara über den Weg, und er packte die Gelegenheit beim Schopfe.«

»Und sie war nicht die Einzige«, verriet Sjöberg. »Unsere Kollegen haben gerade eine weitere Leiche gefunden, eine junge Frau. Und im Erdkeller haben wir ein fünfzehnjähriges Mädchen gefunden, das seit fünf Monaten verschwunden war. Sie lebt.«

Dewis Augen füllten sich mit Tränen. Sie schlug die Hände vor den Mund.

»Was hätte ich denn tun sollen?«, sagte sie. »Was auch immer ich getan hätte, es wäre falsch gewesen.«

»Sie können sich damit trösten, dass wir das Mädchen wahrscheinlich nie gefunden hätten, wenn Sie Sven-Gunnar Erlandsson nicht umgebracht hätten.«

Sjöberg spürte Anderssons Blick, vielleicht war er besorgt, wie die Situation sich entwickeln würde. Aber er machte keine Anstalten, sich einzumischen, hielt sich im Hintergrund und ließ Sjöberg machen, wie er es für richtig hielt. Wofür dieser sehr dankbar war. Dewi lachte auf, und plötzlich war sie wieder dieselbe, die sie an der Tür empfangen hatte. Selbstsicher, unangreifbar.

»Zu so etwas wäre ich natürlich nie in der Lage«, antwortete sie freimütig.

»Bei Erlandsson haben wir ein paar interessante Dinge gefunden«, fuhr Sjöberg fort. »Unter anderem die geografischen Koordinaten der Stelle, an der die Leichen vergraben waren.«

»Was für ein Glück«, sagte Dewi, jetzt ohne eine Spur von ihrer weichen Seite zu zeigen, die während ihrer Erzählung hervorgetreten war.

»Das ist doch ganz interessant, wenn man bedenkt, dass Sie die Einzige waren, die wusste, was es dort zu finden gab.«

»Abgesehen von ihm selbst natürlich. Vielleicht war er besorgt, dass er die Stelle nicht mehr wiederfinden könnte.«

Intelligent.

»Wir haben auch eine Anzahl Spielkarten gefunden. Genauer gesagt die Dead man's hand, wenn Ihnen das etwas sagt?«

»Sicher«, sagte Dewi. »Die Karten, die Wild Bill Hickok auf der Hand hatte, als er 1876 in einem Saloon in Deadwood erschossen wurde. Am zweiten August«, fügte sie mit einem spöttischen Lächeln hinzu.

Sjöberg erwiderte zurückhaltend ihr Lächeln. Die junge Frau war eine Mörderin, davon konnte man nicht absehen. Aber sie hatte ihre Gründe. Und sie beeindruckte ihn, das musste er sich widerwillig eingestehen. Er schwankte.

»Das Ganze hat also überhaupt nichts mit Ihnen zu tun?«, versuchte es Sjöberg erneut, ohne sich Hoffnung auf einen Erfolg zu machen. »Sie scheinen sich mit dem Pokern ja auszukennen.«

»Nein«, antwortete Dewi im Einatmen.

»Okay«, sagte Sjöberg. »Belassen wir es dabei. Erzählen Sie mir, was damals in Dänemark passiert ist. Beim Roskilde Festival.«

»Nichts ist passiert. Lina und ich sind ein paar Tage unten gewesen, dann ist sie nach Hause gefahren. Ich bin weitergezogen. Bin eine Weile herumgereist, bis ich entschied, dass es an der Zeit wäre, sesshaft zu werden. Hier. Was von vornherein mein Plan war.«

»Sie haben also weder Jenner noch Erlandsson getroffen, als sie in Roskilde waren und nach Ihnen gesucht haben?«

Dewi betrachtete ihn mit einem tiefernsten Blick.

»Ich dachte, ich hätte bereits deutlich gemacht, wie meine Lage war. Wenn er mich gefunden hätte, hätte er mich umgebracht. Solange ich zu Hause gewohnt und die Fassade aufrechterhalten habe, war er keine Bedrohung für Mama und mich und ich keine Bedrohung für ihn. Ganz im Gegenteil, ich war wichtig, damit die Familie sich wohlfühlte. Aber sobald ich das Nest verlassen hatte, war ich in Gefahr. Wie ich schon sagte: Wenn er mich gefunden hätte, hätte er mich umgebracht.«

Natürlich. So ergab es einen Sinn.

»Und deshalb haben Sie sich nicht verabschiedet«, sagte Sjöberg, mehr zu sich selbst. »Und deshalb haben Sie niemals angedeutet, wo Sie sich befanden. Aber warum haben Sie so lange gewartet?«

»Bis ich zu Hause ausgezogen bin? Ich brauchte eine Ausbildung. Wie sollte ich denn ganz alleine draußen in der Welt zurechtkommen, wenn ich nicht einmal einen Schulabschluss hatte?«

»Nein«, sagte Sjöberg kalt, »das habe ich nicht gemeint. Warum haben Sie so lange gewartet, bis Sie Sven-Gunnar Erlandsson das Leben genommen haben?«

»Mit dem Mord habe ich nichts zu tun«, entgegnete sie mit

einem Lächeln. »Aber wenn ich damit zu tun gehabt hätte, dann hätte ich auf eine Gelegenheit gewartet, wenn alle Kinder bereits aus dem Haus sind. Damit sie nicht mit der Schande gegenüber der ganzen Nachbarschaft dastehen müssen, wenn herauskommt, wer er wirklich ist. Jetzt, zum Beispiel. Ich wäre weit von allem entfernt gewesen, hätte dafür gesorgt, dass mich niemand mit dem Fall in Verbindung bringt. Ich hätte irgendeine verlorene Seele mit dem Job beauftragt, jemanden, der ansonsten irgendeinen Unglücklichen umgebracht hätte, der vielleicht gar nichts auf dem Kerbholz hatte.«

Sjöberg schenkte sich erneut Wasser in sein Glas. Was sollte er jetzt tun? Er hatte alles von Dewi Kusamasari bekommen, was er brauchte. Außer einem Geständnis. Und er war sich nicht sicher, ob er überhaupt eines haben wollte.

»Eis?«, fragte sie erneut, und immer noch mit einem Lächeln.

Sie war schön wie der Sonnenaufgang. Mit einer Ausstrahlung wie ein ganzer Spiralnebel. Lass dich nicht von ihr betören, ermahnte Sjöberg sich selbst.

»Gerne. Danke.«

»Idol-Odd?«

»Danke«, antwortete Andersson geniert.

»Sie müssen Ihre Familie doch vermissen«, sagte Sjöberg.

»Ungeheuer«, antwortete Dewi.

Das Lächeln war wie weggeweht. Sie sah nur noch traurig aus.

»Ich würde Ihnen gerne vorschlagen, dass Sie uns nach Schweden begleiten. Ihre Mutter ist außer sich vor Sorge. Sie beginnt langsam zu glauben, dass Sie Laras Schicksal geteilt hätten.«

Dewi betrachtete ihn unsicher.

»Das meinen Sie jetzt nicht ernst, oder?«

»Es würde mir im Traum nicht einfallen, Ihnen etwas vorzumachen«, entgegnete Sjöberg aufrichtig.

»Ich bleibe hier«, sagte Dewi entschlossen.

»Wir brauchen Sie als Zeugin.«

»Sie wollen mich wegen Anstiftung zum Mord auf die Anklagebank setzen. Das wird Ihnen nicht gelingen.«

»Wir brauchen Sie als Zeugin. Was Larissa Sotnikova betrifft, ist Ihre Aussage unverzichtbar. Und es gibt auch Menschen, die aus privaten Gründen ein Interesse daran haben, dass die Wahrheit ans Licht kommt. Familie Jenner zum Beispiel, nicht zuletzt Staffan.«

»Meine Zeugenaussage werden Sie bekommen. Sogar eine detaillierte. Sie liegt in einer Schreibtischschublade und umfasst fünfzig maschinengeschriebene DIN-A4-Seiten. Und wenn es Sie interessiert, dann habe ich auch noch eine psychologische Analyse von Sven-Gunnar Erlandsson erstellt. Ich habe versucht, mich in seine Gedanken hineinzuversetzen, zu verstehen, was ihn antrieb. Amateurmäßig natürlich, aber trotzdem. Niemand kannte ihn besser als ich.«

»Kommen Sie mit«, forderte Sjöberg sie auf. »Tun Sie es für Adrianti.«

Dewi schüttelte traurig den Kopf.

»Sie werden ihr ja erzählen, dass es mir gut geht und wie die Dinge liegen. Oder?«

Sjöberg dachte nach, er ließ seinen Blick über die Wolkenkratzer wandern, die erleuchtete Stadt, die in der Dunkelheit an einen riesigen Tivoli erinnerte. Natürlich hatte sie recht. Natürlich würde er Adrianti Erlandsson erzählen, dass es Dewi gut ging, dass sie frei und erfolgreich war. Und natürlich würde er ihr auch erzählen, was sie getan hatte, und warum. Er betrachtete Dewi, ihre dunklen, glänzenden Augen, die so viel gesehen hatten, was kein Mensch in seinem Leben sehen sollte, und ihn beschlich ein ganz bestimmtes Gefühl; ein Gefühl, dass sie genau das auch wollte. Dass alles, was sie bisher gesagt hatte, nichts anderes war als die Bitte, dass er die Wahrheit erzählen möge: dass Dewi den Mord an ihrem Stiefvater in Auftrag gegeben hatte. Und dass es nicht ganz selbstverständlich war, dass Adrianti oder die Geschwister sie danach noch treffen wollten.

»Ja«, antwortete Sjöberg. »Sie haben natürlich vollkommen recht.«

»Gut«, sagte Dewi. »Und erzählen Sie ihnen ruhig, dass es hier für jeden ein Schlafzimmer gibt. Und sagen Sie ihnen, wie sehr ich sie liebe.«

»Das werde ich tun«, sagte Sjöberg. »Versprochen.«

Die junge Frau stand auf und schob eine der Glastüren zum Wohnzimmer auf. Sie hinkte in einen Teil des Untergeschosses hinüber, den sie bislang noch nicht gesehen hatten, und war eine Weile verschwunden, bevor sie mit einer Mappe zurückkam, die bis zum Bersten gefüllt war.

Sie folgten ihr die Stufen hinauf, sahen, wie sie die Sicherheitsketten öffnete und den sechsziffrigen Code eingab. Sjöberg hatte nicht für einen Augenblick geglaubt, dass sie sie nicht wieder herausgelassen hätte. Unabhängig davon, wie das Gespräch verlaufen wäre. Möge sie glücklich leben für den Rest ihrer Tage, dachte er, als sie kurz darauf Dewi Kusamasari und ihre fantastische Wohnung im Balmoral Crescent verließen.

*

Adrianti spürte, wie sich die Wärme seiner Hand in ihrem Körper ausbreitete. Die Berührung war sanft und zärtlich, eher eine Frage als ein Befehl, und sie verursachte eine Gänsehaut auf ihren Armen. Sie wurde weich und nachgiebig, ließ sich ins Bett zurückziehen. Plötzlich war die Luft vielleicht nicht mehr so dünn, plötzlich war die Dunkelheit vielleicht nicht mehr so bedrohlich.

»Bleib bei mir«, flüsterte Staffan und streichelte ihren Rücken.

»Es ist stickig hier drin«, antwortete Adrianti. »Und dunkel.«

»Ich öffne die Tür, dann kommt ein bisschen Luft rein.«

»Genau das wollte ich ja gerade tun.«

»Ich mache das. Du würdest nur irgendetwas umwerfen. Das Schlagzeug, zum Beispiel. Das würde Lina nicht gefallen.«

Adrianti lächelte. Es stimmte, sie erinnerte sich nicht einmal, in welcher Richtung sich die Tür von Linas Studio befand. Sie hatten sich hierher zurückgezogen, um ihre Ruhe zu haben. Ihre Ruhe vor Licht und Lärm und den Anforderungen ihrer Umgebung; vor den Telefonen und den Türklingeln, den Blicken der Nachbarn und den vorbeifahrenden Autos. Hier war es absolut ruhig. Und absolut dunkel, wenn man es wollte. Sie hatten den ganzen Abend und den Großteil der Nacht damit verbracht, miteinander zu reden. Und sich zu lieben. Sie hatten über all das gesprochen, was geschehen war, welche Gefühle es in ihnen ausgelöst hatte und was sie von der Zukunft, vom Leben und voneinander erwarteten. In der Stille und in der Dunkelheit konnte man über alles sprechen und alles tun.

Staffan stand auf, stützte sich auf ihre Schulter.

»Wie spät ist es?«, fragte sie. »Was glaubst du?«

»Gegen sieben war ich eine Weile auf. Das scheint mir schon lange her zu sein. Elf vielleicht?«

»So lange kann ich nicht schlafen«, behauptete Adrianti mit Überzeugung. »Es kann nicht später sein als neun.«

Er öffnete die Tür, und das Tageslicht strömte herein.

»Viertel nach drei!«, rief Staffan mit einem Lachen, nachdem er auf seine Armbanduhr geschaut hatte. »Es ist viertel nach drei!«

»Das ist nicht dein Ernst! So lange habe ich seit vielen, vielen Jahren nicht mehr geschlafen.«

Wahrscheinlich hatte sie noch nie so lange geschlafen. Wann hätte sie schon die Möglichkeit gehabt, einen halben Tag im Bett zu verbringen?

»Wunderbar«, sagte Staffan mit einem Lächeln und kroch wieder zu ihr ins Bett. »Wahrscheinlich war es genau das, was wir gebraucht haben.«

Dann wurde er wieder ernst. Nicht auf diese strenge, autoritäre, fordernde Weise, die sie gewohnt war, sondern auf seine eigene traurige Art.

»Ich liebe dich, Adri«, sagte er und strich eine Strähne ihres Haares fort, die sich in ihrem Mundwinkel verfangen hatte. »Du weißt doch, dass ich dich liebe?«

Sie nickte. War sich nicht sicher, ob sie es wusste. Aber sie liebte ihn auch. Hatte ihn schon immer geliebt.

»Aber wir lassen es ruhig angehen, Adri. Wir richten uns nach deinem Tempo. Nach dem Tempo, das für alle am besten ist.«

Sie küsste ihn auf die Stirn. Schaute in seine großartigen blauen Augen, die immer ganz ehrlich waren. Adrianti wollte eigentlich gar nicht warten, sie wollte ihn jetzt und für immer.

»Ich brauche dich«, sagte sie. »Du bringst mich dazu, mich ... wichtig zu fühlen.«

Er streichelte ihre Wange, ihr Haar. Küsste sie.

»Das bist du auch«, sagte er schließlich. »Du bist sehr wichtig. Sonst wäre ich schon vor vielen Jahren hier weggezogen. Ich möchte mit dir zusammenleben.«

»Staffan, ich habe kein Haus, kein Geld. Ich bin ein ziemlich schlechtes Geschäft.«

»Ich habe ein großes Haus, und auch ein bisschen Geld. Und ich würde unheimlich gerne mit dir ins Geschäft kommen, auch wenn es ein schlechtes ist.«

Adrianti lachte. Sie hatte das Gefühl, dass es sehr lange her war, seit sie es das letzte Mal getan hatte.

»Wir müssen uns damit ja nicht auf den Präsentierteller stellen«, fuhr Staffan fort. »Bei den Kindern gehen wir es ruhig an. Aber wir können trotzdem zusammen sein.«

»Die Kinder«, sagte Adrianti. »Ich muss das Handy einschalten. Vielleicht haben sie versucht, mich zu erreichen.«

Sie griff nach ihrer Handtasche und zog das Mobiltelefon heraus. Schaltete den Strom ein und tippte den PIN-Code ein.

»Findest du, dass ich verantwortungslos gehandelt habe?«, fragte sie.

Er machte eine abwehrende Geste, schüttelte den Kopf.

»Vor fünfzehn Jahren hatte noch niemand ein Handy. Seit wann ist es denn verantwortungslos, wenn man eine Weile für sich sein möchte?«

Das Telefon piepste. SMS. Und dann noch eine. Und noch eine. Und eine weitere. Adrianti drückte die Kurzwahl zur Mailbox und hörte sich gewissenhaft die Mitteilungen an, die aufgesprochen worden waren. Eine Freude, die sie nicht in Worte fassen konnte, ergriff von ihr Besitz, und sie spürte, wie ihr die Tränen in die Augen traten. Staffan schaute sie an, verstand wahrscheinlich nicht, was gerade geschah. Aber das spielte keine Rolle für ihn, er griff nach ihrer freien Hand und drückte sie fest. Er zeigte deutlich, dass er für sie da war, egal, was sich gerade in ihrem Inneren abspielte. Als Stütze, als jemand, mit dem man Freude und Leid teilen konnte.

Als sie fertig war, ließ sie das Handy auf den Boden fallen, legte den Kopf auf das Kissen und weinte. Eine sehr eigenartige Reaktion, die nicht so recht widerspiegelte, wie glücklich sie eigentlich war. Aber in ihr war ein Damm gebrochen. Alles musste heraus, und sie konnte es nicht zurückhalten. Ihr Leben hatte eine ganz neue Wendung genommen, und erst jetzt wurde Adrianti klar, wie sehr sie diese Ungewissheit geplagt hatte. Staffan stellte keine Fragen, legte sich einfach an ihre Seite und umarmte sie. Streichelte vorsichtig ihr Gesicht, trocknete ihre Tränen mit einem Ende des Lakens.

»Es ist Dewi«, sagte Adrianti schließlich. »Sie ist nicht tot. Dewi lebt, und sie wohnt in Singapur.«

Ein Lächeln breitete sich in Staffans Gesicht aus.

»Er hat gehalten, was er versprochen hat«, fuhr Adrianti fort. »Kommissar Sjöberg hat sein Versprechen gehalten und mit ihr gesprochen.«

Staffan nahm ihren Kopf zwischen seine Hände, küsste sie auf die Stirn und schaute ihr lange in die Augen, bevor er sprach.

»Das ist ja fantastisch, Adri. Die wunderbare, kleine Dewi. Wir fahren hin. Wir packen unsere Koffer und fliegen nach Singapur.«

»Sie hat viele Zimmer und viele Betten«, sagte Adrianti mit einem Lachen, während gleichzeitig die Tränen flossen. »Aber er möchte mich sehen, bevor ich fahre. Conny Sjöberg möchte erst noch mit mir sprechen.«

»Wann kommt er denn zurück?«, fragte Staffan ungeduldig.

»Am Freitagmorgen.«

»Dann fliegen wir am Freitagabend.«

»Ganz gleich, was er uns vorher erzählen will«, ergänzte Adrianti.

Staffan Jenner nickte zustimmend, stand auf und zog sie auf die Füße, bevor er sie in einer Umarmung auffing.

*

»Und jetzt, last but not least ...« Hamad hatte den fünften und letzten der unidentifizierten Einträge in Sven-Gunnar Erlandssons Kontaktliste erreicht. Jemand, der genau wie der »Baumeister«, der »Magister«, der »IT-Guru« und der »Stadtrat«

weder einen Namen noch eine Adresse hatte. Jemand, der im Unterschied zu dem auf mehr als eine Weise idiotischen Stadtrat eine nicht zu verfolgende Prepaid-Karte hatte. Der »Polizeichef«. Wer er in Wirklichkeit war, dessen war sich Hamad ziemlich sicher. Sicherheitshalber hatte er die Nummer ein zweites Mal verifiziert. Und tatsächlich, die Nummer des »Polizeichefs« war identisch mit der Nummer, von der der triumphierende Anruf auf Gunnar Malmbergs Diensthandy eingegangen war. Und es war tatsächlich dieselbe Nummer, die von Erlandssons Handy exakt zu derselben Zeit über den Sendemast in Södertälje angerufen worden war. Es handelte sich, kurz gesagt, um dasselbe Gespräch.

Als Simon Tampler im Zug gesessen und sein neues Spielzeug in Augenschein genommen hatte, war er in der Kontaktliste auf den »Polizeichef« gestoßen und hatte sich zu diesem anonymen Anruf hinreißen lassen. So vollgepumpt mit Adrenalin und Gott weiß welchen Drogen, wie er nach dem Mord war, hatte er sich mit dem »Polizeichef« verbinden lassen und war, man höre und staune, beim stellvertretenden Polizeidirektor Gunnar Malmberg gelandet. Allerdings über eine Nummer, die automatisch auf Malmbergs Diensttelefon weitergeleitet wurde: Malmbergs heimliche Prepaid-Nummer. Was in der Praxis an und für sich noch bewiesen werden musste, aber wer sonst außer Malmberg selbst würde seine Anrufe an Malmberg weiterleiten lassen? Niemand, natürlich.

Und was noch dazu kam: Die nächtlichen Telefonanrufe bei Petra, nachdem sie den Vergewaltiger Peder Fryhk ans Messer geliefert hatte, kamen von genau derselben Nummer. Also steckte tatsächlich Malmberg hinter diesen wortlosen Drohanrufen, die fast ein Jahr lang Petras Nachtschlaf gestört hatten, und ihr seelisches Gleichgewicht. All dies war nicht besonders überraschend, weil Hamad bereits seit Längerem wusste, dass Malmberg der andere Mann war. Aber jetzt hatte er die Telefonnummer. Die geheime, nicht verfolgbare Nummer, die Malmberg nur bei seinen Kontakten mit anderen Männern verwendete, die ebenfalls Geheimnisse hatten, die ebenfalls ein Doppelleben lebten. Zum Beispiel der ehemalige Narkosearzt am Karolinska Krankenhaus, Peder Fryhk.

Vielleicht hatte auch der »Oberarzt« früher einen eigenen Eintrag in Sven-Gunnar Erlandssons Kontaktliste gehabt. Vielleicht war dieser Eintrag gelöscht worden, als Fryhk seine Strafe in der Justizvollzugsanstalt Norrtälje angetreten hatte. Denn worum es bei alldem ging, war Hamad vollkommen klar. Diese Herren gehörten einer geschlossenen Gesellschaft an, die einem speziellem Interesse nachging: Vergewaltigung. Es handelte sich um etwas so Widerwärtiges wie einen Vergewaltigungsring. Selbst so grundlegend anders verlötete Kreaturen brauchten Spielkameraden. Denn während sie auf der einen Seite hundertprozentige Geheimhaltung brauchten, waren sie wie alle anderen normal veranlagten Menschen auch auf Gleichgesinnte angewiesen. So gleichen wir Menschen einander, dachte Hamad, und sind doch so verschieden.

Natürlich konnte Gunnar Malmberg auch ganz neu im Vergewaltigungsring sein. Vielleicht war das, was er und Fryhk gemeinsam getan hatten, für seine Bedürfnisse genug gewesen. Vielleicht war die Sehnsucht nach dem Verbotenen unerträglich geworden, nachdem Fryhk im Gefängnis gelandet war. Aber es war auch möglich, dass Malmberg und Erlandsson schon länger Komplizen waren, das war schwer zu sagen. Vollkommen klar war allerdings, dass Malmberg nicht alleine arbeitete.

Nach all dem, was bisher ans Licht gekommen war, gingen die Interessen innerhalb des Ringes teilweise auseinander. Fryhk und Malmberg schienen sich damit zu begnügen, hin und wieder erwachsene Frauen zu vergewaltigen, während Stadtrat Lars Karlsson sich offensichtlich auch von jüngeren angezogen fühlte. Sven-Gunnar Erlandsson schien sich für längere Perioden mit Vergewaltigungen zu begnügen, aber hin und wieder musste er etwas wirklich Brutales tun, etwas, das er nicht einmal mit den anderen Mitgliedern des Vergewaltigungsrings teilen konnte.

Die Frage war: Wie hatten sie einander gefunden, diese perversen Schweine? Wie ging es zu, als der stellvertretende Polizeidirektor Gunnar Malmberg eines Tages beschloss, Nägel mit Köpfen zu machen, seine Karriere, seine Familie und seine Ehre aufs Spiel zu setzen, um wehrlose Frauen zu vergewaltigen? Lernte man sich im Internet kennen? In der Videothek? Hatte er vielleicht ganz bescheiden angefangen, um danach riskantere Wege einzuschlagen? Aber vielleicht war das Risiko gar nicht so groß, wenn das Netzwerk nur Männer in hohen gesellschaftlichen Positionen umfasste, Männer mit Macht. Wenn Politiker, Unternehmer und hohe Beamte einander den Rücken freihielten, wie viel konnte da nicht in den Mühlen der Bürokratie verloren gehen? Wer wusste schon, wie viele Täter mithilfe des bis ins Mark korrumpierten Gunnar Malmberg wieder auf freien Fuß gekommen waren? Dieses Anwalts der Frauenrechte, dieser personifizierten Verlogenheit. Es wurde ihm ganz schwindelig, wenn er darüber nachdachte.

Als Hamad Zugang zu den Telefonlisten bekommen hatte, hatte er zwei und zwei zusammengezählt und seine eigenen Schlussfolgerungen hinsichtlich der Verbindung zwischen Erlandsson und Malmberg gezogen. Plötzlich war ihm klar geworden, dass es im Fall Erlandsson um Vergewaltigung ging. Als er diese Einsicht erreicht hatte, standen zwei denkbare Szenarien zur Auswahl: Entweder war Erlandsson – genau wie Malmberg – ein Vergewaltiger, oder er war einem Vergewaltigungsring auf der Spur. Einer Gesellschaft, der nicht nur der »Polizeichef«, sondern möglicherweise auch Lennart Wiklund, Jan Siem oder Staffan Jenner angehören konnten. Beide Alternativen konnten ein Mordmotiv liefern. Hamad hatte getan, was er konnte, um die Ermittlungen in diese Richtung zu lenken, um die Augen der Kollegen dafür zu öffnen, dass es im Grunde um Vergewaltigung ging. Aber aus Rücksicht auf Petra war es von größter Bedeutung, dass nicht herauskam, was er über dieses Telefongespräch wusste. Für ihn selbst und für seinen Beitrag zu diesen Ermittlungen allerdings war diese Zurückhaltung kompromittierend, dessen war sich Hamad bewusst. Aber er war bereit, es auf seine Kappe zu nehmen. Es durfte einfach nicht herauskommen, dass es Malmberg war, der Petra zusammen mit Fryhk vergewaltigt hatte. Nicht, bevor die Zeit reif war, um Malmberg zu verhaften. Und diese Zeit würde kommen, früher oder später. Dafür würde Hamad schon sorgen.

Mit der tatkräftigen Hilfe von Sjöberg, dachte er, als er die Telefonlisten des Falles Erlandsson sorgfältig in die Ablage einsortierte, die all das Material umfasste, das nicht in die offizielle Ermittlungsakte aufgenommen wurde.

*

»Was für ein Lärm! Wo seid ihr denn?«, fragte Hamad, nachdem er die Technik für die Telefonkonferenz erfolgreich zum Laufen gebracht hatte.

»Ihr würdet euren Augen nicht trauen, wenn ihr uns sehen könntet«, antwortete Andersson. »Conny sitzt in einem Rollstuhl. Ich selbst hocke in einem Krankenhausbett und habe gerade einen Tropf abgelehnt.«

Hamad runzelte die Stirn und schaute fragend zu den anderen in dem blauen, ovalen Besprechungsraum hinüber. Sandén, Westman, Gerdin, Rosén und Hamad hatten sich an dem Konferenztisch versammelt, um die Ereignisse des Tages zusammenzufassen. Auch Gunnar Malmberg hatte angekündigt, an dem Treffen teilnehmen zu wollen, aber zurzeit glänzte er noch mit Abwesenheit.

»Seid ihr im Krankenhaus?«

»Tja, nein, also nicht direkt. Wir sind in einer Bar. Ärzte und Krankenschwester fahren mit Infusionsständern herum und schenken Drinks daraus ein. Aber wir haben uns mit einem ehrlichen Bier begnügt. Aus einem Glas.«

»Ha, ha. Ihr trinkt also nicht aus einer dieser Pfannen?«, feixte Sandén.

»Noch nicht. Mal sehen, was später noch passiert.«

»Ist Sjöberg bei Bewusstsein?«, wollte Rosén wissen, der ebenso wie alle anderen Teilnehmer mittlerweile ein Lächeln auf den Lippen trug.

»Ich bin ansprechbar«, sagte Sjöberg lakonisch.

Hamad konnte förmlich hören, wie Sjöberg Haltung annahm, als er realisierte, dass sogar der Staatsanwalt an der Besprechung teilnahm.

»Danke für die SMS, Gäddan«, sagte Sjöberg. »Erzählt uns, was genau passiert ist.«

Sandén signalisierte Gerdin, dass sie das Wort ergreifen sollte.

»Zunächst kann ich berichten, dass sich Rebecka Magnusson auf dem Weg der Besserung befindet. Sie hat das Bewusstsein zwar noch nicht wiedererlangt, und sie halten sie bis auf Weiteres im künstlichen Koma. Aber die Lage ist stabil, und sie wird wieder gesund. Die Familie ist bei ihr, und die Mutter lässt dich besonders grüßen, Loddan, und bedankt sich ganz herzlich dafür, dass du dich so eingesetzt hast. Rebecka ist lange Zeit schwer misshandelt worden, aber ironischerweise war es der Mangel an Nahrung, der sie nach Sven-Gunnar Erlandssons Tod fast das Leben gekostet hätte. Das alles ist einfach furchtbar.«

»Wie ihr schon wisst, haben wir auch zwei vergrabene Leichen gefunden«, fuhr Sandén fort. »Bei der einen handelt es sich um Larissa Sotnikova, die ebenfalls schwer misshandelt worden ist, wenn man Hansson glauben darf. Es waren ja nur Knochen von ihr übrig, aber ein Teil von ihnen war offensichtlich gebrochen. Der andere Körper hat noch länger unter der Erde gelegen. Wir haben keine Anhaltspunkte, um wen es sich dabei handeln könnte.«

»Ich habe heute Morgen in der Zeitung gelesen«, warf Gerdin ein, »dass seit Jahresbeginn vierhundertvierundneunzig Asyl suchende Kinder in Schweden verschwunden sind. Ihr Risiko ist besonders groß, im Sexhandel ausgenutzt zu werden oder als Sklaven. Wenn man sich, wie Erlandsson, auf besonders gefährdete Kinder und Frauen spezialisiert, dann hat man hier eine ziemlich große Auswahl. Das ist die brutale Wirklichkeit.«

»Die kleine Lara hat also Erlandsson beschuldigt«, übernahm Westman das Wort. »Auf Russisch hat sie die Worte ›Idas Papa‹ in eine Holzleiste geritzt, die verborgen vor Erlandssons Blicken hinter der Matratze auf dem Boden lag. Mit den Fingernägeln. Aber Rebecka wird auch eine Menge zu erzählen haben, wenn sie aufwacht.«

»Und die Beweise in dem Erdkeller werden ihre eigene deutliche Sprache sprechen«, bemerkte Rosén.

»Auch Dewi Kusamasari beschuldigt ihn«, sagte Sjöberg. »Wir haben bis eben noch mit ihr gesprochen. Eine sehr angenehme Bekanntschaft, muss ich sagen. Trotz der schlimmen Erlebnisse, die sie mit sich herumträgt.«

»Obwohl sie hinter dem Mord an Erlandsson steckt?«, provozierte Gerdin.

»Ja, trotzdem«, beharrte Sjöberg. »Sie hat eine schriftliche Stellungnahme darüber abgeliefert, was im Zusammenhang mit Larissa Sotnikovas Verschwinden passiert ist. Wir faxen sie euch zu, sobald wir wieder im Hotel sind. Wie bist du darauf gekommen, dass sie es war, Gäddan?«

»Ich glaube, dass sie im Internet nach gebrochenen Füßen gesucht hat, und dabei ist sie auf Flashback gelandet, in Simon Tamplers Mörder-Thread. Dabei ist die Idee entstanden, wie sie Erlandsson loswerden könnte. Aber ihr habt sie nicht zu einem Geständnis gebracht?«

»Nein«, sagte Sjöberg. »Aber in hypothetischer Form hat sie uns erzählt, wie sie zu Wege gegangen wäre, wenn sie den Mord in Auftrag gegeben hätte. Ich habe versucht sie zu überreden, uns nach Schweden zu begleiten, aber daran hatte sie kein Interesse. Und ich kann sie verstehen. Wir haben absolut nichts gegen sie in der Hand, abgesehen von Indizien. Und ich habe keine Ahnung, wie die Auslieferungsabkommen mit Singapur aussehen.«

»Nicht besonders gut«, antwortete Rosén. »Vor allem dann nicht, wenn man keine Beweise für ein Verbrechen liefern kann.«

»Und darüber sind wir sehr glücklich«, fasste Sandén auf seine unkonventionelle und politisch unkorrekte Weise zusammen, was alle im Stillen dachten. »Der Mord an Erlandsson ist das Beste, was in Älvsjö in diesem Jahrtausend passiert ist, glaubt mir. Alle sind glücklich darüber.«

»Eine echte Win-win-Situation«, meinte Hamad irgendjemanden in Südostasien murmeln zu hören, er wusste nicht, wen von den beiden.

»Dann feiert noch schön, Jungs«, fuhr Sandén fort. »Lasst euch den Singapore Sling intravenös geben, dann werdet ihr wieder zu richtigen Menschen.«

Und dann stand plötzlich der stellvertretende Polizeidirektor Gunnar Malmberg in der Tür, der zu guter Letzt auch noch zu der Besprechung stieß. Aber Hamad war bereit, er hatte während des ganzen Treffens mit dem Finger am Abzug gesessen. So. Jetzt nahm der Anruf seinen Lauf. Der Anruf beim »Polizeichef« von Erlandssons Handy.

Und da kam es an. Eric Claptons »Layla«. Unplugged.

»Entschuldigt, dieses Gespräch muss ich annehmen«, sagte Malmberg und verließ den Raum mit seinem blendenden Colgate-Lächeln.

Die Daumenschrauben wurden angezogen. Hamad konnte das Lächeln nicht aufhalten, das sich in seinem Gesicht ausbreitete. Sein Blick begegnete Petras, und sie lächelte zurück. Eine Welle aus Wärme durchströmte ihn.